AF272172

Über dieses Buch:

Überglücklich darüber, endlich alle Abschlussprüfungen in der Tasche zu haben, packt Sarah die Koffer für den lange geplanten Spanienurlaub mit ihrem Freund Daniel. Doch ein Anruf von ihm zerstört ihre Vorfreude binnen Sekunden. Einen ordentlichen Karrieresprung vor Augen will er, anstatt mit ihr in Urlaub zu fahren, sofort eine Stellung in den USA antreten. Enttäuscht und wütend darüber, dass er sie mal wieder an die zweite Stelle setzt, trennt sie sich kurzerhand von ihm. Sie hat es satt, sich von den Männern vorführen zu lassen. Als ihre Freundin Rike dringend eine Tauschpartnerin für ihren Ferienjob auf einem Reiterhof im Waldecker Land sucht, sieht Sarah das als Wink des Schicksals und greift zu. Besser etwas Nützliches tun, anstatt sich zu grämen, denkt sie sich und plant einen sechswöchigen Aufenthalt in der Provinz. Doch die Männer auf dem Land sind alles andere als langweilig und schon gar nicht blind.

Über die Autorin:

Schon als Kind hat sich Dolores Mey Geschichten ausgedacht, um nachts der Dunkelheit ihres Zimmers zu entfliehen. In ihrer Jugend formte sich dann der Wunsch, diese Geschichten aufzuschreiben. Es dauerte einige Jahre, bis sie diesen Traum verwirklichen konnte. Nach einem Fernstudium und diversen Seminaren in Belletristik hat sie schließlich endlich den Mut gefasst, ihren ersten Roman zu schreiben.

Überarbeitete Neuausgabe Oktober 2024
© 2026 Dolores Mey

Liebesferien auf dem Gutshof

Dies ist eine überarbeitete Neuauflage des bereits im
Dezember 2019 erschienenen Romans
Sommer im Gutshof zum Glück.

Covergestaltung Dolores Mey/ Canva Pro
Satz: Dolores Mey
Korrektorat: E. Hahner

Verlag: BoD · Books on Demand GmbH,
Überseering 33, 22297 Hamburg, bod@bod.de
Druck: Libri Plureos GmbH, Friedensallee 273,
22763 Hamburg
ISBN: 978-3-7693-7705-7

Dolores Mey

Liebes-

auf dem Gutshof

ferien

Als Du zur Welt kamst,
regnete es.
Nicht weil es regnen sollte, sondern weil
der Himmel um den süßesten Stern weinte,
den er verloren hatte!

1.

Der Koffer lag offen und bereits gut gefüllt auf dem Bett, als Sarah Kunzmann an diesem sonnigen Junimorgen in ihrem WG-Zimmer vor dem Kleiderschrank stand und unschlüssig auf die Reste ihrer überschaubaren Sommergarderobe blickte. Sie zog ein buntes Shirt-Kleid aus dem Fach, das sie seit einer gefühlten Ewigkeit besaß und hielt es sich vor die Brust, bevor sie der offenstehenden Zimmertür mit dem Fuß einen Schubs gab, sodass sie zufiel. Mit skeptischer Miene betrachtete sie sich in den quadratischen Spiegelkacheln, die auf der Rückfront zum Vorschein kamen. Na ja, für den Strand würde es noch gehen. Ihr Blick wanderte zu den bereits eingepackten Sachen, wo obenauf der neue Bikini lag. Lächelnd legte sie das Kleid zur Seite und holte ihn wieder hervor. Herrje, wenn sie so weitermachte, würde sie nie mit dem Packen fertig werden. Ihre Finger fühlten das seidige Gewebe und sie dachte daran, wie angenehm es sich auf ihrer Haut angefühlt hatte. An den Preis mochte sie allerdings nicht mehr denken. Für ihre Verhältnisse war der Bikini mit fünfundneunzig Euro sündhaft teuer gewesen. Doch bei dem frechen Karo in Pink und Marine hatte sie einfach nicht widerstehen können. Bis heute war es ihr ein Rätsel, wie sie in das noble Wäschegeschäft geraten war. Entgegen ihrer sonstigen Gewohnheit war sie an diesem Tag einen anderen Weg nach Hause gegangen. Warum, wusste sie schon gar nicht mehr. Nur dass ihr das Glück aus allen Poren gekommen war, daran erinnerte sie sich noch gut. Es war am Tag nach der Bekanntgabe der Prüfungsergebnisse gewesen. Erstes Staatsexamen bestanden. Da durfte man doch auch mal unvernünftig sein, oder? Und dann hatte sie vor der Auslage gestanden. Bei schöner Wäsche wurde sie immer schwach. Egal, in welchem Laden. Eigentlich hatte sie sich nur mal kurz die Nase am Schaufenster platt drücken wollen. Zweifellos kein Geschäft für junge Studentinnen. Eher für Professorengattinnen. Und trotzdem hatte sie nicht weitergehen können. Nach dem Preis fragen wird schließlich erlaubt sein, hatte sie gehofft. Sogar erwünscht, wie die nette Verkäuferin anschließend meinte, die so ganz anders war als das Personal in den Läden, in denen sie sonst einkaufen ging. Die Dame um die Fünfzig hatte sie hereingebeten und es überhaupt nicht merkwürdig gefunden, dass Sarah sich nur mal umsehen wollte. Nachdem sie wusste, was die junge Kundin interessierte, hatte sie Sarah eine Auswahl von Bademoden vorgelegt. Aber kein Bikini hatte Sarah so gut gefallen wie der im Stil der 50er-Jahre aus dem Schaufenster, bei dem sie am Ende doch geblieben war. Daran änderte auch die Anprobe nichts, zu der die nette Frau sie ermuntert hatte. Leider. Insgeheim war das Sarahs Hoffnung gewesen, besonders nachdem sie das Preisschild gelesen hatte. Bei dieser Figur und mit etwas Bräune würde sie Personenschutz beantragen müssen, hatte die Verkäuferin augenzwinkernd gemeint. Sarah hatte die Aussage kommentarlos hingenommen. Schließlich war bekannt, dass in Verkaufsgesprächen gern übertrieben wurde, insbesondere bei diesem Preisniveau. Wirklich interessant war nur Daniels Reaktion. Dabei erwartete sie keine großen Komplimente, so ein Typ war er nun mal nicht. Mein Gott, sie sehnte sich so sehr nach ein bisschen mehr Spaß und Leichtigkeit in ihrem Leben. Die letzten Wochen waren von Prüfungsvorbereitungen und dem Job im Bistro beherrscht gewesen. Endlich lag das alles hinter ihr. Noch immer fiel es ihr schwer, das zu begreifen, und träumte nachts von überfüllten Hörsälen und verpatzten Diplomarbeiten. Wenn jetzt noch eine der Schulen, an denen sie sich beworben hatte, eine Zusage schicken würde, wäre alles, na ja fast alles, perfekt. Sie betrachtete sich im Spiegel. Schluss jetzt! Sie wollte nicht schon wieder nur an Pflichten denken. Ob Daniel die gleichen Sehnsüchte hatte? Er redete nicht viel, schon gar nicht über Gefühle, doch wenn man ihn brauchte, war er da. Das schätzte Sarah sehr an ihm. Ach, es war so lange her, dass sie richtig Zeit füreinander gehabt hatten. Wäre es da nicht reizvoll, sich im Urlaub neu zu entdecken?

Während Sarah über Möglichkeiten nachdachte, wie sie Daniel aus der Reserve locken könnte, strich sie sich ihr volles, weizenblondes Haar zurück und band sich einen Zopf, als ihr Telefon klingelte.

„Daniel, hi, was ist los? Um die Uhrzeit hast du ja noch nie angerufen. Gehts dir gut?"

„Ja, ja, ich bin okay, muss aber dringend mit dir reden." Er atmete tief aus, bevor er weitersprach. „Sarah, ich hab ein tolles Angebot von meinem Chef bekommen. Das kann ich unmöglich ausschlagen. Ich klettere damit die Karriereleiter gleich drei Stufen nach oben, wenn ich sofort in die USA gehe."

„Oh, heißt das, wir fahren nicht nach Spanien?"

Sarah setzte sich aufs Bett. Ein leichter Druck kam aus der Magengegend. Enttäuscht sah sie auf den offenen Koffer neben sich. Seit Jahren hatte sie keinen richtigen Sommerurlaub mehr gemacht.

„Ja, sorry. Ich muss den Dienst so schnell wie möglich antreten. Es ist jemand ausgefallen. Herzinfarkt. Tut mir leid, ich habe auch erst gestern Abend davon erfahren." Daniel hielt kurz inne. „Schatz, ich möchte, dass du mitkommst. Es ist an der Ostküste, nicht in den Südstaaten. Es wird dir gefallen, ich habe schon Bilder gesehen, es ist wunderschön dort, nicht weit bis zum Atlantik. Du müsstest also nicht auf Urlaub verzichten."

Sarah schluckte. Sollte sie ihm jetzt dafür dankbar sein, dass er sich an ihre Abneigung gegen Schlangen und Skorpione erinnerte?

„Und was soll ich da? Du hast doch gar keine Zeit für mich."

„Na ja, nicht viel. Stimmt. Leider. Es geht nun mal nicht anders. Deswegen bekomme ich ja diese Chance. So eine Möglichkeit kommt so schnell nicht wieder."

Natürlich konnte sie ihn einerseits verstehen, aber andererseits, würde das jemals aufhören? Seit sie Daniel kannte, bestimmte der Job sein Leben. Sicher wäre es reizvoll, für ein paar Wochen die Ostküste der USA zu bereisen. Aber nicht so. Sie schüttelte den Kopf. Nein, ihr Traumurlaub mit Daniel sah anders aus.

„Und wie stellst du dir das vor? Soll ich etwa allein in einer fremden Wohnung im Ausland Urlaub machen, während du den ganzen Tag arbeitest und dann spät abends erschöpft aus dem Büro kommst? Tolle Vorstellung. Und wie lange soll das gehen? Du weißt doch, wie wichtig mir das ist, dass ich Ende August in einer Schule mein Lehramt antreten kann und damit endlich auf eigenen Füßen stehe."

„Der Plan ist für zwei Jahre, wurde mir gesagt. Manchmal ändern sich die Dinge eben."

„Ja, für dich. Für mich läuft hier aber alles ganz normal weiter …"

„Aber warum denn?", unterbrach er sie. „Du kannst dich doch auf mich verlassen. Ich finde, jetzt wäre der richtige Zeitpunkt, um zu heiraten, damit du siehst, wie ernst mir das ist."

Sarah stöhnte innerlich auf. Besonders romantisch war Daniel nie gewesen, dass er ihr aber einen Heiratsantrag am Telefon machen würde, hätte sie ihm dann doch nicht zugetraut.

„Daniel, was ist mit dir los? Spinnst du? Sollten wir nicht erst mal zusammenziehen, um zu testen, ob das mit uns überhaupt funktioniert?"

„Ich war noch nie so klar. Das passt, das weiß ich auch so. Sarah, du bist 28 Jahre und im besten Alter für Kinder. Dein Beruf läuft dir nicht weg, du kannst doch später wieder einsteigen."

Sarah glaubte, nicht richtig zu hören, und lachte schrill auf.

„Wie bitte? Darüber hast du noch nie mit mir gesprochen. Vielleicht rufst du dir mal kurz ins Gedächtnis, dass man, um Kinder zu kriegen, Sex haben muss. Ich kann mich an das letzte Mal kaum erinnern."

„Äh, ja, das ändert sich auch wieder ..."

Sarah wurde es zu bunt. Energisch schnitt sie ihm das Wort ab.

„Tut mir leid, das sehe ich anders. Wir sind seit zwei Jahren zusammen. Denkst du da weiß ich nicht, wie du tickst? Du lebst für deinen Job. Das ist okay, aber ich habe auch nicht nur zum Spaß studiert. Du weißt, dass mir das zweite Staatsexamen noch fehlt. Und bevor ich das nicht in der Tasche habe, gehe ich nirgendwohin. Du würdest deine Zukunftspläne auch nicht für mich über den Haufen schmeißen und einfach gegen neue ersetzen?"

„Nein, natürlich nicht, aber das ist doch auch was ganz anderes?"

„Findest du?"

„Sarah, ich will mich nicht mit dir streiten, dazu habe ich keinen Kopf. Sag mir lieber, wie es mit uns weitergehen soll."

„Fahr erst mal hin und schau, wie es für dich ist."

„Tja", Daniel räusperte sich, „ ich hab die Tickets und das Hotelzimmer aber schon für dich mit gebucht."

„Wiiie?" Sarah holte tief Luft, um die Übelkeit zu unterdrücken, die in ihr hochkam. „Ohne mich vorher zu fragen?"

„Das tue ich doch gerade. Weißt du, wie schwer es ist, auf die Schnelle Flüge zu kriegen? Außerdem bin ich davon ausgegangen, dass du dich darüber freust."

Sarah stand auf und ging im Zimmer auf und ab. Sie öffnete das Fenster genauso wie die Tür zum Flur und kam sich vor, als hätte sie Fieber. Wut, die sich wie ein Flächenbrand in ihr ausbreitete. Wieder nahm sie einen tiefen Atemzug und spürte, wie die Entrüstung einer tiefen Traurigkeit wich.

„Bist du noch da?", rief Daniel in den Hörer.

„Natürlich! Wo soll ich denn schon sein?", fuhr sie ihn gereizt an. Noch einmal holte sie tief Luft. Sich gegenseitig anzuschreien, brachte schließlich auch nichts. Sie zwang sich zu einem ruhigeren Ton. „Daniel, ich mag es nicht, wenn du über meinen Kopf hinweg entscheidest. Ich dachte, das wüsstest du. Wann haben wir das letzte Mal über uns gesprochen? Ich fühle mich total übergangen von dir."

„Aber warum denn? Ich denke doch nur für dich mit."

„Weil du mich nicht ernst nimmst."

„Quatsch ..."

„Das ist kein Quatsch", protestierte sie, „verdammt, ich will das so nicht mehr."

„Willst du es beenden?"

„Eigentlich wollte ich mit dir in Urlaub fahren und unsere Beziehung auffrischen. Oder findest du das, was wir in den letzten Monaten hatten, normal?"

„Na ja, es war nicht unbedingt optimal, das gebe ich zu, aber für mich gibt es nur dich. Nur, dass du da nicht auf falsche Gedanken kommst."

„Das macht es jetzt auch nicht besser. Hör zu, ich hatte in den letzten Tagen viel Zeit zum Nachdenken und bin mir nicht mehr so sicher, ob ich einen Mann will, der nie Zeit für mich hat. Ich hatte gehofft, dir in dem Urlaub wieder etwas näherzukommen, aber ich werde das Gefühl nicht los, dass du mich überhaupt nicht brauchst."

„So einen Blödsinn muss ich mir echt nicht anhören", rief er dazwischen.

„Aber es ist doch so", ließ sich Sarah nicht beirren. „Du willst doch nur deshalb eine Beziehung, weil es nun mal zum Leben dazu gehört, eine zu haben. Dabei vermisst du mich nicht mal, wenn wir uns nicht sehen können."

„Und woher willst du das wissen?", rief Daniel empört. „Du tust gerade so, als ob du meine Gedanken lesen könntest. Ich hab dir gesagt, es wird sich ändern, und dann ist das auch so."

„Woher ich das weiß?" Sarah wurde nun doch laut. „Möchtest du wirklich, dass ich dir all die Wochenenden aufzähle, an denen du wegen deiner Termine und Geschäftsreisen keine Zeit für mich hattest? Oder die Abende, an denen du frühzeitig gegangen bist, weil dir dein Schlaf wichtiger war, als neben mir aufzuwachen? Für manche Antworten braucht man keine Beweise. Das fühlt man einfach. Füüühlen, Daniel. Und versuch jetzt nicht, mir was zu versprechen, was du sowieso nicht halten kannst. Denk nur mal einen Moment darüber nach und dann können wir weiter reden."

Für einen Augenblick herrschte Schweigen.

„Ich kann dich nicht umstimmen, oder?"

„Nein. Ich brauche Zeit."

Bevor er noch etwas sagen konnte, hatte sie den roten Knopf gedrückt. Erschöpft legte sie sich aufs Bett und schloss die Augen. Das Gefühl einer großen Leere durchflutete sie. Wieso fühlte sie keinen Schmerz und warum kamen keine Tränen? War sie etwa gefühlskalt?

Das Telefon klingelte erneut. Daniels Nummer blinkte im Display. Sarah ließ es klingeln. Es war alles gesagt.

Wie durch einen Nebel hörte sie, wie sich der Schlüssel im Schloss der Wohnungstür drehte. Rike, ihre Freundin und Mitbewohnerin, kam nach Hause. Sie teilten sich die kleine Zweizimmerwohnung und kamen bestens miteinander aus. Auch Rike studierte Lehramt, hatte aber noch zwei Jahre vor sich, bevor sie ebenfalls ins Referendariat gehen konnte. Seit Kurzem schwebte sie im siebten Himmel, weil sie in einen jungen Polizisten namens Sebastian verliebt war.

„Hi, bin wieder da", rief sie. Mit wenigen Schritten stand sie in der offenen Tür von Sarahs Zimmer und grinste über das ganze Gesicht.

Sarah setzte sich auf und blickte suchend an ihrer Freundin vorbei. „Bist du allein?"

Seit Tagen machte Rike keinen Schritt ohne Sebastian.

„Ja, Basti muss in die Spätschicht und ich brauche unbedingt eine große Portion Schlaf." Sie deutete auf das Telefon, das nach wie vor blinkend und klingelnd auf dem Nachttisch lag. „Willst du nicht rangehen?"

„Nein! Das ist Daniel, wir haben grad genug geredet."

Das Telefon verstummte.

Rike runzelte die Stirn und kam näher.

„Ihr habt gestritten?" Sie wirkte ehrlich überrascht. „Wahnsinn! Das habe ich ja noch nie erlebt."

Stimmt, dachte Sarah ironisch, wie auch, wenn man sich so fremd war.

„Streiten kann man das nicht nennen. Ich würde eher sagen, das wars."

„Echt? Was ist denn passiert?"

Sarah berichtete ihrer Freundin von dem Gespräch mit Daniel und ging mit ihr in die Küche, um Kaffee zu brühen.

„Und was hast du jetzt vor? Fährst du trotzdem nach Spanien?" Rike holte die Milch aus dem Kühlschrank.

„Auf gar keinen Fall", schüttelte Sarah den Kopf. „Erstens hat Daniel das alles gebucht und außerdem kann ich mir das allein nicht leisten." Sie stutzte. „Mist, jetzt hab ich den Job im Bistro auch schon gekündigt. Aber, ach, da will ich sowieso nicht mehr hin."

Rike nickte verständnisvoll und setzte sich ihrer Freundin gegenüber an den kleinen Tisch. „Wegen Martin, oder? Hat er immer noch nicht kapiert, dass er nicht bei dir landen kann?"

„Das kapiert der nie", winkte Sarah ab. „Egal, dann muss eben was anderes gehen. Ich werde verrückt, wenn ich mir die nächsten sechs Wochen Gedanken um mein verkorkstes Leben machen soll, ohne irgendetwas tun zu können ..."

„Sechs Wochen!" Rike riss die Augen auf und hielt für einen Moment die Luft an, bevor sie japsend weitersprach. „Mensch Sarah, das gibts nicht. Du bist die Rettung, nach der ich gesucht habe!", rief sie und streckte die Arme in die Höhe, so als hätte sie gerade den Weltrekord im Hochgeschwindigkeitsdenken gebrochen.

Sarah konnte ihre Mitbewohnerin nur erstaunt ansehen. Doch dann dämmerte es ihr. Rikes begeisterte Berichte über das Waldecker Hofgut fielen ihr wieder ein. Seit der Teenagerzeit half sie jedes Jahr während der Ferienzeit auf einem Reiterhof im Waldecker Land aus. Sozusagen als Mädchen für alles, aber im Besonderen sorgte sie für die

Verpflegung der Kinder. Als Arbeit konnte man die Betreuung der Jugendlichen kaum bezeichnen. Die Beschäftigung als Küchenhilfe und Zimmermädchen war überschaubar und wurde gut bezahlt. Rikes Familie kam aus dem kleinen Ort in der Nähe des Edersees. Schon ihre Mutter hatte hin und wieder auf dem Gut ausgeholfen. Es war also nicht ganz einfach für sie, diesen Einsatz so kurzfristig und kommentarlos zu streichen. Doch Rike wollte um jeden Preis die Ferien mit Sebastian verbringen. Sie glaubte, ihrer großen Liebe begegnet zu sein.

Augenblicklich sprang sie auf und lief in die Diele, wo ihre Tasche stand, kam mit dem Handy zurück und umarmte Sarah.

„Was bin ich froh. Seit Tagen wähle ich mir die Finger wund. Keine Chance, dass irgendjemand Zeit hatte, mich zu vertreten. Yippie! Ich könnte die ganze Welt umarmen."

Erschrocken hielt Rike inne und schlug sich die Hand vor den Mund.

„Entschuldige! Schließlich hast du gerade eine Trennung hinter dir und ich denke nur an mich. Außerdem hab ich dich noch nicht mal gefragt, ob du den Job überhaupt für mich übernehmen würdest?"

Sarah hob den Daumen, zuckte mit den Schultern und winkte dann verständnisvoll ab. „Halb so wild, ich wundere mich selber, wie cool ich bin, aber dich hats ja ganz schön erwischt."

Rikes Gesichtsausdruck wandelte sich von zerknirscht auf verwundert. „War das am Anfang mit Daniel und dir nicht auch so?"

„Du meinst, ob wir tagelang nicht aus dem Bett gekommen sind und so?"

„Zum Beispiel."

„Nein, nicht wirklich." Sarah runzelte die Stirn und zuckte abermals mit den Schultern. „Daniel ist nicht so triebhaft. Es war natürlich mehr als in den letzten Monaten, aber so wie bei euch war es nie."

„Und du hast nichts vermisst?" Rike schüttelte fassungslos den Kopf. „Ein Glück, dass der nach Amerika muss", murmelte sie und sprach dann wieder lauter. „So nüchtern, wie du über Sex mit Daniel redest, könnte man meinen, ihr hättet eine wissenschaftliche Studie darüber verfasst. Was du brauchst, ist ein anständiger Kerl, ein guter Lover. Verstehst du?" Rike sah sie beschwörend an. „Damit du weißt, wovon ich rede. Du hast ja keine Ahnung, was du verpasst."

„Wenn du meinst?" Sarah nickte nur, war jedoch unentschlossen. Ihrer Meinung nach war ihr nichts entgangen. Sehr viele Vergleiche konnte sie allerdings auch nicht vorbringen. Nach Rikes Schilderungen zu urteilen, konnte der Sex mit Daniel demnach nicht besonders gut gewesen sein, sinnierte sie. Anscheinend waren sie über die Mittelmäßigkeit nicht hinausgekommen. Bestimmt war Rike einfach nur ein viel heißblütigerer Typ, mutmaßte Sarah und starrte in ihre Kaffeetasse. Aber woran erkannte man, ob jemand leidenschaftlich war? Tatsächlich zeigte Rike, wenn es um Sebastian ging, ganz neue Seiten, denn ansonsten war sie eine eher bodenständige und realistische Person. Im letzten Sommer konnte sich Sarah erinnern, war ein Tobias der erklärte Favorit ihrer Freundin gewesen, was den Job auf dem Reiterhof aber nicht infrage gestellt hatte. Ein danach gab es nicht mehr, weil Tobias keine kalten Betten mochte. Rike hatte das mit Fassung getragen. Seltsam. Bei Sebastian schien jetzt alles anders zu sein. Sarah betrachtete Rike eindringlich und schüttelte dann über die eigenen Gedanken den Kopf. Schluss damit, es gab Wichtigeres, als über Beziehungen und Sex nachzudenken.

Unterdessen tippte Rike eine Nummer in die Tastatur ihres Mobiltelefons. Kurz darauf begrüßte sie erfreut eine Maritta. Mit wenigen Worten erklärte sie die Situation und schilderte Sarahs Küchenfertigkeiten sowie ihren Werdegang. Im Nu war alles geklärt.

„Samstag um 10 musst du da sein."

2.

*H*endrik von Freyenhof bog mit dem Jeep auf den Zufahrtsweg zum Gut ein, als sein Handy am Armaturenbrett in der Freisprechhalterung klingelte. Bounty, die Bordercolliehündin seines Vaters, die er für die Zeit seines Reha-Aufenthaltes in Obhut hatte, begann sofort aufgeregt zu bellen und sprang wie wild hin und her.

„Bleib ruhig Bounty."

Im Display las er Hannelore, den Namen seiner Mutter. Hendrik verzog ärgerlich das Gesicht. Was war denn jetzt wieder? Seit sein Vater vor drei Tagen mit Verdacht auf Herzinfarkt ins Krankenhaus gekommen war, ging das bereits so.

„Mama, was gibts? Ich bin gleich da, stehe sozusagen schon vor der Tür."

„Gut, ich wollte nur sichergehen, dass du unsere Besprechung nicht vergisst."

„Nein, wie sollte ich auch? Du erinnerst mich allein heute das dritte Mal daran."

„Entschuldige, aber ich weiß doch, an was du alles denken musst."

„Es gab im Sägewerk noch Probleme mit der Hebebühne, deshalb bin ich etwas später."

„Gut. Wir sind im Arbeitszimmer."

Hendrik, der inzwischen das Gelände des Hofes erreicht hatte, parkte und ließ Bounty aus dem Jeep springen, bevor er die wenigen Treppenstufen des Haupthauses hinaufeilte. Eine Besprechung. Bisher hatte man Familienangelegenheiten beim gemeinsamen Essen, das an den meisten Tagen abends eingenommen wurde, besprochen. Als wenn dafür jetzt Zeit wäre. Hendriks Blick streifte flüchtig das u-förmig angelegte, weitflächige

Anwesen mit seinen altehrwürdigen Fachwerkgebäuden, deren Mauern teilweise bis in das 17. Jahrhundert zurückreichten. Gut Freyenhof zählte zu den großflächigsten in der ganzen Region. Einst galt es, insgesamt 750 Hektar Wald- und Freiflächen zu bewirtschaften. Mittlerweile waren Teile der Ländereien verpachtet oder auch verkauft. Die Forstwirtschaft stellte die größte Einnahmequelle dar. Doch das reichte nicht, um das Familienerbe zu bewahren. Schon in den 1980er-Jahren hatte sein Vater Hans-Hermann, mit Zustimmung seines Großvaters Wilhelm-Konrad, die unrentable Landwirtschaft in weiten Teilen aufgegeben und den Betrieb umstrukturiert. Die alten Gemäuer waren modernisiert und zu einem Gestüt mit Reiter- und Ferienhof aus- und umgebaut worden. Ein weiteres, stattliches Haus, das etwas außerhalb des Hofgebäudes stand und früher als Gesindehaus diente, hatte man bereits in den 1950er-Jahren zu einem Hotel mit Restaurant umfunktioniert. Und nun würde Hendrik seinem Vater im Betrieb zur Hand gehen. Seit dem Abschluss seines BWL-Studiums lag sein Hauptaugenmerk auf der Bewirtschaftung des Waldes mit dem dazugehörigen Sägewerk.

Er betrat das nach westfälischer Art erbaute Herrenhaus. Das Gebäude beeindruckte allein schon durch seine Größe. Rechteckig, geradlinig, schnörkellos und trotzdem imposant. Aus jeder Ritze sprach Geschichte. Eilig durchquerte er die großzügige Diele und erreichte das Büro seines Vaters. Bounty immer vorweg. In dem mit Eichenholzpaneelen ausgelegten Raum fühlte man sich automatisch zurückversetzt in eine längst vergangene Zeit. Der schwere Schreibtisch aus Ebenholz, der noch aus den 20er-Jahren des vorigen Jahrhunderts stammte, beherrschte das Zimmer ebenso wie die mit Büchern und Akten gefüllten Regale an den Wänden. Das einzige Zugeständnis an die Neuzeit war die technische Ausstattung. Dem gegenüber stand ein Ledercouchensemble im englischen Stil mit passendem Tisch. Durch das Fenster konnte man die Pferdeweiden sehen. Bounty, die sofort schwanzwedelnd auf Eike zulief, der mit Dorit bereits auf der bequemen Couch saß, holte sich ihre Streicheleinheiten. Vor Dorits Füßen rollte sie sich schließlich zufrieden zusammen und verfolgte das Geschehen um sie herum mit wachsamen Blicken. Über der Sitzgruppe hingen nicht nur Urkunden und Auszeichnungen an den hellen Wänden, sondern auch gerahmte Bilder von prämierten Zuchtpferden. Alles Zeugnisse einer langen Gestütstradition. Hannelore, die Hendrik hereinkommen sah, legte das Telefon aus der Hand und kam auf ihn zu.

„Setz dich, ich habe gute Neuigkeiten. Ich war heute Morgen im Krankenhaus und konnte eben noch mal mit der Stationsschwester telefonieren."

Hendrik setzte sich zu seinem Bruder und dessen Frau, während Hannelore weitersprach.

„Ihr könnt euch nicht vorstellen, wie froh ich bin, dass alles so glimpflich abgegangen ist." Sie presste eine Hand auf ihr Dekolleté. „Eurem Vater gehts schon viel besser. Glücklicherweise war es kein Herzinfarkt, sondern nur", sie malte Anführungszeichen in die Luft, „Angina Pectoris."

„Gott sei Dank", Dorit wirkte genauso erleichtert wie die beiden Brüder. „Und wie gehts jetzt weiter?"

„Wie ich eben gehört habe, wird euer Vater morgen für mindestens drei Wochen nach Rotenburg zur Reha geschickt. Wie ihr euch vorstellen könnt, kommt sein Zustand nicht von ungefähr. Die vielen Verpflichtungen und

Termine." Sie hob die Hände in einer hilflosen Geste. „Ja, ich weiß, was ihr sagen wollt ... es fällt ihm nun mal schwer, Hilfe anzunehmen und kürzerzutreten. Gut, das ist jetzt nicht mehr zu ändern. Aber die Ärzte haben ihm dazu gehörig den Marsch geblasen. Doch nun müssen wir mit den Aufgaben, die anstehen, ohne ihn fertig werden."

Hannelore, die trotz ihrer akkuraten Erscheinung, ein wenig erschöpft wirkte, nahm nun ebenfalls Platz und holte tief Luft. Es war klar, woran sie dachte. Wie jedes Jahr um diese Zeit stand das Springturnier mit Auktion an. Ein alljährliches Event, das bisher immer unter der Regie des Barons geplant und umgesetzt worden war, musste nun erstmalig ohne den Schirmherrn stattfinden. Außerdem wurde die erste Welle von Ferienkindern erwartet, die am Sonntag anreisten.

Hans-Hermann von Freyenhof war ein leidenschaftlicher Reiter und Pferdezüchter. Als junger Mann war er als Springreiter so erfolgreich gewesen, dass er es sogar bis in die Reihen der Olympioniken geschafft hatte. Nun galt sein ganzer Stolz dem internationalen Springturnier, das über die Grenzen des Landes bekannt war und jährlich auf dem Gut stattfand.

„Die Unterbringung und Bewirtung der Turniergäste ist in trockenen Tüchern", meldete sich Eike zu Wort. „Ich habe zusätzliches Personal dafür angeheuert. Also für meinen Teil kann ich sagen, dass wir gerüstet sind."

Hendrik, der den zufriedenen Unterton seines Bruders heraushörte, betrachtete die beiden neben sich. Eike war mit seinen dreiunddreißig Lenzen knapp vier Jahre älter als sein er. Er hatte bereits in der Jugend gewusst, dass er Sternekoch werden wollte. Kurz nach der Ausbildung hatte er eine Stellung in einem Spitzenrestaurant angetreten und dort die Konditorin Dorit kennengelernt. Seither waren die beiden ein Paar, was sie im vergangenen September mit dem Ehegelübde besiegelt hatten. Seit Eikes Ambitionen zum Koch galten die Zuständigkeiten auf dem Gut damit als geregelt. Da Hendrik aber nach dem Studium erst mal Fuß fassen musste und eigentlich überall einsprang, wo Not am Mann war, fühlte er sich in diesem Moment benachteiligt.

Über die Selbstzufriedenheit seines Bruders ein wenig verstimmt, zog er die Augenbrauen hoch und räusperte sich. „Ja, leider kann ich das von mir noch nicht sagen. Mir war klar, dass das jetzt alles auf mich zukommt. Aber es ist schließlich das erste Mal, dass ich mich allein um die Organisation kümmern muss. Um das Sägewerk muss ich mich nicht sorgen. Uwe Ritter wird es die nächsten drei Wochen weitgehend ohne mich leiten. Die Waldarbeiter sind informiert."

„So war das doch nicht gemeint", hob Eike beschwichtigend die Hand, „ich wollte damit nur sagen, dass ich für das, was in meiner Verantwortung liegt, vorbereitet bin. Ich habe vom Ablauf des Turniers genauso wenig Ahnung wie du. Ich wüsste nicht mal, wie ich dir dabei helfen sollte."

Hannelore sah die Brüder so beschwörend an, dass Eike schwieg.

„Bitte, keine Diskussionen jetzt. Das Letzte, was wir brauchen können, ist Streit." Sie wandte sich Hendrik zu. „Ich habe mir darüber auch so meine Gedanken gemacht. Wir müssen uns nichts vormachen. Selbst wenn euer Vater jetzt zurückkäme, könnte er nicht da weitermachen, wo er aufgehört hat. Das wird in dieser Form sowieso nicht mehr möglich sein. Abgesehen davon, dass ich es nicht zulassen werde. Hendrik, es verlangt niemand von dir, dass du alles allein bewältigen sollst." Hannelores Lippen umspielte ein Lächeln. „Tja, und weil das so ist, habe ich Gesine angerufen und sie um Hilfe gebeten." Sie machte ein zufriedenes Gesicht, als sie weitersprach. „Gesine ist wirklich ein sehr nettes Mädchen, Pardon, eine junge Frau, und sie war sofort einverstanden. Sie hat mir versprochen, überall einzuspringen, wo Not am Mann ist. So, das ist meine Überraschung. Nun müssen wir alle Aufgaben nur noch neu verteilen."

Während die Brüder mit entgeisterten Blicken auf die Neuigkeit reagierten, hob Dorit, die Gesine nicht kannte, fragend die Augenbrauen.

„Hältst du das wirklich für notwendig?" Hendrik, der nicht länger an sich halten konnte, sprang auf und stellte sich vor seine Mutter. „Also ich finde das unnötig und bin mir sicher, dass wir es auch ohne sie schaffen."

Über Hannelores Nasenwurzel bildete sich eine Falte. Ein sicheres Zeichen, dass sie keinen seiner Einwände gelten lassen würde, wusste Hendrik aus Erfahrung und resignierte. Da sie wie so oft bereits allein entschieden hatte, wandte er sich achselzuckend ab und rief nach der Hündin.

Eike und Dorit, die die Szene schweigend beobachtet hatten, sahen nun auch keinen Grund, mehr zu bleiben, weshalb sie sich ebenfalls erhoben und zur Tür strebten. „Es war ja nichts Wichtiges mehr oder?", fragte Eike, der bereits nach der Türklinke griff.

„Nein, im Augenblick nicht", antwortete Hannelore und hielt Hendrik, der seinem Bruder auf dem Fuß folgen wollte, davon ab, hinterherzugehen.

„Moment noch! Ich merke doch, dass du ein Problem mit Gesine hast."

Einen Seufzer unterdrückend schloss er die Tür wieder und musterte seine Mutter kühl. „Ich hab gar kein Problem mit ihr, dafür ist sie mir nicht wichtig genug. Ich bin nur der

Meinung, dass Fremde keinen Einblick in unsere Firmenangelegenheiten haben sollten, das ist alles."

„Aber sie ist doch keine Fremde. Unsere Familien sind seit Ewigkeiten miteinander befreundet. Das weißt du doch. Warum bist du so misstrauisch?"

Er ignorierte die Frage, weil er keine Lust hatte, das Gespräch unnötig in die Länge zu ziehen. „Das sehe ich anders. Wir brauchen ihre Hilfe nicht. Haben sie uns schon mal um Hilfe gebeten? Nein, weil sie immer alles alleine regeln. Und genau das sollten wir auch tun."

„Gut, ich verstehe deine Bedenken. Ich werde darüber nachdenken, aber sie ist bereits auf dem Weg hierher, und wenn sie sich nützlich machen will, freue ich mich und dass solltest du auch. Ich versichere dir, sie wird nur den Einblick bekommen, den ich ihr gewähre."

3.

„Wie fühlst du dich?" Rike, die Sebastians Golf in Richtung Reiterhof steuerte, betrachtete Sarah kurz von der Seite.

„Alles okay. Vielleicht ein bisschen müde. Ich kann im Moment nicht so gut schlafen. Aber das gibt sich wieder."

„Bist du sicher? Ich meine, schließlich habe ich dich ziemlich überrumpelt. Wenn ich es mir recht überlege, hast du gar nicht richtig ja gesagt" Rike machte ein zerknirschtes Gesicht. „Es ist nur ... ich bin so froh, dass du für mich einspringst."

Sarah, die sich sehr wohl an ihre Zustimmung erinnerte, konnte sich nicht verkneifen, Rike ein wenig zu foppen. Sie legte den Finger an die Stirn und verdrehte die Augen. „Ja richtig, jetzt wo du's sagst ... eigentlich bin ich mir jetzt doch nicht mehr so sicher, ob ich will. Nach so einer Trennung, da kann man schon mal ein bisschen verwirrt sein." Sarah grinste von einem Ohr zum anderen, als sie das erschrockene Gesicht ihrer Freundin betrachtete.

„Oh du ...", Rike klatschte Sarah freundschaftlich aufs Bein.

„Au! Geht man so mit Menschen um, die einem aus der Patsche helfen? Klar will ich dahin", rief Sarah. „Ich bin froh, dass ich zu Hause rauskomme. Natürlich wäre ich jetzt lieber auf dem Weg zum Flughafen, aber ... ach, was soll's. Ist dann jetzt eben so, es gibt Schlimmeres."

Rike stieß erleichtert die Luft aus. „Genau, so will ich dich hören."

Kurz darauf bogen sie in die Hofeinfahrt von Gut Freyenhof ein.

Nachdem sie sich herzlich von Rike verabschiedet hatte, betrachtete sie staunend, wie riesig das Gehöft war. Vor einem pyramidenförmigen Treppenaufgang stellte sie Reisetasche und Rucksack ab und sah sich um. Mannomann, sie musste an die Bilder denken, die ihr durch den Kopf geschossen waren, als Rike ihr von dem *Hof* erzählt hatte. Diese Gedanken konnte sie jetzt getrost vergessen. Das, was sie sah, war mindestens drei Nummern größer als alles, was sie sich je vorstellen konnte. Sie drehte sich noch einmal zu Rike um, die gewendet hatte und nun bereits aus der Hofeinfahrt fuhr.

Sarah gab sich einen Ruck, nahm ihr Gepäck und blieb dann mit Blick auf das Haupthaus und das danebenliegende Gebäude doch ratlos stehen. In der Eile hatte Rike versäumt, ihr zu erklären, wo sie sich melden sollte. Ein aufgeregtes Wiehern ließ sie herumfahren und der Geruch von Pferdemist kroch ihr in die Nase. Sie sah zu den Ställen hinüber, die sich auf der anderen Seite der Hoffläche in einer langen Front erstreckten. Einige der edlen Vierbeiner steckten ihre Köpfe aus den halb offenen Türen und schienen sie skeptisch zu beäugen. In der Mitte der gepflasterten Fläche des Innenhofes stand eine mächtige Eiche, die von einer hölzernen Bank umrundet war. Ein trockengelegter Brunnen, der gleich daneben gelegen war, unterstrich das ländliche Idyll so perfekt, als hätte man es für ein Foto arrangiert. Weiter hinten hörte sie die drei Mädchen im Teenageralter, die herumalberten, während sie Ponys vor einem Paddock striegelten. Sicher konnten die ihr sagen, wo sich das Personalbüro befand. Doch bevor sie auch nur den Mund aufmachen konnte, rief jemand nach ihr.

„Hallo, du musst Sarah sein!"

Sarah drehte sich um und blickte auf eine sympathisch wirkende Frau mit brünetter Kurzhaarfrisur, die anscheinend aus der Tür direkt neben dem Hauptgebäude gekommen war.

„Ja, die bin ich, dann sind Sie bestimmt Maritta, oder?"

Die Frau streckte ihr die Hand entgegen und unterzog Sarah einer schnellen Musterung. „Ja, ich bin Maritta Ritter."

Sarah lächelte über die Art, wie Maritta das R rollte. Ein Indiz, dass sie keine Nordhessin war.

„Bitte, du musst mich nicht siezen. Wir werden die nächsten Wochen tagtäglich zusammenarbeiten. Da ist das Du unkomplizierter."

„Gefällt mir auch besser", nickte Sarah. Rike hatte nicht zu viel versprochen. Maritta schien in Ordnung zu sein. Sie betrachtete ihr Gegenüber genauer. Maritta war schlank und drahtig, beinahe ein bisschen burschikos, aber auf eine angenehme Art. Sie ließ Marittas Hand wieder los.

„Ich soll dir schöne Grüße von Rike ausrichten. Sie hatte leider keine Zeit mehr, dich zu begrüßen." Sarah warf einen Blick auf ihre Armbanduhr. „In knapp zwei Stunden fährt ihr Zug, der sie nach Sylt bringt."

„Danke. Schade, ich hätte sie gern mal wieder getroffen, aber das ergibt sich bei Gelegenheit. So, dann will ich dir mal alles zeigen." Sie deutete auf das Gepäck. „Am besten wird sein, wenn wir erst mal deine Sachen wegbringen. Komm mit."

Maritta schnappte sich den Rucksack und ging voraus. Sarah folgte ihr mit der Reisetasche und betrat das Gebäude neben dem Haupthaus, das im gleichen Stil erbaut war, aber nur zwei Stockwerke hatte. Der Weg führte durch einen großen Raum mit vielen Tischen, Stühlen und Bänken. In den Regalen an den Wänden sah man Spiele, Bücher und Bastelutensilien, also alles, was Kinderherzen höherschlagen ließ. Durch die hohen, im westfälischen

Bauernstil gehaltenen Fenster, die mit einem typischen Holzkreuz versehen waren, kam jede Menge Licht herein, was den Raum bis auf den letzten Quadratzentimeter erhellte. Gleich nebenan befand sich die riesige Wohnküche. Sarah registrierte erleichtert, dass zwei Industriespülmaschinen die moderne Küchenausstattung ergänzten. Auch die Küche bot einen Blick auf den Innenhof.

Maritta blieb stehen. „Das ist für die nächsten Wochen dein Reich. Wir bereiten hier Frühstück, Kuchen und Kakao am Nachmittag und Abendbrot für die Ferienkinder zu. Das Mittagessen wird in der Hotelküche gekocht. Wir holen es dann in Wärmebehältern her. Du hast das Hotel sicher gesehen, es liegt unmittelbar vor dem Gut." Sie deutete auf die breite Doppeltür. „Der große Raum, durch den wir gerade gekommen sind, ist Speisesaal und Aufenthaltsraum in einem. Abgesehen davon, dass die Kinder dort die Speisen einnehmen, nutzen wir ihn nur, wenn es regnet. Die Essenszeiten besprechen wir noch. Abends um halb zehn müssen alle in den Betten sein. Ausnahme ist der letzte Ferientag, dann findet ein Abschiedsfest statt." Maritta sah sie forschend an. „Du bist also fast rund um die Uhr im Einsatz, ich hoffe, Rike hat dich darüber informiert?"

„Ja, natürlich. Sie hat es erwähnt. Das ist kein Problem. Ich mag Kinder."

„Das ist gut", lachte Maritta. „Sie werden dich nämlich voll in Beschlag nehmen."

Maritta führte Sarah in die Vorratskammer. In hohen Metallregalen, die hintereinander in Reihen aufgestellt waren, befanden sich Töpfe, Brotkörbe und Küchentücher sowie Konserven und Lebensmittel, die nicht gekühlt werden mussten. Zudem gab es mehrere Kühltruhen. Sie deutete auf das Gestell des mittleren Regals, auf dem obenauf ein großer schwarzer Bräter stand. „Hier solltest du aufpassen. Die Regalgestänge, die im Boden und in der Decke verankert sind, haben sich oben in der Halterung gelockert. Uwe weiß Bescheid, er hat mir seit Längerem versprochen, sie zu reparieren, aber bis jetzt ist er noch nicht dazugekommen. Sei also vorsichtig, wenn dir das Ungetüm auf den Kopf fällt, hast du anschließend eine Gehirnerschütterung."

„Ich versuche, daran zu denken."

Maritta verließ den Vorratsraum und bat sie mit einem Wink, ihr zu folgen. Sie durchquerten die Wohnküche, von der aus, eine weitere Tür zu einem kleinen Flur mit Treppenhaus führte. Mein Gott, wie groß das alles hier ist, ging es Sarah durch den Sinn. Nach einem Blick aus einem schmalen Fenster erkannte sie, dass sie sich nun im hinteren Teil des Gebäudes befinden mussten, denn sie entdeckte einige Pferde, die auf der Weide grasten. Maritta öffnete eine von zwei Türen und dirigierte Sarah in ein kleines Zimmer, in dem ein Bett, Nachttisch, Stuhl sowie Schrank standen. Sarah wusste sofort, dass dies ihre Herberge für die nächsten sechs Wochen sein würde. Ein bisschen erinnerte das Mobiliar an eine Gefängniszelle. Doch wozu hätte man den Raum noch komfortabler ausstatten sollen? Sie würde sich sowieso kaum hier aufhalten. Der Blick nach draußen entschädigte sie allerdings für die karge Einrichtung. Auch hier hatte sie die Aussicht auf satte Wiesen und prachtvolle Pferde.

„Das ist dein Zimmer", erklärte Maritta und verwies mit dem Finger auf eine Tür gleich nebenan. „Dusche und Toilette ist separat. Am besten, du lässt dein Gepäck hier stehen. Du kannst es nach unserer kleinen Besichtigungstour auspacken." Sie gab Sarah den Schlüssel des Zimmers, damit sie abschließen konnte, und ging zurück in den Flur, wo sie auf die Treppe deutete. „Oben sind die Zimmer der Mädchen. Sie haben ihre eigenen Bäder."

„Dachte ich mir schon, dass es hauptsächlich Mädchen sind, die hier Ferien machen. Und Jungs kommen gar keine?"

„Das Interesse ist nicht sehr groß. Aber es gibt auch ein logistisches Problem."

Sarah runzelte die Stirn.

„Ja, wir haben nur vier Zimmer mit je vier Betten", erklärte Maritta, „und dazu zwei Bäder mit jeweils drei Duschen und sechs Toiletten. Wenn wir Jungs aufnehmen, was auch schon vorgekommen ist, müssen es pro Ferienwoche mindestens vier sein, damit wir einen Raum vollkriegen und ein Bad für sie reservieren können, ansonsten ergibt es keinen Sinn."

„Hm, verstehe. Und wie viele Kinder haben sich angemeldet?"

„Wir sind die ganzen Ferien ausgebucht. Jeden Sonntag kommen sechzehn Mädchen zwischen acht und fünfzehn Jahren. Freitagabend ist Abschiedsfeier und Samstag ist Abreisetag. Das ist der anstrengendste Tag. Betten ab- und aufziehen, sauber machen und was sonst noch so anfällt."

„Wer kauft die Lebensmittel ein?"

„Ich. Meistens mittwochs. Du wirst dabei sein. Ich fahre dann nämlich nach Kassel in einen Großmarkt. Du kannst dir nicht vorstellen, welchen Appetit die Mädchen entwickeln, wenn sie den ganzen Tag an der frischen Luft sind."

Mit zügigen Schritten erklomm Maritta die hölzerne Treppe, die kaum hörbar unter ihrem Gewicht ächzte.

„Die Zimmer sind in unterschiedlichen Farben gehalten", erklärte sie weiter, als sie im Obergeschoss angelangt waren. „So finden sich die Mädels besser zurecht. Außerdem teilen wir sie nach Alter ein, das hat sich bewährt. Hast du schon mal mit Kindern gearbeitet?"

Maritta blieb vor einer offenen Zimmertür stehen und Sarah schlüpfte an ihr vorbei, um den Raum zu betreten, der ganz in Sonnengelb gehalten war.

„Ich habe einige berufsbedingte Praktika im Kinder- und Jugendbereich absolviert."

Während Sarah über die gelb-weiß gepunktete Bettwäsche strich, lächelte sie wehmütig. „So hätte ich als Kind auch gerne mal Ferien gemacht. Wie schön, dass ich es wenigstens als Erwachsene mal erlebe", sie sah kurz auf und grinste. „Hat dir Rike erzählt, dass ich im August eine Stelle als Lehrerin antrete? Vorgestern habe ich die Zusage gekriegt."

„Nein." Maritta war sichtlich überrascht. „Sie hat mir nur erzählt, dass du lange Zeit in einem Bistro gearbeitet hast und deshalb auch mit dieser Arbeit kein Problem haben würdest. Aber viel Zeit zum Reden blieb uns ja leider nicht. Dieser Sebastian muss schon was ganz Besonderes sein, wenn sie für ihn den Job hier sausen lässt."

„Ja, Basti ist ein Schatz und sehr in Rike verliebt. Das könnte was Ernstes werden mit den beiden."

„Das freut mich", nickte Maritta. „Ich vertraue ihrem Urteil, wenn sie uns jemanden empfiehlt. Vor zwei Jahren hat sie eine andere Freundin zum Helfen mitgebracht und das klappte auch recht gut. Sonst hätte ich nicht so einfach zugestimmt. Du wirst sehen, wie anstrengend das hier werden kann."

Die beiden Frauen gingen den langen Flur entlang, vorbei an weiteren Zimmern in Himmelblau, Moosgrün und Erdbeerrot, um dann zum Treppenhaus zurückzukommen. Sarah, die hinter Maritta herlief, hatte Mühe, sich all die

Türen und Gänge zu merken. Zurück auf dem Hof, begaben sie sich direkt zum Haupthaus.

„So, und jetzt zeige ich dir, wie du zum Büro kommst. Schließlich müssen die Freyenhofs wissen, dass du offiziell angekommen bist. Du bekommst einen Arbeitsvertrag und bist damit auch automatisch versichert."

„Ähm, ich denke, ich sollte dir noch etwas sagen", zögerte Sarah, als sie hinter Maritta herging.

„Und das wäre?" Maritta blieb abwartend am Brunnen stehen.

„Ich kann nicht reiten und habe auch noch nie auf einem Pferd gesessen."

Maritta lachte erleichtert auf. „Wenns weiter nichts ist. Für die Reitstunden der Kinder haben wir mehrere Mädchen aus dem Dorf. Die sind alle sattelfest. Und bereits alte Hasen im Umgang mit den Kiddies. Drei von ihnen konntest du eben schon bei den Ställen sehen. Meine Tochter Saskia wird auch dabei sein. Sie reitet wie der Teufel. Mach dir also deshalb keine Gedanken. Hauptsache, du kommst mit der Bande klar, wenn sie Hunger haben."

Sarah winkte lachend ab. „Die kriege ich satt."

„Siehst du, Probleme werden hier sofort gelöst. Los! Lass uns den formellen Teil hinter uns bringen."

Maritta, die mit federnden Schritten vor Sarah die pyramidenförmige Treppe zum Haupthaus empor lief, öffnete eine dunkelgrüne Doppeltür, die aus massivem Holz gefertigt war. Die herrschaftliche Eingangstür, die mit antiken Messinggriffen und kleinen hellen Scheiben im oberen Kopfbereich ausgestattet war, war unverschlossen.

„Sie wird erst abends abgeschlossen", beantwortete Maritta Sarahs unausgesprochene Frage. „Das ist einfacher so, weil tagsüber zu viele Leute hier ein und ausgehen."

Sarah nickte nur und sah sich dabei in der beeindruckenden Eingangshalle um. Der quadratisch hohe Raum, dessen schwarz-weiß gekachelter Steinfußboden, wie ein Schachbrett aussah, wurde von einer Treppe beherrscht, die mit einem kunstvoll gedrechselten Eichenholzgeländer versehen war. Anstatt Möbeln gab es nur noch eine schwere Eichentruhe, die mit aufwendigen Schnitzereien ausgestattet war und an den weiß verputzten Wänden wechselten sich in Öl verewigte ernst dreinblickende Ahnen mit Hirschgeweihen und verschnörkelten Wandleuchten ab. Alles wirkte gediegen, fast hoheitsvoll. Ein bisschen wie bei Königs daheim, sinnierte Sarah nicht ohne Ironie. In der Mitte führte ein Flur zu weiteren Türen, zu denen Maritta sie jetzt dirigierte. In dem Moment, als sie die Erste öffnen wollte, wurde sie von innen von einem drahtigen Mann aufgestoßen, während sich gleichzeitig ein schwarz-weiß gefleckter Hund an ihr vorbei drängte und sich sofort an sie schmiegte. Der Mann, Sarah schätzte ihn kaum älter als sich selbst ein, fing an, zu lachen, was sie veranlasste, zu ihm aufsehen. Manche Menschen schafften es einfach, von der ersten Sekunde an zu beeindrucken, musste sie ihm neidlos zugestehen und betrachtete ihn verstohlen. Allein das charmante Lächeln, kombiniert mit dem modernen, aber zerzausten Kurzhaarschnitt wirkte schon sehr anziehend. Er schien sich häufiger mit den Fingern durch die volle dunkelblonde Haarpracht fahren. Seinem attraktiven Äußerem schadete das allerdings nicht, es unterstrich höchstens noch den jungenhaften Charme, den er im Übermaß besaß.

„Irgendwann bringt sie mich noch zu Fall, das wirst du sehen!", quietschte Maritta und machte hastig einen Schritt zur Seite.

Er zuckte nur lapidar mit den Schultern und verzog den Mund zu einem schiefen Grinsen. „Was soll ich machen? Sie mag dich halt", lachte er und nahm Sarah in Augenschein. Während er sie aus grau-grünen Augen wachsam fixierte, änderte sich seine Miene. Das charismatische Lächeln verschwand.

„Ich sie auch." Maritta strich der Hündin lächelnd über den Kopf und deutete auf Sarah. „Hendrik, darf ich dir Sarah Kunzmann vorstellen? Sie springt für Rike ein."

Er streckte ihr die Hand entgegen. „Herzlich willkommen auf Gut Freyenhof", begrüßte er sie mit dunkler Stimme höflich, aber reserviert. „Die Formalitäten erledigt meine Mutter. Sie wird Ihnen alles Weitere erklären. Ansonsten wenden Sie sich bitte an Maritta." Mit einem kurzen Nicken in Richtung seiner Angestellten verabschiedete er sich und folgte der Hündin, die bereits in der Halle schwanzwedelnd auf ihn wartete.

Auch wenn er derbe Schuhe trug und in einer abgewetzten Jeans samt verwaschenem karierten Hemd steckte – wie ein Bauer sah er nicht aus, registrierte Sarah, die ihm irritiert nachstarrte. Diese Art von überheblicher Gelassenheit war mit Sicherheit angeboren. Das konnte man nicht lernen, davon war sie überzeugt.

Mit Formalitäten und überschwänglicher Freundlichkeit hielt sich auch die Baronin nicht auf. Genau wie ihr Sohn begrüßte Hannelore von Freyenhof die neue Aushilfe mit kühler Höflichkeit und nahm sie dabei dezent unter die Lupe.

Ob man sich in diesen Kreisen so verhalten musste?

Obwohl es dafür keinen konkreten Anlass gab, wurde Sarah das Gefühl nicht los, dass die Hofherrin sie nicht mochte. Ach, was solls, redete sie sich gut zu, als sie das Büro wieder verließ. In sechs Wochen war der Spuk vorbei und sie konnte in ein neues Leben mit hoffentlich umgänglicheren Vorgesetzten starten.

Auf dem Weg nach draußen atmete Hendrik erleichtert auf. Allmählich fühlte er sich sicherer mit den neuen Aufgaben und war zufrieden, dass er gut im Zeitplan lag. Die Vorbereitungen für Auktion und Turnier nahmen Gestalt an, was seinem Vater gefallen würde. Und dass Dennis ihn mit seiner Erfahrung als gestandener Pferdewirt und Turnierreiter tatkräftig unterstützte, war ihm ebenfalls eine echte Hilfe. Sein Vater durfte stolz sein auf sein Personal. Es verging kein Abend, an dem Hendrik nicht mit ihm telefonierte und war froh, dass er vorwiegend Positives berichten konnte.

Gedanklich bereits bei dem nächsten Termin, der im Sägewerk anstand, trat Hendrik aus dem Schatten der Scheune und beobachtete, wie Maritta mit Sarah Kunzmann die Treppe des Haupthauses herunterkam. Wie wohl seine Mutter auf Rikes Ersatz reagiert hatte? So wie er sie kannte, mochte sie keine Überraschungen und schon gar keine, die aussahen wie dieses Mädel. Warum auch immer … blonde Frauen hatten es bei Hannelore noch nie leicht gehabt. Außer Cora. An ihr hatte sie aus unerklärlichen Gründen einen Narren gefressen, obwohl seine Ex nur zwei Mal mit ihm hier gewesen war.

Natürlich war Hendrik nicht entgangen, wie attraktiv Sarah war, doch von solchen Äußerlichkeiten wollte er sich nicht mehr blenden lassen. Jetzt nicht und zukünftig auch nicht mehr. Als müsste er sich das selbst beweisen, wandte er ruckartig den Blick von den beiden ab. Er war heilfroh, dass er die Trennung von Cora endlich überwunden hatte. Das hatte ohnehin viel zu lange gedauert. Nun wollte er erst mal seine Freiheit genießen und sich Zeit lassen, bis er sich wieder auf eine neue Beziehung einlassen würde. Dennoch – wie von einem Magnet angezogen, wanderten seine Augen erneut zu den beiden Frauen, die vertraut schwatzend über den Hof liefen und dabei so unbeschwert wirkten, dass man neidisch werden konnte. An wen erinnerte ihn diese Sarah nur? An irgendeine Prominente, da war er sich sicher. Dann fiel es ihm ein. Sie sah aus wie diese fotogene Model-Holländerin, die die Männer wechselte, wie andere Leute ihre Unterwäsche. Kein Wunder bei dem Aussehen. Blonde, lange Haare, ein Engelsgesicht mit strahlend blauen Augen und eine Figur, die bei fünfundneunzig Prozent aller Männer nicht jugendfreie Fantasien hervorrief. Sarah war schön. *Zu* schön. Und es ärgerte ihn verdammt noch mal, dass er ihretwegen an den größten Fehler seines bisherigen Lebens erinnert wurde. Hendrik ballte die Faust. Eher wollte er zur Hölle fahren, als sich noch einmal für eine Frau zum Affen zu machen. Da konnte sie so schön sein, wie sie wollte. Basta!

Während die beiden Frauen den Weg zum Kinderhaus einschlugen – so wurde das Gebäude direkt neben dem Haupthaus genannt - marschierte Hendrik zum Parkplatz und kam am Heck seines Jeeps an. Gerade, als er den Schlüssel aus der Jeans zog, um die Fernbedienung zu betätigen, bremste ein schwarzer Audi TT abrupt nehmen ihm ab und kam so zum Stehen, dass es ihm unmöglich wurde, aus der Parklücke zu fahren. Hendrik, der nicht glauben konnte, dass jemand so dreist sein konnte, schnappte empört nach Luft. Bounty, die das Bremsgeräusch ebenfalls aufgeschreckt hatte, fing sofort lautstark an zu bellen. Schon erstaunlich, was sich manche rausnahmen, dachte er, bekam jedoch keine Zeit, sich aufzuregen. Die junge Frau, die aus dem Sportwagen sprang, auf ihn zukam und ihm ohne Vorwarnung um den Hals fiel, verhinderte das. Und Bounty, die ihr Herrchen nun endgültig in Gefahr wähnte, tobte knurrend und kläffend um sie herum.

„Hallo Hendrik, da staunst du, was?", rief die Rotblonde und lachte ihn aus großen, hellblauen Augen an. „Kannst du bitte mal den Hund zurückpfeifen? Man versteht ja sein eigenes Wort nicht", forderte sie mit einem Zwinkern auf. Noch immer sprachlos von dem Überfall, nahm er die Aussage wortlos hin, wunderte sich aber über die anmaßende Selbstverständlichkeit.

„Hey! Freust du dich gar nicht?", sprudelte es weiter aus ihr heraus. „Ich konnte mich schon einen Tag früher von meiner Arbeit daheim loseisen."

Und wie! Hendrik, dem nun klar wurde, wer ihn da viel zu fest umklammerte, musste einen genervten Seufzer unterdrücken. Gesine Baumbach. Bestimmt zehn Kilo leichter und mit neuer Frisur. Da passte auch das Fahrverhalten. Mit einem demonstrativen Blick auf Bounty nahm er ihre Arme von seinem Hals und trat einen Schritt zurück. Besänftigend streichelte er über den Kopf der Hündin, die daraufhin Ruhe gab und überlegte dabei, wann er Gesine das letzte Mal gesehen hatte. Es musste mindestens ein Jahr her sein.

„Entschuldige, dass ich dich so überfalle. Du bist auf dem Sprung, wie ich sehe. Da kannst du sicher verstehen, dass ich dich wenigstens noch begrüßen wollte, bevor du fährst. Wir haben uns ja so lange nicht gesehen."

Ich hätte kein Wiedersehen gebraucht.

„Gesine", räusperte sich Hendrik und besann sich auf seine Manieren, „schon gut, ich bin nur etwas überrascht.

Ich hab dich nicht sofort erkannt. Wolltest du nicht erst nächste Woche herkommen?" Aus den Augenwinkeln bemerkte er, dass er von Maritta und Sarah beobachtet wurde, die vor dem Kinderhaus standen und zu ihm herübersahen. Augenblicklich rückte er noch weiter von Gesine ab.

„Deine Mutter weiß Bescheid, ich hab vorhin mit ihr telefoniert. Sie hat mir das Gästezimmer schon hergerichtet. Ich freue mich doch so, wenn ich helfen kann."

„Ja, das ist nett, dass du uns unterstützen willst … obwohl es ehrlich gesagt nicht wirklich notwendig ist." Hendrik vermied es, sie anzusehen. Er war über den Alleingang seiner Mutter noch immer verärgert, wusste aber, dass er die Sache selber in die Hand nehmen musste, um die Kontrolle über die Geschehnisse nicht zu verlieren. „Tut mir leid, aber ich bin in Eile. Ich schlage vor, wir besprechen das heute Abend."

4.

„So, jetzt wo wir den offiziellen Teil hinter uns haben, zeige ich dir den Hof." Maritta marschierte vor Sarah her an der Eiche vorbei über den Hof und deutete auf einen der schmalen Wege, die zwischen den Gebäuden zu den Weiden führten. „Es ist wichtig, dass du dich auskennst, falls eins der Mädchen mal ausgebüxt ist."

„Kommt das öfter vor?"

„Immer mal wieder. Manche Mädels können ganz schön zickig sein, besonders die in der Pubertät."

„Hm, verstehe."

Während Maritta sie durch die Ställe, die Scheune und am Springreitplatz mit Reithalle vorbeiführte, konnte Sarah nur sprachlos staunen. Aber als sie den künstlich angelegten Schwimmteich, der eingebettet zwischen alten Laubbäumen dalag, entdeckte, konnte sie nicht mehr an sich halten.

„Oh Gott, ist das schön hier."

In den sanften Wellen des tropfenförmigen Teiches, der die ungefähre Größe eines Tennisplatzes hatte, spiegelte sich idyllisch die Nachmittagssonne, die nur von ein paar vereinzelten Wolken unterbrochen wurde. Im hinteren Uferbereich wuchsen sehr anschaulich Schilf und Seerosen, während man von vorne über einen Sandstrand hineinwaten oder seitlich sogar von einem Steg hineinspringen konnte. Einfach fantastisch. Eine offene Holzhütte und ein fest integrierter geschotterter Grillplatz rundeten das Bild perfekt ab.

„Wahnsinn, da kannst du dir ja locker den Urlaub im Süden sparen, wenn das Wetter stimmt", rief Sarah, als sie ihre Sprache wiedergefunden hatte. „Das ist ja alles riesig hier."

Sie sah über das Gelände zu den Pferdeweiden, die sich ringsherum anreihten.

Maritta lächelte wissend. Sie schien diese Reaktion gewohnt zu sein.

„Ja, und die gute Nachricht ist, dass du die Anlage in deiner freien Zeit nutzen darfst, und natürlich auch, wenn du mit den Kindern hier bist. Hinter der Hütte, in einem Schuppen, befinden sich Liegen und Strohmatten. Aber", Maritta machte eine bedeutungsvolle Pause, „die schlechte Nachricht ist, dass du leider kaum freie Zeit haben wirst. Höchstens samstagnachmittags, wenn die Bande abgereist ist. Vorher müssen allerdings die Zimmer und die Bäder gereinigt und die Betten frisch bezogen sein."

„Okay, hab verstanden. Erst die Arbeit und dann das Vergnügen."

„Ich sehe, wir verstehen uns. Behalte einfach immer im Hinterkopf, dass wir den Kindern einen 5-Sterne-Urlaub bieten. Dafür bezahlen ihre Eltern nicht wenig Geld." Maritta sah auf ihre Armbanduhr. „So, ich glaube, für heute reicht der Rundgang auf dem Gut, du hast jetzt bestimmt Hunger oder?"

„Ehrlich gesagt ja. Ich bin noch vom Frühstück."

„Gut. Gehen wir. Ich möchte, dass du bei Kräften bleibst. Aber scheu dich nicht zu fragen, wenn du was wissen willst. Das Gut ist quasi unser zweites Zuhause."

„Unser?"

„Ja, damit meine ich meinen Mann Uwe, der im Sägewerk arbeitet, unsere fünfzehnjährige Tochter Saskia – ich glaube, die habe ich bereits erwähnt – und unseren dreizehnjährigen Sohn Manuel. Er hilft Dennis oft bei den Pferden."

„Ein echter Familienbetrieb also", stellte Sarah mehr für sich selbst fest.

„Könnte man so sagen, denn auch alle von Freyenhofs sind im Einsatz. Ansonsten wäre das auch nicht zu schaffen."

Maritta lächelte Sarah aufmunternd zu und ging voraus Richtung Hof. Sarah folgte ihr, konnte sich jedoch nicht der Flut an neuen Eindrücken und Bildern sattsehen, weshalb sich ihre Schritte automatisch verlangsamten. So bemerkte sie nicht, dass ihre Kollegin einen anderen Weg als den Hinweg wählte. Das Hofgut bot mehrere Wege, die an den Ställen und Scheunen vorbei zum Hof führten. Erst als Sarah sich auf Höhe der Reithalle befand, aus der dumpfes Hufgestampfe zu ihr herüberdrang, stellte sie fest, dass sie Maritta verloren hatte. Liebe Zeit, dass ein Hof so groß sein konnte. Fasziniert von dem Anblick einer Frau in Reithose, die einen Schimmel longierte, der im Kreis trabte, blieb sie stehen und beobachtete die eleganten Bewegungen des Pferdes, vor dessen Hufen feine Staubwölkchen aus Sägemehl aufstoben. Als jedoch warme Atemluft ihre Stirn streifte, erschrak sie. Neben ihr stand ein riesiges Pferd, das schnaubend auf sich aufmerksam machte. Zu Tode erschrocken wich sie keuchend zurück. Noch nie war sie freiwillig einem so großen Tier so nahegekommen.

„Nur keine Panik, die tut nichts. Bleiben Sie ruhig, damit sie nicht nervös wird."

Die Stimme gehörte einem in etwa gleichaltrigen Mann in Reithosen, der neben dem gesattelten Pferd auftauchte. Sarah stieß die angehaltene Luft aus.

„Entschuldigung", stammelte sie, „ich bin wohl in die falsche Richtung gegangen. Eigentlich wollte ich mit Maritta wieder zum Hof zurück."

Seine blauen Augen blitzten bewundernd auf, als er sie mit unverhohlenem Interesse betrachtete. „Ah, verstehe, du bist der Ersatz für Rike. Hi, ich bin Dennis."

„Ja richtig", nickte sie. Doch es war vor allem sein Blick, der sie von Kopf bis Fuß taxierte und einen Moment zu lange auf ihrem Busen verweilte, der Sarah nicht gefiel. Sie kannte solche Blicke zu Genüge und hasste sie. Genauso wie sie durchschaute, wer es gewohnt war, beim anderen Geschlecht zu punkten. Sein Lächeln war zu siegessicher. Hässlich war er mit seinen kantigen Gesichtszügen, den blonden, kurz geschnittenen Haaren und dem durchtrainierten Körper nicht. Doch er hatte etwas an sich, das sie in Alarm versetzte.

„Äh … ja … war nicht so schwer, wenn du Maritta erwähnst."

Erneut starrte er ihr auf den Busen.

„Dachte ich mir. Ich bin Sarah. Danke, dass du das Pferd festhältst."

„Kein Ding. Das ist Mira. Sie ist eine ganz Liebe. Sie hat sich genauso erschrocken wie du."

„Hier bist du!" Maritta kam auf sie zu.

„Entschuldige." Sarah deutete mit einer kreisenden Handbewegung auf ihre Umgebung. „Ich war so mit den neuen Eindrücken beschäftigt, dass ich überhaupt nicht bemerkt habe, dass du einen anderen Weg genommen hast."

„Wenn ich hier bin, muss sich keiner Sorgen machen, da kann nichts passieren", tönte Dennis selbstbewusst und sah Sarah dabei um Anerkennung heischend an. Wenn du wüsstest, dass ich genau das auf den Tod nicht ausstehen kann, dachte sie, verzog aber keine Miene.

Maritta umfasste Sarahs Arm und zog sie mit sich. „Komm, ich will dir noch ein paar Dinge erklären."

In der Küche angekommen, deutete sie Sarah an, sich mit ihr an den Personaltisch zu setzen. „Hör zu, ich möchte dich nicht bevormunden, deshalb versteh das jetzt bitte nicht falsch. Dennis ist ein guter Mitarbeiter, aber als Mann noch sehr unreif."

„Danke für die Warnung", nickte. „Keine Sorge, ich hab ihn längst durchschaut. Er geht ja nicht gerade subtil vor." Sie holte Luft. „Okay. Was Männer betrifft ... mein Bedarf ist vorerst gedeckt. Ich bin definitiv nicht auf der Suche und außerdem froh, dass ich für die nächsten sechs Wochen hier sein kann." Sarah lächelte. „Konnte ich damit deine Bedenken zerstreuen?"

Maritta hob den Kopf und nickte. „Hört sich nach einer Flucht an. Bist du sicher, dass es überstanden ist?"

„Fürs Erste ja."

„Aha, wer hat es beendet?"

„Ich."

„Na, dann. In den nächsten Wochen wirst du genug Gelegenheit haben, auf andere Gedanken zu kommen."

„Deswegen bin ich hier. Es geht mir gut und darüber bin ich selbst am allermeisten überrascht."

„Dann war er nicht der Richtige, sonst würdest du's nicht so leichtnehmen." Maritta zog eine Grimasse, die ihr Bedauern ausdrückte. „Komm, lass uns Kaffee kochen. Der Kuchen steht hinten in der Kammer. Kannst du backen? Das wäre gut. Die Kinder lieben Kuchen am Nachmittag."

Sarah wurde nachdenklich. Rike hatte ähnliche Worte benutzt. „Ja", beeilte sie sich, zu sagen, „ja kann ich. Sehr gerne sogar."

„Dann kannst du gleich morgen früh damit anfangen. Komm mit, ich zeige dir, wo alles steht." Maritta ging voraus in die Vorratskammer.

„Ich würde den Nusskuchen meiner Oma backen. Da weiß ich die Zutaten aus dem Kopf", antwortete Sarah, während sie den Schokoladenkuchen vom Regal hob und wieder in die Küche ging.

„Prima. In der Schublade, im ersten Küchenschrank neben der Spüle, liegen noch mehr. Schreib doch das Rezept von dem Nusskuchen mit dazu."

***

Der Gaststube *Zum edlen Ross* sah man auf den ersten Blick nicht an, dass es sich um ein Restaurant mit Michelin-Stern handelte. Das einstige Gesindehaus hatte seine ursprüngliche Umwandlung zum Landgasthof bereits vor knapp fünfzig Jahren erlebt. Doch nachdem Eike die Lokalität samt Übernachtungsmöglichkeiten in eigener Regie übernommen hatte, stand für ihn fest, dass er aus dem schlichten Gebäude mehr herausholen wollte. Aus diesem Grund war das Haus genauso wie die Außenanlagen in den letzten zwei Jahren zu einem Romantikhotel mit gehobener Küche und Wellnessoase umgewandelt worden. Über all dem neuzeitlichen Komfort lag jedoch die Gediegenheit des Gutshofes und des Landadels. Es gehörte zur besonderen Note des Hotels, dass man sich in die Zeit zu Beginn des zwanzigsten Jahrhunderts zurückversetzt fühlen sollte.

Als Hendrik mit Gesine gegen acht Uhr am Abend in der Bar eintraf, die nach der Garderobe wie ein Salon zum Speisesaal führte, empfingen sie üppige Blumengestecke, die in bauchigen Vasen steckten und einen dezenten Duft verbreiteten. Leise Klaviermusik drang aus den Lautsprechern. Eike, der bereits vom Kommen seines Bruders wusste, wies ihnen einen Zweiertisch in der Nähe der Bar zu, von dem aus man jedoch in den gutbesuchten Speisesaal hineinsehen konnte. Der Salon war um diese Uhrzeit noch wenig besucht, was Hendrik entgegenkam. Er wollte in Ruhe mit ihr sprechen, um herauszufinden, welche Gründe sie antrieben, bei dem Turnier mitzuhelfen. Im Gegensatz zu seiner Mutter war er von ihrer selbstlosen Hilfsbereitschaft nämlich nicht wirklich überzeugt. Seit ihrer Ankunft zerbrach er sich nun schon den Kopf darüber, wie er dabei am geschicktesten vorgehen sollte, ohne seine Motive zu verraten. Vor allem wollte er sie daran hindern, sich zu sehr in die Interna des Betriebes einzumischen. Jeder, der sie näher kannte, wusste, dass solche Bedenken nicht unbegründet waren. Es waren nur Erfahrungen, die er bereits in Kindertagen gemacht hatte und die sein Bruder genauso teilte. Immerhin waren die Familien seit eh und je befreundet und Gesine oft genug zu Gast gewesen. Jetzt, als er ihr gegenüber Platz nahm, fiel ihm auf, dass sie sich umgezogen hatte. Eine Stunde nach dem gemeinsam verbrachten Abendessen mit seiner Mutter, bei dem sie – wenn er noch recht gut in Erinnerung hatte – eine Hose mit Bluse getragen hatte. Meine Güte. Was sollte der Aufwand? Mit dem royalblauen Etuikleid, das sie jetzt trug, wirkte sie komplett overdressed. Zumindest was ihn betraf, denn er hatte nur die Arbeitsklamotten gegen saubere Sachen ausgetauscht. Jeans und Hemd. Fertig. Aber egal. Gesine hatte schon immer dazu geneigt, irrational zu handeln. Warum sollte sich das geändert haben? Bestimmt wollte sie nur aller Welt demonstrieren, dass sie ordentlich abgenommen hatte, mutmaßte er. Und nicht nur das. Auch ihre ehemals kurzen rotblonden Haare fielen ihr nun füllig und mit blonden Strähnen versetzt leicht gewellt auf die Schultern. Und die vormals so blasse Haut erstrahlte jetzt durch das dezente Make-up in einem sanften honigbraunen Ton. Das war schon ein ziemlicher Kontrast zu den schwarzen Balken, die sie früher immer unter die wasserblauen Augen gezogen hatte und die sie wie ein Gespenst hatten aussehen lassen.

„Du siehst mich an, als könntest du nicht glauben, dass ich es bin."

„Deine Verwandlung ist beachtlich. Gratulation. Verrätst du mir den Grund dafür?"

Die Art, wie sie reagierte, machte ihn stutzig. So übertrieben und affektiert. Wollte sie etwa mit ihm flirten? Gott bewahre.

„Ja natürlich, aber es ist nichts Besonderes – nur eine Lebensmittelunverträglichkeit", erzählte sie bereitwillig. „Danach musste ich meine komplette Ernährung umstellen", strahlte sie und fasste sich dann in die Haare. „Tja, und das mit meiner Frisur hat sich einfach so ergeben. Das ist alles." Ihre Augen funkelten vor Genugtuung.

Abermals eine Reaktion, die er für übertrieben hielt, weshalb er nur zurückhaltend nickte. Was hätte er dazu auch sagen sollen.

„Aber genug von mir", plapperte sie aufgekratzt weiter. „Wie läuft's bei dir? Die Umstellung vom Studentendasein in Berlin zum Landleben auf Gut Freyenhof ist ja wohl ziemlich krass gewesen, oder?"

Hendrik, dessen Plan es war, das Gespräch so schnell wie möglich hinter sich zu bringen, kräuselte genervt die Stirn, bevor er seinen Blick durch die Gaststube wandern ließ. Das fehlte noch, dass er mit ihr auf eine persönliche Ebene ging. Anstatt zu antworten fragte er: „Was möchtest du trinken?"

Während er darauf wartete, was sie gebracht haben wollte, betrachtete er Eike und Dorit, die, wie zumeist um diese Uhrzeit hinter der Bar standen, um die

Tageskarte für den kommenden Tag zu besprechen. Hendrik hatte seine Schwägerin von Anfang an gemocht. Sein Bruder hätte für sich selbst und auch für den Betrieb keine bessere Wahl treffen können. Bei jeder Geste, die die beiden füreinander hatten, spürte man, wie viel Liebe und Respekt in dieser Ehe steckte. Eike war ein echter Glückspilz.

Als hätte er Hendriks Gedanken gelesen, sah er für einen kurzen Moment zu ihm herüber. Eike, der Gesine genauso wenig mochte wie er, schien den stummen Wunsch seines Bruders nach Gesellschaft bemerkt zu haben, griff zur Getränkekarte und kam zu ihrem Tisch.

„Hallo", begrüßte er sie zurückhaltend und gab ihr die Karte.

„Ich nehme ein Bier", entschied Hendrik.

„Für mich einen Chablis, bitte." Sie lächelte unbekümmert. Von Eikes Vorbehalten schien sie nichts zu bemerken. „Die Umgestaltung ist euch wirklich gelungen", plapperte sie unbefangen. „Im Internet habe ich gesehen, dass ihr jetzt sogar Wellness anbietet. Das muss ich auf jeden Fall mal testen. Hin und wieder gönne ich mir mal eine Auszeit und hab so schon ein paar Hotels ausprobiert. Allerdings versprechen einige mehr, als sie halten."

Eikes Begeisterung hielt sich in Grenzen, doch das war nur für jemanden erkenntlich, der ihn gut kannte. „Freut mich, wenn dir unser Angebot gefällt. An der Garderobe liegen Flyer aus. Allerdings sind wir meistens drei Monate im Voraus ausgebucht. Die Kombination Reitsport und Wellness kommt sehr gut an."

Gesine, bei der die unterschwellig ablehnende Botschaft nun offensichtlich angekommen war, blinzelte irritiert. Sie schien eine bevorzugte Behandlung erwartet zu haben. Um Haltung bemüht, rang sie sich ein „kann ich mir vorstellen", ab.

Nachdem Eike gegangen war und der Kellner die Getränke serviert hatte, beugte sich Gesine so über den Tisch, dass Hendrik – ob er nun wollte oder nicht – einen Einblick in ihr Dekolleté bekam. Was ein guter BH doch zu tun vermochte! Er hatte sie eher flachbrüstig in Erinnerung. Als er ihr in die Augen sah, bemerkte er das feine Lächeln, mit dem sie ihn ansah. Wollte sie etwa ihren Marktwert checken? Bei ihm? Eine schlechtere Ausgangsposition hätte sie nicht wählen können.

„Du hast mir noch keine Antwort auf meine Frage gegeben." Sie sah ihm herausfordernd in die Augen, während sie an ihrem Wein nippte. „Willst du nicht darüber reden?"

Hendrik unterdrückte den Impuls sofort aufzustehen und zu gehen. Dass er dieses Gespräch überhaupt mit ihr führen musste, nervte ihn schon kolossal. Allerdings würde sich rächen, wenn er das jetzt nicht durchstand. „Mein Plan war, mit dir über die nächsten Tage zu sprechen. Deswegen bist du doch hier oder?" Er warf einen Blick auf seine Uhr. „Berlin war toll, aber es ist vorbei. Mehr gibt es dazu nicht zu sagen. Weißt du nicht selbst, dass das Studentenleben nicht mit dem Arbeitsleben zu vergleichen ist?" Ihm war bewusst, wie schroff das klang. Nachdem, was sie sich als Teenager für Kapriolen geleistet hatte, konnte sie froh sein, dass er überhaupt noch mit ihr redete. Sich im Stuhl zurücklehnend ließ er seinen Blick durch den Salon wandern, der sich zunehmend füllte. „Ich lebe im Hier und Heute. Das ist alles, was zählt."

„Schade, ich dachte, ich erfahre mal etwas über dein Liebesleben. Ich hätte erwartet, dass du dir deine zukünftige Baronin aus dem Studium mitgebracht hast", bohrte Gesine unbeirrt weiter. „Gab es in ganz Berlin keine Frau, die dich interessiert hat?"

Genau so kannte er sie. Unsensibel und egoistisch. „Machst du dir Sorgen um mein Liebesleben?" Er hob eine Augenbraue. „Danke, aber ich komme zurecht. Du wirst es mitbekommen, wenn sich was ändert." Er nahm einen Schluck vom Bier, bevor er den Spieß umdrehte. „Und bei dir? Deine Veränderung ist doch sicher nicht unbemerkt geblieben?"

So in die Zange genommen, drehte sie verlegen das Glas zwischen ihren Fingern und bekannte kleinlaut: „Ja, es gab jemanden. Aber es ist vorbei." Als wäre es ihr peinlich, darüber zu reden, ging ein Ruck durch sie und ein trotziger Zug machte sich um ihre Mundwinkel breit. „Er hat mich getäuscht." Sie zuckte betont gleichgültig mit den Achseln. „Na und! Das Leben geht auch ohne ihn weiter."

Hendrik war kurz davor, aufzuspringen und schreiend aus dem Lokal zu laufen. Genau solche hirnlosen Gespräche brauchte er heute noch! Am liebsten hätte er seine Mutter hierher zitiert. Sollte sie doch hier sitzen und sich den Mist anhören. Konversation betreiben! Als wenn er nicht gleich gesagt hatte, dass es eine

Schnapsidee gewesen war, Gesine als Helferin zu engagieren. Nur der Gedanke an seinen Vater brachte ihn zur Besinnung. Im Moment konnte niemand zusätzlichen Stress gebrauchen. Und es würde gehörigen Stress geben, wenn er die Wünsche seiner Mutter boykottierte. Also musste er sich wohl oder übel mit Fräulein Baumbach arrangieren.

Gesine, die anscheinend bemerkte, dass sich Hendriks Geduld dem Ende neigte, wich seinem entnervten Blick aus, indem sie sich in der Gaststube umsah, die inzwischen gut gefüllt war. Durch die Kübelpflanzen, die zwischen den Tischen für mehr Privatsphäre aufgestellt waren, konnte man dennoch einige der Gäste sehen. Mit Überraschung verfolgte Hendrik, dass Gesine beim Anblick eines Mannes, der weiter hinten am Fenster saß, sichtlich erschrak. Sofort drehte sie ihr Gesicht wieder zurück in seine Richtung. Ist ja interessant, dachte Hendrik, der die beiden Anzugträger nun ebenfalls in Augenschein nahm. Einer blätterte in der Speisekarte, während der andere, ein jüngerer Mann zu ihnen herübersah. Hendriks Verdacht, dass das kein Zufall war, erhärtete sich, als er Gesines Nervosität bemerkte.

„Bist du sicher, dass es vorbei ist?"

„Hm, wie … woher …?"

Lässig zurückgelehnt ergötzte er sich an ihrer Verblüffung. Hielt sie ihn wirklich für so blöd? Wenn sie unbedingt über Privates reden wollte, bitte, kein Problem. Nur nicht über seine Angelegenheiten. „Willst du ihn nicht begrüßen?"

„Nein", knurrte sie, „er hat's versaut."

„Sei nicht so hart, vielleicht ist ja alles ganz anderes, als du denkst."

Sichtlich konfus, schob sie den Kerzenständer, der zwischen ihnen stand, hin und her, bevor sie abermals zu den beiden Männern hinüberschaute, die nun ihrerseits ebenfalls herübersahen.

Hendrik glaubte, zu erkennen, dass sie dem Jüngeren zunickte.

Wahrscheinlich hatte der Typ rechtzeitig das Weite gesucht, mutmaßte Hendrik und schüttelte über sich selbst verärgert den Kopf. Das fehlte noch, dass er sich über Gesines Liebesleben Gedanken machte.

„Ich denke, wir sollten besser darüber reden, wie die nächsten Tage ablaufen sollen. Deswegen bist du schließlich hier." Er räusperte sich. „Es ist mir sehr wichtig, dass wir Hand in Hand arbeiten. Ich möchte meinen Vater nicht enttäuschen. Das würde seine Genesung gefährden. Es wäre also schön, wenn du mich über alles informieren könntest, was du mit meiner Mutter besprichst. Nur so können wir an einem Strang ziehen. Können wir uns darauf einigen?"

Gesine legte vertraulich lächelnd ihre Hand auf seine. Hendrik hielt still, obwohl ihm das äußerst unangenehm war. Sanft streichelte sie jetzt über seine langen, kräftigen Finger und hauchte: „Natürlich. Das verstehe ich doch. Du kannst dich auf mich verlassen."

Als hätte er sich verbrannt, zog er seine Hand schnell zurück. Ärger wallte in ihm auf. So war es immer gewesen. Sie brachte ihn allein mit ihrer Gegenwart dazu, wütend zu werden. Abgesehen davon, traute er ihr nicht. Es würde noch zu prüfen sein, ob er über diese Brücke gehen konnte. Aber es war immerhin ein Anfang. Er räusperte sich. Damit war sein Part für diesen Abend erfüllt. Er brauchte weder ihre Anwesenheit, noch ihre Hilfe und schon gar nicht, dass sie ihm die Hand auflegte.

In der nächsten Stunde besprachen sie das Wichtigste. Dass sie währenddessen immer wieder verstohlen zu den Männern hinüberschaute, ignorierte er.

„Prima, dann haben wir's." Er klopfte auf den Tisch, schob den Stuhl ruckartig nach hinten und erhob sich, bevor er voran zur Garderobe ging. Mit einem Gefühl der Erleichterung atmete er aus und hatte nur noch eines im Sinn: seine gemütliche Couch und den Fernseher. Doch zuvor musste er mit Bounty noch eine Runde um den See laufen. Das würde ihm guttun, seine Gedanken zu ordnen und zur Ruhe zu kommen.

Gesine, die mit dem Rücken zu ihm stand, ließ sich in den Mantel helfen. Sie wirkte unschlüssig und zögerte, als sie die Außentreppe erreichten, und blieb stehen.

„Geh du schon. Ich hab noch was vergessen."

„Okay, dann bis morgen", nickte Hendrik achselzuckend. Er ahnte, dass sie nur einen Vorwand gesucht hatte, um mit dem Anzugtypen zu reden. Sollte sie doch machen, was sie wollte. Solange es den Angelegenheiten des Gutes nicht in die Quere kam, waren ihm ihre Aktionen absolut gleichgültig.

5.

*A*m Sonntag war der erste Anreisetag der Ferienkinder. Um sieben in der Frühe – die Kaffeemaschine gluckerte bereits leise vor sich hin – steckte Sarah den Kopf in einen der zwei völlig gleich aussehenden großen Kühlschränke und versuchte, sich einzuprägen, was sich darin befand.

„Guten Morgen, suchst du was Bestimmtes?"

Ihre Zöpfe, die sie nur locker geflochten hatte, wirbelten ihr um die Ohren, als sie sich zu Maritta umdrehte, die mit ihren Kindern in der Küche stand und sie belustigt beobachtete. Noch ein wenig orientierungslos schüttelte sie nur den Kopf. Sie war so konzentriert dabei gewesen, sich den Inhalt der Kühlschränke zu merken – auch wenn das verrückt klang –, dass sie einige Sekunden brauchte, um in der Gegenwart anzukommen.

Maritta machte einen Schritt auf sie zu, während die Kinder wie angewurzelt neben dem Tisch stehen blieben. „Hast du gut geschlafen? Eigentlich bin ich es gewohnt, dass ich meine Leute am ersten Tag aus dem Bett schmeißen muss."

„Guten Morgen." Sarah, die ihre Sprache wiedergefunden hatte, lachte auf. „Es wird das Beste sein, wenn ich mir für den Anfang Zettel an die Türen klebe, damit ich nicht jedes Mal alle öffnen muss, bevor ich finde, was ich suche."

Maritta zog irritiert die Stirn kraus.

„Sorry, ich rede in Rätseln."

„Also ...", erklärte Sarah auf Marittas Kopfnicken hin. „Erstens wirst du es nicht schaffen, mich aus dem Bett zu schmeißen. Ich bin Frühaufsteherin. Zweitens. Ich werde mir Zettel für die Schranktüren schreiben müssen, damit ich mich zurechtfinde und drittens: Danke, ja, ich habe gut geschlafen."

„Das trifft sich gut", schmunzelte Maritta. „Morgenmuffel haben es schwer bei uns." Sie deutete auf die Küchenzeile. „Okay … wenn es dir die Arbeit erleichtert, dann kleb Schildchen an die Türen, mich stört's nicht. Vorne in der ersten Schublade, da wo das Rezeptbuch drin liegt, findest du alles."

Die Kinder, die schweigend neben ihrer Mutter ausharrten, taxierten Sarah wie ein Alien. Saskia kam ganz nach Maritta. Sie wirkte genauso sportlich und drahtig. Unter dem bis in die Augen hängenden, dunklen, fransig geschnittenen Pony zeigte sich die typische Teenager-Akne. Sie trug Reithosen und ein Shirt, auf dem *Give me a smile* stand. Manuel war ein schlaksiger Junge, der einen ferngesteuerten Traktor in den Händen hielt und tunlichst jeden Blickkontakt mit ihr vermied.

„Hey, nehmt ihr mich in euer Helferteam auf?", versuchte Sarah das Eis mit einem aufmunternden Lächeln zu brechen. Saskia nickte zurückhaltend, während Manuel keine Miene verzog.

Maritta sah auf die Uhr und klatschte in die Hände. „So, los jetzt! Ruck Zuck sind die Gäste da und wir sind nicht fertig. Es müssen noch Kuchen gebacken werden und die Tische sind auch noch nicht eingedeckt. Wir haben Glück, dass diesmal kein Kind mit gesundheitlichen Problemen dabei ist. Die erste Woche geht also unkompliziert los. Mal sehen, wie es weitergeht. Ich laufe gleich ins Hotel, um die bestellten Brote fürs Abendbrot abzuholen."

Sarah war überrascht. „Was meinst du damit, es geht unkompliziert los?"

„Ganz einfach, es kommt vor, dass Kinder Diabetes haben oder regelmäßig Medikamente einnehmen müssen. Unsere Aufgabe ist es dann, das zu kontrollieren."

„Hm, verstehe. Daran hätte ich gar nicht gedacht."

„Kommt auch nicht so oft vor. Scheint sich aber grad zu ändern. Alles halb so wild, wenn man weiß, was sie essen dürfen und was nicht."

Sarah begann, den großen Tisch der Gemeinschaftsküche, einzudecken. Eine riesige Eckbank bot den Helfern und Bediensteten an einer Flanke Platz, um ihre Pausen einnehmen zu können, und war gleichzeitig ein beliebter Treffpunkt. Weil der Kuchen, der gebacken wurde, nicht nur für die Kinder, sondern auch für die Hofarbeiter war, herrschte nachmittags zumeist gesellige Stimmung, bevor die Abendrunde im Stall losging.

„Ich gehe jetzt rüber und schaue nach, ob in der Sattelkammer alles klar ist", erklärte Saskia, die das Toastbrot, das sie aus der Vorratskammer geholt hatte, auf die Arbeitsplatte legte.

„In Ordnung," nickte Maritta, ohne aufzusehen, während sie den Kaffee in die Kannen goss.

„Und was musst du da überprüfen?" Sarah sah das Mädchen fragend an.

Saskia, die dabei war, eine Scheibe in den Toaster zu stecken, hielt überrascht inne. „Willst du das wirklich wissen?"

„Ja, natürlich, sonst hätte ich ja nicht gefragt."

„Okay", lächelte Saskia und begann, zu erklären: „Jedes Pferd hat seinen eigenen Sattel, Zaumzeug, Halfter und Putzzeug. Überall sind Nummern dran, die wiederum den Ponys zugeordnet sind. Daran erkennt man, was zu welchem Pferd gehört. Außerdem bekommt jedes Kind einen Helm und eine Nummer. Ich muss überprüfen, ob alles an seinem Platz ist. Und heute Nachmittag muss ich das alles erklären, weil die Mädchen danach selbst Ordnung halten sollen."

„Bist du jetzt fertig?",stöhnte Manuel, nahm Saskia das Brot aus der Hand und drängte sich zum Toaster. „Mann, ich hab Hunger und will endlich rüber zu Dennis."

„Hallo, tickst du noch ganz richtig, ich musste schließlich antworten. Als wenn du schneller toasten könntest."

„Kann ich nicht, aber das Brot reinstecken, das kann ich", hielt Manuel dagegen.

„Hört auf, euch zu streiten", versuchte Sarah zu schlichten und steckte eilig vier Scheiben in den zweiten Toaster. „Es war meine Schuld. Ich hab Saskia aufgehalten. Wenn du jemanden anbrüllen willst, dann mich, okay?"

Manuel zuckte verschämt mit den Schultern, weshalb Sarah ihn versöhnlich anlächelte. „Wie wär's, wenn du meine Portion kriegst? Ich bin nicht so hungrig. Wären wir dann wieder gut?"

Manuel nickte, während Saskia ihn provokant angrinste. „Da haste ja mal wieder Schwein gehabt! Sei froh, dass ich keine Petze bin, sonst würde ich jetzt erzählen, was du heute Morgen schon alles gefuttert hast."

Als die Scheiben goldbraun aus dem Toaster sprangen und die Kinder darum rangelten, wer sie zuerst herausholen durfte, verdrehte Maritta die Augen und sah verzweifelt zu Sarah, die daraufhin lachen musste.

Der Vormittag verging wie im Flug. Inzwischen hatten auch Jana, Lisa, Fritzi und Melanie ihre Position bei den Ponys eingenommen. Sie holten die stressgeprüften Kleinpferde von der Weide, banden sie vor den Ställen mit Stricken an einem hölzernen Steg fest und bereiteten sie zum Reiten vor. Es war wie bei jedem Ankunftstag das gleiche

Prozedere. Wenn die neuen Mädels ankamen, wollten sie reiten und das am liebsten sofort. Doch vorher mussten die Zimmer bezogen werden. Ein Akt, der erfahrungsgemäß zu Diskussionen führte. Wer bekam welches Bett – oben oder unten, am Fenster oder an der Tür und so weiter. Das gleiche dann mit den Ponys. Doch da verstand Maritta keinen Spaß. Sie teilte die Pferde ein. Dafür genügte ihr ein kurzes Probereiten, um herauszufinden, welche Kinder reiten konnten und welche nicht.

Kurz vor eins trafen die ersten Ferienkinder mit ihren Eltern ein. Gleich zwei Wagen fuhren gleichzeitig auf den Hof. Sarah begleitete die Familien zu den Schlafräumen, wo die Mädchen ihre Sachen in die Regale räumten, Taschen unter den Betten verstauten, Kuscheltiere platzierten, und danach juchzend zurück auf den Hof rannten. Ein kurzer Rundgang durch die Zimmer, die Bäder, den Aufenthaltsraum und zum Schluss über das Gut sorgte bei den Eltern für beruhigende Gewissheit und ließ sie unbesorgt wieder abfahren. So ging es weiter. Gegen zwei Uhr war die Gästeschar fast komplett. Ein Mädchen fehlte noch. Maritta, die alle paar Minuten auf ihre Uhr starrte, dirigierte die Heerschar schließlich zur Erstbesprechung ins Kinderhaus.

Für die Ansprache, bei der die Kinder sich im Aufenthaltsraum an mit buntem Geschirr gedeckten Tischen versammelten – zur Begrüßung gabs Schokomuffins und Fruchtsäfte – verschaffte sich Maritta mit einer Glocke Gehör. Während die Bande eifrig zugriff, erklärte sie die Regeln, an die sich alle halten mussten. Kaum war das letzte Wort gesprochen, kamen die vier jugendlichen Helferinnen herbei, die sich neben Maritta aufstellten, um die Meute auf den Hof zu den Ponys zu führen. Sarah, die sich angesichts des Gekreisches am liebsten die Ohren zugehalten hätte, blieb mit Saskia zurück, um aufzuräumen.

„Puh, können die laut sein", lachte Sarah, schnappte sich ein Tablett und machte sich daran, die Tische abzuräumen.

„Stimmt", kicherte Saskia, „aber das bleibt nicht die ganze Zeit so". „Ich finde das cool."

Sarah, die den sehnsüchtigen Blick bemerkte, mit dem sie hinter den anderen her starrte, berührte Saskia an der Schulter. „Möchtest du lieber hinterherlaufen? Ich schaffe das hier auch alleine."

Saskias Miene schwankte zwischen Zustimmung und Ablehnung. „Nein", schüttelte sie schließlich den Kopf, „Mama hat gesagt, ich soll dir helfen. Vorher darf ich nicht."

„Okay, dann lass uns Tempo machen."

Sarah räumte das Geschirr in die Spülmaschinen, während Saskia den Besen schwang und die Krümel zu einem Häufchen zusammenfegte.

„So, jetzt kannst du aber loslaufen. Den Rest schaffe ich nun wirklich alleine."

„Danke. Das ist toll, dann kann ich doch noch mitreiten."

Sarah, die sich wunderte, warum sie nicht weitersprach, sah zu Saskia, die plötzlich über das ganze Gesicht strahlte. Das war nicht nur der Bordercolliehündin geschuldet, die schwanzwedelnd auf sie zu tippelte, sondern auch dem Herrchen, der hinterherkam.

Saskia beugte sich zu Bounty hinunter und streichelte ihren Rücken. „Hendrik, was machst du denn hier?"

Fasziniert beobachtete Sarah, wie sich das Gesicht des Juniorchefs veränderte. Die kühle, unnahbare Miene, die er ihr gegenüber an den Tag legte, machte einem warmen Lächeln Platz, mit dem er jeden Eisberg zum Schmelzen bringen könnte. Sich morgens zu rasieren, gehörte anscheinend auch nicht zu seinen

Lieblingsbeschäftigungen, denn die Bartstoppeln waren mindestens drei Tage alt. Dazwischen weiße, ebenmäßige Zähne und volle Lippen. Was für ein Kerl. Mit einem Cowboyhut würde er gut nach Texas passen, so groß gewachsen und gut gebaut wie er war. Ob ihm bewusst war, wie unwiderstehlich er wirkte? Was für eine Frage! Natürlich wusste er das. Doch wenn sie die Szene gestern im Hof richtig gedeutet hatte, war die Damenwelt um einen Traumkandidaten ärmer. Daran hatte die Rotblonde mit dem schwarzen Audi jedenfalls keinen Zweifel gelassen.

Sie wollte sich bei diesen Gedanken an die Stirn fassen. Männer waren im Moment wirklich das Letzte, worüber sie sich den Kopf zerbrechen sollte. Und auf attraktive Exemplare traf das besonders zu. Punkt.

Hendrik streckte ihr die Hand entgegen. Sarah spürte nicht nur den kräftigen Händedruck, der ein angenehmes Gefühl auf ihrer Haut hinterließ, sondern auch den forschenden Blick, mit dem er ihr in die Augen sah.

„Hallo die Damen. Draußen steht eine Selina. Sie möchte hier Ferien machen. Es hat auf der Autobahn einen Unfall gegeben, weshalb sie so spät dran ist. Könnten Sie sich darum kümmern?"

„Na endlich! Puh … das ist gut, sonst kommt alles durcheinander", rief Saskia und wirkte so aufgeregt, als wollte sie gleich loslaufen.

„Ja, stimmt. Am besten du kümmerst dich um das Mädchen und ich sorge dafür, dass ihre Sachen aufs Zimmer kommen."

„Okay bin schon weg."

Sarah, die noch immer Eimer und Besen in der Hand hielt, spürte, wie Hendrik von Freyenhof sie beobachtete und ahnte, dass er von ihr erwartete, dass sie sich ihm gleich anschloss, um die Eltern des Mädchens zu begrüßen.

„Kleinen Moment, bitte." Sie setzte sich in Bewegung. „Ich bin sofort da, muss das hier nur noch wegbringen."

Während Hendrik scheinbar jeden ihrer Schritte beobachtete, brachte Sarah eilig die Sachen in die Küche, wusch sich die Hände und kam zurück. Für einen kurzen Augenblick verfingen sich ihre Blicke. Bewundernde Männerblicke war sie gewohnt, obwohl sie ihr zumeist lästig waren. Als Teenager hatte sie diese Art von Anerkennung noch als schmeichelhaft empfunden, hatte die Phase allerdings schnell überwunden, nachdem sie erkennen musste, dass die meisten Kerle nur ein hübsches Anhängsel in ihr sahen, mit dem man den eigenen Stellenwert aufmöbeln konnte. Doch Hendriks Blicke waren keineswegs bewundernd. Eher forschend oder analysierend. Meine Güte, es fehlte nur noch, dass er ihr Gebiss sehen wollte. Bestimmt mochte er sie eben so wenig wie seine Mutter, deren Verhalten Sarah als regelrecht ablehnend empfunden hatte. Ein Grund war für sie dafür nicht ersichtlich. Umso mehr überraschte es sie nun, dass er auf sie wartete. Sein Mund verzog sich sogar zu einem winzigen Lächeln. Wahnsinn, womit hatte sie das denn verdient? Wirklich merkwürdige Leute, diese Adligen!

„Ich begleite Sie", erklärte er, als wenn das nicht offensichtlich wäre. „Es ist Ihr erster Tag auf dem Hof und da Maritta nicht dabei sein kann ... wir legen hier viel Wert auf Gastfreundlichkeit."

„Natürlich", antwortete Sarah tonlos. Nun war auch klar, weshalb er nicht schon vorgegangen war. So ein Snob. Glaubte er etwa, sie wäre aus der äußersten Mongolei in die zivilisierte Welt angereist? Traute er ihr nicht einmal zu, fremde Leute mit der entsprechenden Freundlichkeit zu begrüßen? Wie um sich selbst zu beruhigen, atmete sie lautlos tief ein und aus und hielt sich besonders gerade.

Cool bleiben, Sarah, einfach nur cool bleiben.

Sechs Wochen waren schließlich kein ganzes Leben.

Gefolgt von Bounty stiefelte Hendrik zügig in Richtung Parkplatz, weshalb Sarah, die fast einen Kopf kleiner war als er, Mühe hatte, Schritt zu halten. Als hätte er seine Unhöflichkeit bemerkt, verlangsamte er seinen Gang und passte sich ihrem Tempo an. Immerhin.

Selina, das Mädchen, das zuletzt angereist war, stand mit ihren Eltern vor der Treppe des Haupthauses. Daneben Saskia, die mit der Hand am Gepäck wie ein Wasserfall auf die Neuankömmlinge einredete. Sicher war das, was der Teenager den Ankömmlingen zu erzählen hatte, einem guten Empfang entsprechend, dachte Sarah ironisch. Doch keine Sekunde später war der Gedanke auch schon wieder vergessen, denn sie erkannte in den Eltern ihre Kollegen aus der Referendarzeit. Markus und Sonja Göbel, Lehrer der Oberstufe. Nette Leute, die sie sehr freundlich im Lehrerteam aufgenommen hatten. Und damit war auch klar, dass sie Selina kannte. Sie hatte das Mädchen als Schülerin in der fünften Klasse unterrichtet, weshalb sie hoch erfreut auf sie zugelaufen kam.

„Hallo Frau Kunzmann, was machen Sie denn hier?"

„Selina! Ja, da staunst du, was? Mich hats für die nächsten sechs Wochen aufs Land verschlagen."

Eingehakt gingen die beiden auf die anderen zu. Hendrik, der die Göbels bereits begrüßt hatte, zog überrascht die Stirn kraus.

„Wer hätte gedacht, dass wir uns auf diese Weise wiedersehen." Ihre ehemalige Kollegin reichte ihr zuerst die Hand und musterte sie dabei von Kopf bis Fuß.

Sarah beherrschte sich, nicht an sich herunterzuschauen. Sie fand nichts Verwerfliches daran auf einem Ferienhof für Kinder eine abgeschnittene, verwaschene Jeans, ein rot-weiß geringeltes Shirt und Stoffturnschuhe zu tragen. Okay, die Zöpfe waren vielleicht nicht ganz altersgemäß, aber wunderbar praktisch.

„Liebe Güte, wenn man dich so ansieht, könnte man meinen, du wärst selbst noch ein Ferienkind. Wie geht's dir? Darf man gratulieren?"

„Ja, darfst du. Gleich zweimal. Vor ein paar Tagen habe ich die Zusage von einem Gymnasium in Fritzlar bekommen."

Während auch der Vater des Mädchens Sarah herzlich gratulierte, hielt Hendrik sich vornehm im Hintergrund. Saskia und Selina, die aufgekratzt miteinander schnatterten, verabschiedeten sich, um schleunigst zu anderen Kindern zu kommen.

„Ja, und da machst du jetzt gar keinen Urlaub, sondern arbeitest die Ferien durch? Nach diesem ganzen Prüfungswahnsinn, der hinter dir liegt? Du bist doch verrückt!", rief Sonja.

„Ja, das höre ich nicht zum ersten Mal, aber es macht mir nichts", reagierte Sarah zurückhaltend. Sie war sich nur allzu bewusst, dass Hendrik jedes Wort verstehen konnte, das gesprochen wurde. „Du weißt doch, dass ich robust bin. Denk nur an die Klassenfahrt mit der acht c. Ich springe außerdem für meine Freundin Rike ein ... alles gut, das passt schon."

Sonja nickte zwar, wirkte aber immer noch nicht wirklich überzeugt. „Ja und was sagt dein ...", sie fasste sich an die Stirn, „ach wie heißt er denn noch gleich? Äh, warte ... Daniel, ja genau ... also, was sagt er dazu, dass du mitten in der Urlaubssaison keine Zeit für ihn hast?"

Sarah verschränkte die Arme vor der Brust und bemühte sich, cool zu bleiben. Sonja hatte sich kein bisschen verändert. Taktgefühl war immer noch nicht ihre Stärke. Doch es war klüger, irgendetwas zu antworten als gar nichts, sonst würde sie nicht aufhören nachzubohren. Um Zeit zu schinden, wippte Sarah auf den Füßen und starrte sekundenlang auf das Kopfsteinpflaster, bevor sie antwortete. „Das geht in Ordnung. Er ist auf Dienstreise in den USA."

Obwohl auf Sonjas Stirn immer noch mindestens ein Dutzend Fragezeichen standen, hakte sie glücklicherweise nicht weiter nach.

Den Blick allerdings, mit dem Hendrik Sarah betrachtete, hätte man beinahe verständnisvoll nennen können, doch darauf wollte sie lieber nichts geben. Als wäre es sein Anliegen, das Gespräch in andere Bahnen zu lenken, deutete er auf das Kinderhaus. „Ich würde mich dann jetzt verabschieden. Frau Kunzmann wird Ihnen die Räumlichkeiten zeigen."

Sarah atmete erleichtert auf. „Ja kommt, es wird euch gefallen."

Zwei Tage später besuchte Hendrik seinen Freund und Vorarbeiter Uwe Ritter im Sägewerk. Bei der Stippvisite ging es weniger um etwas Dienstliches als vielmehr darum, sich mit jemanden zu unterhalten, der ihm nicht ständig sagte, was zu tun war und was nicht. Auf seinem Plan stand nämlich als nächstes ein Termin mit seiner Mutter und Gesine. Ihm graute davor. Er fand Uwe, der nach der Ausbildung im Betrieb geblieben war und sich zu einem tragenden Vorarbeiter hochgearbeitet hatte, in einem Gespräch mit einem der Facharbeiter vor. Nach dem Studium in Berlin war Uwe ihm eine große Hilfe gewesen, sich in den Berufsalltag einzugewöhnen. Über die Arbeit hatte sich dann schließlich eine tiefe Freundschaft entwickelt, besonders, weil sie auch noch ihre gemeinsame Leidenschaft für zweirädrige Fahrzeuge entdeckt hatten.

In der Werkhalle herrschte dank der laufenden Kreissägen ein ohrenbetäubender Lärm, weshalb Hendrik seine Mitarbeiter nur mit einem Handzeichen beim Hindurchlaufen begrüßte. Er ging in Richtung Büro, einem kleinen, mit Regalen, zwei Stühlen und einem spartanischen Schreibtisch vollgestopften Raum, in dem er sich mit Uwe verabredet hatte. Auch wenn dort kaum eine Person Platz hatte, war es immerhin möglich, die Tür hinter sich zuzumachen, um ein vernünftiges Wort miteinander zu wechseln.

Uwe, der ihn bereits gesehen hatte und ihm gefolgt war, schloss kurz nach ihm die Tür und griff geradewegs zur Thermoskanne, um zwei Steingutbecher zu füllen. „Ich dachte schon, ich kriege dich überhaupt nicht mehr zu Gesicht bei dem Programm, das du vor der Brust hast."

Hendrik nahm ihm einen Becher ab. „Eigentlich dürfte ich jetzt auch nicht hier sein." Er zog eine Grimasse, die Uwe zum Lachen brachte. „Lach nicht! Du hast ja keine Ahnung, was da drüben auf dem Gut los ist. Ich musste dringend mal herkommen, um mit jemanden zu reden, der mich versteht." Er ließ sich auf den Stuhl neben dem Schreibtisch fallen und streckte die Beine so weit aus, wie der kleine Raum es zuließ. „Du ahnst nicht, was bei mir gerade abgeht. Gesine war ja schon immer eine Nervensäge, aber jetzt bläst sie auch noch mit meiner Mutter in ein Horn ... das ist nicht zum Aushalten, sag ich dir."

„Du hast mein uneingeschränktes Mitgefühl", schmunzelte Uwe. „Das Einzige, was meiner Meinung dagegen hilft, ist, wenn wir nach Feierabend eine Spritztour machen. Bei so viel Fremdbestimmung lasse ich dir auch die Wahl, ob wir das Fahrrad oder das Motorrad nehmen."

Hendrik lachte auf. „Gute Idee. Das Motorrad natürlich. Ich muss Gas geben können, um mich wieder besser zu fühlen."

„Du weißt aber schon, dass das nur kurzfristig hilft." Uwe verzog skeptisch die Mundwinkel. „Was du brauchst, ist was anderes. Es wird Zeit, dass du mal wieder eine Frau an dich ran lässt. Und Cora sollte auch abgehakt sein."

Hendriks Miene verschloss sich. Das war definitiv Uwes Lieblingsthema. Er sah seinem Freund in die Augen, während er die Tasse so fest umschlungen hielt, als wollte er sie zerbrechen. „Sie ist abgehakt, glaub mir. Und was Neues muss passen, oder ging das bei dir auf Kommando, nur weil du dir das grad mal so vorgenommen hattest?"

Uwe erhob sich und stellte seine leere Tasse ins Regal. „Nee, natürlich nicht. Ich hab ja noch nicht mal gemerkt, dass Maritta was von mir wollte. Du weißt doch, dass sie aus Unterfranken stammt. Ich habe sie während meiner Ausbildung im Rahmen eines Betriebspraktikums kennengelernt. Gefallen hat sie mir gleich, aber getraut hab ich mich nicht. Was glaubst du, wie froh ich war, als sie mich gefragt hat, ob ich mit ihr auf die Kirmes gehen will."

Hendrik schmunzelte. „Interessant. So genau, hast du das noch nie erzählt. Und du willst mir Ratschläge in Sachen Frauen geben?", grinste er. „Ich hoffe, du weißt, was für ein Glückspilz du bist?"

Uwe hob den Daumen und legte die andere Hand auf sein Herz. „Worauf du dich verlassen kannst. Aber warum sollte das bei dir nicht auch klappen? Mensch, nach einem Kerl wie dir lechzen die Mädels doch nur so."

Hendrik trank seinen Kaffee aus und stellte den Becher brüsk auf den Schreibtisch. Seinen Marktwert kannte er, was aber noch lange nicht hieß, dass es dadurch leichter wurde. Egal wie, auf weitere Experimente hatte er nun mal keinen Bock. Bisher war er immer nur an die falschen Frauen geraten. Cora war nicht die erste und einzige Enttäuschung.

Uwe sah seufzend auf seine Uhr. „So leid es mir tut, aber ich muss jetzt wieder raus. Lass uns heute Abend weiterreden. Wir sägen gerade für Bender. Du weißt doch, wie pingelig die sind. Da will ich lieber dabei sein. Komm nachher rüber, dann können wir ein paar Runden drehen, das bringt dich auf andere Gedanken."

Dass er ein wenig zu spät im Büro erschien, war beabsichtigt, weshalb er sich auch nicht für sein Zuspätkommen entschuldigte. Wie erwartet bildeten Gesine und seine Mutter, so wie sie gemeinsam am Schreibtisch saßen, ein eingeschworenes Team, das ihm Magengrummeln bereitete. Es war beinahe so, als strebten sie ein geheimes Ziel an, dessen Ausrichtung er nicht kannte, genauso wenig wie er wusste, ob er dabei mitmachen wollte.

„Guten Morgen, die Damen."

Hannelore warf ihm einen prüfenden Blick über den Rand ihrer Lesebrille zu. „Wir sind gleich so weit ... Du bist spät dran. Gabs Probleme."

Hendrik unterdrückte einen Seufzer und fuhr sich stattdessen durch die Haare, während er sich in den Sessel gegenüber der Couch setzte. „Natürlich. Sonst wäre ich ja nicht spät dran." Er deutete auf die vielen von Hand beschriebenen Papiere, die vor Gesine auf dem Tisch lagen. „Wie ich sehe, seid ihr auch ohne mich gut zurechtgekommen."

„Aber jetzt nicht mehr", nickte Hannelore hoheitsvoll. „Gerade erst habe ich einen Anruf von einem unserer Hauptsponsoren bekommen. Es geht um die Präsentation des Jahrgangssekts, das an diesem Wochenende in Rüdesheim stattfindet. Wir sind verpflichtet, daran teilzunehmen."

Hendrik zog die Stirn kraus. „Okay! Und was hab ich damit zu tun? Soweit ich weiß, ist das Eikes Baustelle?"

Hannelore hob die Hand. „Alles richtig mein Sohn, aber in diesem Jahr ist eben nichts, wie immer. Eike hat am kommenden Wochenende eine wichtige Feierlichkeit, bei der er unabkömmlich ist. Die Tochter von Landrat Weinreich heiratet und achtzig Gäste sind geladen. Bei so viel Verantwortung kann dein Bruder unmöglich zur Weinprobe an den Rhein fahren. Bisher sind dein Vater und ich in solchen Fällen eingesprungen." Sie hob in einer hilflosen Geste die Schultern. „Tut mir leid, aber in diesem Jahr musst du einspringen."

Hendrik sprang aus dem Sessel auf. „Ich! Und wie stellst du dir das vor? Ich hab doch überhaupt keine Ahnung von Wein und Sekt. Ich kann dir höchstens sagen, was mir schmeckt. Gibt es wirklich niemand anderes, der da hinfahren kann?"

Hannelore erhob sich ebenfalls. „Nein, denn es muss jemand aus der Familie sein. Ich brauche dir nicht zu sagen, wie wichtig Angersbach ist. Er ist einer der Hauptsponsoren. Wir können uns nicht erlauben, ihn zu brüskieren." Sie ging auf ihn. „Hendrik, du sollst doch keine Fachgespräche über Weinanbaugebiete führen. Es reicht, wenn du anwesend bist und dich interessiert gibst. Außerdem wirst du nicht allein sein. Gesine wird dich begleiten. Und die Bestellungen hat Eike schon vorab per Mail geschickt. Du siehst, es ist an alles gedacht."

Bevor Hendrik bereit war, diese Kröte endgültig zu schlucken, wollte er das Unvermeidliche aus dem Munde seines Bruders hören. Er fand ihn in der Hotelküche vor, in der es an diesem Mittag wie in einem Ameisenhaufen zuging. Anders als an normalen Wochentagen war ein Großteil der Köche schon im Einsatz. Der Grund dafür war, dass sich der Bauernverband zu einem ganztägigen Meeting angemeldet und ein dreigängiges Mittagessen mit Salatbüffet geordert hatte. Eike, der bei der Essensausgabe einen letzten Blick auf die Teller warf, bevor sie zu den Gästen an die Tische gingen, zog seinen Bruder in eine Nische, in dem ein Minischreibtisch vor einer mit Reisepostkarten beklebten Wand stand. Neben dem Einsatzplan fürs Küchenpersonal und einer Was-fehlt-Liste entdeckte Hendrik auch Bilder und witzige Texte und Karikaturen.

„Tut mir leid, aber da ist nichts zu machen", erklärte Eike erwartungsgemäß. „Glaub mir, ich würde am liebsten selbst mit Dorit hinfahren. Für uns ist das ein bisschen wie Wellnessurlaub. Einfach mal abschalten und genießen. Nächste Woche habe ich drei Tagungen mit je sechzig Leuten. Das bedeutet lange Tage und kurze Nächte. Denk nicht, ich wollte mich beklagen, aber ich fühle mich auch noch nicht so alt, dass ich auf jedes Vergnügen verzichten möchte."

„Verstehe." Hendrik rieb sich das Kinn. „Wenn ich könnte, würde ich dir das hier abnehmen, aber bei solch illustren Gästen, ist es besser, du bist selbst vor Ort."

„Alles gut, Dorit und ich werden das in der Nebensaison nachholen, das habe ich ihr schon versprochen …"

Ein schepperndes Geräusch ließ Eike verstummen. Sarah rollte mit einem schweren Thermowagen in den hinteren

Bereich der riesigen Küche, in dem für die Ferienkinder gekocht wurde. Mit durchgestreckten Armen stemmte sie sich gegen das schwergängige Ungetüm und schob es mühsam über die groben Fliesen, um das Mittagsmenü für die Kinder abzuholen. Auf ihrer Stirn hatten sich kleine Schweißperlen gebildet und in ihrem Nacken kräuselten sich feine Härchen, die sich aus ihrem üppigen Pferdeschwanz gelöst hatten. Hendrik konnte gar nicht anders, als sie anzustarren. Es war einfach, nicht zu glauben, wie jung sie aussah. Sie trug ein rotes T-Shirt, auf dem ein Coca-Cola-Schriftzug prangte, zu einer bequemen Boyfriendjeans und weißen Chucks. Er war nicht der Einzige, der seinen Blick nicht von ihr lösen konnte. Auch die anderen Köche verdrehten die Hälse, soweit es ihre Arbeit zuließ. Mario Henze, ein schlaksiger Jungkoch, der Spaghetti bolognese für die Ferienkinder zubereitet hatte, eilte ihr sofort zur Hilfe. Mit einem Lächeln, das Polare zum Schmelzen hätte bringen können, begrüßte sie ihn und die gesamte Küchencrew fröhlich, bevor sie sich ein paar Topflappen schnappte und gemeinsam mit dem Koch die vorbereiteten Behälter in das Gefährt hievte. Hendrik, der sie noch immer wie gebannt anschaute, verzog kaum merklich die Mundwinkel und nickte ihr steif zu. Er wusste selbst nicht, warum er ihr gegenüber so verkrampft war.

Eike schmunzelte, als er Mario mit Sarah beobachtete, und rempelte seinen Bruder mit gesenkter Stimme in die Seite. „Was habt ihr denn da für ein nettes Mädel eingestellt?"

„Mädel ist gut. Sie hat Lehramt studiert und fängt nach den Sommerferien am Fritzlarer Gymnasium an zu arbeiten. So jung, wie sie aussieht, ist sie nicht mehr."

„Aha, hört sich an, als hättest du das bereits gecheckt? Kann ich verstehen. Hätte ich an deiner Stelle auch gemacht, so unkompliziert und nett, wie sie ist. Die Kerle sind kaum zu bremsen, wenn sie rüberkommt. Seitdem sie da ist, wollen alle mittags eingesetzt werden oder zumindest das Essen für die Ferienkinder kochen."

Hendrik zuckte mit den Schultern. „Hab so viel mit ihr noch nicht zu tun gehabt. Darum kümmert sich Maritta. Sie heißt Sarah Kunzmann und ist anstelle von Rike gekommen."

„Ach so, deshalb habe ich Rike noch nicht gesehen."

Hendrik vergrub die Hände in seiner Jeans, als Eike ihn erneut grinsend in den Arm knuffte. „Also, wenn ich du wäre, würde ich da mal ein Auge drauf haben", raunte er und deutete mit dem Kinn in Sarahs Richtung.

„Weiß nicht. Ich glaube, ich bin noch nicht in Stimmung dafür."

Eike schüttelte den Kopf. „In Stimmung ... Mann der Appetit kommt beim Essen. Guck dir nur den Mario an. Sarah ist erst den dritten Tag da und auf einmal kann der Kerl sich kämmen und rasieren."

Jetzt musste auch Hendrik schmunzeln, weil er gerade beobachten konnte, wie der sonst so wortkarge Mario Sarah so zuvorkommend zur Hand ging, dass man meinen könnte, er hätte in seinem Leben nie etwas anderes getan.

„Hat dir Mutter gesagt, dass ich mit Gesine nach Rüdesheim fahren soll?"

„Was?" Eike riss erschrocken den Kopf hoch. „Warum denn das?"

Das gesamte Personal, einschließlich Sarah und Mario, die gerade den voll beladenen Wagen aus der Küche schoben, drehten sich überrascht zu ihnen um.

„Ja, verdammt noch mal." Hendrik beobachtete, wie die beiden hinter der zuschnappenden Klapptür verschwanden. „Rede ich chinesisch? Ich dachte, das wüsstest du."

„Bist du verrückt, woher denn?" Eike sah seinen Bruder entsetzt an. „Glaubst du etwa, ich hätte dann nicht versucht, ihr das auszureden?" Sein Gesichtsausdruck wurde verschwörerisch. „Hör zu! Das Hotelzimmer wurde für mich und Dorit reserviert. Das musst du unbedingt umbuchen. Du willst doch nicht mit der im Doppelzimmer übernachten. Sieh zu, dass du schleunigst zwei Einzelzimmer kriegst, okay!" Eike rieb sich über die Stirn, als hätte er plötzlich Kopfschmerzen. „Enttäusch mich da nicht. Ich bin froh, wenn wir diese Nervensäge so schnell wie möglich wieder los sind."

Hendrik hob lakonisch die Schultern. „Ich weiß gar nicht, warum du dich so aufregst? Du hast doch gar nicht viel mit ihr zu tun. Ich hab das Elend am Hals. Und außerdem ist sie die letzte Frau im Universum, mit der ich was anfangen würde. Eher würde ich ganz verzichten."

„Und du denkst, dass das reicht, ja?", stöhnte Eike und zog eine Grimasse. „Hast du verdrängt, wie raffiniert sie als Kind bereits war? Ich nicht. Mensch, jetzt tu nicht so, als würdest du das Manöver nicht durchschauen? Die will was von dir. Das war vor zehn Jahren schon so."

Hendrik musste an ihr merkwürdiges Verhalten in den letzten Tagen denken und machte eine wegwerfende Handbewegung. „Ach Quatsch ... und wenn schon. Da kann sie lange warten. Das verspreche ich dir."

Einer der Kellner kam auf seinen Chef zu.

Eike fasste seinen Bruder am Arm und nickte dem Angestellten zu. „Sag nicht, dass ich dich nicht gewarnt hätte. So, ich muss weitermachen."

6.

$\mathcal{S}$arah wischte ein letztes Mal über die Spüle, bevor sie den Lappen weglegte. Die erste Woche auf dem Gut neigte sich dem Ende zu und Maritta war zufrieden mit ihr. Jetzt, wo die Arbeit des Mittags erledigt war und der Kuchen für den Nachmittagskaffee gebacken im Vorratsraum stand, konnte sie sich eine kleine Auszeit nehmen. Während sie sich die Hände eincremte, ihr Mobiltelefon nahm und über den Hof schlenderte, formulierte sie in Gedanken die Worte, mit denen sie ihre Mutter über die jüngsten Entwicklungen informieren wollte. Sie würde es nicht gut aufnehmen, das wusste Sarah jetzt schon, weshalb sie das Telefonat bislang vor sich hergeschoben hatte.

Inzwischen waren ihr die vielen Wege, die über den Hof führten, vertraut. Ein Blick in den verhangenen Himmel zeigte, dass die Regenperiode vorüber war, obwohl der Wind nach wie vor kräftig blies. Den Kindern verdarb das nicht die Freude. Sie waren mit jedem Wetter glücklich, Hauptsache, sie konnten Zeit mit den Ponys verbringen. Sarahs Plan war es, zum See zu gehen, da sie dort um diese Tageszeit ungestört sein würde. Noch immer beeindruckt von der Schönheit der imposanten Fachwerkgebäude und der gesamten Hofanlage, lief sie an den Pferdeställen und der Reithalle vorbei und verursachte durch die Gummisohlen ihrer Turnschuhe kaum Geräusche. Das war wohl der Grund, weshalb sie Zeuge einer Szene wurde, die bestimmt ungesehen hätte bleiben sollen. Dennis hielt eine seiner Reitschülerinnen im Arm und küsste sie. Oder küsste sie ihn? So besitzergreifend, wie sie sein Hinterteil tätschelte, war eher Letzteres der Fall. Auch sah es nicht so aus, als wäre es das erste Mal, dass sie sich näher kamen. Die attraktive Frau, die so um die Vierzig sein musste, kam häufig aufs Gut. Bedachte man die Art, wie sie sich kleidete und welchen Wagen sie fuhr, war es offenkundig, dass sie eine gut situierte Person war. Sarah riss sich von dem Anblick los und lief mit schnellen Schritten weiter. Das fehlte noch, dass man sie beim Spannen entdeckte. Doch in sicherer Entfernung – geschützt durch einen Baum – drehte sie sich noch einmal um. Irgendetwas an der Szene berührte sie. Dabei ging es weniger um Dennis als vielmehr um diese Frau. Ob sie sich von ihrem Mann vernachlässigt fühlte? Sarah wusste selbst nicht, warum sie davon ausging, dass die Frau liiert war. Vielleicht war ihr Mann ein erfolgreicher Geschäftsmann, sinnierte Sarah und musste sofort an Daniel denken. War es möglicherweise sogar ein Zeichen, dass sie Zeuge dieser Szene geworden war? Wie auch immer. Sie war froh darüber, dass sie einen Schlussstrich unter die Beziehung mit Daniel gezogen hatte. Selbst wenn sie mit Dennis und dieser Frau auf den ersten Blick gar nichts gemein hatte, fühlte sie sich doch durch diesen Vorfall in ihrer Entscheidung bestätigt. Dass Geld allein nicht glücklich machte, war eine Binsenweisheit, auch wenn viele das anders sahen. Daniel verdiente schon jetzt sehr gut. Viel mehr als manch anderer in seinem Alter, und dennoch schien es ihm immer noch nicht zu genügen. Er wollte mehr, wollte ein Vermögen aufbauen. Doch das war nicht das, wonach Sarah trachtete. Sie benötigte keine Millionen, um glücklich zu sein. Ihr war es wichtig, zu spüren, dass ein Mann ihre Nähe suchte, aber vor allem musste sie sich mit jeder Faser ihres Seins sicher sein können, dass er sie liebte und da war, wenn man ihn brauchte. Wieder sah sie hinüber zu dem ungleichen Paar. Obwohl sie Fremdgehen prinzipiell nicht guthieß ... trotzdem empfand sie für diese Frau so etwas wie

Mitgefühl. Vielleicht bekam sie auf diese Weise wenigstens von Dennis, was ihr in ihrer Ehe fehlte.

Sarah zuckte mit den Schultern. *Nicht mein Problem.* Entschlossen, sich um ihre eigenen Angelegenheiten zu kümmern, kehrte sie dem Schauspiel den Rücken und bummelte über die Kiespfade zum See, wo sie sich am Ufer auf einer der Holzbänke niederließ.

„Hallo Mama, ich bin's."

„Sarah!" Dagmar Schröder holte tief Luft, bevor sie weitersprach. „Bin ich froh, dass du dich meldest. Wo bist du und was machst du? Daniel hat schon x-mal hier angerufen. Was ist denn bei euch los? Ich verstehe das alles gar nicht."

Auch das noch. Sarah stöhnte innerlich auf. Wieso hatte sie nicht früher bedacht, dass er versuchen würde, Dagmar zu instrumentalisieren. Daniel war der Traumschwiegersohn für ihre Mutter. Die beiden hatten sich auf Anhieb gemocht.

„Okay ... aber bitte der Reihe nach, Mama. Ich bin im Waldecker Land in der Nähe vom Edersee. Ich hab Rikes Job auf einem Reiterhof mit Ferienkindern übernommen. Es geht mir gut. Tut mir leid, dass du es so erfährst, aber ich musste mich selbst erst mal berappeln und außerdem eine schnelle Entscheidung treffen."

„Und was ist mit dir und Daniel?"

Sarah schluckte, jetzt kam der schwierige Teil. „Ich hab mich von ihm getrennt. Es ging nicht anders."

„Was? Ja aber ..." Dagmar rang mit dem Atem. Sarah wusste genau, wie schwer es ihrer Mutter gerade fiel, die Ruhe zu bewahren. „Kannst du denn jetzt darüber sprechen?"

„Ja, wenn du Zeit hast zuzuhören?"

„Aber natürlich, schließlich will ich wissen, was passiert ist."

Einen Moment schwiegen beide, bevor Dagmar mit bemüht ruhiger Stimme einhakte. „Mach dich nicht verrückt. Es kommt überall mal was vor."

„Ich mach mich nicht verrückt, Mama, es ist vorbei."

„Aber doch nicht endgültig? Daniel hat nur was von einer Auszeit erzählt." Dagmar, der es prinzipiell nicht leichtfiel, sich mit neuen Situationen zu arrangieren, klang schrill.

„Ja, das dachte ich zuerst auch, aber das macht keinen Sinn mehr." Sie scharrte mit den Gummisohlen ihrer Turnschuhe Muster in die Erde. „Er nimmt mich überhaupt nicht ernst. Nur seine Sachen zählen. Dabei interessiert ihn kein bisschen, was mit mir ist ... was ich denke, fühle oder was ich will!" Sarah, die erst jetzt spürte, wie wütend sie über sein Verhalten war, war mit jedem Satz lauter geworden.

„Aber du musst ihm doch noch eine Chance geben. Er klang so verzweifelt am Telefon."

„Wirklich? Und was ist mit ihm? Gibt er mir eine Chance?" Sarah wischte sich eine Träne von der Wange und schüttelte energisch den Kopf. „Nein, Mama. Meine Gefühle sind tot. Und ich hab keinen Schalter, mit dem ich sie wieder anknipsen kann."

„Das erwartet doch auch niemand. Du bist einfach nur etwas durcheinander. Du hast viel durchgemacht in den letzten Wochen. Wenn du zur Ruhe gekommen bist, sieht die Welt gleich ganz anders aus. Daniel ist ein zuverlässiger und großzügiger Mann. Und er hat dich gern. Vergiss das nicht."

Sarah stöhnte innerlich auf. Genau diese Argumentation hatte sie erwartet, und so lange gezögert anzurufen. Aus der Perspektive ihrer Mutter war das sogar verständlich.

Dagmar Schröder, geborene Kunzmann, war eine bildhübsche junge Frau gewesen. Auch jetzt, mit Ende vierzig, konnte man sie getrost als gut aussehend bezeichnen. Attraktivität bedeutete aber noch lange nicht, dass man deswegen vom Liebesglück verfolgt wurde. Vor knapp dreißig Jahren hatte sie die kaufmännische Ausbildung mit Bravour bestanden. Die damalige Berufsanfängerin hatte ihr Glück kaum fassen können, als sie mit gerade mal zwanzig bei einer angesehenen Firma der Stadt eine Stelle als Chefsekretärin bekam. Ihrem Chef, der seinerzeit Mitte dreißig gewesen war, gefielen aber nicht nur Dagmars berufliche Leistungen. Es kam, wie es kommen musste. Die unerfahrene Dagmar verliebte sich in den smarten, aber bereits verheirateten Mann und Vater zweier Kinder. Wenig später war sie von ihm schwanger – trotz Pille. Der Geschäftsmann, der in den angesehenen Betrieb seines Schwiegervaters eingeheiratet hatte, konnte und wollte seine Familie nicht verlassen. Zu groß wäre der gesellschaftliche und wirtschaftliche Verlust für ihn geworden. Also war es nur logisch, dass Dagmar kündigte. Sie bekam ihr Kind und er unterstützte sie, wie es sich von Gesetzes wegen gehörte, doch darüber hinaus vermied er jeglichen Kontakt. In all den Jahren gab es keinerlei Treffen zwischen Vater und Tochter. Nach vielen tränenreichen Versuchen, in denen Sarah immer wieder Anlauf genommen hatte, ihn besuchen zu dürfen, hatte sie es schließlich irgendwann akzeptiert, dass ihr Erzeuger keinen persönlichen Umgang mit ihr wünschte. Während Inge Kunzmann, Sarahs Oma, ihre Enkelin unter ihre Obhut nahm, fand Dagmar eine andere Vollzeitstelle. So wuchs Sarah in einem reinen Frauenhaushalt auf, denn ihr Opa Heinz war schon früh an Leukämie verstorben. Genau aus diesem Grund hatte sie bereits als Teenager für sich beschlossen, sich nie von jemandem abhängig zu machen.

Sie holte tief Luft. „Mama, hör zu! Ich weiß nicht, was Daniel dir erzählt hat, aber du kennst garantiert nur die halbe Wahrheit. Hat er dir auch gesagt, dass er für unbestimmte Zeit in den USA arbeiten wird?"

„Ja, er meinte, es wären zwei Jahre."

„Vielleicht, Mama, aber nur vielleicht. Er kann dort nämlich in Siebenmeilenschritten Karriere machen. Und das ist das Einzige, was für ihn wirklich zählt." Sie atmete schwer. „Noch mal … welche Ziele und Wünsche ich habe, interessiert ihn nicht."

„Aber er will dich heiraten."

Sarah ballte die Hände zu Fäusten und stöhnte auf. „Ich kann nicht glauben, was du da sagst." Ihre Stimme überschlug sich vor Empörung. „Gerade du müsstest mich verstehen. Hast du vergessen, was es heißt, von anderen abhängig zu sein? Wozu habe ich denn dann studiert? Damit er eine gebildete Ehefrau hat, die seine Kinder großzieht und seinen Haushalt führt? Wo er nie da ist, weil er nämlich glaubt, immer noch nicht genug Erfolg und Geld zu haben! Nein, ohne mich! So habe ich mir mein Leben nicht vorgestellt."

„Nein, nein, das wird er so bestimmt auch nicht wollen", versuchte Dagmar, ihre Tochter zu besänftigen.

Doch Sarah ließ sich nicht beruhigen. „Okay, vielleicht hast du recht und er ändert sich diesbezüglich, was ich mit aber nicht vorstellen kann. Und was ist, wenn ihm eine andere über den Weg läuft? Eine, die ihm besser gefällt oder noch perfekter in sein Konzept passt als ich? Dann stehe ich aber schön da. Nein, Mama, dafür habe ich mich wirklich nicht durch all diese Prüfungen gekämpft." Sarah holte tief Luft und sprach dann etwas ruhiger weiter. „Ich werde mein Studium beenden und als Lehrerin arbeiten. Vor allem will ich für mich selber sorgen können. Nie soll es mir mal so gehen wie dir, Mama. Niemals."

„Beruhig dich doch, Kind, ich kann dich ja verstehen. Trotzdem denke ich, dass Daniel so nicht ist. Er liebt dich wirklich. Ich sage doch nur, dass du ihm eine zweite Chance geben sollst. Das hat er einfach verdient."

„Mag sein ... vielleicht liebt er mich, aber seine Arbeit liebt er in jedem Fall mehr." Sie sprach jetzt ganz ruhig, geradezu bedächtig. „Glaub mir, er braucht mich nicht. Es ist völlig okay für ihn, wenn wir oft getrennt sind." Sie sammelte sich und sprach dann weiter. „An seiner Art zu fühlen kann ich nichts ändern. Doch ich bin anders als er. Ich sehne mich nach einem Mann, der mir seine Gefühle zeigt, und nicht einen, der nur davon redet. Du erlebst das jeden Tag mit Michael. Der schwingt keine großen Reden, sondern zeigt dir, dass er dich liebt. Das spürt jeder, der euch zusammen erlebt. Kannst du nicht verstehen, dass ich das für mich auch möchte?" Sarahs letzte Worte gingen in ein Schluchzen über. Wut, Schmerz und Demütigung, Gefühle, die sie so lange unterdrückt hatte, brachen jetzt mit aller Macht an die Oberfläche.

„Um Himmels willen, natürlich wünsche ich dir das und ich weiß auch, dass du es bekommst. Hab Vertrauen. Es wird alles gut."

Sarah hörte auf zu schluchzen und wischte sich die Tränen aus den Augen. Obwohl die Worte ihrer Mutter hilflos wirkten, übten sie doch einen gewissen Trost aus. Schließlich wusste Dagmar, wovon sie sprach. Sie hatte es erst durch die aufrichtige Liebe von Michael geschafft, die trostlosen Jahre des Alleinseins, zu überwinden. Als Sarah neun war, hatten sie geheiratet. Elf Monate später wurde ihr Bruder Felix geboren.

„Danke, dass du mich trösten willst", schniefte Sarah. „Aber es geht mir gut. Daniel fehlt mir nicht, Mama. Wie auch? Er war ja nie da. Versprich mir nur, dass du ihm nicht sagst, wo ich bin. Bitte!"

„Natürlich nicht. Glaubst du etwa ich, verrate mein eigenes Kind?"

„Nein, das nicht. Ich will ihn einfach nur nicht sehen und auch nicht hören. Bis jetzt habe ich alle Anrufe und Nachrichten von ihm ignoriert."

„Du kannst dich auf mich verlassen, aber was soll ich ihm sagen? Er wird sich wieder bei mir melden."

„Dann erinnere ihn an unsere Abmachung. Eine Auszeit beinhaltet keine Gespräche. Sag ihm, dass ich mich, bevor die Schule beginnt, bei ihm melde."

„Ja, gut. Ich werde es ihm sagen."

Sarah warf einen Blick auf ihre Armbanduhr und erschrak. Es war bereits kurz nach drei. „Mama, ich muss Schluss machen. Wir hören uns."

***

Während Eike seine Leute in den Außenbereich des Hotels scheuchte, um die letzten Vorbereitungen für die anstehende Promi-Hochzeit in trockene Tücher zu bringen, bereitete sich Hendrik seelisch und moralisch auf die unselige Fahrt zum Weingut Angersbach mit Gesine vor. Ein Lichtblick war, dass das Wetter wieder sommerlicher wurde. Hendrik war dagegen wenig sonnig zumute. Er stand vor gepackter Reisetasche und mit einem Kleidersack über dem Arm im Eingang des Haupthauses und wartete auf seine Mitfahrerin. Er hasste es, zu warten. Dabei trat er entnervt von einem Bein aufs andere und hielt abwechselnd seine Armbanduhr und die Treppe im Auge.

Als wenn er nichts Wichtigeres zu tun hätte, als solche Fahrten zu veranstalten, zumal sein Terminkalender vor Aufgaben platzte und er nicht einmal wusste, was ihn auf dem Weingut erwartete. Während er auf und ab lief, überlegte er, ob das Navi richtig programmiert war und ob er nicht doch vielleicht noch mal den Verkehrsbericht anschauen sollte. Nein, auch das hatte er erledigt und war somit abfahrbereit. Sein Wutpegel stieg. Wenn Gesine nicht in zwei Minuten fertig war, würde er losfahren. Da konnte seine Mutter wütend werden, wie sie wollte. Punkt.

In dem Moment, als er zur Reisetasche griff, hörte er Schritte, die von oben kamen. Gesine, die schuldbewusst vermied, ihn anzusehen, kam als Erste die Treppe hinunter, während sie den Koffer mit beiden Händen schleppte. Gefolgt von seiner Mutter, die wie immer unerschrocken wirkte. Hendrik rollte genervt mit den Augen. Lieber Himmel, wie viele Klamotten brauchte man denn für zwei Übernachtungen?

„Entschuldige", rief Hannelore, „es war meine Schuld. Es gibt Unklarheiten wegen einiger Teilnehmer, die wir eben noch schnell besprechen mussten." Es war der verschwörerische Blick, mit dem seine Mutter Gesine bedachte, die ihn an dieser Aussage zweifeln ließ.

Wie auch immer. Es interessierte ihn nicht, was die beiden ausklügelten. Hauptsache, er kam in ihren Planungen nicht vor sie. Also zuckte er nur lakonisch mit den Schultern. „Okay. Falls es so wichtig ist ... es macht mir nichts, alleine zu fahren. Ich will jetzt los! Es ist Ferienzeit. Wer weiß, wie voll die Autobahn ist?"

„Kommt nicht infrage!", rief Hannelore, als hinge sein Leben davon ab. „Zu zweit könnt ihr das Gut besser repräsentieren."

Hendrik war sich da zwar nicht so sicher, behielt das aber für sich und verabschiedete sich. Ohne zu zögern, schnappte er sich das Gepäck, eilte zum Mercedes seines Vaters, den er anstatt des Jeeps für die Fahrt ausgewählt hatte, und verstaute alles im Kofferraum. Der Motor lief schon, als Gesine endlich einstieg.

Drei Stunden später betraten sie das Fünfsternehotel, das zum Weingut gehörte, und fanden sich an der Rezeption ein. Die Fahrt, die sie nahezu schweigend verbracht hatten, war reibungslos und zügig verlaufen und dennoch fühlte sich Hendrik so unwohl wie selten zuvor. Er war wütend, besonders auf seine Mutter, die es von jeher verstanden hatte, alle Menschen um sich herum zu manipulieren. Er hasste es, so vor vollendete Tatsachen gestellt zu werden, und konnte es schon gar nicht leiden, wenn er keine Sekunde Ruhe bekam, um sich auf eine Situation einzustellen. Wenigstens hatte er sich von Eike noch ein paar Tipps zum Ablauf der Reise einholen können. Sein Blick ging unauffällig zu Gesine. Als wenn sie ihm bei dieser Mission behilflich sein könnte. Sie wusste genauso wenig über Weine wie er.

Die junge Frau hinter der Rezeption empfing sie mit einem freundlichen Lächeln. „Guten Tag und herzlich willkommen in unserem Haus, Herr und Frau von Freyenhof. Ihr Wagen befindet sich nun in der Tiefgarage." Sie reichte Hendrik den Autoschlüssel und die Zimmerkarte. „Sie haben das Zimmer mit der Nummer 213 im zweiten Stock." Mit ausgestrecktem Arm wies sie ihm den Weg. „Der Fahrstuhl ist vorn rechts. Ihr Gepäck wurde bereits nach oben gebracht. Im Namen der Familie Angersbach wünsche ich Ihnen einen angenehmen Aufenthalt."

Hendrik wurde augenblicklich heiß und kalt.

Scheiße. Das Doppelzimmer.

Verdammt. Das hatte er ja total vergessen. Egal. Er würde auf keinen Fall mit ihr in einem Zimmer übernachten! Eher würde er die Rückbank im Mercedes in der Tiefgarage nehmen.

„Entschuldigen Sie bitte", wandte sich Hendrik der Hotelangestellten zu, „es handelt sich hier um ein Missverständnis, an dem ich leider eine Mitschuld trage. Ich habe nämlich versäumt, das Zimmer rechtzeitig umzubuchen."

Er lächelte. „Mein Name ist Hendrik von Freyenhof und das ist Frau Gesine Baumbach. Wir sind anstelle meines Bruders und seiner Frau angereist. Die beiden sind leider unabkömmlich. Wäre es wohl möglich, zwei Einzelzimmer anstatt eines Doppelzimmers zu bekommen?" Er sah zu Gesine, die angesichts der Neuigkeiten keine Miene verzog, sondern unnatürlich teilnahmslos blieb. Eine Haltung, die er schon die ganze Zeit an ihr beobachtete. Ob sie noch nicht kapiert hatte, um was es ging? Er berührte sie an der Schulter. „Das wäre dir doch auch lieber?"

Sie nickte nur. Er runzelte die Stirn. Oder schüttelte sie den Kopf? Herrgott noch mal! Hatte sie was genommen oder was war mit ihr los?

„Ich will sehen, was ich für Sie tun kann", lächelte ihm die junge Rezeptionistin zu. „Allerdings sind wir wegen der Präsentation voll belegt", fügte sie entschuldigend hinzu und konzentrierte sich dann auf den Bildschirm. Nach einem kurzen Telefonat erhellten sich ihre Gesichtszüge. „Sie haben Glück. Ein anderes Paar, denen wir nur noch zwei Einzelzimmer anbieten konnten, freut sich auf das Doppelzimmer und würde gerne mit ihnen tauschen. Ihre Zimmer liegen im ersten Stock. Leider nicht nebeneinander, sondern jeweils am Ende des Flurs. Ich hoffe, Sie sind damit zufrieden?"

„Aber natürlich." Hendrik fiel ein Stein vom Herzen. „Vielen Dank für Ihre Mühe."

„Gerne. Das Gepäck wird Ihnen gleich gebracht."

Mehr als erleichtert bedankte er sich noch einmal und gab Gesine, die mit einem Mal sehr blass wirkte, die Karte für ihr Zimmer. Gemeinsam gingen sie zum Fahrstuhl, während sie den Blick starr durch die gläserne Front des Foyers gerichtet hielt und aussah, als würde sie schlafwandeln.

„Ist alles in Ordnung mit dir?"

Sie fuhr erschrocken herum. „Nein ... äh ja", krächzte sie schließlich. „Sorry. Ich ich bin noch nicht richtig hier angekommen."

Hendrik, der die Antwort in sich nachwirken ließ, sah sie verständnislos an. Grundgütiger. Wenn solche Gespräche die Grundlage für die nächsten zwei Tage waren, würde er nach dem Wochenende in Therapie gehen müssen. Es war genau dieses kryptische Getue – ein Verhalten, das er auch schon bei Cora kennengelernt hatte – das ihn noch in den Wahnsinn treiben würde. „Alles klar. Ich hole dich gegen sechs ab."

Wie besprochen klopfte er zur verabredeten Uhrzeit an Gesines Tür. Er hatte die freie Zeit genutzt, um sich in die Historie des Weinguts einzulesen, sich zu duschen und auch, um sich wieder auf seine Aufgaben zu besinnen. Dem Dresscode entsprechend hatte er sich einen anthrazitfarbenen Anzug und ein weißes Hemd angezogen, jedoch auf eine Krawatte verzichtet.

„Moment noch. Bin gleich so weit", hörte er sie hinter der Tür rufen, weshalb er sich abwartend an das

85

gegenüberliegende Fenster im Gang stellte, das eine wundervolle Aussicht auf die schöne Landschaft ringsherum ermöglichte. Das Hotel lag in einer sehr reizvollen Gegend im Mittelrheintal. Etwas abgelegen schloss es sich direkt an ein Weingut an. Während er sich die mit viel Liebe zum Detail angelegte Innenhofanlage zum Weingarten hin anschaute, hörte er, wie sich hinter ihm die Zimmertür öffnete. Gesine, die ein ärmelloses, rostrotes Etuikleid mit einer schokobraunen Stola trug, betrat den Flur. Eine zierliche, goldene Lackhandtasche rundete die gelungene Auswahl ab. Die Haare fielen ihr in leichten Wellen ums Gesicht und das gekonnt aufgetragene, dezente Make-up machte sie zu einer attraktiven Erscheinung. Man musste ihr lassen, dass sie das Beste aus ihrem Typ herausgeholt hatte.

„Gefalle ich dir?"

Er bot ihr den Arm. „Du siehst toll aus", nickte er anerkennend. Rein strategisch betrachtet, musste er sich die nächsten sechsunddreißig Stunden mit ihr arrangieren, da waren ein paar nette Worte sicher nicht verkehrt, hatte er sich überlegt. Außerdem gebot ihm das seine Erziehung.

„Danke. Es ist lieb, dass du das sagst. Ich finde auch, dass wir sehr gut zusammenpassen."

Hendrik reagierte nicht auf diese Anspielung, zumal sie absurd war. Allerdings stimmte ihn ihr Bedürfnis, sich bei ihm einzuhängen und sich – für seinen Geschmack – viel zu nahe an ihn zu drängen, nachdenklich, weshalb er immer wieder dezent von ihr abrückte.

Vor der Wein- und Sektpräsentation hatte der Hausherr zu einem kalt-warmen Büfett eingeladen. Mehrere Kellner begrüßten die Gäste und führten sie zu den reservierten Tischen.

„So langsam verstehe ich meinen Bruder und fange an, das Ganze hier zu genießen", murmelte Hendrik, der Gesine an einem Zweiertisch gegenübersaß. „Wann hat man schon mal die Gelegenheit, in so einem Rahmen essen zu gehen?"

„Ich finde, dass es im *Edlen Ross* genauso schick ist."

„Richtig. Kann man aber nicht vergleichen. Zu Hause bist du immer im Dienst."

Sie sah ihn verständnislos an. „Dann muss er eben mal so tun als ob ... das würde ich jedenfalls so machen."

So eine bescheuerte Antwort konnte auch nur von ihr kommen, dachte Hendrik, dem die Lust an dem Abend wieder verging. Sie war und blieb ein verwöhntes Einzelkind und das würde sich nicht ändern. Das stand mal fest.

Er besann sich auf seine Absicht, diplomatisch zu bleiben. „Wie dem auch sei, ich kann Eike jedenfalls verstehen, wenn er mal daheim rauswill. Er war ziemlich enttäuscht darüber, dass er nicht herfahren konnte."

„Kann ich mir vorstellen. Die beiden sind ja wirklich sehr eingespannt. Immer nur Arbeit, Arbeit, Arbeit. Meine Güte. Das stelle ich mir schrecklich vor. Bin ich froh, dass ich in der Berufsschule so geregelte Zeiten habe." Ein schadenfrohes Grinsen huschte über ihr Gesicht. „Und vor allem so viele Ferien."

Ein Conférencier bat um die Aufmerksamkeit der Gäste und ersparte Hendrik so weitere Ausführungen ihrer Lebensweisheiten. Simpler Small Talk war mit Gesine für ihn nicht machbar. Egal, mit welchem Thema er es versuchte, jedes Wort ging ihm schwer über die Zunge, so als würden sie in unterschiedlichen Sprachen sprechen. Und ihren Hang zur Schadenfreude hatte er schon als Kind nicht gemocht. Er wusste, dass es an ihm lag.

Möglicherweise hatte er verlernt, sich unbeschwert in Gesellschaften zu bewegen. Dabei war das nicht immer so gewesen. Er unterhielt sich gerne angeregt und er mochte es auch zu tanzen. Doch nach dem Beziehungsaus mit Cora hatte sich daran etwas geändert. Jetzt fühlte er sich am wohlsten, wenn er allein war.

Im Raum wurde es dunkel. Lediglich ein Lichtstrahl war auf einen jungen Mann im dunklen Anzug gerichtet. Mit witzig-lockerer Ansprache forderte er die Gäste zum Rundgang am Büfett auf. Auch während des Essens sorgte der Alleinunterhalter für gute Stimmung. Ganz nebenbei informierte er über alles Wissenswerte rund um das Weingut. Unterdessen kümmerte sich gut geschultes Personal darum, dass die Gläser auf den Tischen nie leer wurden. Hendrik, der normalerweise lieber zum Bier griff, trank nur wenig Wein. Dagegen genoss Gesine den Nachschenkservice in vollen Zügen. Nach dem Essen waren die Gäste aufgefordert, in den Barbereich zu wechseln. Hendrik, der irritiert registrierte, dass seine Begleitung nicht mehr sicher auf ihren hohen Absätzen stehen konnte, fasste sie am Arm, um sie zu stützen.

„Hi, hi, ich glaub, ich hab ein bisschen zu viel getrunken."

„Wie gut, dass dir wenigstens das noch auffällt", antwortete er knapp und umfasste ihren Ellenbogen, um sie sicher vor sich her zu dirigieren. „Vielleicht trinkst du zur Abwechslung mal nur Wasser."

„Och, du bist ja langweilig. Ich will doch nur ein bisschen Spaß."

Toller Spaß. Hendrik, der die schaulustigen Blicke der anderen registrierte, schwieg eisern. Eine Diskussion war das Letzte, was er jetzt gebrauchen konnte, auch wenn er innerlich kochte. Also erduldete er es mit stoischer Ruhe, dass sie ihn mit einem Arm umklammerte und dabei obendrein dümmlich kicherte.

Der Barbereich glich einem alten Weinkeller. Grobe Steine dienten als Wanddekoration und die Lampen an den Wänden und auf den derben Holztischchen sahen wie flackernde Kerzen aus. Über der Tanzfläche, die sich direkt neben der Theke befand, hing eine Discokugel, die ihre funkelnden Lichtpunkte im ganzen Raum verstreute. Hendrik führte Gesine zu einem der zahlreichen ledernen Clubsessel, die um die Tischchen verteilt standen. Als alle Platz genommen hatten, erklärte der Alleinunterhalter den offiziellen Teil des Abendprogramms für beendet. Die Gäste wurden aufgefordert, die Nacht mit Tanz und Geselligkeit zu feiern. Ein Discjockey, der beliebte Discomusik aus mehreren Jahrzehnten auflegte, sorgte dafür, dass die Tanzfläche nicht lange leer blieb.

Auch Gesine schien das zu animieren. Sie wippte mit den Füßen im Takt und sprang plötzlich auf. „Komm, Hendrik, lass uns tanzen."

Ohne auf seine Reaktion zu warten, umfasste sie seinen Arm so ruckartig, dass das Bier im Glas, das er gerade hochgenommen hatte, um zu trinken, gefährlich schwappte. Wieder spürte er beobachtende Blicke auf sich und willigte ein. Er liebte Musik und es machte ihm auch nichts aus, sich im Rhythmus der eingängigen Lieder zu bewegen, weshalb er ihr wortlos auf die Tanzfläche folgte. Zu tanzen war allemal besser, als gelangweilt herumzusitzen. Jetzt dröhnten aus den Boxen die bekanntesten Discolieder der Achtziger, was auch noch die letzten Gäste von den Stühlen holte. Meistens waren es Paare. Und als der Discjockey einen einschmeichelnden Schmuseklassiker auflegte, lagen sich alle in den Armen. Hendrik, der absolut keine Lust verspürte, mit Gesine einen Blues zu tanzen, wollte die

Tanzfläche verlassen, doch sie hielt ihn zurück und zog ihn zu sich heran. Er reagierte zurückhaltend und glaubte, das würde reichen, um ihre Bitte abzuwehren. Doch Gesine ignorierte seine Abwehr und legte ihm beide Arme um den Hals. Um kein Aufsehen zu erregen, fügte er sich notgedrungen und atmete tief durch. Nur zögerlich und sehr locker erwiderte er ihre Umarmung. Angenehm war anders. Aber ein Lied würde er überstehen. Demonstrativ rückte er so weit wie eben möglich von ihr ab und überließ sich dann der wunderbaren Musik, während er so gut es ging, verdrängte, wen er da im Arm hielt. Allerdings gab sich Gesine damit nicht zufrieden. Obwohl er ihr doch nun wirklich mehr als deutlich zu verstehen gegeben hatte, dass er nicht freiwillig so intim mit ihr tanzte, schmiegte sie ihre Wange an seinen Hals, und tat so, als wären sie ein Paar. Als sich der Song dem Ende neigte und der DJ ein weiteres Schmuselied auflegte, war es aber mit seiner Geduld vorbei. Energisch befreite er sich aus ihren Armen und verließ mit eiligen Schritten die Tanzfläche. Ihren Missmut nicht verbergend folgte sie ihm zum Tisch, ließ sich in den Sessel fallen und bestellte sofort einen alkoholhaltigen Cocktail. Der Blick, mit dem sie ihn dabei taxierte, war eine Mischung aus Beleidigtsein und Enttäuschung. Hendrik ignorierte das zwar, doch seine Stimmung schlug von einer auf die andere Sekunde radikal um. Sein persönliches Gesine-Limit war erreicht. Die angespannte Fahrt und der lange Tag in ihrer Gegenwart zeigte seine Wirkung. Er war müde und frustriert und musste weg hier. Raus. Er wollte einfach nur noch alleine sein und würde sie freiwillig keinen Moment länger ertragen können. Als er sich zu ihr vorbeugte, um ihr zu sagen, dass er beabsichtigte, aufs Zimmer zu gehen, missverstand sie die Geste. Mit unnatürlich großen Pupillen kam sie ihm entgegen und küsste ihn aus heiterem Himmel auf den Mund. Dabei ließ sie ihre Zunge so lüstern über seine Lippen fahren, dass er ruckartig zurückschreckte. Hendrik, der mit diesem Verhalten nicht ansatzweise gerechnet hatte, war geschockt und konnte sie nur entgeistert anstarren. Angesichts dieser herben Zurückweisung entglitten ihr die Gesichtszüge und Tränen schossen ihr in die Augen.

Herrgott noch mal! Blieb ihm denn gar nichts erspart? Hendrik war kurz davor, um sich zu schlagen. Für ihn passten hier gleich zwei Dinge nicht: Gesine und die Umgebung. Selbst mit Cora hatte er es vermieden, sich in aller Öffentlichkeit abzuknutschen.

Um die Situation nicht eskalieren zu lassen, zog er sie aus dem Sessel hoch, umfing sie mit einem Arm und bahnte sich eilig einen Weg zum Ausgang. Auf keinen Fall wollte er Aufsehen erregen. Das konnte er seinem Bruder nicht antun. Eike und Dorit gehörten zu einem kleinen, wohlsortierten Kreis von Kunden, die jährlich zu diesem Event eingeladen wurden. Das war eine Ehre und keineswegs selbstverständlich, auch wenn Angersbach das Turnier sponsorte.

Bei den Fahrstühlen angekommen, schien sie allmählich zu realisieren, welche bedauernswerte Figur sie abgab. Sichtlich pikiert rückte sie sich gerade, war aber trotzdem nicht mehr in der Lage, alleine zu stehen. Der Weg bis zu ihrem Zimmer erschien ihm unendlich lang, denn der Griff um seinen Arm wurde immer fester. Vor ihrer Zimmertür angekommen, nahm er ihre Tasche. „Soll ich die Tür für dich öffnen oder kannst du das selbst?"

„Ich kann das … aber … aber, du kommst mit. Ich will noch was trinken, bitte Hendrik, ich möchte jetzt nicht alleine sein."

Als sie ihm erneut die Arme um den Hals legen wollte, entzog er sich und hielt sie mit einem Arm auf Abstand, was in ihrem Zustand nicht ganz einfach war.

„Es war doch so schön eben. Als wir getanzt haben, meine ich", hauchte sie ihm ins Ohr. „Es hat sich so gut angefühlt. Dir hat es doch auch gefallen. Bitte, komm noch mit rein."

Hendriks Magen begann zu rumoren und drohte, das Abendessen wieder auszuwerfen. Lieber Himmel nahm dieser Tag denn gar kein Ende.

Eikes warnende Worte dröhnten ihm in den Ohren: *Die will was von dir.*

„Ich denke, du hast für heute genug getrunken."

„Warum bist du denn auf einmal so gemein zu mir. Ich will doch nur lieb zu dir sein. Wir müssen ja nichts trinken ... wir können doch auch einfach nur ... nur reden."

Um zu demonstrieren, was sie unter *Reden* verstand, hauchte sie ihm einen Kuss auf den Hals, worauf ihn prompt ein eiskalter Schauer überlief. Jetzt wurde es Hendrik zu bunt. Verdammt, so betrunken konnte sie doch gar nicht sein, dass sie nicht mitbekam, dass er nicht auf ihre Anmache abfuhr. Energisch löste er sich aus ihrer Umarmung, trat einen Schritt zurück und holte tief Luft. Verflucht. Warum hatte er es immer nur mit solchen komplizierten Weibern zu tun?

„Hör zu, ich denke, es ist an der Zeit, dass jeder in sein eigenes Bett geht. Ich bin müde und habe ehrlich gesagt kein Interesse an Gesprächen und Getränken." Hendrik wusste selbst, wie kalt das klang, weshalb er sich um einen etwas freundlicheren Ton bemühte. „Gesine, sei vernünftig. Morgen haben wir ein anstrengendes Programm vor uns. Da ist es besser, wenn wir jetzt schlafen gehen."

Was genau bewirkt hatte, dass sie endlich einsah, dass er kein Interesse an ihr hatte, konnte er nicht nachvollziehen, doch Fakt war, dass es bei ihr angekommen war. Das erkannte er, an ihrem entsetzen Blick, mit dem sie ihn anstarrte. Ihre Augen füllten sich mit Tränen.

Auch das noch.

„Warum sagst du mir nicht gleich, dass du mich nicht willst!"

„*Gleich?*" Die Frage war draußen, bevor er sie sich verbieten konnte.

„Ach jetzt tu doch nicht so!", krächzte sie. „Du hast gesagt, dass du mich schön findest und dass ich dir gefalle ... da dachte ich ... du ... du willst mich ..." Ihr Ton verfiel ins Jammern. Ein kurzer, schmerzerfüllter Blick streifte ihn, während sie ihm die Handtasche entriss, die er noch immer in der Hand hielt. Mit fahrigen Fingern suchte sie nach der Zimmerkarte, bis sie sie schließlich gefunden hatte. Dabei verdeckte sie mit einer Hand notdürftig ihr vom Weinen verzerrtes Gesicht, bevor sie ihm dem Rücken zukehrte. So aufgewühlt wie sie war, gelang es ihr jedoch auch nach dem dritten Anlauf nicht, die Tür zu öffnen.

„Soll ich dir helfen?"

„Nein!", schrie sie und wandte sich wieder zu ihm um. „Ich komme klar." Ihre Stimme verlor an Kraft. „Ent... Entschuldige ... dass ich ... dass ich dich belästigt habe", schluchzte sie und heulte laut auf. „Geh jetzt. Wir sehen uns beim Frühstück. Du ... du brauchst mich nicht abzuholen, ich ... ich finde den Weg allein."

Als die Tür endlich mit einem Knall hinter ihr ins Schloss fiel, atmete Hendrik erleichtert auf. Allerdings wurde er das Gefühl nicht los, die Hauptrolle in einem ganz miesen Streifen ergattert zu haben. Was sollte man nur von so einem Benehmen halten? Verhielt sie sich wirklich nur deshalb so, weil sie betrunken war? Oder hatte sein Bruder doch recht gehabt?

Als Hendrik, der über Nacht zu dem Entschluss gekommen war, den Vorfall vom vergangenen Abend einfach zu ignorieren, am nächsten Morgen in den Speisesaal kam, saß Gesine bereits an einem der Zweiertische. Sie sah blass aus, was auch das sorgfältig aufgetragene Make-up nicht verdecken konnte.

„Guten Morgen", grüßte Hendrik betont freundlich.

„Ebenso." Sie bedachte ihn nur mit einem kurzen kühlen Blick, bevor sie dem Croissant auf ihrem Teller wieder ihre ganze Aufmerksamkeit widmete.

Er blieb stehen. „Wird der Kaffee gebracht oder muss man selbst losgehen?"

„Setz dich! Der Kellner fragt nach, was man trinken will, alles andere gibts dort drüben", antwortete sie kühl, ohne den Kopf zu bewegen, und deutete auf das großzügige Büffet, das an einer langen Wand aufgebaut war.

„Okay, dann warte ich erst mal", blieb er trotz ihres schroffen Tons freundlich.

Als der Kellner kam, bestellte sich Hendrik Kaffee und ein weich gekochtes Ei, bevor er betont unbeeindruckt zum Büfett schlendert. Das war ja mal ein gelungener Start in den Tag. Zum Frühstück eine *Beleidigte*. Mehr denn je brauchte er für diesen Tag eine gute Grundlage. Mit leerem Magen war das überhaupt nicht auszuhalten. Ob ihr klar war, dass er unter anderen Umständen kein einziges Wort mehr mit ihr reden würde? Wahrscheinlich nicht, sinnierte er, während er sich den Teller mit Brötchen, Wurst und Käse belud. Natürlich konnte er verstehen, dass sie in ihren Gefühlen verletzt war. Aber sollte er sich schuldig fühlen, wenn sie falsche Schlüsse zog? Das fehlte noch. Es reichte, dass er fürs Höflichsein bestraft worden war. In Zukunft würde er mit Komplimenten vorsichtiger sein müssen, das stand fest.

Gesine blieb den ganzen Tag über in ihrer trotzigen und selbstbemitleidenden Haltung. Hendrik ignorierte das stoisch und behalf sich mit Ironie und Humor, doch mit jeder Stunde die voranschritt, fiel es ihm schwerer, die Contenance zu wahren. Eike hatte völlig recht. Sie würde nie etwas anderes sein als eine verwöhnte Ziege.

Die Rückfahrt verlief in eisigem Schweigen.

***

Als Maritta am Montagmorgen, kurz vor sieben mit ihren Kindern in den Aufenthaltsraum kam, deckte Sarah bereits die Frühstückstische ein. Aus dem Obergeschoss hörte man das aufgeregte Getrippel von Kinderfüßen, da am vergangenen Nachmittag sechzehn neue Ferienkinder angereist waren, die nun versorgt werden wollten. Manuel, der morgens selten sehr gesprächig war, dafür aber umso hungriger, stürmte an Sarah vorbei und grüßte nur mit einem knappen „Moin".

Sarah sah ihm lachend hinterher. „Dass du den armen Jungen immer hungern lassen musst."

Saskia, die verstand, dass das ironisch gemeint war, nickte übertrieben, nahm ihrer Mutter die Brötchentüten aus dem Arm und rannte hinter ihrem Bruder her.

„Man kann dir einfach nichts vormachen", ging Maritta auf das Geplänkel ein und warf dann einen demonstrativen Blick auf ihre Armbanduhr. „Liebe Güte, habe ich was verpasst, oder warum bist du heute so extrem früh dran? Wann hast du denn um Himmels willen angefangen, du bist ja fast fertig!", rief sie, als sie die eingedeckten Tische begutachtete.

Sarah hob beschwichtigend die Hand. „Das hätte ich auch schon vor drei Stunden erledigen können. Ich hatte mein Bett heute Nacht leider nicht für mich allein."

„Was?" Maritta nahm ihre Kollegin genauer in Augenschein und zog die Stirn kraus. „Also ... wie nach einer heißen Liebesnacht siehst du aber nicht gerade aus."

Sarah grinste selbstironisch und wischte sich müde über die Augen. „Sehr witzig ... weiß grad nicht mal, ob ich jemals eine hatte." Sie machte ein zerknirschtes Gesicht. „Das ist jedenfalls Rikes Meinung." Sie lachte. „Nein, mit einem Mann hatte meine schlaflose Nacht leider nichts zu tun, sondern mit Luisa Beckers Heimweh. Ich hab sie zu mir genommen, weil sie ansonsten keine Ruhe gegeben hätte."

„Ist nicht ihre große Schwester Sandra mit dabei?"

„Ja, das schon. Aber die schläft in einem anderen Zimmer und hat sich mit Caroline Paul angefreundet."

„Okay, das ist völlig normal. Immerhin ist Luisa vier Jahre jünger. Wir teilen die Mädchen immer in Altersgruppen ein. Hat bisher immer funktioniert. Sogar bei Geschwistern. Vielleicht sollten wir das hier ändern?"

„Hab ich schon probiert, hat aber zu noch mehr Stress geführt, weil Sandra mit ihrer neuen Freundin zusammenbleiben wollte. Die Große hat wirklich versucht, ihre Schwester zu beruhigen."

„Okay und dann?"

„Dann habe ich sie mit zu mir genommen."

Maritta zog die Stirn kraus. „Oh je. Und das hat funktioniert?"

Sarah nickte. „Ja, es hat aber bis Mitternacht gedauert, bis sie ruhiger wurde. Vorher hat sie nur geschluchzt und gezittert. Wenn du mich fragst, hat man sie nicht das erste Mal alleine gelassen."

Maritta rieb sich nachdenklich das Kinn. „Danke, dass du dich aufgeopfert hast. Tut mir nur leid, dass du um deinen Schlaf gebracht wurdest." Sie seufzte. „Wenn es schon so anfängt, bedeutet das nichts Gutes. Wetten, dass wir den Salat Heute Abend wieder haben. Wo ist sie jetzt?"

„Oben im Bad bei den anderen. Es wird ganz sicher wieder genauso sein. Der Hauptgrund für den Jammer ist nämlich nicht Heimweh!"

„Sondern?"

„Die Kleine ist nicht freiwillig hier, sie wollte viel lieber bei ihrer Mutter bleiben. Doch die hat einen neuen Freund und will ungestört sein."

Maritta rollte mit den Augen. „Na, das sind ja schöne Nachrichten."

Gemeinsam begaben sie sich in die Küche, wo Manuel und Saskia bereits Nutellabrötchen verschlangen. Sarah, bei der sich auch allmählich der Hunger meldete, befüllte die Brötchenkörbe, um zuerst die Tische für die Kinder fertig einzudecken. Maritta stellte Kakaodosen und Milchkrüge auf ein Tablett.

„Wenn es gar nicht anders geht, müssen die Eltern Luisa abholen. Du kannst dir nicht noch eine Nacht um die Ohren schlagen."

„Das könnte problematisch werden." Sarah ging mit den vollen Körben voraus. „Die Mutter ist mit ihrem Lover auf Mallorca und der Vater ist auf Geschäftsreise in der Schweiz. Du erinnerst dich? Luisa und Sandra, das sind die beiden Mädchen, die zwei Wochen bleiben."

Maritta, die ihr folgte, blieb abrupt stehen. „Das gibts doch jetzt nicht oder? Sind die wahnsinnig? Wie kann man nur so egoistisch sein. Ich hab ja schon einiges hier erlebt, aber so was?" Sie schüttelte missbilligend den Kopf. „Wie lange ist der Vater weg?"

„Weiß nicht. Luisa hat mir erzählt, dass er ebenfalls eine neue Freundin hat. Sie glaubt, dass ihre Eltern sie nicht mehr wollen."

„Kein Wunder ..." Maritta verstummte, als die ersten Mädchen aufgeregt schnatternd in den Raum stürmten. Sandra, die darunter war, schien jedoch unbekümmert zu sein, während Luisa nur zögernd hinterherkam. Doch nachdem die Kleine Sarah dabei entdeckt hatte, wie sie Kakao in die Gläser goss, rannte sie sofort auf sie zu.

„Guten Morgen Schätzchen, da drüben neben Betty ist dein Platz, ich komme gleich zu dir und bringe dir was zu trinken."

Luisa befolgte die Anweisung nur widerwillig und setzte sich nur halbherzig auf den Kinderstuhl, so als wollte sie sofort wieder aufspringen. Dabei umklammerte sie den Schmusehasen, den sie schon die ganze Nacht nicht losgelassen hatte.

„So ist es besser, nicht?" Sarah rückte ihr den Stuhl zurecht, sodass Luisas Beine unter dem Tisch Platz fanden. „Was möchtest du trinken?" Sarah, die in einer Hand eine Karaffe mit Kakao und in der anderen eine Flasche Orangensaft hielt, sah sie fragend an.

„Kakao."

Erst jetzt bemerkte Sarah, dass Luisa Straßenkleidung trug und dass ihr die langen, dunklen Haare offen über die Schulter fielen.

„Luisa, warum hast du denn deine Reitsachen nicht angezogen? Du weißt doch, dass es nach dem Frühstück gleich losgeht. Da bleibt dir fürs Umziehen und Zöpfe flechten keine Zeit mehr."

„Ich will nicht zum Reiten." Sie schob die Unterlippe vor. „Ich will hier bei dir bleiben."

„Aber ..." Sarahs Lächeln verschwand. „Schätzchen, hör zu, bei mir wird es dir nur langweilig werden. Draußen sind die Ponys und die Kinder. Da ist es doch viel lustiger als bei mir ..."

„Bitte!" Luisa, die sie mit großen feucht schimmernden Augen ansah, verfiel ins Jammern. „Ich bin auch ganz lieb."

Sarah seufzte ratlos. Wie sollte man bei dem Junge-Hunde-Blick Nein sagen? Hilfe suchend blickte sie sich nach Maritta um. „Willst du wirklich nicht zu den Ponys? Die sind auch ganz lieb und haben sogar ein kuscheliges Fell", wandte sie sich erneut dem Kind zu. „Ich bin sicher, dass du dabei Spaß haben wirst."

Doch das wollte die Kleine nicht hören und verzog weinerlich den Mund. Seufzend stellte Sarah die Getränke ab und ging neben dem Mädchen in die Hocke, um sie zu trösten.

Maritta, die aus der Küche hereinkam, eilte mit sorgenvoller Miene dazu. „Ach du liebe Zeit, Luisa Schätzchen, warum weinst du denn?"

„Ich will nicht zu den Ponys. Die sind so groß."

Maritta zog Sarah hoch und lächelte Luisa dabei beruhigend zu. „Jetzt frühstücken wir erst mal. Wenn du nicht zu den Ponys möchtest, kannst du auch was anderes machen. Wir finden schon was, ja?"

Luisa, bei der sofort die Tränen versiegten, nickte und griff schließlich nach einem Brötchen. Sarah atmete auf. Wenigstens schien sie Appetit zu haben.

Maritta bat Sarah mit einem Wink, ihr in die Küche zu folgen. „Puh, was war das letzte Woche so unkompliziert", seufzte sie. „Aber so ist das immer. Jede Gruppe ist anders. Wäre es für dich in Ordnung, wenn sie heute bei dir bleibt?"

„Ja, kein Problem. Ich werde versuchen, sie doch noch für die Ponys zu begeistern."

„Gute Idee. Dann sehen wir weiter. Gibt es außer den Eltern noch andere Ansprechpartner, die wir anrufen können?"

„Ja, die Großeltern."

„Schön, wenn sich die Situation bis morgen nicht gebessert hat, müssen wir handeln. Geht dann eben nicht anders. Außerdem ist das vertraglich geregelt."

„Vielleicht kriege ich es ja hin mit ihr."

Maritta nickte und strich Sarah über den Arm. „Versuch dein Glück. Die Kinder mögen dich."

Nach dem Frühstück versammelten Maritta und Saskia die Horde hinter sich, um das das allwöchentliche Startprogramm abzuspulen. Sarah blieb mit ihrem Schützling zurück. Von Basteln und Malen als Zeitvertreib wollte Luisa jedoch nichts wissen. Sie wollte ihrer großen Freundin helfen, weshalb sie gemeinsam die Tische abräumten und die Küche wieder in Ordnung brachten.

„So, jetzt können wir überlegen, was wir unternehmen wollen. Wir haben fast drei Stunden Zeit. Um zwölf müssen wir uns dann ums Mittagessen kümmern." Sarah blickte nach draußen, wo der herrliche Sonnenschein auf dem Dach der Scheune glänzte. Sie nahm Luisa das Geschirrhandtuch aus der Hand und hing es an den Haken. „Komm, wir gehen jetzt raus auf den Hof und schauen mal, was da so los ist."

***

Seit dem morgen fuhren pausenlos voll beladene Trecker mit eingelagerten Materialien, die dem Aufbau der Zeltboxen und dem Auktionsparcour dienten, zu den

Weideflächen, die rings um das Gut angesiedelt waren. So wie jedes Jahr wurden sie für das Turnier aufgebaut, um genügend Stellfläche für die edlen Pferde zu bieten, die an dem Spektakel teilnahmen. Noch an seinem Brötchen kauend, war auch Hendrik mit Bounty auf dem Weg zum Turnierplatz. An ein ausgedehntes Frühstück war heute und auch für die kommenden Tage, kein Gedanke. Im Vorbeilaufen grüßte er die Männer vom Sägewerk, die dabei waren, die einzelnen Teile der Zuschauerränge aufzubauen. Im Moment stand der Sägebetrieb ebenfalls still, weil für das Turnier alle Hände gebraucht wurden. Dennis, der mit den Stallburschen zwei Weiden für den Fuhrpark der Pferdebesitzer absteckte, sorgte dafür, dass zweihundertdreißig edle Tiere aus dem In- und Ausland beste Bedingungen der Unterbringung vorfanden. Im Grunde half das ganze Dorf mit und freute sich mit den Gutsleuten über das Turnier. Hendrik, der am Morgen auf allen vieren aus dem Bett gekrochen war, spürte bei jedem Schritt, den er machte, üblen Muskelkater. Kein Wunder, wo er doch am vergangenen Abend, nach dem er eine quälend lange Autofahrt mit Gesine hinter sich gebracht hatte, mit Uwe noch aufs Rad gestiegen war. Auch mit seinen knapp dreißig Lenzen war so ein fünfzig Kilometer Radrennen, bei dem sie sich nicht geschont hatten, zu viel für seine verspannte Muskulatur gewesen. Und anstatt danach nur noch eine heiße Dusche zu nehmen und ins Bett zu gehen, waren sie bei Uwe in der Kellerbar hängen geblieben, wo sie den Abend bei tiefschürfenden Gesprächen und jeder Menge Weizenbier hatten ausklingen lassen. Nachdem Uwe vom verkorksten Wochenende seines Freundes gehört hatte, nannte er das die rittersche Antistresstherapie. Eins war jedenfalls sicher: Hendriks schmerzende Muskeln drängten den Wahnsinn mit Gesine allemal in den Hintergrund. Fazit: Therapie gelungen.

Gegenüber dem Festzelt lag der Parcours, neben dem wiederum Tribüne stand. Hendrik blieb bei zwei Helfern stehen, die einen Oxer aufbauten, und sah sich zufrieden um. Die meisten Hindernisse waren bereits aufgebaut. Hier gab es also nicht mehr viel zu tun, da der Platz für den Wettkampf so gut wie fertig war. Nur die Deko und die Sponsorenwerbung an den Banden fehlten noch. An der seitlichen Linie sah es jedoch nicht so gut aus. Dort begannen Uwe und seine Mitarbeiter aus dem Sägewerk, die Tribüne zu errichten.

„Hey! Hier läufts ja." Hendrik klopfte Uwe auf die Schulter, während Bounty ihm den Kopf entgegenstreckte, um sich ihre Streicheleinheiten zu holen.

„Bin zufrieden. Und bei dir?"

Hendrik, dem die Sonne ins Gesicht schien, kniff die Augen zusammen und beobachtete drei Männer, die ein gerade eingetroffenes Treckergespann mit Latten und Stangen in Empfang nahmen, um es abzuladen.

„Bis jetzt alles okay, bis auf den Muskelkater." Er zog eine leidende Miene. „Mannomann, merkst du gar nichts davon?"

„Doch natürlich, ein bisschen schon, ist aber zum Aushalten."

Hendrik hob die Hand, um das Team der Firma Hansmann, die den Innenausbau des Zeltes durchführten, zu grüßen, und wandte sich wieder seinem Freund zu. „Geht ja gut voran hier, wie ich sehe."

„Ja, ich will hoffen, dass das so bleibt, damit die Teilnehmer, die am Mittwoch anreisen, gleich mit dem Training loslegen können."

„Richtig. Bis dahin müssen wir fertig sein!"

Uwe ließ seinen Blick zum Festzelt wandern, in dem Gesine zu sehen war. „Und, wie wars heute Morgen so … beim Frühstück, meine ich? Gibts was Neues?"

„Nö. Wieso?"

Uwe verdrehte die Augen und schüttelte den Kopf.

Hendrik runzelte irritiert die Stirn. Normalerweise kannte er keine Verständigungsprobleme mit Uwe. Erst als der demonstrativ in Richtung Zelt schielte, begriff er, wovon sein Freund sprach. „Ach so, das meinst du." Hendrik lachte. „Sie hat sich entschuldigt."

„Und, was hast du gesagt?"

„Nicht viel, nur dass die Sache für mich erledigt ist und dass ich jetzt gerne stressfrei weiterarbeiten würde. Danach bin ich gegangen."

„Okay. Schauen wir mal. Ich sag dir, da kommt noch was. Das hab ich im Urin."

Hendrik schüttelte unwillig den Kopf. „Die soll mich bloß in Ruhe lassen."

Uwe zuckte mit den Schultern. „Über die Brücke gehe ich nicht. Auf mich macht sie den Eindruck, als würde sie sich wenig darum kümmern, was andere wollen."

„Der Punkt geht an dich. Das hat sie noch nie interessiert. Aber was solls. Am Sonntag ist das Thema durch. Gott sei Dank."

Zu Uwes Belustigung tat Hendrik so, als würde er sich bekreuzigen.

„So, ich muss dann mal weiter."

„Okay, wenn du Lust hast, kannst du heute Abend wieder auf ein Bier vorbeikommen. So besteht wenigstens nicht die Gefahr, deinen Groupies über den Weg zu laufen", meinte Uwe augenzwinkernd.

„Ich überleg' s mir."

Hendrik marschierte über die frisch gemähten Wiesen, deren sattes Grün in der Vormittagssonne noch nebelfeucht glitzerten. Sein Weg führte ihn zum Abreitplatz, der sich weiter hinten abseits des Parcours befand. Er war mit Willi verabredet, der sicher bereits auf ihn wartete. Er entdeckte den alten Mann am Rand einer eingezäunten Fläche, auf der zwei nussbraun-beige-gescheckte Ponys grasten, die für den Reitbetrieb zu alt waren und nun ihr Gnadenbrot erhielten. Überrascht erkannte er, dass Sarah bei ihm stand. Sie hatte ein kleines Mädchen bei sich, die so an ihr klebte, als wären sie ein Körper. Willi war der Hofälteste und wurde von den Jugendlichen nur der Stall-Opa genannt, das war keinesfalls abfällig gemeint, sondern eher liebevoll, weil es niemanden gab, der ihn nicht gerne um sich hatte. Was das Turnier betraf, war er ein alter Hase und darüber hinaus der gute Geist des Hofes. Er gehörte gewissermaßen seit fast fünf Jahrzehnten zum Inventar und sah immer noch nach dem Rechten, auch wenn das schon lange nicht mehr seine Aufgabe war.

Hendrik beobachtete, dass das Grüppchen auf Paulchen zusteuerte, einem zwanzig Jahre alten Lewitzer Pony, auf dessen Rücken bereits viele Kinder das Reiten gelernt hatten. Die Kleine schien trotz der ruhigen Ausstrahlung des Vierbeiners ängstlich zu sein, denn sie klammerte sich an den Arm ihrer Betreuerin und hielt dabei ihr Stofftier fest umschlungen.

„Na mein Schätzchen", beugte sich Willi zu der Hündin hinunter, die ihn schwanzwedelnd mit der Nase anstupste und streichelte ihr über den Kopf. Er richtete sich wieder auf. „Moin, Juniorchef, ich bin gleich bei dir", begrüßte er nun auch den jungen Freiherrn. „Das Mädchen hier, die kleine Luisa, hat Angst vor Ponys. Da werden wir sie am besten Mal mit unserem Paulchen bekannt machen, damit sie weiß, dass sie sich nicht mehr fürchten muss."

„Gute Idee", nickte Hendrik und reichte Sarah die Hand, wobei er ihr ins Gesicht sah. Sie hatte verdammt schöne Augen. Strahlend blau und ausdrucksstark und sie erwiderte seinen Blick unerschrocken. Doch er erkannte auch, dass sie reserviert blieb, denn sie entzog sich schnell und trat einen Schritt zurück.

„Kommen Sie klar, oder können wir noch irgendwie helfen?"

„Ja, danke." Sie deutete auf Luisa, die gerade vorsichtig die samtenen Nüstern des Pferdes betastete. „Wir sind nur hier, damit sie sich an die Ponys gewöhnen kann."

Bounty, die kinderlieb war, drängte sich mit der Nasenspitze zwischen Pony und Kind und wollte gestreichelt werden. Luisa, die das offensichtlich erkannte, drückte Sarah den Hasen in den Arm und strich nun über das seidige Fell der Hündin, die ihr daraufhin genüsslich den Kopf entgegenstreckte.

„Oh, ist das weich" , seufzte sie und kniete sich nieder, um Bountys Hals zu umarmen.

Jetzt, wo sie entdeckt hatte, wie schön es mit den Tieren war, wandte sie sich dem Pony zu, um es ebenfalls zu streicheln. Sarah war erleichtert. Verzückt darüber wie glücklich das Kind mit einem Mal war, lächelte sie beseelt und bemerkte dabei nicht, wie Hendrik sie beobachtete.

Willi, der die Szenerie mit einem Schmunzeln verfolgte, berührte Luisa an der Schulter. „Magst du Paulchen?"

Sie ließ die beiden Tiere los und erhob sich. „Ja", nickte sie eifrig, „er ist lieb."

„Was hältst du davon", fragte er mit einschmeichelnder Stimme weiter, „wenn wir ihn satteln und du auf ihm das Reiten lernst?"

Luisa wirkte ratlos und sah Sarah fragend an, die natürlich sofort aufmunternd zustimmte. Schließlich nickte die Kleine zaghaft.

„Prima." Willi fasste Hendrik am Arm. „Entschuldige, das kommt jetzt ein bisschen überraschend ... aber würdest du Paulchen satteln?"

Hendrik starrte den alten Mann entgeistert an. Auf seinem Plan stand die Einteilung der Helfer, die er mit ihm absprechen wollte. Es hatte sich bewährt, an kritischen Punkten des Gutes Sicherheitsposten zu positionieren.

„Ich? Wie stellst du dir das vor? Du weißt doch, um was ich mich alles kümmern muss."

„Ja, deswegen ja. Ich kenne den Plan und schaffe das auch alleine", winkte er ab. „Das Pony braucht nur gesattelt zu werden. Das ist alles." Er klopfte dem Lewitzer liebevoll auf den Hals. „Komm mein Alter, wir gehen zum Hof." Paulchen trottete hinter ihm her und Hendrik verschloss das Gatter, bevor er ihnen hinterher eilte.

„Sarah kann nicht reiten, also kann sie ihn nicht auch nicht satteln", erklärte Willi. „Alle, die hier jetzt helfen könnten, sind beschäftigt."

Willi zwinkerte Sarah und Luisa zu. „Ich würde den beiden Hübschen hier den Gefallen ja gerne tun, aber das lässt mein Kreuz nicht mehr zu."

Während Luisa strahlte, schien es Sarah unangenehm zu sein, so viel Aufmerksamkeit zu erregen. Verlegen schabte sie mit dem rechten Turnschuh an ihrer linken Wade. „Wir hätten auch warten können", wandte sie ein, „ich wollte hier niemanden von der Arbeit abhalten ... wirklich ..."

Bevor Hendrik ihre Bedenken jedoch entkräften konnte, hörte er von hinten rasche Schritte näherkommen, die auf dem geschotterten Weg bedrohlich klangen. Willi drehte sich angesichts dessen ebenfalls überrascht um. Sarah, die das Geräusch genauso aufschreckte wie Luisa, nahm vorsichtshalber ihre Hand. Auch Bounty schien die Gefahr zu wittern, denn sie fing prompt an, aufgeregt zu bellen. Es war Gesine, die wie eine dunkle Gewitterfront näherkam. Mit blitzenden Augen und zusammengekniffenen Lippen rauschte sie wie eine Amazone auf Kriegszug in die kleine Gruppe und baute sich vor Hendrik auf. Dennis, der feixend hinter ihr herkam, blieb ebenfalls stehen und reagierte auf den verständnislosen Blick seines Juniorchefs nur mit einem Schulterzucken.

„Würdest du bitte mit rüber zum Zelt kommen?", schnaubte sie mit krebsrotem Gesicht und strich sich fahrig eine Strähne aus der Stirn. „Ich brauche dich da, sofort!"

Hendrik, dem sich allen schon wegen ihres Befehlstons die Nackenhaare aufstellten, trat einen Schritt zurück und ließ seinen Blick zwischen ihr und Dennis hin und herwandern. „Nicht, bevor ich nicht weiß, um was es geht."

„Also ...", sie holte Luft, doch Dennis fiel ihr ins Wort.

„Ich hab damit nichts zu tun", hob er entschuldigend die Arme, als er sah, dass Gesine ihn entrüstet anstarrte. „Ich muss nur was holen und wollte bei der Gelegenheit mal sehen, wie weit die anderen so sind. Sonst wäre ich jetzt gar nicht hier."

Hendrik glaubte ihm das nur bedingt, zumal er wusste, dass Dennis sich gerne da aufhielt, wo Action war.

„Wen interessiert das?", spie Gesine ihre Worte in Richtung des Pferdewirts und versengte ihn mit wütenden Blicken. „Kann ich jetzt endlich auch mal was sagen?" Sie stemmte die Fäuste in die Taille und funkelte Hendrik an. „Es geht um die Herrschaften Hansmann. Du weißt, wen ich meine? Die vom Gastro-Service. Es ist eine Unverschämtheit, wie die sich mir gegenüber benehmen. Sie lassen sich überhaupt nichts sagen." Um ihre Worte zu unterstreichen, fuchtelte sie mit den Armen in der Luft und wurde immer lauter. „Meine Vorschläge wären zwar ganz nett, aber nicht durchführbar, hat der Typ mit der Halbglatze gemeint und mich behandelt, als wäre ich ein Kleinkind. Es hat nur noch gefehlt, dass er mich vor allen Angestellten auslacht." Sie schob das Kinn trotzig vor. „So was lasse ich mir nicht gefallen. Nur dass das klar ist. Was glauben die denn, wen die vor sich haben?"

Hendrik, der sich ohnehin schon nur durch ihre bloße Anwesenheit gestört fühlte, war kurz davor, sie gründlich durchzuschütteln. Mittlerweile reichte ein Wort von ihr, um seinen Aggressionspegel in die rote Zone zu schießen. Doch das war das Letzte, was er jetzt gebrauchen konnte. Verdammt, er musste einen kühlen Kopf bewahren, um die Kontrolle über den Tagesablauf nicht zu verlieren.

Der Typ mit der Halbglatze, damit meinte sie Hansmann Junior. Diese Firma arbeitete seit Jahrzehnten für das Gut und noch nie hatte es Probleme gegeben. Sein Vater würde Amok laufen, wenn er von der Geschichte erfuhr. Was für eine grandiose Idee von seiner Mutter, Fräulein Besserweiß alleine auf die Dienstleister loszulassen.

„Jetzt komm erst mal wieder runter", erwiderte er beherrscht. „Geh rüber ins Haus und mach dich frisch. Ich kläre das."

Allerdings war das nicht das, was Gesine von ihm hören wollte.

„Wie? Ich dachte, du gehst mit mir rüber und wir klären das gemeinsam", mokierte sie sich, ohne auch nur im Ansatz zu bemerken, dass ihr gegenüber kurz vorm Explodieren war.

Hendrik, der Gesines Tobsuchtsanfall mit einem vernichtenden Blick strafte, bemerkte in den Augenwinkeln, wie Dennis schadenfroh grinste und Willi missbilligend den Kopf schüttelte. Auch Sarah reagierte. Ihr schien die Situation äußerst peinlich zu sein, denn sie zog Luisa am Arm und wollte offensichtlich gehen. Verdammt. Das fehlt gerade noch, dass hier alle nach Gesines Nase tanzten. Mit einem Schritt war er bei ihr und umfasste ihren Arm. Mit einem aufmunternden Nicken suchte er ihren Blick, sodass sie innehielt. „Einen Moment nur, ja? Geben Sie mir zwei Minuten, dann bin ich bei Ihnen. Okay?"

Sarah nickte und wirkte überrascht. Doch Luisa, die in Hendrik und Willi neue Freunde erkannt hatte, freute sich wie ein Schneekönig. Auch Willis Miene zeigte Genugtuung. Als Gesine begriff, dass sie nicht die Unterstützung bekam, die sie sich erhofft hatte, wollte sie abermals zu einer Tirade ansetzen, wurde jedoch von Dennis unterbrochen, der seine Chance gekommen sah, sich bei Sarah einzuschmeicheln.

„Vielleicht kann ich ja helfen?", rief er aufgekratzt dazwischen und wandte sich seinem Juniorchef zu. „Sag mir nur, was ich machen soll."

Hendrik, der nun gar nicht mehr wusste, auf wen er zuerst reagieren sollte, kam sich vor wie in einem Tollhaus. Noch ehe er jedoch antworten konnte, kam Willi einen Schritt auf ihn zu und gab ihm mit einem kaum merklichen Kopfschütteln einen Hinweis, den er sofort verstand.

„Das ist nett von dir, Dennis. Du wirst bei den Zeltboxen mehr gebraucht. Wir finden schon eine Lösung." Zu Gesine gewandt erklärte er: „Ich kümmere mich selbst um Hansmann."

„Aber ... ich ... ich muss doch ...", versuchte sie noch einmal, Einfluss zu nehmen, brach jedoch resigniert ab, als sie mitansehen musste, wie Hendrik ihr demonstrativ den Rücken zuwandte und Luisa bei der Hand nahm. Ohne sie noch eines Blickes zu würdigen, schloss er sich Willi an, der mit Paulchen und Sarah Richtung Hof vorausgegangen war.

7.

*V*or den Pferdeställen angekommen, ließ Willi das Pony stehen und tätschelte dessen Hals. „So, ich werde jetzt wieder woanders gebraucht." Er nahm Luisas Hand und beugte sich zu ihr hinunter. „Paulchen ist wirklich ein ganz lieber Kerl. Auf ihm haben schon ganz viele Kinder das Reiten gelernt. Du schaffst das auch, das weiß ich genau." Mit einem aufmunternden Lächeln strich er ihr übers Haar und machte sich dann auf den Weg zurück zu den Weiden.

Sarah blickte Willi mit gemischten Gefühlen hinterher. Der alte Mann war so unkompliziert und umgänglich und so ganz anders als Hendrik von Freyenhof. Wobei der Juniorchef bis jetzt, das musste sie fairerweise zugeben, ausgesprochen nett gewesen war. Der, von dem die Rede war, kam in diesem Moment mit einem Eimer voller undefinierbaren Utensilien aus der Sattelkammer und winkte Luisa, die selbstvergessen Paulchens Hals streichelte, zu sich heran.

„Hier", er drückte der Kleinen eine Bürste in die Hand, zog sie neben das Pony, wo er sie nahm und sie vorsichtig auf Paulchens Flanke legte. So geschickt, wie er dabei vorging, konnte man meinen, er hätte selbst Kinder, resümierte Sarah erstaunt und war außerstande, den Blick von den beiden abzuwenden. Dieser Mann besaß ein Charisma, das man kaum in Worte fassen konnte. Wieder fiel ihr der zerzauste Haarschopf auf. Sicher war es genau dieses jungenhafte Aussehen, dass seine kraftvolle Männlichkeit erst so richtig zur Geltung brachte. Er war drahtig und kantig zugleich und sah dennoch aus, wie der Liebling jeder Schwiegermutter. Und der Dreitagebart verlieh ihm zusätzlich Sex-Appeal.

„So Luisa, dann wollen wir mal anfangen." Hendrik ging in die Hocke und fasste sie um die Taille. „Weißt du, was Paulchen richtig gut gefällt?"

Das Mädchen schüttelte den Kopf.

„Er mag es, wenn sein Fell schön sauber ist."

Während sie ihm aufmerksam zuhörte, und sah sie ihn mit großen Augen an. Dabei beobachtete sie jeden seiner Handgriffe und ließ es zu, dass er ihre kleine Hand in die Bürstenschlaufe schob und sie über den Rücken des Ponys führte. „Siehst du, das geht ganz leicht." Luisa nickte hingerissen. Dann begann sie – erst zaghaft und schließlich immer mutiger – Paulchens Bauch allein abzubürsten, sodass sich feine Staubwölkchen bildeten, die in der Sonne tanzten. Sarah, die im gebührenden Abstand dabei stand und die Szenerie beobachtete, trat zögerlich einen Schritt auf das Pony zu und räusperte sich.

„Kann ich vielleicht auch was helfen?"

Ohne Hast wandte er sich ihr zu, blieb aber in der Hocke. Sie bekam einen Blick aus grau-grünen, Augen, die von dichten Wimpern umrandet waren. So, wie er sie ansah – von unten herauf – fuhr es wie ihr wie ein Stromschlag durch sämtliche Glieder. Bis in die Kniekehlen. Dabei flirtete er nicht einmal mit ihr, nein, er sah sie nur an. Nicht bewundernd, nicht verliebt, aber sehr intensiv.

„Ja, na klar." Er wies auf den Eimer, der unweit stand. „Da ist noch eine Bürste drin ... zu zweit gehts definitiv schneller."

Um sich nicht anmerken zu lassen, wie sehr er in der Lage war, sie zu verwirren, setzte sie eilig Luisas Hasen auf einen alten Schemel, griff nach der Bürste und näherte sich dem Rücken des Ponys vorsichtig von der anderen Seite. Zwar war Paulchen nicht besonders groß und wirkte auch durchweg freundlich, aber dennoch war ihr seine Nähe nicht ganz geheuer, weshalb sie seinen breiten Pferderücken nur mit einem ordentlichen Abstand begutachtete. In Zeitlupe legte sie ihm die Bürste aufs Fell und fing an, sie ungelenk hin und her zu bewegen. Dass Hendrik, der inzwischen wieder aufrecht stand, sie dabei nicht aus den Augen ließ, machte die Situation für sie nicht leichter. Sie brauchte einfach nur einen Moment länger, um ihre Ängste zu überwinden. Um sich nicht anmerken zu lassen, welchen Höllenrespekt sie vor dem harmlos aussehenden Pony hatte, tat sie, als würde sie seine Blicke nicht bemerken, und trat einen winzigen Schritt näher an das Tier heran. Er musste ja nicht unbedingt wissen, dass sie ein solcher Angsthase war. In dieser steifen Haltung bearbeitete sie nun immer wieder dasselbe Stückchen Fell, weshalb sie gar nicht mitbekam, dass er plötzlich neben ihr stand. Irritiert blickte sie kurz zu ihm auf, putzte dabei aber stoisch weiter.

„Ich glaube, an der Stelle gibts jetzt nichts mehr auszusetzen."

Sie schluckte. Logisch, dass er sich über sie amüsierte, auch wenn er seine Belustigung nur sehr dezent zum Ausdruck gebracht hatte. Sarah fing an zu schwitzen. „Hm", war alles, was sie rausbrachte, da der Kloß in ihrem Hals keinen anderen Ton zuließ. Hendrik rückte näher an sie heran, berührte sie jedoch nicht. Doch die Wärme, die er ausstrahlte, gepaart mit einem angenehmen Hauch von Deo und sauberem Schweiß, feuerte ihren Kreislauf zusätzlich an. Am liebsten wäre sie weggerannt. Meine Güte, weshalb fühlte sie sich in seiner Nähe nur so furchtbar linkisch und unsicher? Um nicht noch idiotischer zu wirken, fuhr sie nun in langen Strichen über den Hals des Ponys.

„So ists gut", lobte er sie leise. „Keine Bange, er macht nichts. Er mag das wirklich. Sie wollen doch als gutes Beispiel für Luisa vorangehen oder?" Sarah, die es wagte, kurz zu ihm aufzuschauen, erkannte sehr wohl das belustigte Funkeln in seinen Augen. „So, wie's aussieht, hat die Kleine nämlich ihre Angst vor Ponys überwunden."

Sarah nickte und setzte vorsichtig einen Schritt zur Seite, wobei sie besonders auf ihre Füße achtete, bloß, um nicht zu stolpern. „Das freut mich", flüsterte sie zurück. „Wenn es so bleibt, werden die nächsten Tage leichter, sodass sie hoffentlich ihren Kummer vergessen kann." Sie bürstete in schnellen Strichen auf dem oberen Rücken weiter und konzentriert sich voll auf das, was sie tat, ohne ihn nur einmal anzuschauen.

Hendrik, der um das Pony herumgegangen war, stand ihr jetzt wieder gegenüber. Um nicht unhöflich zu sein, schenkte sie ihm wenigstens einen kurzen Blick, putzte dabei aber unverdrossen weiter. Als er plötzlich ihre Hand festhielt, starrte sie erschrocken zu ihm auf.

„Welchen Kummer?"

Sarah, der die Berührung Stromstöße durch den Körper jagte, wollte sich entziehen, doch er ließ sie nicht los. „Sie hat Heimweh nach ihrer Mutter", erklärte sie kurzatmig und beobachtete Luisa, die völlig entrückt vor Paulchen stand und ihm unentwegt zuflüsterte, wie lieb sie ihn hätte. Die Bürste lag inzwischen achtlos am Boden, während sie selbstvergessen seinen Kopf streichelte, und von der leise geführten Unterhaltung der Erwachsenen offensichtlich nichts mitbekam.

„Weiß die Mutter davon?" Hendrik, der die Kleine ebenfalls betrachtet hatte, richtete seinen Blick nun wieder auf Sarah.

„Ich denke nicht. Sie ist mit ihrem neuen Freund auf Mallorca."

Seinen Mund missbilligend verzogen, ließ er ihre Hand los, bückte sich kurzerhand nach Luisas Bürste und putzte dann auf der anderen Seite weiter. Den Blickkontakt hielt er aber. „Und der Vater?"

„... ist auf Geschäftsreise in der Schweiz."

„Nette Familie."

Sarah nickte und konnte sich ein Grinsen nicht verkneifen, weil er die Aussage so trocken und ironisch hervorgebracht hatte. Sie mochte derartigen Humor und begann, sich allmählich in seiner Nähe zu entspannen. Wie kam es, dass er heute so gar nicht überheblich wirkte? „Ja, da kann man wirklich nur mit dem Kopf schütteln", stimmte sie ihm zu.

„Das ist verantwortungslos", raunte er entrüstet. „Die Alten machen sich ein schönes Leben und parken ihr Kind hier bei Fremden."

„Kinder."

„Wie, Kinder?"

„Luisas große Schwester Sandra ist auch mit dabei. Die beiden haben für zwei Wochen gebucht."

„Okay. Aber sie hat keinen Kummer, sonst wäre sie ja jetzt auch hier?"

„Nein, äh, ich meine ja. Sie nimmt es weniger tragisch und hat sich gleich mit einem der anderen Mädchen angefreundet."

Hendrik sah zu Luisa, die mit sich und der Welt völlig zufrieden schien und grinste. „Sieht so aus, als ob die Kleine jetzt auch auf den Geschmack gekommen wäre. Kein Wunder, wo sie so liebevoll umsorgt wird. Gut möglich, dass sie am Ende gar nicht mehr heimwill."

Seine Worte brachten Sarah in Verlegenheit. Um ihn nicht ansehen zu müssen, klopfte sie sich die Pferdehaare von der Jeans und blies sich eine Haarsträhne aus der Stirn. Normalerweise reagierte sie auf so eine Aussage mit einem coolen Spruch. Doch erstens fiel ihr nichts ein und zweitens war das, was er gesagt hatte, keine plumpe Anmache gewesen. Deshalb zuckte sie nur ratlos mit den Schultern. „Vielleicht ... wir werden sehen."

Hendrik ließ das Thema auf sich beruhen. Er legte Bürste und Striegel zur Seite und wandte sich an Luisa, wobei er ihr ein Lächeln schenkte, das sicher schon so manche erwachsene Frau schwach gemacht hatte. „So, junge Dame, dann wollen wir mal satteln."

„Juchhu!" Luisa strahlte und nickte heftig. Vor lauter Freude umschlang sie Paulchens Hals und drückte ihr Gesicht in sein weiches Fell. Ihre Angst vor Ponys schien sich in Luft aufgelöst zu haben. Während Hendrik das Pferdchen halfterte, räumte Sarah sämtliche Utensilien in den Eimer. In der Hoffnung, schnell den richtigen Ablageplatz dafür zu finden, betrat sie die Sattelkammer, die nur mit einem einzigen kleinen Fenster ausgestattet, ziemlich dunkel war. Angesichts der über und über voll behangenen Wände voller Halfter, Pferdegeschirre und Sattel ließ sie die Schultern sinken. Liebe Güte, wie sollte sie hier den einen Platz ausfindig machen, an dem Paulchens Sachen hingen. Suchend sah sie sich nach dem Lichtschalter um, doch auch den konnte sie nirgends entdecken. Mist. Weil sie den Eimer aber nicht einfach irgendwo hinstellen wollte, blieb ihr nichts anderes übrig, als zu fragen. „Herr von Freyenhof, nur einen Moment bitte ... ich weiß leider nicht, wohin ich das Putzzeug räumen soll."

Luisa, die Hendrik in die Sattelkammer gefolgt war, stellte sich vor ihn in das einfallende Licht, das von der offenen Tür hereinschien, stemmte die Fäuste in die Hüften und blickte ihn mit gerunzelter Stirn forschend an. Ihre Miene wechselte zwischen Verwunderung und Skepsis.

„Bist du ein richtiger Prinz?"

Noch ehe Sarah es verhindern konnte, prustete sie los. Da half es auch nichts, dass sie sich sofort die Hand auf den Mund presste. Obwohl Hendriks Mundwinkel ebenfalls zuckten, beherrschte er sich. Nur Luisa fand das nicht witzig. Mit todernster Miene blickte sie zwischen den Erwachsenen hin und her, und blieb schließlich an Sarah hängen. „Warum lachst du?"

Hendrik, der die Arme gelassen vor der Brust verschränkt hatte, genoss den Moment ganz offensichtlich. „Ja", nickte er gespielt ernst, „das hätte ich jetzt auch gerne gewusst?"

Sarah, die sich nun erst recht vor Lachen schüttelte, war außerstande ein vernünftiges Wort herauszubringen.

Das verstimmte Luisa noch mehr. „Das ist gemein", ereiferte sie sich, „ich weiß ganz genau, dass das so heißt."

„Nein, Schätzchen", beschwichtigte er sie, kniete sich neben sie und legte ihr den Arm um die Schulter. „Ich bin kein Prinz ... nur ein Baron. Aber du kannst Hendrik zu mir sagen."

Enttäuscht zogen sich Luisas Mundwinkel nach unten.

„Schade, ich finde, du siehst wie ein richtiger Prinz aus. Warum kannst du denn keiner sein?"

„Weil mein Vater kein König ist, so einfach ist das. So und jetzt wollen wir uns um Paulchen kümmern, der wartet nämlich schon auf dich."

Er erhob sich und nahm den Sattel von der Stange, bevor er im Rausgehen Sarah, die sich allmählich wieder beruhigte, einen belustigten Blick zuwarf. „Paulchens Putzzeug wird hinten an der Wand in eine Kiste gelegt. Name steht drauf. Und der Eimer kommt vorne zum Waschbecken."

Noch immer kichernd sie räumte schnell die Sachen an ihren Platz. Als sie nach draußen kam, war das Pony fertig gesattelt und Luisa thronte glückstrahlend auf seinem Rücken. Während er Paulchen vom Hof führte, ging Sarah auf der anderen Seite und freute sich über Luisas Fortschritte. Es war nicht zu verleugnen, dass dieser Erfolg zum größten Teil Hendriks Verdienst war. Ohne zu murren, war er eingesprungen und hatte seine knappe Zeit geopfert. Dass ihm die nun unter den Nägeln brannte, erkannte sie, als sie sah, wie sein Blick zu dem Platz wanderte, wo die Männer aufbauten.

„Ich denke, ich kann Luisa jetzt im Schritttempo umherführen. Dann brauchen Sie nicht länger bei uns zu bleiben", bot sie ihm an.

„Sind Sie sicher? Das wäre wirklich gut."

„Ja, doch, das klappt schon."

„Gut. Dann kommen Sie auf meine Seite, ich zeig Ihnen, was Sie machen müssen. Es ist nicht schwer. Brrr, Paulchen."

Das Pony blieb augenblicklich stehen. Hendrik stellte sich neben Sarah und zog sie zwischen sich und das Kleinpferd. Sofort kam ihr Kreislauf in Wallung. Dabei konnte sie nicht ausmachen, was sie mehr aus dem Konzept brachte, Hendrik oder ihre Reaktion auf ihn. Sie konnte sich nämlich nicht erinnern, wann es ein Mann zuletzt vermocht hatte, sie so zu verwirren. Um sich nicht anmerken zu lassen, in welches Gefühlschaos er sie stürzte, hielt sie sich gerade, nahezu steif, was er mit besorgtem Blick verfolgte. Er schien zu glauben, dass sie sich vor dem Pony fürchtete.

Sie spürte plötzlich seine warme Hand auf ihrer Schulter. „Soll ich nicht doch lieber Dennis oder Willi rufen?"

„Nein, es geht schon, Paulchen ist ja tatsächlich harmlos. Vielleicht nur nachher, um ihn wieder abzusatteln … ich muss mich dann nämlich ums Mittagessen kümmern."

„Gut. Das wird kein Problem sein. Ich schicke Ihnen jemanden."

Obwohl es nun wirklich nicht kühl draußen war, fröstelte sie, als er die Hand von ihrer Schulter nahm.

„Danke, dass Sie sich Zeit für uns genommen haben."

„Schon gut. Hab ich gern gemacht", winkte er ab. „So, und jetzt zeige ich Ihnen noch, wie Sie Paulchen halten müssen."

Während er ihr die Zügel in die Hand legte, erklärte er ihr die Befehle, auf die das Pony reagierte. Abermals spürte sie seine flüchtigen und unbeabsichtigten Berührungen überdeutlich. So gut es ihre eingeschränkte Aufmerksamkeit zuließ, folgte sie seinen Anweisungen und war heilfroh, dass er von ihrer Verwirrung anscheinend nichts bemerkte.

„Haben Sie ein Handy dabei?"

„Ja." Sarah griff in die Gesäßtasche ihrer Jeans und zog es hervor.

„Geben Sie mir Ihre Nummer, dann rufe ich Sie an." Er sah kurz auf die Uhr. „So können Sie mich erreichen, falls noch was sein sollte. In einer Dreiviertelstunde kommt jemand, um Paulchen wieder abzusatteln."

Im Fortgehen strich er Luisa augenzwinkernd über die Hand. „Viel Spaß, Prinzessin."

„Danke lieber Hendrik", rief die Kleine glückstrahlend zurück. Sarah, die Luisas Worte mit einem Nicken unterstrich, bekam noch einen kurzen aber dafür sehr intensiven Blick.

Gegen eins lief Hendrik die Treppe des Haupthauses nach oben und nahm dafür gleich zwei Stufen auf einmal. Die verlorenen Minuten würden sich dadurch auch nicht aufholen lassen, das war ihm klar. Er war zu spät, doch das störte ihn nicht.

„Wird aber auch Zeit, dass du kommst", fauchte Hannelore, die ungeduldig mit den Fingern auf den eingedeckten Mittagstisch trommelte, als er endlich das Esszimmer betrat.

„Euch auch einen schönen Tag", reagierte Hendrik gelassen und nahm schwungvoll an dem großen, rechteckigen Eichentisch gegenüber Gesine Platz. Es kostete ihn Beherrschung, nicht unhöflich zu werden, zumal seine Mutter einen unnatürlichen Aufwand betrieb, nur weil Fräulein Wichtig zu Gast war. Seit sie hier war, wurde anstatt in der gemütlichen Wohnküche in dem ansonsten nur für feierliche Anlässe genutzten Esszimmer gespeist. Er warf Gesine einen kurzen Blick zu, nur um herauszufinden, ob sie noch immer beleidigt war. War sie. Auch gut. Ihn interessierte allerdings vielmehr, was sich in den Schüsseln befand, die dampfend in der Mitte des Tisches standen. Seinen Appetit würde er sich von ihr jedenfalls nicht verderben lassen, auch wenn sie eine Miene wie drei Tage Regenwetter zog. Dabei war draußen herrlichstes Juniwetter. Ungerührt legte er die mitgebrachte Tageszeitung neben seinen Teller und schüttete sich Wasser in ein Glas. Bounty, die ihm auf Schritt und Tritt folgte, rollte sich vor seinen Füßen zusammen und gähnte zufrieden.

„Ich mag es nicht, wenn du den Hund mitbringst", ereiferte sich seine Mutter. „Und außerdem ... gibt es einen besonderen Grund dafür, dass du so aufgekratzt bist?"

Irritiert zog Hendrik eine Augenbraue hoch. Nicht gewillt, die angespannte Stimmung an sich heranzulassen, zog er stoisch eine Schüssel nach der anderen vor seinen Teller und nahm sich vom Tagesmenü. Seelenruhig schnitt er sich das Fleisch zurecht, zerdrückte die Kartoffeln, zerkleinerte den Blumenkohl und begann zu essen. Von den Blicken seiner Mutter ließ er sich dabei nicht beirren, obwohl die noch immer auf eine Antwort wartete.

„Aufgekratzt?", antwortete er, nachdem er die ersten Bissen gegessen hatte. „Wenn du mich damit fragen willst, ob alles wie geplant läuft, dann kann ich das bejahen. Und auch, dass mich das zufriedenstellt, ja. Man könnte es auch gute Laune nennen." Er sah sie ironisch an. „Möchtest du, dass ich mich dafür jetzt entschuldige?"

Hannelore schlug indigniert die Lider nieder und Gesines Miene verfinsterte sich noch mehr. Hendrik ging ein Licht auf. Ach so war das! Die unschöne Szene vom Morgen fiel ihm wieder ein. Durch die viele Arbeit hatte er die Episode inzwischen völlig verdrängt, weil es für ihn außerdem ohne jegliche Bedeutung war. Seine Mutter setzte zu einer Antwort an. Doch bevor sie das erste Wort herausbrachte, wandte er sich Gesine zu. „Mit Hansmann ist alles geklärt. Dein Vorschlag war nicht schlecht, ließ sich aber technisch nicht umsetzen, deshalb wird die Theke so wie jedes Jahr aufgebaut."

„War ja klar", eiferte sie sich daraufhin sofort, „wenn du, anstatt für die blonde Küchenfee den Gentleman zu spielen, mich unterstützt hättest, wäre das Umstellen möglich gewesen", näselte sie. „Ich verstehe dich nicht." Jetzt schniefte sie und presste jedes Wort langsam heraus. „Du musst den Leuten sagen, was sie zu tun haben, nicht umgekehrt." Hannelore nickte zu allem, was Gesine vorbrachte. „Kannst du dir vorstellen, wie beschämend es war, als du mich so abgekanzelt hast? Vor deinen Angestellten?", krächzte sie mit glasigen Augen und räusperte sich, bevor ihr die Stimme versagte.

Scheiße. Na jetzt war ja alles klar. Seine Mutter war nur deshalb so sauer, weil Fräulein Ich-kriege-immer-was-ich-will sich über ihn beschwert hatte. Schon als sie noch Kinder gewesen waren, hatte sie keine Skrupel gekannt, zu petzen.

„Gesine!" Hendrik schlug einen so geduldigen Ton an, als hätte er tatsächlich ein Kleinkind und keine erwachsene Frau vor sich. „Ich unterstütze dich gerne, wenn es sinnvoll ist. Aber in diesem Fall war es das nicht. Die Hansmanns erledigen seit Jahrzehnten den Innenausbau für das Zelt. Da gab es noch nie etwas zu beanstanden." Er sah sie eindringlich an und fuhr dann in der gleichen Tonlage fort. „Wir müssen das Rad nicht neu erfinden und wollen auch keinen Preis für die tollste Innenausstattung gewinnen, sondern einfach nur zügig fertig werden ... sodass alles funktioniert. Verstehst du das?"

Hannelore, die aufmerksam zugehört hatte, hob überrascht den Kopf, während Gesine zum Taschentuch griff und sich geräuschvoll die Nase putzte. Sie schlang die Hände nervös ineinander und betrachtete erst Gesine, die in ihrem Essen herumstocherte, und dann zu ihrem Sohn, der es sich nun wieder schmecken ließ. Als er bedächtig die Zeitung aufschlug, und sich in einen Artikel vertiefen wollte, rief sie: „Aber so geht das doch nicht! Ihr müsst reden, damit das Problem zwischen euch gelöst werden kann." Sie klopfte auf den Tisch. „Hendrik, bitte, es ist jetzt nicht der richtige Zeitpunkt, um zu lesen!"

Bereits die Überschrift lesend, hob Hendrik den Kopf und sah seine Mutter gefasst an. „Mama, es gibt kein Problem zu lösen. Ich habe eben erklärt, warum ich so gehandelt habe." Er legte das Blatt aus der Hand, ließ es aber aufgeschlagen. „Gestern Abend habe ich lange mit Papa telefoniert. Er hat mir gesagt, worauf es ankommt. Und du weißt genauso gut wie ich, dass er große Stücke auf die Hansmanns hält. Was glaubst du, würde er sagen, wenn wir es uns mit ihnen verscherzen?"

Hannelore senkte betroffen den Blick und nickte. „Ja, du hast recht, das würde er nicht gutheißen."

„Ich weiß nicht, warum du dich so angegriffen fühlst." Hendrik fixierte jetzt Gesine. „Du warst in deiner Rage vorhin nicht zu stoppen. Ich musste etwas energischer werden, sonst hättest du es nicht verstanden." Eigentlich hatte er kapiert sagen wollen, aber dann würde sie gleich wieder anfangen zu heulen. Und das würde er nicht auch noch ertragen. Genauso wenig wie weitere völlig hirnlose Diskussionen. Seine gute Laune vom Vormittag stand sowieso schon auf der Kippe. „Wenn ich allerdings meine Meinung hier nicht äußern darf", sein eindringlicher Blick war noch immer auf sie gerichtet, „ohne eine Sintflut zu verursachen", jetzt wandte er sich seiner Mutter zu, „dann kannst du Papa hinterher erklären, warum sich die Leute, mit denen wir, seit Ewigkeiten gut zusammenarbeiten, bei ihm beschweren. Mein Einschreiten vorhin war reine Schadensbegrenzung, Mama, mehr nicht. Verstehst du das?"

Hannelore nickte abermals.

„So ... wenn ich dann jetzt endlich in Ruhe essen und lesen könnte, wäre ich euch wirklich sehr dankbar. Ich hoffe, da spricht nichts dagegen. Kalt mag ich das Essen nämlich nicht."

Entschlossen griff er erneut zur Tageszeitung und schlug den Sportteil auf. Ein Journalist namens Koch hatte angekündigt, dass er ab sofort eine Woche vor

Turnierbeginn bis zum Ende hin täglich eine Kolumne über die Reiter und ihre Pferde schreiben wollte. Er hielt Wort. Auf einer vollen Seite wechselten sich Berichte, Klatsch und Tratsch sowie Fotos rund um den Reitzirkus ab. Ein Bild erregte dabei besonders Hendriks Interesse. Es zeigte den aktuell sehr erfolgreichen Springreiter Matthias Pohlmann. Hans-Hermann war überaus glücklich darüber gewesen, dass er den berühmten Reiter auf die Liste der Kandidaten schreiben konnte. Pohlmann wurde mit einer blonden Frau abgelichtet. Hendrik stockte der Atem, als er sie erkannte. Zwar trug sie die Haare inzwischen etwas kürzer und auch nicht mehr ganz so aufgehellt, aber dennoch war es unverkennbar Cora.

Matthias Pohlmann feiert mit seiner Verlobten Cora Lichtenfeld seinen dritten Sieg beim CHIO in Aachen.

Im Bann dieser Kurznachricht nahm Hendrik nicht mehr wahr, über was sich die beiden Frauen am Tisch unterhielten. Alles, was ihm durch den Kopf rauschte, war:

Cora ist verlobt, sie kommt hierher und ich kann nicht weg.

Wie in Trance schob er den leeren Teller von sich und seinen Stuhl nach hinten. Hannelore, die zu bemerken schien, dass etwas nicht stimmte, sah ihren Sohn verwundert an. Doch bevor sie ihn darauf ansprechen konnte, war er mit den Worten, „Komm Bounty, wir gehen!", zur Tür hinaus.

„Was habe ich denn jetzt wieder falsch gemacht?", wollte Gesine weinerlich wissen.

Hannelore winkte ab, zog die Zeitung, die Hendrik offen liegengelassen hatte, zu sich heran und überflog die Seite.

„Ich glaube nicht ..." Sie stockte. „Nein, das hat mit dir nichts zu tun", meinte sie, als sie ihren Blick auf das Foto von Cora heftete. „Deswegen also ...", murmelte sie.

„Was ist denn?", wollte Gesine ungeduldig wissen.

„Cora kommt mit ihrem Verlobten zum Turnier."

„Die Cora?"

„Ja."

„Verstehe."

„Ich bin mir nicht sicher, ob du das wirklich verstehst." Hannelore sah Gesine streng an. „Wenn du bei meinem Sohn etwas erreichen willst, kannst du so nicht weitermachen. Er braucht Unterstützung und keine Besserwisserei. Damit wirst du nichts bezwecken. Da kommt er ganz nach seinem Vater. Sei diplomatisch. Und vor allem – hör auf zu heulen!"

***

Wie jeden Tag am Nachmittag wurde die Küche des Kinderhauses vom Duft frisch gebrühten Kaffees durchzogen. Sarah hatte neben den üblichen Muffins auch ihren beliebten Nusskuchen gebacken, der gut bei den Hofmitarbeitern ankam.

„So ein Sauwetter!", schimpfte Uwe, als er, gefolgt von Dennis, triefend vor Nässe in die Küche stapfte. Es goss in Strömen. Während Uwe sich aus der Jacke schälte, stand Maritta schon mit den Handtüchern parat.

„Hier, für jeden eins." Sie nahm ihrem Mann das klamme Kleidungsstück ab und gab Dennis, dessen T-Shirt ebenfalls völlig durchnässt war, ein Zeichen es auszuziehen. „Gib her! Drüben in der Kammer liegen Ersatzklamotten."

„Nein, lass", winkte er großspurig ab und legte sich das Handtuch über die tropfenden Haare, um sie trocken zu reiben. „Das ist gleich wieder okay."

„Na, ich weiß ja nicht", murmelte sie und schüttelte den Kopf.

Von hinten kam Sarah mit zwei Kuchentabletts in den Händen aus der Vorratskammer, worauf sich Dennis' Miene augenblicklich änderte. Wie ein Pfau plusterte er sich auf und säuselte breit grinsend: „Hallo Zuckerbäckerin." Die Sache mit dem nassen T-Shirt schien er sich nun doch anders überlegt zu haben. Kurzerhand zog er es sich über den Kopf und entblößte seinen athletischen Oberkörper samt Waschbrettbauch. Es war klar, dass er stolz auf seinen Körper war, genauso wie auf die bunten Tattoos, die seine kräftigen Oberarme verzierten. Sein Lächeln erstarb jedoch, als er registrierte, dass Sarah nicht auf seine Demonstration von urwüchsiger Manneskraft reagierte. Sie grüßte lediglich mit einem freundlichen, aber unverbindlichen „Hi" und ging unbeeindruckt an ihm vorbei.

„Wie gesagt ...", Maritta verdrehte kopfschüttelnd die Augen, „in der Kammer liegt Ersatz."

„Nö, lass mal." Dennis wandte sich zu Sarah um, die er begierig anstarrte. „Kann ich dir was helfen, schöne Frau?" Er stellte sich ihr in den Weg, griff nach einer der Platten, um zu demonstrieren, wie hartnäckig er sein konnte. Doch sie dachte nicht daran, das Tablett loszulassen, ging stattdessen um ihn herum und bedachte ihn nur mit einem kühlen Blick. „Danke, ich komme klar. Das ist mein Job und du hast jetzt Pause."

Uwe, der seine Frau nur zu gut kannte, schmunzelte, während er sich die Haare trockenrubbelte. Maritta hatte nämlich ihre ganz eigene Meinung zu nackten Oberkörpern am Kaffeetisch. Demonstrativ hielt sie dem Pferdewirt ein trockenes T-Shirt hin. Dabei duldete ihr Blick keinen Widerspruch. „Anziehen! Oder es gibt keinen Kuchen. Vorn im Flur hast du genug Platz, um dich umzuziehen."

Dennis trollte sich.

„Bin ich froh", Uwe setzte sich an den Tisch, „dass wir die Außenarbeiten bis auf ein paar Handgriffe erledigt haben. Besonders heute, wo die ersten Teilnehmer anreisen." Er goss sich Kaffee ein und nahm sich ein Stück vom Nusskuchen.

„Ja, das stimmt!", rief Willi, der gerade hereinkam. „Vor allem, wenn man bedenkt, wie das Wetter die nächsten zwei Tage werden soll." Er setzte sich neben Uwe. „Wo ist Dennis? Ich dachte, der wäre vor mir reingegangen?"

„Der zieht sich was an. Ich musste unseren Heißsporn nämlich davon abhalten, sich als Sexprotz zu outen", erklärte Maritta und reichte Willi die Milch.

Der alte Mann schüttelte mit dem Kopf. „Er kanns einfach nicht lassen."

„Wie soll denn das Wetter nun werden?" Auch Maritta nahm sich ein Stück Kuchen.

Willi zog eine Grimasse. „Du brauchst nur raus zu gucken, dann kennst du den Bericht."

„Und am Wochenende?", wollte Maritta kauend wissen. „Solls dann immer noch regnen?"

„Nur keine Unkenrufe", rief Uwe und lehnte sich zurück. „Wir haben bisher noch jedes Jahr Glück gehabt. Warum sollte es diesmal anders sein?"

Dennis kam dazu und nahm neben Willi Platz.

„Tja, manchmal gibts sogar Gewitter, wenn das Wetter gar nicht danach aussieht", grinste der alte Mann und zwinkerte Uwe zu. Doch auch Dennis wusste sofort, was damit gemeint war.

„Ich glaube, jetzt ist nur noch Schönwetter angesagt. Seit zwei Tagen steht das Barometer auf Hochdruckgebiet."

Uwe hielt sich die Hand vor den Mund, weil er den Kuchen, den er bereits kaute, vor lauter Lachen nicht wieder ausspucken wollte, und nickte nur zustimmend.

„Redet ihr von Gesine Baumbach?", fragte Maritta.

Sarah und Saskia kamen mit leeren Krügen aus dem Aufenthaltsraum.

„Von wem denn sonst? Mama, das weiß jeder, dass sie eine Oberzicke ist."

„Saskia! Lass das nur keinen hören."

„Stimmt aber trotzdem! Das denken doch alle", schmollte sie, holte Nachschub und zog wieder ab.

„Komm Mädchen, sonst bleibt nichts mehr übrig vom Kuchen, bis du dazukommst", winkte Willi Sarah herbei.

Sie ignorierte Dennis' bohrende Blicke und setzte sich neben Uwe.

„Ist das jetzt Hendriks Neue?", tönte der jetzt verächtlich. „Wenn ja, dann muss er echt unter Geschmacksverirrung leiden."

„Das wäre mir neu", verneinte Maritta, während Uwe und Willi einvernehmlich mit dem Kopf schüttelten. Sarah, die sich zwang, keine Miene zu verziehen, freute sich dennoch insgeheim, auch wenn sie diese Regung ganz weit von sich schob.

„Sag mal Dennis, was ist eigentlich mit dir und Jessica Wackernagel los? Man sieht sie gar nicht mehr auf dem Hof. Seid ihr nicht mehr zusammen?"

Der Pferdewirt ließ plötzlich jegliche Lässigkeit vermissen. Stattdessen traten seine Fingerknöchel weiß hervor, während er die Kaffeetasse umklammerte und offensichtlich überlegte, was er sagen sollte. „Nichts … was soll schon sein? Wir sind ein paar Mal zusammen ausgegangen, das war's."

„Aha." Marittas Miene blieb skeptisch. Sie kannte die Geschichte anders, wollte das aber am Tisch nicht preisgeben.

„Hab ich euch schon von Luisas Fortschritten erzählt?"
Sarah setzte ihre Tasse ab. „Sie geht jetzt mit zum Reiten",
grinste sie verschmitzt. „Und was noch viel besser ist: Ab
heute Nacht habe ich mein Bett wieder für mich alleine. Ist
das nicht toll?"

„Drei Nächte sind ja wohl auch genug", brummte Maritta
und hob den Daumen.

„Ja, die Kleine ist in den letzten zwei Tagen richtig
aufgeblüht", bemerkte Willi anerkennend. „Die will am Ende
noch hierbleiben, so wie das aussieht."

„Nimmst du auch ältere Jungs mit in dein Bett?", grinste
Dennis provokant.

Wahrscheinlich hatte er mit dieser Masche schon
häufiger Erfolge gefeiert, vermutete Sarah, deren Miene
kühl wurde. „Kommt ganz auf die Jungs an ...", säuselte sie
ironisch, „aber ich bin da eher wählerisch."

Uwe, Maritta und Willi starrten gleichermaßen feixend
auf ihre Teller, um dort geschäftig ihre Krümel
zusammenzuklauben.

Sichtlich pikiert blieb Dennis noch einen Augenblick wie
erstarrt sitzen. Doch dann, als hätte er die heftige Abfuhr
erst jetzt endgültig realisiert, sprang er auf, stieß dabei
beinahe einen leer stehenden Stuhl um und grummelte: „Ich
muss wieder an die Arbeit."

8.

*G*esine, die angestachelt von Hannelores Worten, sich mehr darum bemühen wollte, Hendrik in seiner Arbeit zu unterstützen, erreichte betont unauffällig den Speisesaal des *Edlen Rosses*, in dem die Hausgäste beim Frühstück saßen. Sie hatte nämlich in Erfahrung gebracht, dass Cora Lichtenberg seit gestern dort eine Suite bewohnte. Ihr Verlobter dagegen, der erfolgreiche Springreiter Matthias Pohlmann, würde erst heute anreisen. Laut der Information eines Zimmermädchens, das Gesine mit einem großzügigen Trinkgeld belohnt hatte, würde Cora bereits den Spa-Bereich des Hotels genießen und danach erst zu einem späten Frühstück kommen.

Darauf bedacht, keinesfalls Eike vor die Füße zu laufen, behielt Gesine das reichhaltige Frühstücksbüfett im Auge, an dem sich einige der Gäste bedienten. Doch eine blonde, bildhübsche Frau, wie Hannelore sie beschrieben hatte, war nirgends zu entdecken. Selbstverständlich hatte sie in Erfahrung gebracht, dass Cora sich bereits im Speisesaal aufhielt. Aber wo? Verdammt, so groß war der Raum doch gar nicht. Nur mit allerlei hohen Grünpflanzen bestückt, die ein wenig Privatsphäre zwischen den Tischen schaffen sollten und so dummerweise ein leichtes Auffinden unmöglich machten. Wieder überflog sie den Saal und wurde endlich in einer Nische fündig. Die auffällig gut aussehende Blondine, die dort allein an einem Zweiertisch saß, passte perfekt zu Hannelores Beschreibung. Derweil herrschte in dem Speisesaal selbst um diese Uhrzeit noch – es war immerhin nur noch eine Stunde bis Mittag – ein stetiges Kommen und Gehen. Zwei Bedienungen räumten emsig das schmutzige Geschirr ab, deckten dann jedoch schon für den Mittagstisch ein. Gesine tat, als würde sie dazugehören, und schlängelte sich zielstrebig zwischen den kommenden und gehenden Leuten hindurch zu Coras Tisch. „Guten Morgen", begrüßte sie lächelnd die verwundert dreinschauende Blondine und reichte ihr die Hand. „Darf ich mich vorstellen? Mein Name ist Gesine Baumbach. Ich bin Ihre Ansprechpartnerin während des Turniers."

„Oh." Cora Lichtenbergs dezent geschminkten Lippen verzogen sich zu einem höflichen Lächeln. „Ich dachte, Herr von Freyenhof kümmert sich um uns."

Gesine registrierte die geschmackvolle und teure Kleidung. Eine Marke, von der sie selbst auch Stücke im Kleiderschrank hängen hatte, jedoch niemals so elegant darin aussehen würde wie Hendriks Ex, gestand sie sich neidvoll ein. „Ja, selbstverständlich, er ist nur sehr beschäftigt ... und bis dahin bin ich für Sie da." Sie reichte Cora ihre Visitenkarte samt dem Turnierflyer.

„Vielen Dank." Cora legte das Infomaterial achtlos inmitten des schmutzigen Geschirrs ab. Dass die Tischdecke mit Kaffeeflecken und Krümeln übersät war, schien sie ebenfalls nicht zu stören.

„Haben Sie schon gefrühstückt?", hakte Gesine nach, die blitzschnell ihre Chance erkannte, sich beliebt zu machen.

„Nein, ich sitze erst seit ein paar Minuten hier."

„Oh, wie unangenehm", entschuldigte sich Gesine melodiös, als wäre sie höchstpersönlich für das Debakel verantwortlich und sah sich konsterniert nach einer Bedienung um. „Moment! Das kläre ich." Sie hielt kurzerhand eine Kellnerin an, die dabei war, den Nachbartisch abzuräumen.

„Aber nein ... das ist doch nicht ..."

Gesine ignorierte Coras Einwand. Dummerweise wusste sie die Namen des Personals nicht. „Hallo, äh ... Fräulein ... also, so geht das nicht!", ranzte sie die Auszubildende von oben herab an. Der säuselnde Singsang, den sie noch bei Cora an den Tag gelegt hatte, war verschwunden. „Sorgen Sie schleunigst dafür, dass das hier abgeräumt wird", blitzte sie das Mädchen an, das erschrocken zusammenzuckte. „Der Tisch von Frau Lichtenberg hat Vorrang. Nun machen Sie schon."

Die junge Frau fügte sich wortlos, stapelte gekonnt das Geschirr und zog die Tischdecke ab. „Entschuldigen Sie bitte", sagte sie in Coras Richtung, während sie Gesine mit keinem Blick würdigte. „In einer Minute haben Sie alles frisch."

„Aber das war doch nicht nötig!", rief Cora völlig erschrocken, als die Bedienung gegangen war. „Dass ich hier sitze, war mein ausdrücklicher Wunsch. Man wollte mir einen anderen Tisch geben, weil dieser noch nicht fertig war, aber das wollte ich nicht. Verstehen Sie? Das Personal trifft keine Schuld."

Gesine wischte Coras Bedenken mit einer unwirschen Handbewegung weg. „Wie auch immer. Jetzt ist ja alles geregelt. Wie gesagt, ich ..."

Coras Handy klingelte, worauf sie es eilig aus ihrer Handtasche zog. Sie lächelte, als sie den Namen des Anrufers im Display las. „Hallo Liebling, schön, dass du dich meldest. Bist du schon losgefahren?", flötete sie in ihr Smartphone und hielt jedoch den Blick auf Gesine gerichtet, da die noch immer an ihrem Tisch stand. Das freundliche Lächeln, das sie ihrer selbst ernannten Betreuerin schenkte, verschwand allerdings und wandelte zunehmend sich in Missmut. Doch anstatt sich dezent zu entfernen, blieb Gesine wie angenagelt stehen.

„Warte mal einen Moment, Schatz", rief die schöne Blonde nun in den Hörer und sah Gesine mit einer solchen höflichen Überheblichkeit an, die man nur aristokratisch nennen konnte. „Kann ich sonst noch etwas für Sie tun?"

„Nein, nein ..." Gesines Wangen liefen purpurrot an. „Natürlich nicht, bis später dann."

Obwohl sie so schnell als möglich versuchte, das Hotel zu verlassen – im Flur kurz vor dem Ausgang empfing sie Eike, der sie nicht nur unerbittlich musterte, sondern sich ihr auch demonstrativ in den Weg stellte. „Gibt es Probleme, von denen ich wissen sollte?"

„Nein, wieso?"

„Weil ich es nicht gern sehe, wenn du hier die Chefin spielst und mein Personal zusammenstauchst. Zumal dafür kein Grund bestand."

Gesine, die ihm nicht ins Gesicht schauen konnte, wusste darauf nichts zu sagen und murmelte deshalb nur eine kaum verständliche Entschuldigung.

„Nur damit wir uns richtig verstehen ..." Er maß sie von oben herab. „Kommt mir so etwas noch mal zu Ohren, brauchst du die Tür da vorn nicht mehr aufzumachen, egal, was meine Mutter von dir hält."

Gesine deutete ihre Zustimmung mit einer leichten Kopfbewegung an und verließ eilig das Restaurant.

***

Eine weitere Woche Reiterferien ging dem Ende zu und wurde wie üblich mit einer Abschiedsparty am See zelebriert. Und obwohl die Mädchen aufgekratzt und lautstark um das Lagerfeuer herumtollten und so versuchten, über ihre Abschiedsmelancholie hinwegzutäuschen, spürte jede von ihnen, das ein unwiederbringliches Erlebnis zu Ende ging.

Inzwischen war die Dunkelheit hereingebrochen und die Lichter der selbst gebastelten Lampions spiegelten sich in der glänzenden Oberfläche des Schwimmteichs. Sarah, die, gefolgt von Luisa, den Teig für die Stockbrote zu dem wunderschön dekorierten Grillplatz trug, konnte nicht glauben, dass seit ihrer Ankunft tatsächlich schon vierzehn Tage vergangen waren. Während die Kleine, die sich mittlerweile gut eingelebt hatte, die geschnitzten Stöcke herbeiholte, beobachtete Sarah erstaunt, wie Hendrik vom Turnierplatz herübergelaufen kam. Es war das erste Mal, dass er sich unter die Ferienkinder mischte. Maritta, die dabei war, die verschiedenen Getränke auf einem Tisch aufzubauen, hielt inne, als er an sie herantrat.

„Hallo, lasst euch von mir nicht von der Arbeit abhalten!", rief er in die Runde und lachte, als sein Freund Uwe, der den Grillrost sauber machte, ihm scheinbar aufgebracht die Faust entgegen reckte, was den Adelsspross jedoch erst recht erheiterte. Hendrik berührte Maritta am Arm und sah sie bittend an.

„Was gibt's?"

Sie stellte die beiden Flaschen, die sie noch in den Händen hielt, auf den Tisch und zog ihn ein paar Schritte von der Feuerstelle weg, da die Mädchen dort so laut grölten, dass man kaum sein eigenes Wort verstand.

Über Luisas Gesicht, die ihn trotz allen Trubels um sich herum, zwischen den anderen entdeckte, ging ein glückliches Strahlen. Seit der Aktion mit Paulchen verehrte sie Hendrik wie einen Helden. Sarah, die noch die Schüssel mit Brotteig in der Hand hielt, hatte Mühe, sie davon abzuhalten, sofort zu ihm zu laufen.

„Nein, du musst jetzt hierbleiben", stoppte sie die Kleine mit einem Griff um den Arm. „Hast du vergessen, welche Aufgabe du hast? Jedes Mädchen bekommt einen Stock und du verteilst sie. Wenn du fertig bist, kannst du zu ihm gehen."

Obwohl Luisa immer wieder zu Hendrik hinüber lugte, fügte sie sich.

„Langsam, langsam, es ist genug für alle da!", versuchte Sarah, die Horde zu bändigen, die sich sogleich um den Brotteig drängelte. „Denkt aber daran, dass kein Müll liegen bleibt ... überall stehen Abfallbehälter", ermahnte sie. Während die Kinder sich ihre mit Teig ummantelnden Stöcke abholten, spürte Sarah mit einem Mal, dass sie beobachtet wurde. Aus den Augenwinkeln erkannte sie, dass es Hendrik war, der sie observierte. Froh darüber, so beschäftigt zu sein, tat sie, als würde sie seine Blicke nicht bemerken. Es reichte schon, dass seine blanke Anwesenheit genügte, um sie aus dem Konzept zu bringen.

„Wir haben ein Problem", richtete Hendrik das Wort an Maritta, starrte jedoch an ihr vorbei zum Lagerfeuer, das hinter ihr prasselte. Das wissende Lächeln, dass ihr deshalb übers Gesicht huschte, registrierte er nicht. „Also", räusperte er sich und bemühte sich, sein Gegenüber anzuschauen. „Eines der Mädels, Nadine, du kennst sie ...", sprach er stockend weiter, während sein Blick wieder zu Luisa abschweifte, die ihm freudig zuwinkte. „Entschuldige", räumte er zerknirscht ein, als er Marittas Stirnrunzeln bemerkte. „Es ist heute alles ein bisschen hektisch. Also noch mal ... wegen Nadine. Sie war für die Preisverleihung vorgesehen, aber sie fällt aus, weil sie mit einer Sommergrippe im Bett liegt."

„Okay." Sie drehte sich kurz zum Lagerfeuer um. Folgte damit seinem Blick und schmunzelte. „Und wie habt ihr das Problem heute Abend gelöst? Oder gab es heute noch keine Siegerehrung?"

„Doch, meine Mutter ist eingesprungen. Das geht morgen aber nicht, weil sie zu viele andere Verpflichtungen hat. Weißt du nicht vielleicht jemanden, der sie ersetzen kann?"

„Tja ...", überlegte Maritta laut und sah dabei gedankenverloren zu Fritzi und Melanie hinüber.

„Äh ...", er kratzte sich verlegen an der Stirn, „sie müsste aber in das Kleid von Nadine passen."

„Gibt's noch was, das ich wissen sollte?", grinste sie verschmitzt.

„Nein." Hendrik schüttelte den Kopf. „Jetzt bin ich still."

„Gut ... lass mich überlegen. Das Kleid ändert alles. Dann kommen nur Fritzi und Sarah infrage. Wie wär's, wenn du dich ein bisschen zu uns setzt und selbst mit ihnen redest? Oder musst du gleich wieder rüber?"

„Nö, der offizielle Teil ist rum, es gibt genug andere, die sich um die Prominenz reißen. Das interessiert mich nicht."

„Kann ich mir vorstellen", nickte sie, „besonders in diesem Jahr."

Er stieß einen Seufzer aus. „Hat Uwe es dir erzählt?"

Inzwischen hatten sich die meisten Mädchen auf den Bänken rings um das Lagerfeuer herum breitgemacht und hielten ihre Stockbrote über die Glut. Sarah und Luisa bildeten den Abschluss in der Runde. Wie, als hätten sie es abgesprochen bewegten sich Maritta und Hendrik gleichzeitig in die Richtung des Feuers.

„Sorry, aber wir haben nun mal keine Geheimnisse voreinander."

Sie zupfte ihn am Sakko, weil er schon wieder nur zum Lagerfeuer hinüber starrte, wo Sarah Luisa gerade dabei half, den Stock richtig über die Glut zu halten.

„Hörst du mir noch zu?" Sie sprach lauter, um das Prasseln zu übertönen.

„Ja, klar."

„Gut, ich hoffe, du nimmst es Uwe nicht übel, dass er mir von Cora erzählt hat."

„Nein, natürlich nicht. Alles gut. Das ist Schnee von gestern." Er seufzte abermals. „Verstehst du, dass ich keinen Bock hab, ihr zu begegnen?"

„Absolut. Ich glaube nur nicht, dass du es verhindern kannst."

„Ja, ich weiß", brummte er und zog dabei eine solch sauertöpfische Miene, dass Maritta lachen musste. Inzwischen standen sie unmittelbar bei der Bank, auf der Sarah mit Luisa saß.

Die Kleine, die ihm regelrecht entgegenfieberte und keinerlei Zweifel daran hatte, dass er nur wegen ihr da war, schnappte sich besitzergreifend seine Hand. „Hendrik, da bist du ja endlich", strahlte sie ihren Helden an, rückte ein Stückchen zur Seite und klopfte auf die freie Fläche neben sich. „Komm, ich mach mich auch ganz dünn!"

Mit einem Zwinkern stimmte er zu, wandte sich aber noch mal Maritta zu. „Okay. Wir beide haben ja erst mal alles besprochen oder?"

„Von meiner Seite aus ja." Sie deutete mit dem Kinn auf Sarah. „Frag sie, ob sie dir morgen aushelfen möchte. Eigentlich ist es nämlich ihr freier Nachmittag."

„Oh ...", er nickte, während Luisa an seiner Hand zog, „gut zu wissen."

Maritta lachte, weil er sie angesichts Luisas Zerren ein bisschen hilflos ansah. „Da siehst du mal, dass sogar die kleinen Mädels schon auf dich stehen."

Hendrik zuckte mit der Schulter und ließ sich auf die Bank ziehen. Automatisch fiel sein Blick auf Sarah, die ihm den Rücken zugewandt hatte. Sie hatte ihn noch nicht bemerkt, da sie dabei war, zwei zankende Gören zu besänftigen, die direkt neben ihr saßen.

„Zankt euch nicht", hörte er, wie sie im ruhigen Ton auf die beiden Streithähne einredete.

„Maja hält ihren Stock immer dahin, wo ich mit meinem bin!", beschwerte sich Ronja und fuchtelte mit dem Stockbrot hin und her.

„Stimmt gar nicht, du hast damit angefangen! Ich war zuerst da", konterte Maja zurück, worauf Ronjas Augen gefährlich zu glänzen begonnen.

Als auch sie mit dem Stock dagegen hielt, griff Sarah ein und führte die Hände der Mädchen nebeneinander. „So. Bleibt jetzt bitte so. Okay? Wenn ihr den Teig zu dicht über die Flamme haltet, verbrennt euer Brot und ihr könnt es nicht mehr essen."

Derartig beschäftigt, Ruhe zu stiften, brauchte es einen Moment, bis Sarah bemerkte, dass Luisa zunehmend energischer an ihrem T-Shirt zog. „Hey Fräulein, was gibts denn so Wichtiges?", fuhr sie amüsiert herum und starrte direkt in grau-grüne mit dichten Wimpern umrandete Augen, die sie schalkhaft beobachteten. Hendrik. Heute mal in Jeans, Sakko und rasiert. Nur seine Haare sahen genauso ungekämmt aus wie immer. Und Luisa, dieses kleine raffinierte Gör, wusste doch schon ganz genau, was sie tun musste, um ihren Willen zu kriegen, schmunzelte Sarah in sich hinein. Verdenken konnte sie es ihr nicht. Der junge Gutsherr besaß aber auch eine Anziehungskraft, die seinesgleichen suchte.

„Hendrik ist da!", strahlte Luisa, als wäre das noch einer Erwähnung wert.

„Hi", begrüßte Sarah ihn mit einem Lächeln.

Er erwiderte es mit einem angedeuteten Nicken und einem freundlichen Blick. Sie war sich nicht sicher, ob es an dem warmen Feuerschein lag, dessen behagliches Licht alles weich zeichnete, dass ihr seine Gegenwart plötzlich nicht mehr so unangenehm und fremd war wie in den ersten Tagen. Nein, bestimmt lag es nur daran, dass sie über Luisas Reitaktion in eine Situation geraten waren, in der sie sich hatten notgedrungen arrangieren müssen, schlussfolgerte sie. Spätestens wenn Luisa abgereist war, würden die Gemeinsamkeiten so schnell verschwinden, wie sie gekommen waren, da war Sarah sich sicher. Wie auch immer, irgendetwas hatte dieser Kerl, das sie antriggerte. Selbst wenn sie es gar nicht wollte. Einerseits würde sie ihn am liebsten näher kennenlernen und andererseits brachte er ihr Selbstbewusstsein derart ins Wanken, wie es lange vor ihm keiner vermocht hatte. Wie gut, war es da, dass Luisa jegliche Aufmerksamkeit für sich beanspruchte, und Sarah damit weitere Gedanken an solche Unsinnigkeiten erspart blieben.

Die Kleine drückte Sarah nämlich spontan ihren Stock in die Hand, sprang auf und rief: „Ich mache dir auch ein Stockbrot, Hendrik."

„Nein danke, das brauchst du nicht", hielt er sie am Arm zurück, „ich hab schon was gegessen."

„Och, warum denn nicht?", schmollte Luisa sogleich. „Willst du etwa gleich wieder weg?"

„Nein das nicht, aber ich bin wirklich satt."

„Es ist genug Teig da." Sarah, die glaubte, er würde sich nur zieren, deutete auf die Schüssel, die noch viertel voll auf dem Tisch stand.

Mit einem belustigten Seufzer gab er nach und warf Sarah einen herausfordernden Blick zu. „Also gut, aber nur, wenn wir teilen."

Sie zog eine Grimasse. „Okay ... ich hab aber auch schon gegessen."

Luisa ließ sich von dem Gespräch der Erwachsenen nicht beirren. Bevor Hendrik sich versah, hatte sie ihm einen Stock in die Hand gedrückt. Er hielt ihn über die Glut und rutschte damit auf Luisas Platz, sodass er jetzt direkt neben Sarah saß, die sich ein Grinsen über Luisas Aktion nicht verkneifen konnte. Als er das bemerkte, reagierte er nur mit einer hochgezogenen Augenbraue, verzog jedoch belustigt die Mundwinkel. Allein durch diese unkomplizierte und humorvolle Verständigung, die so unbeschwert und wortlos vonstattenging, wurde ihr warm ums Herz. Dass sie es aber auch genoss, dass er so dicht neben ihr saß, verbannte sie in die hinterste Ecke ihres Bewusstseins. Und dass ihr ganzer Körper prickelte – besonders dort, wo sein Oberschenkel den ihren berührte, wollte sie genauso wenig wahrhaben. Um die Situation unverfänglich zu halten, betrachtete sie unwillkürlich seine Hand, in der er den Weidenstock hielt, und schmunzelte. Hendrik schien den Blick falsch zu verstehen. Mit einer verzweifelten Grimasse deutete er auf das Ende des Stockes und kam ihr plötzlich sehr nahe. „Wir teilen. Nur dass das klar ist", raunte er ihr ins Ohr.

„Ja, hab ich doch gesagt", lachte sie, während ihr ein Hauch seines herb-zitronigen Aftershaves in die Nase kroch. Als er gar nicht daran dachte, sich zurückzuziehen, schoss ihr Puls in die Höhe.

„Gut, aber ich hab da noch ein Problem. Hätten Sie morgen Nachmittag Zeit oder sind Sie schon verplant?"

Sie rückte ein wenig ab, um ihm überrascht ins Gesicht zu sehen. „Nein, warum?"

„Ich hätte da ein Kleid, in das Sie laut Maritta genau reinpassen", schmunzelte er.

„Äh ... und was soll ich damit?" Sarahs Stirnrunzeln brachte Hendrik zum Lachen.

„Also erst mal anziehen ... keine Sorge, es wird Ihnen gefallen. War bis jetzt noch bei allen so, die es getragen haben."

„Aber warum sollte ich es ..."

„Weil eins der Mädchen, die die Siegerprämien überreichen, krank geworden ist. Es wäre also wirklich supernett von Ihnen, wenn Sie den Job übernehmen könnten", lächelte er sie so einnehmend an, dass sie wie Butter in der Sonne dahinschmolz. Sie würde ihr ganzes Hab und Gut darauf verwetten, dass er genau wusste, wie er damit auf Frauen wirkte.

„Ach so. Ja. Kein Problem", nickte sie. „Ich hab sowieso nichts anderes vor."

Er legte die Hände aufeinander, als wollte er ein Dankesgebet aussprechen. „Danke. Maritta weiß Bescheid. Sie wird Ihnen sagen, wie alles abläuft. Saskia ist auch dabei."

„Dein Brot wird schwarz!", rief Luisa so aufgeschreckt, als stünde sein Sakkoärmel in Flammen. Beherzt griff sie nach seinem Stock und drehte ihn.

„Was für ein Glück, dass ich so eine gute Aufpasserin habe", lobte er die Kleine, was ihm sofort ein strahlendes Lächeln einbrachte. Prompt erklärte das raffinierte Gör ihm haarklein, was es beim Rösten über dem Feuer alles zu beachten gab.

So ein kleines Schlitzohr schmunzelte Sarah, die natürlich in deren Worten ihre eigene Ansprache für die Mädchen wiedererkannte. Doch dass er der Kleinen so geduldig zuhörte, überraschte sie wirklich. Automatisch musste sie an Daniel denken, der mit Kindern so gar nichts anfangen konnte. Verrückt. Und ausgerechnet er wollte plötzlich Vater werden. Unwillkürlich schüttelte Sarah den Kopf.

„Was habe ich denn jetzt wieder falsch gemacht?"
Hendrik, der sich ihr zugewandt hatte, war so dicht an
ihrem Ohr, dass sie seinen Atem auf ihrer Haut spürte.
Tatsächlich hatte man den Eindruck, dass das
Stimmengewirr der Kinder noch lauter geworden war. Das
alles registrierte Sarah jedoch nur am Rande. Ihre Sinne
waren von seiner Nähe und von dem Duft seines würzigen
Aftershaves wie benebelt. Ein wohliger Schauer überlief sie
und es fiel ihr schwer, einen klaren Gedanken zu fassen,
weshalb sie ihn nur irritiert ansah.

„Ja was denn?", seufzte er mit gespielt zerknirschter
Miene. „Sie haben doch gerade mit dem Kopf geschüttelt.
Und dass, obwohl ich mich strikt an Luisas Anweisungen
gehalten habe."

Sarah fing an zu lachen und schüttelte erneut den Kopf.
Wer hätte gedacht, dass er so komisch sein konnte.

„Okay. Kann sein, dass ich den Kopf geschüttelt habe",
räumte sie ein, „aber dann nicht Ihretwegen."

„Da bin ich froh", zwinkerte er. „Übrigens weiß ich ganz
genau, woher Luisa ihre Weisheiten hat", schob er nach.

„Aha. Dann haben Sie gelauscht?"

„Nein, nur andächtig zugehört."

„Jetzt ist es fertig!", rief die Kleine dazwischen, die ihr
eigenes Brot in der Zwischenzeit verzehrt hatte und sich
mütterlich um Hendriks Stockbrot kümmerte. Der sah auf
das dampfende, leicht verkohlte Stück Teig und verzog das
Gesicht.

„Schon gut, geben Sie her." Sarah nahm ihm den Stock
aus der Hand. „Und ich hab Luisa auch noch unterstützt.
Warum haben Sie denn nicht gesagt, dass Sie es nicht
mögen?"

Er warf ihr einen dankbaren Blick zu. „Und Sie?"

„Es geht so."

„Ich weiß, was wir machen." Er griff nach dem Stock, den sie noch immer hielt, und berührte dabei zufällig ihre Finger. Eine Berührung wie ein Stromschlag. Unwillkürlich sahen sie sich in die Augen. Wieder spürte Sarah die Intensität, mit der er sie ansah.

„Da bist du ja, ich suche dich schon überall!" Gesine schrie regelrecht.

Die Unterbrechung fühlte sich wie ein Schwall eiskaltes Wasser an. So aufgeschreckt fuhren sie zu der schrillen Stimme herum. Hendriks Miene verfinsterte sich augenblicklich.

„Und was ist so wichtig, dass du so schreien musst?"

„Ich wäre nicht hier, wenn deine Mutter mich nicht darum gebeten hätte, dich zu suchen", gab Gesine trotzig zurück. „*Sie* hält es für sehr wichtig, dass die Familie zusammen auftritt. Schließlich bist du schon eine ganze Weile abwesend", hakte sie schnippisch nach.

„Kommst du wieder?" Luisa sah ihn so traurig an, dass Sarah sie tröstend an sich zog.

Hendrik verzog resigniert die Mundwinkel und schüttelte bedauernd den Kopf. Dabei strich er der Kleinen liebevoll übers Haar. „Aber wir sehen uns noch, Prinzessin."

Sein Blick fand Sarahs und für einen Augenblick stand die Zeit still.

Schließlich wandte er sich brüsk ab und folgte Gesine.

9.

Die Abendsonne malte bereits lange Schatten über den Turnierplatz, als Sarah und Saskia den Parcours verließen. Es wimmelte noch immer überall von Besuchern, obwohl der letzte Wettkampf schon zwei Stunden zurücklag.

„Und? War doch gar nicht so schlimm, oder?"

Sarah sah den Teenager fragend an. Genau wie die meisten, die am Turnier beteiligt gewesen waren, begaben die beiden sich nun zum Zelt, wo der Abend mit einem Reiterball ausklingen sollte. Noch ganz in Gedanken über den ereignisreichen Tag brauchte sie einen Moment, um nachzuvollziehen, wovon Saskia sprach, hob dann aber den Daumen und lächelte zustimmend.

Für sie war der Nachmittag wie im Flug vergangen. Allein die Vorbereitungen für die Siegerehrung hätten glatt als echte Verwöhnzeit für Mädels durchgehen können. Kleider und Schmuck probieren, baden, cremen, Nägel lackieren, Haare frisieren und natürlich schminken. Bei dem Repertoire, über das die beiden Ritter-Frauen verfügten, konnten sie im Notfall ohne Probleme bei Eike in der Beautyabteilung aushelfen. Solche Mutter-Tochter-Aktionen lagen außerhalb ihrer Erfahrungen. Doch fairerweise musste sie Dagmar zugestehen, dass sie damals, als Sarah ein Teenager gewesen war, völlig andere Lebensumstände gehabt hatte und nicht auf ein Familienidyll zurückgreifen konnte, wie es Maritta vergönnt war. Sarah prüfte die Hochsteckfrisur, auf der ein marineblaues Schiffchen festgesteckt saß. Ihre Frisur saß noch tadellos. Und umziehen würde sie sich nicht. Für den Anlass eines Reiterballs war das Kostüm, ein Etuikleid mit passendem Bolerojäckchen, genau richtig.

„Na ja, ich dachte nur, weil du so was doch noch nie gemacht hast", plapperte Saskia aufgekratzt weiter. „Ich finde das alles voll geil hier." Um ihre Aussage zu unterstreichen, machte sie eine ausholende Handbewegung. Sie meinte damit sicher den kompletten Turnierzirkus der letzten drei Tage, überlegte Sarah, denn der Teenager strahlte, als wäre sie Siegerin bei *Deutschland sucht den Superstar* geworden.

„Hm hm, voll geil", murmelte Sarah und nickte zustimmend. „Willst du auch irgendwann mal an solchen Turnieren teilnehmen?"

„Ja natürlich, dafür trainiere ich doch schon", erklärte Saskia im Brustton der Überzeugung.

„Aber … braucht man da nicht auch ein eigenes Pferd?"

„Nö, nicht unbedingt. So wie ich das verstanden habe, sind diese Pferde wahnsinnig teuer und gehören superreichen Leuten." Sie seufzte theatralisch. „Und du musst als Reiter verdammt gut sein, damit man dir so ein wertvolles Tier anvertraut."

„Hm, kann ich mir vorstellen. Wart's mal ab, so ehrgeizig, wie du bist, schaffst du das bestimmt." Sie betraten das Zelt und Sarah strich Saskia über den Arm. „Ach übrigens … danke für deine Hilfe heute. Es war ein tolles Erlebnis für mich … und ja, es war wirklich nicht so schlimm."

„Hab ich doch gerne gemacht …", nickte der Teenager sichtlich erfreut und wurde im selben Moment von einem gleichaltrigen Mädchen bestürmt, das sie mit lautem *Hallo* in Beschlag nahm.

„Bist du mir böse, wenn ich mal schnell mit rüber zu Lenas Familie gehe?", wollte sie gleich darauf von Sarah wissen. „Bin auch sofort wieder da. Nur ganz kurz, ja?"

„Natürlich. Mach nur. Du musst keine Rücksicht nehmen … ich komme klar."

„Es ist nur, weil Mama gesagt hat, dass ich mich um dich kümmern soll ..."

Sarah schüttelte lachend den Kopf. „Schon gut. Ich kläre das mit deiner Mutter. Und jetzt geh."

Saskia umarmte sie spontan und rannte schnatternd mit Lena aus dem Zelt.

Für einen Augenblick kam Sarah sich verloren vor. Um sich zu orientieren, sah sie sich um. Auf der rechten Seite, da, wo der Cateringservice das kalt-warme Büfett aufbaute, wirbelte das Personal mit langen, weißen Schürzen umher, erledigte letzte Handgriffe und stellte sich in Position für den Ansturm der hungrigen Turnierbesucher. Auch Eike und seine Frau Dorit, die sich von ihren Angestellten rein optisch nicht unterschieden, entdeckte sie dazwischen. Auf der anderen Seite, neben dem Zelteingang, genauso wie dort, wo die Tische standen, bildeten sich Grüppchen von Reitern und Helfern. Es war nicht einfach, in all dem Gewusel von Sportlern, Personal und Gästen, einzelne Personen auszumachen. Trotzdem versuchte Sarah ein bekanntes Gesicht unter ihnen zu entdecken. Seltsamerweise erschien es ihr, als hätte der Erdboden sämtliche Leute verschluckt, die sie kannte und zu denen sie hätte hingehen können. Selbst Dennis wäre ihr jetzt recht gewesen. Resigniert zuckte sie mit den Schultern. Okay. Dann würde sie eben auf das Büfett verzichten und sich stattdessen einen gemütlichen Abend mit ihrem Roman in ihrem Zimmer machen, entschied sie. Und zu essen würde sie schon noch etwas für sich auftreiben, dar war ihr nicht bange. Schließlich hätte sie das ohnehin so machen müssen, wenn sie nicht auf dem Turnier eingeteilt worden wäre. Mit einem Schulterzucken warf sie noch einen letzten Blick in das Zelt, drehte sie sich um und ging.

***

Nach den verschiedenen Aktionen, bei denen sie im Freien dabei gewesen war, bezog Gesine Stellung am Tisch der Freyenhofs. Die lange Tafel, die in der Nähe der Tanzfläche stand, war nur für besondere Gäste reserviert. Zwar gab es keine in Stein gemeißelten Regeln, nach denen man sich an diesen Tisch zu setzen hatte, aber doch eine Art ungeschriebenes Gesetz, dem jeder folgte. Die Gutsherrenfamilie mit den VIPs positionierte sich stets am rechten Ende, während spezielle Freunde und Helfer am linken Rand saßen. Besonderes Augenmerk galt jedoch denen, die in der Mitte, also direkt neben der Familie, sitzen durften. Darauf würde sie ein Auge haben müssen, nahm sie sich vor, denn sie wollte um jeden Preis verhindern, dass ihr jemand diesen Platz streitig machte. Dabei dachte sie vor allem an Cora Lichtenberg, die sie ohnehin schon den ganzen Tag auf dem Radar hatte. Nachdem sie erlebt hatte, wie sehr Hendrik wegen dieser Frau noch immer litt, würde sie alles tun, um ihn vor weiteren Verletzungen zu schützen. Hannelore hatte schließlich gesagt, sie sollte ihn unterstützen. Wenn er erkannte, dass er in ihr eine echte Partnerin hätte, die ihn in allem unterstützte und hinter ihm stand, dann könnte er sie vielleicht endlich mit anderen Augen sehen und sich in sie verlieben. Immerhin hatte er ja gesagt, dass sie ihm gefiel. Gott wäre das gut. Damit wären all ihre Probleme gelöst. Mit einem Schlag. Sie entdeckte Cora, die inmitten eines Pulks von Männern stand, die, so wie es schien, zum Mitarbeiterstab ihres Verlobten gehörten. Neid erfüllte Gesine, als sie beobachtete, wie

Cora von ihnen hofiert wurde. Sie selbst war noch nie so bewundert worden. Doch, meldete sich eine zarte Stimme aus ihrem Inneren, Ingo hatte sie behandelt, als wäre sie das Wertvollste auf der Welt für ihn. Er hatte ihr von Anfang an das Gefühl gegeben, geliebt zu und geachtet zu werden. Der Gedanke schmerzte, weshalb sie verbittert die Lippen zusammenpresste. Verdammt, das nützte ihr gar nichts, denn ihr Vater würde ihn nie akzeptieren.

***

Hendrik bekam das, was der Bürgermeister von sich gab, nur mit halbem Ohr mit. Selbst, wenn er dazu Stellung nehmen müsste, bräuchte er sich darüber keine Gedanken zu machen. Er hörte die Parolen allein an diesem Tag bereits zum dritten Mal. Zwar jedes Mal mit anderen Worten, aber inhaltlich unverändert. Typisch Politiker eben. Wahrscheinlich konnte der Volksvertreter einen Reiterball nicht mehr von einer Wahlveranstaltung unterscheiden. Die Männer des Ortsvorstandes hingegen nickten mit wichtigen Mienen zu dem Gesagten und gaben Hinweise, die allesamt nicht neu waren. Gelangweilt ließ er seinen Blick durch das Zelt wandern. Seine Größe von gut einem Meter neunzig kam ihm dabei sehr zugute. Genauso wie der Platz, an dem er sich befand. Hier vor der Tanzfläche, neben der Kapelle, die sich für ihren Auftritt rüstete, hatte er einen komfortablen Überblick über das Geschehen. Als sein Blick jedoch an der Männerrunde um Cora hängen blieb, zog sich sein Magen krampfhaft zusammen. Automatisch musste er wieder an den Tag ihrer Trennung denken. Es war der letzte Tag seines Studiums in Berlin gewesen.

Schatz, hör zu, das hat keinen Sinn mehr mit uns. Ich passe nicht aufs Land. Allein die Vorstellung, dort leben zu müssen, macht mich depressiv, hatte sie ihm lapidar erklärt, dabei aber keine großen Gefühlsregungen gezeigt. All seine Gegenargumente waren wie Wasser von einer Regenjacke an ihr abgeperlt. Bis heute war es ihm ein Rätsel, wie ein und dieselbe Person einerseits so leidenschaftlich und andererseits so gefühllos sein konnte. Mit einem Federstrich hatte sie, ohne mit der Wimper zu zucken, zwei Jahre Beziehung weggewischt. Einfach so. Eiskalt, so, als würde sie ihren Kleiderschrank aufräumen und alles entsorgen, was sie nicht mehr gebrauchen konnte. Erst im Nachhinein war ihm bewusst geworden, dass sie nur beim Sex von Liebe gesprochen hatte. Leider spürte er auch jetzt wieder, welche Faszination von ihrer schönen Fassade ausging, doch er wehrte sich entschieden dagegen. Zu viel Alkohol tat auch nicht gut, das wusste man spätestens nach dem ersten Vollrausch. So ähnlich war es mit Cora. Matthias Pohlmann konnte ihm nur leidtun. Aber vielleicht war der erfolgreiche Turnierreiter ja in der Lage, ihr das zu geben, was Hendrik nicht vermocht hatte.

Er wandte seinen Blick ab und musste lächeln, als er Sarah entdeckte, die ein wenig verloren im Eingangsbereich stand. Sie hatte etwas, das ihn nicht kalt ließ. Wenigstens vor sich selbst konnte er das nicht länger verleugnen. Sie schien auf jemanden zu warten, so suchend – buchstäblich Hilfe suchend –, wie sie sich umsah. Nach den kurzen Aufeinandertreffen, die er in den letzten Tagen mit ihr gehabt hatte, waren seine Vorbehalte zwar noch nicht gänzlich ausgeräumt, aber das erste Bild, das er sich anfangs von ihr gemacht hatte, bekam deutliche Risse. Sie war freundlich und anscheinend sehr entspannt, wenn es um ihr Äußeres ging. Nur so ließ sich erklären, warum sie während der Arbeit mit den Kindern völlig ungeschminkt blieb. Nein, sie war wirklich so ganz anders als Cora. Die würde selbst für den Weg zum Briefkasten noch ein Make-up auflegen. Tatsächlich hatte er Sarah, als er ihr am frühen Nachmittag das erste Mal an diesem Tag begegnet war, kaum wiedererkannt. Perfekt geschminkt und gestylt im weinroten Etuikleid mit marineblauem Jäckchen hatte sie völlig verändert ausgesehen. Meine Herrn und wie? Aber, egal ob Jeans oder Kostüm, zurechtgemacht oder nicht: Sarah Kunzmann konnte man ohne Übertreibung als echten Hingucker bezeichnen. Dabei besaß sie eine Anmut, die sie auf Anhieb sympathisch wirken ließ. Schminke und Hochsteckfrisur brachten ihre Ausstrahlung nur erst richtig zur Geltung und zeigten zudem, dass sie kein Teenager mehr war. Und er wusste jetzt, wie alt sie war. Heimvorteile waren dazu da, genutzt zu werden. Ein Blick in ihre Personalakte hatte gereicht, um das zu erfahren.

Den männlichen Reitern war der Liebreiz der angehenden Lehrerin natürlich auch nicht entgangen, stellte Hendrik fest, der in den vergangenen Stunden mehr als einmal eine Bemerkung über sie aufgeschnappt hatte. Seine Miene verdüsterte sich, als er beobachten musste, dass Sarah den Ausgang ansteuerte. Wollte sie etwa schon gehen?

***

Auf dem Weg nach draußen konzentrierte sich Sarah mehr auf den Boden als auf die Leute, die ihr entgegenkamen. Sie trug hautfarbene Lackpumps von Fritzi. Superschick, aber alles andere als bequem. Das kam davon, wenn man hauptsächlich Turnschuhe anzog. Das Tragen von mörderisch hohen Absätzen gehörte nicht gerade zu ihren Vorlieben. Und nach einer Sondervorstellung als sterbender Schwan im Minirock stand ihr auch nicht der Sinn. Ein Rätsel, wie man mit solchen Hacken vernünftig laufen konnte. So auf den unebenen Boden vor dem Zelteingang fixiert, registrierte sie den jungen Mann, der plötzlich vor ihr auftauchte, viel zu spät. Als sie spürte, dass sie ihm den Ellbogen in die Rippen gerammt hatte, riss sie erschrocken den Kopf hoch.

„Entschuldigung ... oh, das tut mir so leid", stammelte sie und blickte in das Gesicht eines Reiters, den sie, obwohl er inzwischen das Reiteroutfit gegen einen Anzug getauscht hatte, von der Preisverleihung her kannte.

Der Drittplatzierte vom Nachmittag schien jedoch über den Zusammenstoß nicht verärgert zu sein, denn er sah sie freundlich an, als er sie wiedererkannte. „Kein Problem. Kann ja mal passieren", meinte er beschwichtigend.

Doch das anfänglich so sympathische Lächeln wurde von Sekunde zu Sekunde breiter – und unangenehmer. Besonders, als zwei weitere Reiter dazustießen, die er mit einem triumphierenden Grinsen begrüßte und ihr dabei andeutungsweise den Arm um die Schultern legte. *Hallo! Geht's noch?* Sarah, die solch besitzergreifendes Verhalten schon einige Male erlebt hatte, wandt sich aus der Umarmung. Doch der Kerl ließ sie nicht raus.

„Aber, aber ... wohin denn so eilig?", lachte er sie siegessicher an. „Wie wär's, wenn wir unsere kleine Karambolage ganz schnell bei einem Besuch in der Sektbar vergessen würden? Auf meine Kosten natürlich", bot er mit süffisantem Grinsen an und ignorierte weiter ihre abwehrende Haltung. Die komplette Herrenriege – es hatten sich inzwischen noch zwei andere Typen dazu gesellt – verfolgte nun feixend wie sie sich vergebens um Abstand bemühte. Einer von ihnen, der ihr so unverschämt auf den Busen starrte, dass sie sich buchstäblich nackt fühlte, rückte ihr jetzt auch noch so nahe auf die Pelle, dass sie sich beherrschen musste, ihm keine zu kleben. Verdammt, Sarah hätte sich vor Wut über die eigene Dummheit am liebsten in den Hintern gebissen. Wieso konnte sie auch nicht schwindelfrei in diesen blöden Dingern rumlaufen? Ab sofort gab es einen weiteren Punkt auf ihrer geheimen To-do-Liste, nahm sie sich vor und straffte die Schultern. Jetzt galt es aber erst mal, sich zu befreien. Auf gar keinen Fall wollte sie der Meute Futter geben und sie in dem Vorurteil vom blonden Dummchen bestätigen. Wahrscheinlich glaubten die Typen auch noch, charmant und witzig zu sein. Geschmeichelt fühlte sich Sarah aber keineswegs. Im Gegenteil. Genau dieses widerliche Machogehabe würde sie noch dazu bringen, ins Kloster zu gehen. Verdammt, sie musste sich zusammenreißen. Die Kerle durften nicht merken, wie sehr sie sie auf die Palme brachten. Dann würden sie erst recht nicht aufhören. Deshalb zwang sie sich zu einem bedauernden Lächeln.

„Tut mir leid, aber ich ..." Weiter kam sie nicht.

Hendrik stand plötzlich an ihrer Seite, grüßte souverän in die Runde, bevor er sich Sarah zuwandte. „Hier sind Sie!" Er fasste sie am Arm und warf ihr einen Sagen-Sie-jetzt-nichts-Blick zu.

Logisch, er kannte die Kerle bestimmt alle persönlich, dachte sie, während ihr ein angenehmer Schauer über die Haut lief. Und von der Optik her passte er ebenfalls perfekt zu der Herrenriege. Heute wirkte er tatsächlich wie ein junger Baron. Glattrasiert, im dunkelgrauen Anzug mit einem Hemd in Zartlila und einer Krawatte, die damit farblich einherging. Das alles gepaart mit natürlicher Bräune und einem Charme, der seinesgleichen suchte. Meine Güte, dieser Mann sah wirklich umwerfend gut aus. Heute könnte man meinen, er wäre auf dem Weg zur

Vorstandssitzung. Na ja, wenn man das Gut als Firma betrachtete, gehörte er definitiv zum Topmanagement. Und ausgerechnet einer aus der Chefetage musste sie in so einer bescheuerten Situation vorfinden. *Mist.* Sie wollte lieber gar nicht erst wissen, was er nun für einen Eindruck von ihr hatte.

Wenn sie bedachte, wie sachlich er sie betrachtete, fühlte sich Sarah in ihren schlimmsten Befürchtungen bestätigt. Auch wenn das noch so verrückt klang – sie war froh, dass er da war. So blieben ihr zumindest weitere Diskussionen mit den Blödmännern erspart.

„Sie entschuldigen uns?", rief Hendrik den enttäuscht dreinblickenden Männern zu. „Die Pflicht ruft!" Sanft zog er sie hinter sich her ins Zelt, wo er nach einigen Metern mit ihr stehen blieb.

„Danke." Sie schluckte. „Aber es ist nicht so, wie Sie denken!"

Hendrik ließ sie los und lachte, als er ihre zerknirschte Miene bemerkte. „Gut zu wissen, dass Sie Gedanken lesen können."

Sarah, die immer noch glaubte, er wollte sie für ihr Verhalten rügen, sah ihn verständnislos an.

„Ja … was? Sie müssen mir schon sagen, was Sie vermuten, wenn ich darauf antworten soll."

Es waren nicht nur diese grün-grauen Augen, die sie mal wieder so intensiv anschauten und sie auszulachen schienen. Es war die ganze Situation, die sie aus dem Konzept brachte und die sich so völlig anders entwickelte als erwartet.

„So war das doch nicht gemeint", erklärte sie eilig und schnappte hörbar nach Luft. „Ich wollte nur sagen, dass das, was da eben passiert ist, ein Unfall war. Ich war nämlich auf dem Weg nach drüben, als ich … äh …" Sie räusperte sich.

Wieder nahm sie einen tiefen Atemzug, um sich zu konzentrieren. „Na ja, es geht um den Boden ... den Untergrund, der ist uneben. Vor dem Zelteingang, meine ich und außerdem ist da auch der viele Schotter, der ... der ist rutschig und ..." Lieber Himmel, was redete sie denn da? Und warum sagte er nichts. Er sah doch, dass sie in der Patsche saß. Konnte er ihr da nicht mal raus helfen? Natürlich nicht. Stattdessen stand er da, war sich augenscheinlich seiner ganzen männlichen Pracht bewusst und zuckte mit keiner Wimper. Schöne Blamage, Frau Lehrerin. Und so jemand, will Unterricht halten. „Ach Mist", sprudelte es schließlich wütend aus ihr heraus. „Eigentlich sind die Schuhe an allem schuld ...", sie verstummte. Aber sicher ... die Schuhe, was denn sonst? Scheiße. Jetzt hielt er sie endgültig für eine Idiotin. Diesen Totalschaden würde sie ganz sicher nicht mehr ausbügeln können.

Hendrik, der lässig die Arme vor der Brust überkreuzt hatte, schmunzelte und senkte gemächlich den Blick, um eingehend ihre Füße zu betrachten, bevor er ihr wieder ins Gesicht sah. „Also ich finde sie durchaus sehenswert ..."

Sie öffnete den Mund, um etwas zu erwidern, doch er hob beschwichtigend die Hand. „Schon gut. Sie müssen sich nicht rechtfertigen. Ich habe alles beobachtet. Deshalb bin ich ja eingeschritten." Er sah in Richtung Zelteingang, wo die Männerriege noch immer zusammenstand. „Mammamia, wenn Blicke töten könnten, dann hätten wir jetzt fünf Tote auf dem Platz. Sagen Sie mir lieber vorher, wenn ich Schwachsinn rede. Es wäre mir unangenehm, wenn sie mich ebenfalls so abstrafen würden. Okay?"

Überrascht von dieser Reaktion lachte Sarah erleichtert auf und spürte, wie sie ruhiger wurde. Es war das zweite Mal, dass er in ihrer Gegenwart Humor bewies und außerdem musste sie ihm zugestehen, dass es wirklich nett von ihm gewesen war, dass er sie vor den Typen gerettet hatte.

„Immer gerne. Wenns weiter nichts ist?", ging sie auf seinen flapsigen Ton ein. „Aber so schlimm kanns nicht gewesen sein – von meiner Seite aus, meine ich – sonst hätte er das ja auch bemerkt ... und das hat er definitiv nicht." Ihr Blick wurde drängend. „Ich habe mich wirklich angestrengt, freundlich zu bleiben."

„Ist mir nicht entgangen", grinste er ironisch. „Ihm übrIgens auch nicht." Hendrik erkannte an ihrem skeptischen Geschichtsausdruck, dass sie ihm nicht glaubte. „Doch, darauf können wir wetten. Er wusste genau, was er tut."

„Wenn Sie das sagen ..." Ihr Schulterzucken ließ keinen Zweifel daran, dass sie ihm das immer noch nicht abkaufte.

Hendrik berührte sie am Arm und sah ihr in die Augen. „Okay ... versuchen Sie mal, es aus seiner Perspektive zu sehen, dann wirds logischer. Was glauben Sie, wie seine Kumpels reagiert hätten, wenn er die Chauvi-Nummer nicht durchgezogen hätte?"

„Woher soll ich das wissen?", zuckte sie abermals mit den Schultern. Sie konnte ihrem Juniorchef schlecht erzählen, dass sie im Moment ohnehin nicht das Gefühl hatte, die Kerle – so ganz im Allgemeinen – zu verstehen. Es gelang ihr ja noch nicht einmal bei Daniel.

„Er hatte Angst, sich lächerlich zu machen", erklärte Hendrik, „deshalb hat er so auf den Putz gehauen. Das ist alles. Besser Sie haken das einfach ab."

„Schon erledigt." *Männer.* Sarah lag es auf der Zunge, das auszusprechen, doch da ihr Retter unumstritten zur selben Spezies gehörte, verkniff sie sich die bissige Bemerkung lieber.

Inzwischen waren die Kollegen, nach denen Sarah kurz zuvor noch vergebens Ausschau gehalten hatte, alle am Tisch der Freyenhofs versammelt. Es war Maritta, die Sarah ebenfalls entdeckt hatte, und die sie zu sich winkte.

„Sie wollten doch nicht wirklich schon gehen?" Hendrik deutete in einer ausholenden Geste an, dass sie mitkommen sollte, weshalb sie plötzlich ziemlich nahe beieinander standen. Erneut drang ihr der angenehme Duft seines Aftershaves in die Nase.

„Es gibt gleich leckeres Essen", sprach er weiter, „und die Band spielt gute Musik. Oder haben Sie noch was Besseres vor?"

„Nein, eigentlich nicht. Auf mich wartet nur ein Roman ... aber, wenn man hier niemanden kennt, ist so ein Ball nicht so spannend ..."

„Bin ich etwa niemand?"

„Natürlich nicht ... ach, Sie wissen doch, wie ich das gemeint habe."

„Wie sollte ich? Sie müssen's mir schon sagen", zwinkerte er und umfasste nun tatsächlich ihre Schulter. „Okay, dann los. Wir sitzen alle da drüben am Tisch."

„Ihre Familie auch?"

„Bei meiner Mutter weiß man das nicht so genau, sie kennt zu viele Leute." Er hob eine Augenbraue und sah sie schalkhaft an. „Wieso ist das wichtig, wollen Sie mich etwa nicht dabeihaben?"

Sarah blieb abrupt stehen, stemmte empört die Hände in die Hüften und sah ihn betont entrüstet an, was sie aber nicht lange durchhielt. Sie fiel in sein Lachen ein, fletschte jedoch kurz die Zähne. Es machte wirklich so viel Spaß, mit ihm zu plänkeln und zu scherzen. Kaum zu glauben, wenn sie da an ihre erste Unterhaltung dachte, dass sie es jetzt mit demselben Mann zu tun hatte.

„Sie verdrehen mir ständig das Wort im Mund", schmollte sie und ging hinter ihm her. Nur das Blitzen in seinen Augen verriet, dass ihm diese Art von Wortwechsel gefiel.

***

Als Gesine Hendrik und Sarah auf sich zukommen sah, schüttelte sie verärgert den Kopf. Schon wieder diese Küchenhilfe. Nur dass sie heute eher wie eine Stewardess aus den Sechzigern aussah. Das Outfit der Blondine erinnerte Gesine an eine Barbie, die sie von ihrer Mutter als Kind geschenkt bekommen hatte. Eine große Freude war das damals nicht für sie gewesen. Viel mehr hätte sie sich über eine Spielzeugpistole gefreut, denn am liebsten hatte sie mit den Jungs Cowboy und Indianer gespielt. Die Barbiepuppe, die sogar noch auf dem Speicher liegen müsste, erinnerte sie wirklich kolossal an Sarah Kunzmann. Etuikleidchen mit Blazer. Hütchen auf der blonden Hochsteckfrisur. Gertenschlank wie ein Model.

Himmelherrgott noch mal! Wann würden die Männer endlich begreifen, dass dieser Typ Frau hohlköpfig war? Gesine verengte die Augen und zog die Stirn kraus. War ja klar, dass Hendrik in dieser Gesellschaft nicht besonders griesgrämig wirkte. Ob ihm die Sache mit Cora mittlerweile egal war?

Sie ballte die Fäuste.

Okay, um Frau Lichtenberg konnte sie sich später kümmern. Zuerst musste Miss Lufthansa nach Übersee geschickt werden. Die Inlandsflüge waren nämlich samt und sämtlich reserviert. Punkt.

Gesine bekam unfreiwillige Hilfe von einem Mann, der Hendrik auf seinem Weg zur freyenhofschen Tafel aufhielt. Was für eine wunderbare Fügung.

Die Küchenfee war jedoch weitergegangen und wollte wohl zu Maritta und Uwe, die wie jedes Jahr, in der Mitte des Tisches, nahe der Familie saßen. Von den Freyenhofs saß allerdings noch niemand. Eike und Dorit halfen beim Aufbau des Büfetts. Wozu hatten die eigentlich Personal? Die beiden benahmen sich, als wären sie selbst nur Angestellte. Na ja, wenn sie so blöd sein mussten. Ihr würde so etwas gewiss nicht passieren. Das fehlte noch. Aber wenn sie näher darüber nachdachte, war es gar nicht so unpraktisch, dass von der Familie noch keiner am Tisch saß. Umso logischer war es doch, dass sie sich um die Tischordnung kümmerte. Fräulein Tausendschön hatte jedenfalls nichts in der Mitte der Tafel zu suchen. Mit energischen Schritten marschierte sie auf die vermeintliche Rivalin zu. Noch bevor Sarah sich Maritta nähern konnte, hatte Gesine sie am Arm gepackt.

Sarah schnappte verdutzt nach Luft und starrte Maritta ratlos an.

„Ihr Platz ist hier!", erklärte die selbst ernannte Retterin der Familienehre forsch und funkelte Sarah dabei giftig an. „Sie gehören schließlich nicht zum engeren Stab der Helfer." Gesine führte die Blondine wie eine Strafgefangene zu Willi und Dennis, die bereits am rechten Ende der freyenhofschen Tafel saßen und sich sichtlich erfreut über den Zugang zeigten.

Willi zog sofort den Stuhl neben sich zurück. „Komm Mädchen", zwinkerte er ihr zu, „bei uns bist du willkommen."

***

„Hendrik, hey, warte doch mal!"

Er drehte sich zu der Stimme um, konnte sie aber angesichts der Geräuschkulisse um sich herum nicht sofort zuordnen. Erst als er das vertraute Gesicht seines alten Schulfreundes zwischen den Leuten erkannte, huschte ein erfreutes Lächeln über seine Züge. Er blieb stehen. „Christian, Mensch ... was treibt dich hierher? Ich habe dich ja eine Ewigkeit nicht gesehen."

Christian Schlüter, Sohn des hiesigen Landarztes, kam auf ihn zu und klopfte ihm auf die Schulter. Er war sein ehemaliger Klassenkamerad, mit dem er bis zum Abitur die Schulbank gedrückt hatte. Danach war Christian zum Medizinstudium nach Marburg aufgebrochen, während Hendrik zum Studieren nach Berlin gezogen war.

„Du wirst mich zukünftig häufiger sehen. Nach den Sommerferien übernehme ich die Praxis meines Vaters."

„Das höre ich gerne. Und wo warst du bis jetzt?"

„Direkt nach dem Studium im Uniklinikum Marburg und danach bin ich nach Kassel ins Klinikum gewechselt."

„Dann hast du ja schon eine Menge Erfahrungen sammeln können. Genau richtig, wenn du die Praxis übernehmen willst. Auf jeden Fall freue ich mich. Aber nur dass das klar ist", lachte Hendrik, „freiwillig komme ich nicht zu dir in die Praxis. Es reicht, dass mein alter Herr Probleme hat."

Christian nickte und machte ein ernstes Gesicht. „Ja, ich habe davon gehört. So weit muss es ja nicht kommen. Pass einfach ein bisschen auf dich auf."

„Wie gut, dass ich einen guten Doc kenne, der mich rechtzeitig ausbremst."

„Wenn du es zulässt, kein Problem."

Hendrik klopfte seinem Schulfreund lachend auf die Schulter und sah sich um. „Sag, wo hast du Angie gelassen?"

Christian hatte sie auf der Abi-Feier kennengelernt. Seither waren sie unzertrennlich gewesen.

„Tja, was soll ich sagen. Ein uns gibts nicht mehr. Wir sind seit fast einem Jahr getrennt. Sie ist nach Hannover gezogen. Ihr neuer Typ lebt da und sie hat dort ein gutes Jobangebot bekommen."

„Oh Mann, das war ja eine Punktlandung", reagierte Hendrik betroffen. „Tut mir leid."

„Kein Ding", beruhigte ihn Christian. „Wir waren neunzehn, als wir zusammengekommen sind. Unsere Zeit war vorbei und wir sind im Guten auseinandergegangen. Im Moment genieße ich es, meinen Marktwert auszutesten." Er grinste frech. „Wie lange weiß ich noch nicht, kommt drauf an, wem ich begegne."

„Ja", nickte Hendrik, „geht mir gerade ähnlich. Was hältst du davon, wenn du dich zu uns setzt?"

„Gerne später. Zuerst muss ich aber bei den Färbers vorbeischauen, die sitzen beim Bürgermeister und sind außerdem der Grund, warum ich hier bin."

„Alles klar." Hendrik deutete mit ausgestrecktem Arm zum freyenhofschen Tisch. „Du weißt, wo du uns findest. Meine Mutter wird sich freuen, dich wiederzusehen."

Christian hob die Hand. „Ich mich auch. Bis gleich."

Hendrik, der sich für einen Moment aus der Schusslinie bringen wollte, steuerte auf den Familientisch zu, der sich allmählich bevölkerte. Ganz automatisch suchten seine Augen nach Sarah, die neben Willi saß.

„Ich brauche dich!" Eike schnappte ihn am Arm und zog mit in Richtung Sektbar.

„Was? Wozu?" Hendrik ließ sich notgedrungen mitziehen. Als er jedoch sah, wer ihn erwartete, verfinsterte sich seine Miene und er blieb stehen. „Oh nein! Muss das sein?"

„Ja. Es muss!" Eike, der durch die tagelangen, aufwendigen Vorbereitungen keinen Sinn für Hendriks Befindlichkeiten hatte, bemerkte nicht mal, warum sein Bruder plötzlich störrisch reagierte, und drehte sich ungehalten zu ihm um. „Mensch jetzt komm! Matthias Pohlmann will auf seinen Sieg anstoßen und möchte die Turnierleitung dabeihaben. Ich kann Mama nirgends finden, also musst du das übernehmen."

„Und warum machst du das nicht selbst?", wollte Hendrik sich nicht so schnell geschlagen geben.

„Weil ich verdammt noch mal was anderes zu tun habe ... und du außerdem die Leitung vom Turnier hast. Ich kümmere mich um die Bewirtung, das reicht ja wohl."

10.

Dass dieser Moment kommen würde, war so unvermeidbar gewesen wie das Amen in der Kirche, gestand Hendrik sich ein. Bis jetzt war er Cora erfolgreich aus dem Weg gegangen, hatte lediglich Grüße über Gesine und seine Mutter ausgerichtet, ohne Anstalten zu machen, sie persönlich zu treffen. Wozu auch? Sie waren getrennt. Ende der Durchsage.

Sich innerlich wappnend hob er den Kopf und setzte eine unverbindliche Miene auf. So, als hätte er einen Geschäftstermin mit einem Lieferanten vereinbart, trat er zu dem Kreis, in dem Matthias, seine Eltern und auch Cora standen. Interessanterweise gehörten die beiden Reiter, mit denen Sarah unerfreulicherweise Bekanntschaft gemacht hatte, ebenso zu der illustren Runde. Ganz Gastronom, öffnete Eike die Champagnerflasche mit einem gewissen Showeffekt und befüllte die Gläser, die Dorit weiterreichte. Hendrik hätte was darum gegeben, wenn er jetzt auch eine *Dorit* an seiner Seite wüsste. Sein Bruder und seine Frau verabschiedeten sich und überließen ihm das Feld.

Mit einem Lächeln, das er sich abrang, rief er „Guten Abend" in die Runde und schüttelte Matthias Pohlmann die Hand. „Herzlichen Glückwunsch zum Turniersieg."

Coras Verlobter gab sich bescheiden. Doch Hendrik spürte deutlich, welcher Siegeswille hinter der demonstrierten Zurückhaltung steckte. Man sah es ihm wirklich nicht an. Pohlmann hatte ein Gesicht wie ein Sängerknabe. Der exakte Haarschnitt ließ das blonde Haar voller wirken, als es tatsächlich war, und die weichen Gesichtszüge täuschten über den überdimensionalen Ehrgeiz hinweg, den nur Insider zu spüren bekamen, wenn die Dinge nicht so liefen, wie er es wollte. Nur die blauen, kühlen Augen, meist ein wenig zusammengekniffen, deuteten an, dass dieser Mann mit einem enormen Siegeswillen ausgestattet und außerdem mit Vorsicht zu genießen war. Sein gefälliges Getue war nur Fassade. Hendriks Eindrücke beruhten nicht nur auf Mutmaßungen, sondern auch auf Erfahrungen anderer, die den Turnierreiter näher kannten. Am vergangenen Abend, als er beim Absacker mit Uwe und Dennis an der Zelttheke zusammengesessen hatte, war natürlich auch getratscht worden. Klatsch und Tratsch gehörte bei so einer Veranstaltung ebenso dazu wie ein gut gezapftes Bier. Dabei hatte Pohlmanns Stallbursche sich bei Dennis über dessen großkotzige Gutsherrenmanieren ausgeheult.

Tja, die Welt konnte klein sein, dachte Hendrik nicht ohne Häme. Irgendwie half ihm dieses Hintergrundwissen, diese unerträgliche Situation etwas aufzubessern. Im Besonderen hätte ihn interessiert, ob der Reitersmann wusste, dass er gerade dem Ex seiner Herzallerliebsten die Hand schüttelte. Seinem Verhalten nach zu urteilen, hatte er keinen blassen Schimmer. Umso besser. Das Letzte, was er wollte, war die Vergangenheit aufleben zu lassen.

Als schließlich alle die Gläser erhoben, atmete Hendrik auf. Nun konnte es nicht mehr lange dauern, bis er sich endlich wieder verkrümeln konnte. Pohlmann stieß zuerst mit Cora an, bevor die anderen folgten. Hendrik, der plötzlich Coras bohrende Blicke auf sich spürte, hoffte, dass sie es dabei beließ und ihn nicht ansprach. Doch sie war nicht die Einzige, die ihn taxierte. Auch Sarahs Gentleman-Helfer hatte ihn im Visier – bis Pohlmann ihn in Beschlag nahm. Gelegenheit, sich über die Ursache Gedanken zu machen, bekam Hendrik jedoch nicht, denn Cora schob unerwartet ihren Arm unter seinen.

„Warum ignorierst du mich so?" Sie sah ihn mit großen Augen unschuldig an. Hendrik, der unter der Berührung buchstäblich erstarrte, machte automatisch einen Schritt rückwärts, doch Cora drückte sich unbeirrt an ihn. Er sah sich nach Pohlmann um, der sich jedoch noch immer mit Sarahs Chauvi-Typen unterhielt und seiner Liebsten keinerlei Beachtung schenkte.

Notgedrungen wandte sich Hendrik schließlich seiner Ex zu. „Ich verstehe die Frage nicht? Hat man dir meine Grüße nicht ausgerichtet?"

„Doch schon, aber ..." Sie krallte sich in seinen Arm. „Denkst du, ich merke nicht, dass du mir aus dem Weg gehst. Du bist immer noch böse mit mir, stimmt's?"

„Warum sollte ich?" Seine Miene blieb undurchdringlich. Es ging sie verdammt noch mal gar nichts an, was in ihm vorging.

„Aber du verhältst dich so, das merke ich doch."

Energisch löste Hendrik ihren Arm von seinem und stellte sich vor sie. „Okay, wenn du dafür eine extra Erklärung brauchst: Hier ist sie. Dass mein Vater in einer Rehaklinik ist, ist dir sicher zu Ohren gekommen. Ich weiß nicht, inwieweit du dir das vorstellen kannst ... aber mir fehlt Zeit und Muße für Small Talk."

„Ja schon, nur ...", erneut griff sie nach seinem Arm. „Du wirst doch wohl mal einen Moment haben, um mit mir ein paar Worte zu wechseln."

Hendriks Wutpegel stieg. „Machen wir das nicht gerade? *Ein paar Worte miteinander wechseln?*"

„Ja, schon ..."

„Was willst du? Soll ich auch um dich herumgockeln, wie es die Kerle hier tun? Ist es das, was du brauchst?"

„Natürlich nicht. Bist du etwa eifersüchtig?"

Angesichts dieser selbstverliebten Frage stieß Hendrik genervt einen Seufzer aus und betrachtete ihr schönes Gesicht, als würde er es das erste Mal sehen. Makellos wie immer. Große Augen, die ihn wie ein Kind anschauten. Und mit einem Schlag – er musste über die simple Erkenntnis fast lachen – fiel es ihm wie Schuppen von den Augen. Alles war auf einmal so völlig klar. Gerade so, als hätte jemand den Schleier gelüftet.

„Nein." Sein Atem ging ruhig und auch seine Stimme hatte an Schärfe verloren. Er strich ihr tröstend über den Arm. „Ich bin nicht eifersüchtig. Hast du vergessen, wie lange wir getrennt sind? Länger als ein Jahr. Vielleicht solltest du die Frage mal deinem Verlobten stellen."

Doch Pohlmann schien ebenfalls nicht eifersüchtig zu sein. Jetzt sprach er mit einem der Juroren und beachtete seine Liebste nicht mal. Hendrik betrachtete erneut ihre schönen Gesichtszüge. Emotionslos, so als wäre sie irgendeine Fremde. Sie wirkte plötzlich traurig, wo sie eben noch kokett gewesen war. Ja, es hatten Zeiten, gegeben, da hätte er solche Sätze sehr gerne von ihr gehört. Doch das war Vergangenheit. Endgültig. Der Spuk war vorbei. Er durchschaute ihre narzisstische Selbstliebe vollends und hatte absolut kein Verlangen mehr danach, ihr zu dienen. So als wäre er aus einem düsteren Traum erwacht, bemerkte er plötzlich seine Umgebung wieder.

Eike und Dorit waren gerade dabei, das Büfett zu eröffnen. Kaum hatte sein Bruder das letzte Wort gesprochen, strömten die Ersten auch schon zu den belegten Platten.

Hendrik straffte die Schultern. „So, die Pflicht ruft. Euch noch einen angenehmen Abend."

Cora strich ihm am Arm entlang und nahm seine Hand, um ihn aufzuhalten. Es war klar, dass sie austesten wollte, wie viel Einfluss sie noch auf ihn hatte. Doch auch das erzielte nicht mehr die von ihr erwartete Wirkung, denn er entzog sich.

„Verstehe", hauchte sie resigniert.

Hendrik spürte, wie sehr es ihr zu schaffen machte, dass sie mit ihren Methoden keinen Erfolg mehr verbuchen konnte.

„Vielleicht können wir später noch mal reden?"

„Ja, vielleicht."

Er löste sich von ihr und wunderte sich über den überraschten Ausdruck in ihrem Blick, mit dem sie plötzlich an ihm vorbeischaute. Als sich erneut ein Arm unter seinen schob, zuckte er zusammen. Verblüfft bemerkte er Gesine, die neben ihm stand, als wäre sie aus dem Nichts erschienen. Er unterdrückte ein frustriertes Stöhnen. Was wollte die denn jetzt von ihm? Als wäre ihre bloße Gegenwart nicht schon genug für ihn, schmiegte sie sich nun auch noch in einer schamlosen Art an ihn, die ihm die Luft abschnürte.

„Hallo", himmelte sie ihn an. „Ich wollte dich rüber zum Tisch bringen. Deine Mutter bat mich, dich zu holen. Außerdem fragt ein Christian nach dir."

In Coras Augen trat ein wachsamer Blick. Wissend hob sie eine Augenbraue. „Ach, Sie sind jetzt ..."

„Ja", bestärkte Gesine Coras Annahme noch und fasste Hendrik wie selbstverständlich um die Taille. Dabei lächelte sie ihn verführerisch an und drückte ihm spontan einen Kuss auf die Wange. Völlig überrumpelt stand er wie erstarrt da. Nur sein Magen zog sich krampfhaft zusammen.

„Nicht schlecht", rief von der Seite eine männliche Stimme. „Wenn Sie hier so beschäftigt sind, können Sie mir dann nicht die süße Blondine mit dem Hütchen überlassen?"

Es war Sarahs Chauvi-Typ, der auf eine Antwort wartete. Hendrik schüttelte den Kopf und glaubte, im falschen Film zu sein, als er registrierte, wie Cora diesen Auftritt ganz offensichtlich genoss. Sie straffte sich und schenkte dem Typen ein verheißungsvolles Lächeln, worauf der Kerl seine Blicke lüstern über ihren Körper wandern ließ. Allerdings schien er sich dann doch daran zu erinnern, dass sie zu Pohlmann gehörte, weshalb er sich abrupt abwandte und zum Büfett abmarschierte. Warum war ihm nicht früher aufgefallen, wie süchtig Cora nach männlicher Bewunderung war?

„Aber das hättest du mir doch sagen können", rief sie jetzt und lächelte wohlwollend.

„Was hätte ich dir sagen können?" Hendrik, zwischen dessen Augen sich eine steile Falte gebildet hatte, verlor den Faden. Auch der immense Geräuschpegel, der im Zelt herrschte, trug nicht zur besseren Verständigung bei.

„Dass du mit ihr zusammen bist." Cora deutete auf Gesine, die wachsam zuhörte. „Ich bin schließlich auch nicht alleine hier."

„Wozu? Das stand doch gar nicht zur Debatte."

Ich Idiot, dachte Hendrik noch im selben Moment, als er die Worte ausgesprochen hatte. Jetzt würde Gesine völlig durchdrehen. Als wenn das alles noch nicht genug wäre, musste er durch das Menschengewirr hindurch mit ansehen, wie Christian sich mit seinem bekannten Boyfriend-Charme neben Sarah an den Tisch setzte. Augenblicklich hallten ihm seine Worte im Ohr: *Im Moment genieße ich es, meinen Marktwert auszutesten.* Wie es aussah, war er gerade dabei, das zu tun.

Hendrik reichte es. Schwer atmend befreite er sich energisch aus Gesines Umklammerung und trat einen Schritt nach hinten. Er war so aufgebracht, dass er kurz davorstand, um sich zu schlagen.

„Ich geh dann mal wieder zu Matthias, wir sehen uns", verabschiedete sich Cora mit betont freundlicher Stimme. Logo, dachte er. Stresstauglich war sie nie gewesen. Konflikte hatten sie zumeist mit schnellem Versöhnungssex ausgebügelt oder totgeschwiegen. Weder das eine noch das andere war besonders beziehungsfördernd. Das wusste er heute.

Gesine, die anscheinend spürte, wie aufgebracht er war, schaute ihn betreten an. „Hendrik es … es tut mir leid", stammelte sie und ihre Augen fingen an zu glänzen. „Ich weiß, ich bin eben ein bisschen zu weit gegangen. Aber … aber ich wollte nur nicht, dass sie … dass sie dich wieder verletzen kann … wirklich …"

„Wie bitte?" Er sah sie fassungslos an und musste sich zusammenreißen, um nicht zu schreien. Und wenn sie jetzt hier vor allein Leuten anfing zu heulen, war ihm das auch egal. Verdammt! Wie konnte ein einzelner Mensch nur so … so … Er fand nicht mal ein Wort für Gesines Talent zum Unmöglichsein.

„Ich hab's doch nur gut gemeint", schniefte sie und berührte ihn wieder vorsichtig am Arm.

„Woher willst du wissen, was für mich gut ist? Ich kann mich nicht erinnern, dich um Hilfe gebeten zu haben." Er machte einen Schritt rückwärts, um ihrer Berührung zu entkommen. „Schönen Dank auch."

„Aber du warst doch so verzweifelt, als du in der Zeitung gelesen hast, dass sie hierherkommt."

Hendrik war an seinem Siedepunkt angekommen. Seine Augen sprühten Funken. „*Du* bringst mich zur Verzweiflung, sonst niemand."

„Weißt du, deine Mutter meinte das auch, und …"

Sie verstummte, als sie sah, wie alle Farbe aus seinem Gesicht wich.

„Ich denke, es ist besser, wenn wir aufhören miteinander zu reden, Gesine." Hendriks Ton hatte arktische Temperaturen erreicht. „Wir beide – du und ich – sprechen nicht dieselbe Sprache. Außerdem ist alles gesagt." In Gedanken fügte er noch *für immer* hinzu, drehte sich um und ließ sie stehen.

***

Draußen angekommen suchte Gesine Schutz in der Abgeschiedenheit hinter dem Zelt, dort, wo die Versorgungswagen geparkt waren. Jetzt ließ sie ihren Tränen freien Lauf. Mit geschlossenen Augen lehnte sie sich an einen der großen Getränkekühlwagen. Sie fühlte sich so gedemütigt, dass sie am liebsten sofort ihre Koffer packen würde, und abreisen. Doch was sollte sie dann ihrem Vater sagen? Und erst Hannelore? Auch sie hatte es nicht verdient, dass sie so sang- und klanglos verschwand. Als eine Hand sie an der Schulter berührte, erschrak sie. Würde Hendrik doch noch einlenken? Aber es war nicht Hendriks Hand, sondern Ingos, der plötzlich vor ihr stand. „Was machst du denn hier?", krächzte sie.

„Ich bin eingeladen."

„Eingeladen?" Gesine schüttelte den Kopf. „Ich verstehe gar nichts mehr."

„Das ist ganz einfach." Ingo sah sie ruhig an. „Ich habe den Reit- und Fahrverein ein bisschen mit Spenden unterstützt, das ist alles. Dann wird man auch eingeladen."

Gesine schniefte. Sie erinnerte sich an die Listen der Sponsoren. Ingos Name hatte sie darauf allerdings nicht entdecken können. Höchstens den Namen der Versicherungsgesellschaft, für die er arbeitete. Nun geriet sie noch mehr in Aufruhr. Seine ruhigen Worte und sein vertrauter Geruch lösten Sehnsüchte in ihr aus, die sie so lange unterdrückt hatte und außerdem sehr vermisst hatte. Mit einem Schlag war ihr klar, dass sie nicht länger auf seine Liebe verzichten wollte. Auch nicht, wenn ihr Vater sie dafür verdammen und enterben würde. Oh Gott, wie sehr hatte sie sich nach Ingos Nähe und Warmherzigkeit verzehrt. Erneut liefen ihr die Tränen übers Gesicht. Wie hatte sie nur so kaltschnäuzig zu ihm sein können?

„Warum?", presste sie hervor. „Warum tust du das? Du hast dich doch noch nie für den Pferdesport interessiert."

Er reichte ihr ein Taschentuch. Geräuschvoll putzte sie sich die Nase und wischte sich die Tränen ab.

„Willst du mir nicht endlich erzählen, was mit dir los ist? Und fang nicht wieder mit der dämlichen Geschichte an, die du mir neulich aufgetischt hast. Du weißt genau, dass ich nicht fremdgegangen bin, sondern nur einen Geschäftstermin mit einer Kundin hatte." Abwartend sah er sie an.

Gesine brach erneut in Tränen aus und trat von einem Fuß auf den anderen.

„Ich bin wegen dir hier und das weißt du ganz genau", sprach er weiter. „Aber wenn du mir jetzt nicht endlich erzählst, was los ist, werde ich keinen dritten Anlauf machen, um dich zurückzuholen." Ingos Miene ließ keinen Zweifel an seinen Worten.

Gesine schnappte nach Luft. Ihr war klar, wenn sie jetzt nicht aufhörte zu lügen, würde sie ihn für immer verlieren. Und das würde sie nicht verkraften. „Lass uns woanders hingehen", schniefte sie. „Ich möchte mich setzen."

Ingo folgte ihr in den Innenhof, wo sie ein ruhiges Plätzchen auf der Bank unter der Eiche fanden.

„Es ist alles meine Schuld ... ich habe so viel falsch gemacht", räumte sie reumütig ein und tastete nach seiner Hand, die er ihr aber entzog. „Mein Vater hat mir viel Geld geborgt. Für Autos, Möbel, Kleider und so weiter. Besser, ich sage dir gleich, dass ich in finanziellen Dingen eine Niete bin." Sie räusperte sich. „Und als ich vor ein paar Monaten den neuen BMW zu Schrott gefahren habe und ihn wieder anpumpen musste, ist er ziemlich sauer geworden. Dabei konnte ich mir früher alles erlauben! Er war mir nie lange böse, egal was ich angestellt hatte ... doch dann, auf einmal, ohne Vorwarnung, war das vorbei." Ingo ließ sie reden, hörte nur zu. Er ahnte längst, worauf die Geschichte hinauslief, doch er wollte es von ihr hören.

„Mein Vater wusste" erklärte sie weiter, „dass ich früher mal für Hendrik geschwärmt habe. Eine Teenagerschwärmerei. Mehr nicht. Aber die Vorstellung, ich könnte ins Gut einheiraten, ist zu einer Art fixen Idee bei ihm geworden." Sie sah Ingo hilflos an. „Selbst, als er mitbekam, dass Hendrik zum Studium nach Berlin ging und keinerlei Interesse an mir zeigte, änderte sich das nicht. Ganz im Gegenteil. Er meinte, das wäre gut für unsere Ehe, wenn er sich erst mal richtig austoben würde." Gesine wischte sich die Tränenspuren von den Wangen. Wieder tastete sie nach Ingos Hand und erkannte mit voller Wucht, was sie um ein Haar verloren hätte. „Ich hab mich nicht getraut, ihm von uns – von dir und mir – zu erzählen. Nur meine Mutter wusste Bescheid. Sie mag dich und stand mir zur Seite." Ein unterdrückter Schluchzer kam aus ihrer Kehle. „Als mein Vater dann vor zwei Monaten erfahren hat, dass ich mit dir zusammen bin, ist er völlig ausgerastet. So habe ich ihn noch nie erlebt. Er hat mir Undankbarkeit vorgeworfen und mir gedroht, alles zurückzufordern, wenn ich nicht ..."

„Wenn du Hendrik nicht heiratest."

Gesine nickte und wischte sich erneut die Tränen aus dem Gesicht. „Aber er will mich nicht ... wird mich nie wollen. Das begreift mein Vater einfach nicht. Er glaubt, dass Hendrik genauso denkt wie er." Sie schniefte. „Mittlerweile bin ich mir ziemlich sicher, dass er meine Mutter nur deshalb geheiratet hat, weil sie eine so gute Partie war."

„Wie? Ich dachte, dein Vater wäre der, der von Haus aus so vermögend war."

„Nein. Seine Eltern sind kleine Landwirte, die immer auch anderen Berufen nachgehen mussten. Es ist die Familie meiner Mutter, die seit Generationen viele Ländereien und große Waldstücke besitzen."

„Da wäre es dann ja tatsächlich günstiger für dich, einen Bauern zu heiraten. Liebst du Hendrik Oder geht es dir mehr um seine Stellung?" Ingo sah sie durchdringend an.

„Was? Nein! Ich muss keinen Landwirt heiraten, weil man Vater die Landwirtschaft aufgegeben und alles verpachtet hat. Und nein, ich liebe Hendrik nicht. Ich habe mal für ihn geschwärmt. Ja. Das stimmt. Und ja er ist ein sehr interessanter Mann, aber das bist du auch."

„Und was war das da eben im Zelt? Du hast dich ja ganz schön an ihn rangeschmissen."

Gesine atmete schwer und schüttelte den Kopf.

„Okay, ich weiß, dass es anders ausgesehen haben muss. Aber es ist nicht so. Ich wollte ihm helfen, weil seine Mutter der Meinung war, er müsste vor seiner Ex beschützt werden."

„Seine Mutter?"

„Ja, sie hätte es genau wie mein Vater gerne gesehen, wenn er mich zur Frau nimmt." Sie scharrte mit den Absätzen ihrer Pumps zwischen den Pflastersteinen und schwieg einen Moment. „Hendrik und ich passen überhaupt nicht zusammen. Das weiß ich schon lange." Sie umfasste Ingos Hände, der sie so ernst, wie sie es noch nie gesehen hatte, ansah. „Ich liebe dich und will dich nicht verlieren, egal was kommt."

„Bist du dir da sicher?" Ingo runzelte zweifelnd die Stirn.

„Ja, mehr denn je. Eigentlich müsste ich meinem alten Herrn dankbar sein." Gesine nickte langsam, um das Gesagte zu unterstreichen. „Dass das so ist, ist mir in den letzten Tagen erst so richtig bewusst geworden. Aus dem Grund war es gut, dass ich hergekommen bin."

„Was wirst du deinem Vater sagen?"

„Dass ich ihm die Schulden zurückzahle. Monatlich. Anders gehts eben nicht. Dann kann er mich auch nicht mehr erpressen."

„Er wird mich wohl nie akzeptieren?" Ingos Stimme klang resigniert. Doch einen Moment später richtete er sich selbstbewusst auf. „Meine Herkunft lässt sich nun mal nicht ändern ... und das will ich auch gar nicht! Meine Eltern sind zwar nicht stadtbekannt und reich, aber verstecken brauchen sie sich auch nicht. Auf jeden Fall stehen sie hinter mir. Bedingungslos."

Gesine nahm seine Hand und suchte seinen Blick.

„Wenn mein Vater mich nicht verlieren will, wird er dich akzeptieren müssen, sonst verliert er seine einzige Tochter."

***

Sarah genoss den Ausblick, den sie von ihrem Platz aus hatte, und ließ sich das Essen schmecken. Nur Willi und Dennis leisteten ihr Gesellschaft, weshalb noch einige der Stühle am Tisch unbesetzt waren. Maritta und Uwe, die kaum saßen, wurden von ihren Freunden an einen anderen Helfertisch geholt, wo sie sich mit Leuten aus dem Ort trafen. Hannelore saß noch am Nebentisch. Dort unterhielt sie sich mit dem Bürgermeister und seiner Frau, stand jedoch jetzt auf, um an den Familientisch zu kommen. Auch Dorit und Eike kamen nun dazu. Nur Hendrik war nirgends zu sehen. Willi, der ihre Blicke verfolgt haben musste, nahm einen Schluck aus dem Bierseidel und meinte: „Hendrik wird heute kaum zum Essen kommen. Das ist so, wenn man die Verantwortung hat." Sarah nickte und schob sich eine Gabel mit leckerem Kartoffelgratin in den Mund, um nicht antworten zu müssen. Dabei beschäftigte sie die Frage, wie Willi darauf kam, dass sie sich dafür interessierte, wo sich der Juniorchef aufhielt. Vielleicht sollte sie künftig vorsichtiger sein und nicht öffentlich mit Hendrik herumschäkern. Der Gedanke, dass man ihr zutraute, sie wolle sich an den jungen Freyenhof heranmachen, gefiel ihr nicht. Zum Chefhäschen war sie nicht geboren.

„Schmeckt's dir?", wollte Willi jetzt wissen.

„Ja, ganz ausgezeichnet. So ein gutes Essen hatte ich nicht erwartet." Tatsächlich war das Büfett vom Allerfeinsten. Dennis schien die köstlichen Gaumenfreuden dagegen für völlig normal zu halten, denn er schaufelte die leckeren Gerichte wie ein Bagger in sich hinein. Willi wirkte plötzlich sehr nachdenklich, während er die knackigen Brokkoli-Röschen auf seiner Gabel begutachtete. „Ja, das war auch schon so, als meine Mathilde noch in der Küche ausgeholfen hat. Der Reiterball war immer etwas Besonderes." Er nickte, wie um seine Worte zu unterstreichen.

„Deine Frau hat auch hier auf dem Gut geholfen?"

Willis Züge entspannten sich, als er merkte, dass er in ihr eine interessierte Zuhörerin gefunden hatte. „Ja, viele Jahre. Bis sie mich verlassen hat ..." Willi stockte und ein Schatten huschte über sein Gesicht.

Sarah fasste ihn am Arm. „Wie?" Dann begriff sie. „Wie lange ist das her?"

„Im Dezember werden es zwei Jahre. Ich kann immer noch nicht glauben, dass sie nicht mehr bei mir ist. Es kam so plötzlich. Sie war vorher nie krank gewesen." Er senkte den Blick, bevor er wieder aufsah. „Weißt du, eigentlich war ich nur auf der Durchreise."

Sarah horchte auf. Sie spürte, wie wichtig es für ihn war, über seine verstorbene Frau zu sprechen.

„Ich komme gebürtig aus dem Werra-Meißner-Kreis und wollte weiter in den Ruhrpott ... da gab es gut bezahlte Arbeit." Er verzog sein faltiges Gesicht zu einem entrückten Lächeln. „Ich musste hier anhalten, weil ich mir einen Reifen am Moped platt gefahren hatte."

„Und dann bist du geblieben", grinste Sarah.

Willi nickte lächelnd. „Ja. Als ich sie gesehen habe, konnte ich nicht weiterfahren, wollte sie unbedingt kennenlernen. Ich habe es nie bereut. Mathilde hat schon damals auf dem Gut gearbeitet und so bin auch ich zu der Anstellung bei den Freyenhofs gekommen. Unsere Söhne sind zwischen Pferdezucht und Landwirtschaft groß geworden. Heute leben sie in Mainz und Dresden. Beide haben studiert und sind verheiratet. Sie kommen nur selten." Er seufzte. „Wie das so ist im Leben."

Sarah verstand plötzlich, warum Willi sich auch als Rentner nicht von dem Gutshof trennen konnte. Der Hof war seine zweite Heimat. „Aber ab und zu fährst du doch hin, oder kommen sie dich besuchen?"

Er kniff die Augen zusammen und lächelte schief. „Ja, ja, natürlich, beides, meistens an Weihnachten. Ein Jahr da und ein Jahr dort. Aber lange halte ich es bei ihnen nicht aus. Ohne meine Mathilde reise ich nicht gerne und außerdem ist mir alles so ungewohnt. Meine Familie ist hier, Mädchen. Für die Freyenhofs bin ich kein Fremder. Hier bin ich zu Hause." Er steckte sich ein Stück Fleisch in den Mund und Sarah ließ ihren Blick erneut durch das Zelt wandern. Gesine kam auf den Tisch zu. Sie war nicht allein. Ein sympathisch wirkender, gleichaltriger Mann, war bei ihr. Er setzte sich zum Bürgermeister, gegenüber von Hannelore, neben der Gesine nun auch Platz nahm. Irgendwie wirkt sie verändert, stellte Sarah verwundert fest. Gelöster, nicht mehr so verkniffen und biestig wie sonst.

„Gesine war schon als junges Mädchen häufig zu Gast auf dem Hof", hörte Sarah Willi jetzt sagen. „Sie war wie verrückt hinter Hendrik her. Aber das wird sie sich aus dem Kopf schlagen müssen, er mag sie nicht besonders. Eike kann sie erst recht nicht ausstehen." Willi verzog missbilligend die Lippen. „Sie war schon als Kind biestig und launisch. Na ja, morgen ist sie wieder weg. Das Turnier ist ja nun vorbei." Sarah betrachtete Willi aufmerksam. Allmählich wurde er ihr unheimlich. Musste sie jetzt auch noch auf ihre Gedanken achten? Man könnte meinen, der alte Mann verfügte über telepathische Fähigkeiten. Wie dem auch sei. Sollte Gesine doch glücklich werden – mit oder ohne Hendrik. Ihre Schwäche für ihn konnte Sarah allerdings nachvollziehen. Das würden sicherlich viele Frauen verstehen.

Nur eine Frage blieb offen. Eine Frage, die ihr schon seit Tagen durch den Kopf spukte. Vielleicht konnte Willi ihr darauf eine Antwort geben.

„Ich will noch mal zum Büffet. Soll ich dir was mitbringen?" Sie nahm den leeren Essteller und legte das Besteck auf die Serviette.

„Für mich nur noch Nachtisch, aber ich komme mit dir."

Während Sarah und Willi aufstanden, kam Dennis mit der dritten Ladung zurück und setzte sich. Mit einem verschmitzten Grinsen reagierte er auf Sarahs ungläubigen Blick. „Ich kann das vertragen." Er klopfte sich mit der Hand auf seine harten Bauchmuskeln. „Wenn du willst, zeig ich's dir."

„Nee, lass mal", rief Sarah im Gehen, „ich glaub's dir auch so."

Willi schüttelte den Kopf. „Der ist wirklich unmöglich, wenns um ... na ja, du weißt schon."

„Ach lass ihn. Bei mir beißt er auf Granit."

„Das weiß er auch", meinte Willi und steuerte zielstrebig auf den Schokoladenpudding zu. „Aber er kann trotzdem nicht aufhören, dummes Zeug zu reden."

Willi überraschte sie immer wieder aufs Neue mit seinem Einfühlungsvermögen. So einen Opa hätte sie gerne gehabt, dachte sie ein wenig wehmütig. Doch leider hatte sie ihren Eigenen nie kennengelernt. Er war kurz nach ihrer Geburt gestorben.

Willi nahm sich Schoko- und Vanillepudding. „Ich muss schließlich testen, ob der Pudding noch genauso gut ist, wie der von meiner Mathilde", zwinkerte er. Sarah bediente sich an den Himbeeren mit Sahne und am Tiramisu, bevor sie den Rückweg antraten.

„Ich hätte da mal eine Frage, Willi." Nachdem sie wieder saßen, griff Sarah zum Teelöffel, zögerte aber mit dem Essen. „Warum sind Eike und Hendrik eigentlich keine Turnierreiter?"

Willi, der sie überrascht ansah, schmunzelte, doch seine Augen blieben ernst. „Tja Mädchen, so ist das mit den Eltern und den Kindern. Nicht alles ist vererbbar. Weder Talent noch Ehrgeiz. Und da nützt es auch nichts, dass der Baron ein Gestüt und alle erdenklichen Möglichkeiten hat. Natürlich haben sie es versucht. Allein schon ihrem Vater zuliebe, aber für den Turniersport hat es nicht gereicht. Was glaubst du, wie unglücklich Hans-Herrmann darüber war, als er das akzeptieren musste?"

Sarah nickte. Diese Reaktion konnte wohl jeder verstehen. „Aber ist er nicht stolz darauf, dass Eike ein Sternekoch und ein sehr guter Hotelier geworden ist? Soweit ich das beurteilen kann, brummt der Laden doch."

Willi tätschelte ihre Hand. „Du bist ein kluges Mädchen. Und ob er stolz ist, auch auf Hendrik. Er liebt seine Söhne und gibt ihnen jede Unterstützung, die sie brauchen. Aber das hat ja nichts damit zu tun, dass er sich etwas anderes gewünscht hat." Willi sah hinüber zu Dennis, der wieder zum Büfett ging. „Im Moment setzt er alle Hoffnung auf ihn. Auch Saskia zeigt gute Ansätze." Es fiel Sarah schwer, zu glauben, dass der Seniorchef so ganz anders sein sollte als seine Frau. Sarah betrachtete ihre Chefin. „Er ist nicht so wie sie", murmelte Willi zwischen zwei Löffeln Pudding. „Wenn man mit ihr warm geworden ist, geht es", räumte er ein, „nur bis dahin, na ja ... schade, dass du den Senior nicht kennenlernst. Die Jungs kommen aber beide mehr nach ihrem Vater."

Nun wunderte Sarah sich über gar nichts mehr. Ihre Gedanken schienen für Willi ein offenes Buch zu sein.

Nachdenklich kratzte sie die letzten Spuren der Himbeersahne aus ihrem Schälchen und erschrak, als Willi plötzlich laut rief: „Christian, das ist ja eine Freude, komm doch zu uns. Hier ist noch Platz."

Überrascht blickte sie auf. Vor ihr stand ein drahtiger Mann, der nicht viel älter sein dürfte als sie selbst. Mit seinen blond gelockten Wuschelhaaren, der Nickelbrille und dem leicht zerknitterten Leinenhemd, das er locker über der Jeans trug, wirkte er jungenhaft sympathisch und durchaus attraktiv.

„Ach", rief er, „das gibts ja nicht. Willi, wie schön, dich zu sehen." Er reichte dem alten Mann die Hand und streifte sie unauffällig mit seinem Blick.

Auf dem Land schien es völlig normal zu sein, dass sich alle duzten, fiel ihr nicht das erste Mal auf, seitdem sie angereist war.

„Komm, setz dich neben Sarah, der Platz ist noch frei." Willi deutete auf den leeren Stuhl.

Schöne Zähne, dachte sie, als er ihr lächelnd die Hand reichte und sich zu ihr setzte.

„Darf ich?"

„Ja, natürlich", lächelte Sarah zurück. Der Abend versprach ja wirklich noch, interessant zu werden. Wie gut, dass sie nicht so früh auf ihr Zimmer gegangen war. In diesem Moment kam der, dem sie diesen Umstand zu verdanken hatte, ebenfalls an den Tisch. Doch von der Unbekümmertheit, die er noch am späten Nachmittag versprüht hatte, war nichts mehr zu sehen. Im Gegenteil, er wirkte jetzt geradezu ernst und in sich gekehrt. Was wohl passiert war? Da sie vermeiden wollte, dass Willi wieder merkwürdige Rückschlüsse zog, richtete sie ihren Blick schnell in eine andere Richtung.

„Na, wunderbar, dann bleibe ich hier." Christian rückte seinen Stuhl näher an den Tisch und Willi beugte sich nach vorn, um mit ihm zu sprechen. Damit die beiden sich beim Gespräch ansehen konnten, lehnte sich Sarah zurück. Eine ideale Position, um die Leute ringsherum unbemerkt beobachten zu können.

„Wie kommt's, dass du hier bist?", wollte Willi von Christian wissen.

„Hendrik meinte, ich soll mich hier mit an den Tisch setzen, wir haben uns eben kurz getroffen." Doch Christian erkannte nur eine Sekunde später, dass der alte Mann etwas anderes hören wollte. „Ach so, du meinst, warum ich wieder im Dorf bin?", lachte er unbefangen. „Ganz einfach. Nach den Sommerferien übernehme ich die Praxis meines Vaters."

Willis Mimik ließ keinen Zweifel daran, wie begeistert er über diese Neuigkeit war. Er klopfte dem jungen Arzt anerkennend auf die Schulter. „Wirklich schön, das freut mich. Das ganze Dorf hat sich nämlich schon darüber gesorgt, wie es mit der Praxis weitergeht. Als ich letztens beim Blutabnehmen war, sagte dein Vater, dass er noch nichts Genaues wüsste."

Christian nickte. „Ja, das ist richtig. Verträge wollen erfüllt sein, und es gab da noch ein paar Unklarheiten. Jetzt ist aber alles paletti."

Willi deutete auf das Büfett. „Hast du schon was gegessen?"

„Ja, danke. Ich bin rundum satt."

Inzwischen war die lange Tafel voll besetzt. Auch die Familie war vollständig, wenn man mal davon absah, dass das Oberhaupt fehlte. Gesine war wie ausgewechselt. Sie unterhielt sich lebhaft mit dem Bürgermeister, während Hendrik still in sich gekehrt dasaß. Er aß, ohne aufzublicken. Als hätten sie die Rollen getauscht, dachte Sarah, die es hin und wieder wagte, verstohlen zu ihm hinüber zu sehen. Hannelore schien das auch aufzufallen, denn sie musterte ihren Sohn mit besorgtem Blick und raunte ihm etwas ins Ohr, auf das er jedoch nur mit einem gleichgültigen Schulterzucken reagierte. Sprechen war ohnehin nicht mehr möglich, da nun die Musik einsetzte und der Leiter der Vier-Mann-Kapelle die Familie zum traditionellen ersten Walzer des Abends aufforderte.

Hendrik, der froh darüber war, wenigsten ein paar Happen essen zu können, wischte sich den Mund mit einer Serviette ab. Er spürte die ungeduldigen Blicke seiner Mutter auf sich, die darauf wartete, dass er sie zum Tanz aufforderte. Es war Tradition, dass die Gastgeber den geselligen Teil des Abends mit einer Tanzeinlage einläuteten. Eike, der Glückliche, führte Dorit auf die auf einem Podest gelegene Tanzfläche. Einige der Gäste hatten sich im Kreis um die Tanzenden aufgestellt und klatschten im Takt zur Musik. Hendrik legte die Serviette zu Seite, knöpfte sein Jackett zu und stand auf. Er würde sich von niemanden heute mehr treiben lassen, schon gar nicht von seiner Mutter. Hannelore war ebenfalls aufgestanden und wartete bereits neben ihm. Ohne sie anzusehen, nahm er ihre Hand, ging mit ihr an den vielen lächelnden Gesichtern vorbei und führte sie über die Stufen zu den blanken Holzdielen. Aus den Boxen ertönte eine bekannte Straußmelodie. Der eingängige Takt des Walzers, zu dem sie sich wie automatisch im Tanz bewegten, besänftigte sein Gemüt, weshalb er begann, sich zu entspannen. Er war froh darüber, denn er hatte nicht vor, in dieser miesen Stimmung zu bleiben. Das war Cora nicht wert und Gesine erst recht nicht. Und dass es mit seiner Mutter in dieser

Angelegenheit noch eine Diskussion geben würde, und zwar eine, die sich gewaschen hatte, war nur eine Frage der Zeit. Allerdings nicht mehr heute. Dafür war das Fest zu schön.

„Willst du mir nicht sagen, was los ist?", hörte er ihre Stimme an seinem Ohr.

„Nein", erwiderte er knapp.

Das Lied endete in diesem Moment und Hendrik wusste, allein schon an der Art, wie sie ihn ansah, dass sie keine Ruhe geben würde, bis sie mehr erfuhr. Doch sie war auch eine stolze Frau, die es hasste, andere um etwas zu bitten, weshalb sie garantiert nicht weiter nachfragen würde. Und er würde dem unterschwelligen Druck nicht nachgeben und erst dann reden, wenn er es wollte. Punkt.

Erleichtert darüber, dass sein Bruder und Dorit zu ihnen herüberkam, um den Partnertausch zu vollziehen, blieb er stehen. Die Tanzfläche stand jetzt allen zur Verfügung. Er ließ seine Mutter los, nahm seine Schwägerin in den Arm und drehte sie beschwingt einmal im Kreis.

„Hallo Lieblingsschwägerin, Kompliment, das Büfett war wieder einsame Klasse. Hach", seufzte er lachend, „und erst der Nachtisch. Ein Traum."

„Alter Charmeur", lachte Dorit, freute sich aber sichtlich über sein Lob.

Sich so mir ihr im Kreise drehend, gab ihm die Möglichkeit, seine Blicke durchs Zelt wandern zu lassen.

Cora stand neben ihrem Verlobten, der jetzt mit einem großen Reitstallbesitzer sprach. Sie hing an seinen Lippen. Doch Hendrik wusste genau, wie sehr seine Ex Musik und Tanz mochte. Anscheinend teilte ihr Herzblatt diese Vorlieben nicht. Zu dumm, dachte er nicht ohne Häme und erinnerte sich an Feierlichkeiten, bei denen er mit ihr die Tanzfläche stundenlang unsicher gemacht hatte.

Der freyenhofsche Tisch stand nun beinahe gänzlich verlassen da, währenddessen sich das Tanzparkett füllte. Auch Gesine schwang das Tanzbein. Ein bisschen wunderte sich Hendrik doch, als er sah, wie eng sie mit dem Fremden tanzte, der schon den ganzen Abend neben dem Bürgermeister gesessen hatte. Da hat sich Miss Ich-krieg-immer-was-ich-will ja flott getröstet, dachte er und zog ironisch eine Augenbraue hoch. Es zeigte einmal mehr, welchen Charakter sie hatte. Egal. Hauptsache, er war sie los. Wieder ging sein Blick zum Familientisch. Nur Willi, Sarah und Christian saßen noch. Unwillkürlich erinnerte sich Hendrik sich an seine Schulzeit. Christian hatte schon immer gut mit den Mädels gekonnt. In ihrer Schule war er der Schwarm aller Mädchen gewesen. Nur Yvonne hatte ihn nicht gemocht, weil er sie hatte, abblitzen lassen. So, wie er seinen Freund von früher kannte, suchte er Sarahs Nähe und hätte sie sicher längst zum Tanzen aufgefordert, wenn Willi nicht wäre. Es war die reine Höflichkeit dem alten Mann gegenüber, dass er es nicht tat. Und dass sie Christians Kragenweite war, da hatte Hendrik keinerlei Zweifel daran, dafür kannte er ihn zu gut. Zudem unterhielt er sich sehr angeregt mit ihr. Und ihr schien das zu gefallen, so wie sie strahlte. Ob sein Schulfreund ahnte, dass ihn mindestens fünfundneunzig Prozent der männlichen Gäste hier im Zelt um seine Tischnachbarin beneideten? Er unterdrückte einen Seufzer. Einschließlich ihm.

Die Musik verstummte und Eike zog Dorit zurück in seine Arme. Obwohl er seinem Bruder sein Glück von Herzen gönnte, betrachtete Hendrik die beiden ein bisschen mit Neid. Sie hatten sich kurz nach ihrer Ausbildung kennengelernt und waren seit der Zeit unzertrennlich. Im Gegensatz zu ihm hatte Eike keine echten Bruchlandungen mit Frauen erlebt. Hendrik spürte, dass ihn diese Erfahrungen bitter machten, und wusste beim besten Willen nicht, was er dagegen unternehmen sollte. Automatisch wanderte sein Blick wieder zu den dreien am Tisch, die noch immer zusammensaßen. Ein Gedanke, der ihn schon den ganzen Abend – spätestens, seit er Sarah vor dem Zelt aus den Fängen der Chauvi-Typen gerettet hatte – nicht mehr losließ, versetzte ihn in freudige Erwartung. Wie von selbst setzten sich seine Beine in Bewegung. Er pflügte sich durch die Menge zu seinem Platz, um noch schnell im Stehen einen Schluck Wasser zu trinken, und wollte dann. ...

„Warum so bescheiden, das Bier schmeckt doch gut?" Helmut Angersbach, der mit seiner Gattin neben dem Landrat und dem Bürgermeister saß, ebenfalls mit Ehefrauen, erhob sein Bierglas und prostetet ihm zu.

Scheibenkleister. Hendrik, der sein Glas extra in einem Zug leer getrunken hatte, um Sarah schnell zum Tanz auffordern zu können, nickte ihm zu und ärgerte sich. Wäre er doch nur gleich zu ihr gegangen. Nun hoffte er, dass das Gespräch mit ein paar Worten abgetan sein würde. Doch so einen wichtigen Mann wie Angersbach ließ man nicht einfach wortlos sitzen, ohne wenigstens ein paar Höflichkeiten auszutauschen. Hendrik warf er einen schnellen Blick hinüber zu Sarah und musste mitansehen, wie sie vom Tisch aufstand und von Christian zur Tanzfläche geführt wurde. *Noch mal Scheibenkleister.* Jetzt konnte er sich auch die Zeit nehmen und sich hinsetzen. Resigniert zog er den Stuhl zurück. Sein Schulfreund würde die Möglichkeit, die sich ihm bot verständlicherweise nicht ungenutzt lassen, wusste Hendrik aus Erfahrung und fühlte sich mit einem Mal furchtbar müde.

„Ich hatte schon genug Alkohol", erklärte er dem Weinbauer gegenüber aufgeräumt und goss sich Wasser nach. „Ihr Wein ist wirklich gut, aber ich muss den Kopf oben behalten, Sie verstehen sicher, was ich meine?" Er prostete dem Winzer zu. Helmut Angersbach erhob erneut sein Glas und nickte wissend. „Absolut, das kenne ich nur zu gut. Ich würde durch keine Verkaufsveranstaltung kommen, wenn ich es nicht genauso halten würde wie Sie", stimmte er zu. „Ich hoffe, Ihnen hat der Aufenthalt bei uns gefallen? Ihr Bruder war ja schon häufiger zu Gast." Hendrik musste sich konzentrieren, seinem Gegenüber ins Gesicht zu sehen und nicht ständig hinüber zur Tanzfläche. Angersbach verdiente es, dass er ihm die Aufmerksamkeit zukommen ließ, die ihm als Hauptsponsor gebührte. Doch Hendrik wollte wissen, wie sein Freund beim Tanzen mit Sarah harmonierte. Ganz zu schweigen davon, dass er sehen musste, wie nahe sie sich kamen. Selbst wenn er sich dafür verachtete. „Das wird künftig auch wieder so sein", sprach er verzögert weiter. „Wein liegt in seinem Ressort, nicht in meinem. Ich bin nur für ihn eingesprungen. Und um auf Ihre Frage zurückzukommen: Es hat mir gut gefallen. So gut, dass ich Sie schon mehrfach weiterempfohlen habe."

Der Kapellmeister kündigte an, dass es nach dem folgenden Lied erneut eine kurze Pause gäbe. Als Hendrik abermals einen raschen Blick zur Tanzfläche wagte, stockte ihm der Atem. Christian hielt sie so eng umschlungen, als wären sie ein Paar.

Sarah amüsierte sich prächtig. Christian war ein interessanter Gesprächspartner und ein guter Tänzer. Die letzten beiden Stunden waren bei lockeren und unkomplizierten Gesprächen mit ihm, wie im Nu vergangen. Und er hofierte sie. Oh ja, das tat er, und es gefiel ihr. Dabei war er nicht plump oder anmaßend. Sie hatte wirklich den Eindruck, dass er ihr auch als Person Beachtung schenkte, und nicht nur, dümmlichen Small Talk hielt, um sich die Nacht zu sichern. Zurück am Tisch, winkte er eine Bedienung herbei und sah Sarah fragend an. „Was möchtest du trinken?"

„Hm, ich weiß nicht so recht ..."

„Aber ich weiß!", lächelte Christian die Kellnerin plötzlich verschmitzt an. „Tut mir leid, aber wir haben es uns anders überlegt, wir gehen jetzt an die Sektbar."

Willi, der Gesellschaft von Uwe bekommen hatte, rief: „Nee, nee, Fräulein, bloß nicht gleich wieder weglaufen!" Er stemmte das leere Bierglas in die Höhe. „Mädchen, du kommst wie gerufen, bring uns noch mal zwei!"

Sarah, Christian und auch Uwe mussten spontan lachen. Der alte Mann, der in seinem Herzen junggeblieben war, besaß einen unwiderstehlichen Charme, dem alle erlagen.

Während Christian sich einen Weg durch die Menge bahnte, nahm Sarah die ausgelassene Stimmung um sich herum wahr, und fragte sich, wann sie das letzte Mal einen so schönen Abend erlebt hatte. Seit Ewigkeiten nicht. Die meisten der Besucher standen in Grüppchen, unterhielten sich, lachten und stießen vergnügt miteinander an. Es lag eine Euphorie in der Luft, die man greifen konnte und von der auch Sarah erfasst wurde. Christian, der offensichtlich glaubte, er könnte sie in dem Getümmel verlieren, ergriff ihre Hand und tat, als wäre es das Normalste der Welt. So kämpften sie sich zur nicht minder bevölkerten Sektbar vor. Dort angekommen, ließ er sie nur zögerlich wieder los. Dass er sie mochte, hatte er durchblicken lassen und auch sie konnte sich nicht gegen seine unbekümmerte Art wehren. Dafür gefiel ihr die charmante Aufmerksamkeit, die er ihr schenkte, viel zu gut. Irgendwie aufregend und gleichzeitig sicher.

Glücklicherweise wurden gerade zwei Barhocker an der Theke frei, als sie dort ankamen. Das Team hinter dem Tresen war schnell. Kaum, dass sie saßen, drückte ihr Christian ein volles Sektglas in die Hand und stieß mit ihr an.

„Und ... was treibt jemanden wie dich hierher in die Walachei?"

„Jemanden wie mich?" Sarah lachte trocken auf. „Wie soll ich das denn verstehen?"

„Nun tu nicht so, du weißt doch genau, was ich meine."

Um sich zu verständigen, mussten sie sich gegenseitig ins Ohr sprechen, da der Geräuschpegel im Zelt sein Höchstmaß erreicht zu haben schien. „Nein, weiß ich nicht. Ich kann höchstens vermuten", konterte Sarah und machte eine Handbewegung, die auf ihr Outfit und ihr Hütchen deutete. „Falls du das meinst, was du hier siehst, solltest du besser in den nächsten Tagen noch mal vorbeikommen, wenn ich in zivil unterwegs bin. Kann gut sein, dass du mich dann nicht wiedererkennst", grinste sie. „Diese Verkleidung trage ich nämlich nur, weil ich gebeten wurde, bei der Siegerehrung auszuhelfen. Und ... ich habe das Kostüm nur deshalb noch an, weil ich keine passende Klamotte für den Ball dabei hatte ... und so etwas sowieso nicht besitze."

Jetzt lachte auch Christian. „Macht auf jeden Fall was her und du bewegst dich in den Sachen, als würdest du nie was anderes tragen."

Sarah schüttelte sich vor Lachen. „Du bist total verrückt! Sorry. Ist nicht böse gemeint. Aber ausgerechnet ich, wo ich am liebsten in Jeans und T-Shirts rumrenne. Danke, freut mich, wenn das so rüberkommt. Dann kann ich mir das Geld für den Kurs ja sparen."

„Was für ein Kurs?"

„Ach, das ist Mädchenkram", sie machte eine wegwerfende Handbewegung, „der dich sicher nicht interessiert. Es gibt Workshops, in denen man lernen kann, wie man richtig in High Heels läuft."

Christian verzog belustigt die Mundwinkel. „Echt?"

„Ja, was denkst du denn. Du hast ja keine Ahnung, wie schwierig es ist, in den Dingern zu laufen. Besonders für jemanden, der nur in Chucks rumläuft. Ich hab das durch Zufall im Fernsehen gesehen. Ich glaube, es war eine Frankfurterin, die solche Kurse anbietet."

Christian versuchte, einen Blick auf ihre Füße zu erhaschen, was auf den dicht besetzten Barhockern allerdings ein Unding war. Sarah wartete einen Augenblick, bis die Menge es zuließ und streckte dann demonstrativ einen Fuß nach vorne, um ihm die Höhe der Absätze zu zeigen.

„Sieht ziemlich unbequem aus", nickte er. „Ich kann dir nur sagen, dass es verdammt ungesund für deinen Rücken ist, regelmäßig in den Dingern rumzulaufen. Das kann ich dir sogar schriftlich geben."

„Wenn ich nichts glaube ... was denkst du, wie froh ich bin, wenn ich die ausziehen kann. Und dass ich die letzten sechs Stunden heile überstanden habe. Die Absätze sind mörderisch."

„Bleib lieber bei den Chucks. Ihr Frauen seid echt verrückt, solche Schuhe zu tragen", neckte er sie. „Männer würden nie auf die Idee kommen, einen Kurs fürs Besser-laufen-Können zu besuchen. Das Geld kannst du dir sparen. Beim Tanzen habe ich nichts bemerkt. Du bist mir nicht einmal auf die Füße getreten."

Sarah verdrehte die Augen und blies sich eine Haarsträhne aus der Stirn, die sich aus ihrer Frisur gelöst hatte. „Puh, da bin ich aber froh."

„Du hast mir immer noch nicht verraten, warum du hier bist."

Sie spürte seinen warmen Atem an ihrem Ohr und zog sich ein wenig zurück.

„Ich kümmere mich für sechs Wochen um die Ferienkinder", erklärte sie, „und bin sozusagen das Mädchen für alles. Eigentlich bin ich nur deshalb hier, weil ich für meine Freundin Rike einspringe, die mit ihrem Freund in den Urlaub gefahren ist. Die beiden sind noch nicht so lange zusammen."

„Aha. Und wann reist du wieder ab?"

„In vier Wochen, dann sind die Ferien vorbei."

„Meinst du, wir können uns mal außerhalb des Guts treffen, um was trinken zu gehen?"

„Ja, warum nicht? Aber viel Freizeit habe ich nicht."

„Dachte ich mir. Ich würde mich trotzdem freuen." Christian zog sein Handy aus der Hosentasche, ließ sich ihre Nummer geben und trank sein Glas leer. „Wie wär's, wenn wir noch eine Runde tanzen? Die Band hat wieder angefangen zu spielen."

Auch Hendrik befand sich auf der Tanzfläche. Diesmal mit Maritta, die sich überrascht nach Christian und Sarah umschaute, als die beiden die Empore betraten.

„Ist das nicht der Sohn vom Doktor?", raunte sie Hendrik ins Ohr. „Den hab ich ja lange nicht gesehen."

„Ja, er übernimmt demnächst die Praxis seines Vaters."

„Und wo ist Angie?"

„In Hannover. Sie sind getrennt."

„Aha", nickte sie und schaute noch einmal zu Sarah hinüber, „deshalb verliert er keine Zeit."

„Sieht ganz so aus", antwortete Hendrik trocken, konnte aber nicht verhindern, dass man ihm anhörte, dass ihm das nicht gefiel.

Maritta, die ihren Juniorchef nicht nur sehr mochte, sondern ihn auch wieder glücklich sehen wollte, wusste, dass sie dafür geschickt vorgehen musste. Kurzerhand übernahm sie die Führung. Natürlich unauffällig. Das Gemenge auf der Fläche stellte sich dabei als ein hilfreicher Komplize heraus. So fanden sie sich direkt neben Sarah und Christian ein.

„Hallo Christian, schön, dass du wieder da bist", rief Maritta ihm zwinkernd zu, sodass sich noch mehr Köpfe nach ihnen umdrehten.

„Finde ich auch. Mir wurde erzählt, dass hier ein Landarzt gebraucht wird."

„So hab ich's auch gehört. Wie wär's, wenn du mal ein Tänzchen mit deiner zukünftigen Patientin wagst?"

„Immer gerne."

Da das Lied gleich darauf endete, ließ Christian Sarah los und breitete gentlemanlike die Arme für Maritta aus.

Genau wie Sarah stand Hendrik mit einem Mal ohne Tanzpartner da. Während er sofort die Chance erkannte, auf die er den ganzen Abend gewartet hatte, blieb sie unschlüssig stehen. Er war mit einem Schritt bei ihr, blickte ihr in die Augen und formte seine Lippen zu einem wortloses *Wollen wir?* Mit einem zustimmenden Lächeln glitt ihre Hand in seine. Als er ihr den Arm um die Taille legte und sie sich federleicht von ihm führen ließ, rauschte ihm ein Schauer über den Rücken. War es da nicht nur logisch, dass er sie ganz nahe zu sich heranzog?

„Und?", er senkte den Kopf und sah sie mit einem schiefen Grinsen an. „Ist das nicht viel besser, als allein in einem kahlen Zimmer zu sitzen?" Er sog den frischen, leicht blumigen Duft ihrer Haut ein und musste sich zwingen, ihr nicht auf den Mund zu starren. Wieder lief ihm ein Schauer den Rücken hinunter.

„Ja, unbedingt. Ich hätte wirklich was verpasst, wenn ich so früh gegangen wäre." Er spürte ihren warmen Atem an seinem Ohr. Über die Gefühle, die das in ihm auslöste, wollte er lieber nicht näher nachdenken. Jedenfalls nicht hier, das könnte sonst peinlich werden. So bewegten sie sich weiter im Takt der Musik. Wortlos und eng aneinandergeschmiegt. Maritta und Christian, die an ihnen vorbei tanzten, unterhielten sich dagegen angeregt. Während Marittas Lippen ein feines Lächeln umspielte, als sie kurz zu ihnen hinüberschaute, war das Lachen aus Christians Augen verschwunden.

11.

„*G*eschafft!", rief Sarah am Samstagnachmittag eine Woche nach dem Turnierwochenende und streckte gähnend beide Arme in die Luft.

Sie war hundemüde, weil der vergangene Abend, an dem die allwöchentliche Abschiedsparty stattgefunden hatte, ziemlich aus dem Rahmen gefallen war. Die Mädchen waren besonders quirlig und aufgekratzt gewesen und hatten erst weit nach Mitternacht endlich Ruhe gegeben. Doch nun lag der freie Nachmittag in greifbarer Nähe und einen Plan, wie sie ihn verbringen wollte, hatte sie auch schon.

Bereits die dritte Ferienwoche lag nun hinter ihr und alle, einschließlich Luisa und ihrer Schwester, waren abgereist, weshalb im Kinderhaus eine himmlische Stille herrschte.

Maritta stellte den Jutesack mit der schmutzigen Bettwäsche neben die Tür und kam zu ihr.

„Ja, ich bin auch froh, dass Samstagnachmittag ist, aber im Gegensatz zu dir habe ich noch nicht frei."

„Wieso nicht? Oh du Arme. Bei dem Wetter." Sarah sah aus dem Fenster. Es war der reinste Bilderbuchtag. Strahlend blauer Himmel, weit und breit keine einzige Wolke und um die dreißig Grad. „Ich dachte, du, oder du und die Kinder, ihr kommt mit an den See. Heute haben wir ihn endlich mal für uns. Wann passt gutes Wetter und einsamer See schon mal zusammen?" Sarah machte ein enttäuschtes Gesicht.

Auch Marittas Miene zeigte Bedauern. „Glaub mir, ich würde nichts lieber tun als das, aber ich muss ein Versprechen einlösen, dass ich nicht länger aufschieben kann."

„Hört sich ja dramatisch an."

„Wie man's nimmt. Saskia hat ein super Jahrgangszeugnis mit nach Hause gebracht. Als Belohnung hat sie sich eine Shoppingtour gewünscht. Sie möchte aber nach Kassel, wegen der vielen Geschäfte. Was soll ich machen?" Maritta seufzte. „Letzte Woche war das Turnier. Und davor ist auch ständig irgendwas dazwischengekommen. Egal, wie ich's drehe. Ich kann das jetzt nicht noch mal verschieben."

„Hm, verstehe, wenn schlechteres Wetter wäre, würde ich mich euch anschließen, aber so ... nein, da gehe ich lieber baden. Nur eine Bitte hätte ich. Könntest du mir, bevor du gehst, den Rücken eincremen?"

„Natürlich. Würdest du die schmutzige Bettwäsche noch ins Hotel bringen? Das wäre super, dann komme ich schneller hier weg und bin hoffentlich umso eher wieder daheim."

„Geht klar, das mache ich, bevor ich zum See aufbreche."

„Gut, dann aber flott. Saskia ist schon ganz ungeduldig."

Sarah lachte und rief im Gehen: „Kann ich verstehen. Ich beeile mich."

Wenig später kam sie im Bikini wieder herein und stellte die Flasche Sonnenmilch auf den Tisch.

„Oh, là, là." Maritta schnalzte mit der Zunge und begutachtete Sarah von allen Seiten. „Lass dich so nur nicht von Dennis erwischen", frotzelte sie. „Du siehst zum Anbeißen aus."

„Das meinte die Verkäuferin auch. Na ja, nur mit anderen Worten. Ihren Job versteht sie jedenfalls", grinste Sarah ironisch. „Ich hab noch nie so viel Geld für so wenig Stoff ausgegeben. Da kann man ja wohl erwarten, dass man gut aussieht, oder?"

„Aber gelogen hat sie nicht. Und am Bikini allein liegt das nicht." Maritta schüttelte den Kopf. „Hilfe! Wenn das so wäre, dass die Klamotten nur teuer genug sein müssten ... heiliger Strohsack, dann würden sich alle nur noch teure Fummel kaufen. Darauf kannst du wetten."

„Na gut. Ich gebe mich geschlagen. Danke. Von einer Frau ist so ein Kompliment gleich doppelt so viel wert."

„Würde ich unterschreiben. Hintergedanken hab ich jedenfalls nicht."

„Wie schön, dann muss ich mir um Uwe wenigstens keine Sorgen machen."

„Warts ab, du!" Maritta drohte ihr mit dem Zeigefinger.

Sarah drückte ihr glucksend die Flasche in die Hand.

„Lichtschutzfaktor fünfzig? Braucht man so einen hohen Schutz nicht nur im Süden."

„Da wollte ich ja auch hin. Genaugenommen nach Südspanien."

Während Maritta ihr den Rücken eincremte, erzählte Sarah von Daniel und dem geplatzten Sommerurlaub.

„Weißt du", Maritta drehte die Flasche zu und reichte sie Sarah, „man weiß nie, für was so eine Planänderung gut ist".

„Ja, gut möglich, aber ich hatte mich schon so auf den Urlaub gefreut. Endlich mal Zeit zu zweit, ohne Termine und Stress ... ich Träumerle." Sie verzog resigniert die Mundwinkel. „Die Dusche, die er mir verpasst hat, war kalt, das kann ich dir sagen." Sarah verstellte ihre Stimme und sprach betont hochdeutsch. „Schatz, ich kann die Karriereleiter gleich zwei Stufen auf einmal hoch ... so eine Chance kriege ich nie wieder. Das musst du doch verstehen." Ohne dass sie es wollte, war sie lauter geworden. „Weißt du, was mir jetzt nach drei Wochen Trennung so richtig klar ist?"

Maritta berührte sie verständnisvoll am Arm. „Hm?"

„Dass ich mit ihm durch bin. Ich will ihn nicht mehr. Punkt."

Eine halbe Stunde später sprang Sarah in den See. Mit jedem Meter Wasser, den sie in schnellen Zügen durchpflügte, verschwanden ihre trüben Gedanken und sie begann, den Tag zu genießen. Danach machte sie es sich auf der Liege bequem, da die Sonne aber so grell schien, hatte sie sich vorsorglich einen Schirm besorgt. Das Lehrbuch über Pädagogik fiel ihr jedoch nach wenigen Minuten auf die Nase. Die kurze Nacht zeigte ihre Wirkung.

***

Hendrik blickte aus dem Fenster. Er saß in dem winzigen Büro des Sägewerks und schaute gedankenverloren auf das dichte Blattgrün des Waldgebiets, das sich gleich hinter dem Betriebsgelände anschloss und die Hitze des Tages ein wenig erträglicher machte. Allmählich ließ seine Konzentration nach. Seit dem frühen Morgen bearbeitete er eine ellenlange Liste unbeantworteter E-Mails, die kein Ende nehmen wollte. Vom ungewohnt langen Sitzen schmerzte sein Rücken. Und seine Augen fingen an zu brennen, weil er seit Stunden auf den Computerbildschirm starrte. Dabei hatte er die Flut von Angebotsanfragen, ungeprüften Rechnungen und Auftragsbestätigungen noch nicht mal zur Hälfte abgearbeitet. Es war dem Turnier mit all seinen zeitaufwendigen Vor- und Nacharbeiten geschuldet, dass die Büroarbeit im Sägewerk nahezu komplett zum Erliegen gekommen war.

Ein Blick auf die Wanduhr, die drei Uhr am Nachmittag anzeigte, reichte jedoch, um zu entscheiden, dass es für heute genug war. Besonders für einen Samstag. Eine Woche war es nun her, dass das Springturnier stattgefunden hatte, und noch immer arbeitete er gedanklich einzelne aufwühlende Episoden ab, die er währenddessen erlebt hatte. Das war gut so, denn er fühlte sich seither wie befreit. Die Enttäuschung darüber, von Cora verlassen worden zu sein, war wie weggeblasen, weshalb er wieder optimistischer und zuversichtlicher in die Zukunft blicken konnte. Nicht nur Gesine hatte ihm in all ihrer Unmöglichkeit dabei geholfen, sich über vieles klar zu werden, auch seine Mutter, die zum xten Mal versucht hatte, ihn zu manipulieren. Doch besonders das Erlebnis mit Cora, die noch am Abend des Reiterballs abgereist war, hatte ihn im wahrsten Sinne des Wortes erlöst. Er war auf eine Narzisstin hereingefallen und das machte die Sache so viel einfacher, als zu glauben, man hätte etwas falsch gemacht, was die Trennung hätte verhindern können. Er gab sich einen Ruck und schaltete den Computer aus. Genug gegrübelt. Für heute stand nur noch der Zaun der Fohlenkoppel auf seiner To-do-Liste. Willi hatte brüchige Stellen entdeckt, und für die wurden Querlatten und Pfähle benötigt. Um die Menge des Materials abschätzen zu können, blieb ihm nichts anderes übrig, als sich den Schaden anzusehen.

Als er den Jeep vorm Haupthaus parkte, flirrte die Luft nur so vor Hitze. Eilig sprang er aus dem Wagen, zog sich das T-Shirt über den Kopf und warf es achtlos auf den Sitz, bevor er nur noch im Bermudashort zu Zettel und Stift griff. Utensilien, die immer im Handschuhfach lagen. Bounty, die anfangs noch unschlüssig neben ihrem Herrchen ausgeharrt hatte, flüchtete nun direkt in die angenehme Kühle der Scheune und kam auch nicht wieder heraus. Hendrik grinste. Hund müsste man sein. Mit schnellen Schritten machte er sich auf den Weg zu der Weide, um endlich aus der Hitze herauszukommen. Auf dem Weg kam er unweigerlich am See vorbei, der ihn mit seiner glitzernden Oberfläche geradezu einlud, sich mit einem Sprung hinein, abzukühlen. Diesen Gedanken in die Tat umzusetzen, beflügelte in so sehr, dass er schneller ging, was ihm jedoch sofort den Schweiß aus den Poren trieb. Er lechzte nach Abkühlung. Da der See so verlassen dalag, würde er nicht mal eine Badehose brauchen, die er sowieso nicht dabei hatte, überlegte er, während er sich die Zaunelemente aus der Entfernung besah. Inzwischen war es halb fünf am Nachmittag, doch die Sonne hatte nichts von ihrer sengenden Glut verloren. Als er auf der Höhe des Sees war, entdeckte er den geöffneten Sonnenschirm und seufzte. Mist, das mit dem Nacktbaden konnte er sich abschminken. Neugierig geworden, wer so verrückt sein konnte, sich bei dieser Gluthitze auf eine Liege zu legen, blieb er stehen. Er stutzte. Wenn das nicht … das war doch Sarah, die am Ufer auf einer der Sonnenliegen lag und um sich herum nichts zu bemerken schien. Mit einem Grinsen auf den Lippen ging er hinüber zum Strand. Dieser Zufall gefiel ihm. Der Kies knirschte unter seinen Schritten laut in die Stille, aber sie rührte sich nicht. Seltsam. Nur der leichte Wind bewegte die Blätter in den Bäumen. Jetzt, wo er direkt neben der Liege stand, konnte er sie ungestört betrachten. Sie lag auf dem Bauch und schien zu schlafen. Zwei zu Schnecken geflochtene Zöpfe, die sie über den Ohren fixiert hatte, ließen sie so unschuldig wie ein kleines Mädchen aussehen. Allerdings nur, solange man den Rest von ihr ignorierte. Ihre sexy Rundungen, die der knappe Bikini erst richtig zur Geltung brachte, regten seine Fantasie mehr an, als ihm guttat. Sie schien gelesen zu haben, bevor sie eingeschlafen war, denn auf dem Boden lag ein Buch, achtlos neben der Sonnencreme abgelegt. Der aufgespannte Schirm spendete allerdings schon lange keinen Schatten mehr. Oje! Wenn sie tatsächlich schlief, würde er sie wecken müssen. Aber warum wurde sie nicht wach, wo jeder seiner Schritte unüberhörbare Geräusche verursachte? Er räusperte sich. Noch immer keine Reaktion. Allmählich fand er ihr Verhalten merkwürdig.

„Es ist nicht ganz ungefährlich, so in der prallen Sonne zu liegen", sprach er sie an.

Keine Regung. Nun fing er an, sich ernsthaft Sorgen zu machen, und tippte sie vorsichtig auf den Oberarm, doch auch darauf reagierte sie nicht. Jetzt war klar, dass etwas nicht stimmte. Beunruhigt hockte er sich neben sie und berührte sie fester am Arm, worauf sie leise aufstöhnte.

„Hallo!", rief Hendrik besorgt. „Sie sind eingeschlafen. Bitte ... Sie müssen wach werden und unbedingt aus der Sonne raus!"

Sarah ächzte und rollte sich wie ein Embryo zusammen, dabei verbarg sie ihr Gesicht hinter dem Arm.

„Oh ... was ist? Mein Kopf", krächzte sie, „er tut so weh."

Hendrik sprang alarmiert auf und schob den Schirm in eine Position, in der er wieder Schatten gab. Das konnte nicht die Lösung sein, aber wenigstens wollte er sie fürs Erste vor der Sonne schützen. So, wie es aussah, war die Sache ernster, als ihm lieb war. Ihm war bekannt, dass man sich in so einer Situation einen Hitzschlag einfangen konnte, aber das war auch schon alles. Was zu tun war, das wusste er nicht. Während Sarah sich wieder zusammenrollte, überlegte er fieberhaft, wie er am besten vorgehen sollte. Maritta fiel ihm ein. Sie würde wissen, was jetzt zu tun war. Froh darüber jemanden anrufen zu können, holte er sein Handy aus der Hosentasche und wählte hastig ihre Nummer.

„Hi, Hendrik was gibts?", meldete sie sich glücklicherweise sofort, während er Sarah nicht aus den

Augen ließ, die mit schmerzverzerrter Miene leise, klagende Laute von sich gab.

„Wo bist du?", rief er gehetzt. „Ich brauche dringend deine Hilfe. Es sieht ganz danach aus, dass Sarah sich einen Sonnenstich eingefangen hat."

„Oh je! Ich bin mit Saskia in Kassel ... aber ich bin auch kein Arzt, deshalb schaff sie als Erstes aus der Sonne und ruf Dr. Schlüter an", riet Maritta. „Wenn ich zurück bin, sehe ich nach ihr."

„Okay, mach ich. Wir hören uns später."

Hendrik kniete sich neben Sarah, die ihre Augen geschlossen hielt. „Keine Sorge. Ich hole Hilfe", erklärte er ihr leise, denn er vermutete, dass sie starke Kopfschmerzen hatte. Kurzerhand packte er das Buch und die Sonnencreme in die Basttasche und kramte ihren Zimmerschlüssel daraus hervor, den er sich in die Hosentasche steckte. Zu guter Letzt warf er das riesige T-Shirt sowie die Handtücher oben drauf. Verdammt! Besser wäre es doch eigentlich, sofort den Arzt anzurufen. Und zwar schleunigst, damit er wusste, wie er weiter vorgehen sollte. Doch die Telefonnummer des Doktors hatte er natürlich nicht im Kopf. Um solche Sachen kümmerte sich für gewöhnlich seine Mutter. Dann fiel ihm glücklicherweise Christian ein. Seit dem Turnier hatte er seine Nummer im Adressbuch abgespeichert, weil sie sich auf ein Bier verabreden wollten. Als sein Freund nach wenigen Sekunden abnahm, atmete Hendrik erleichtert auf.

„Hi, ich brauche dringend deine ärztliche Unterstützung ..."

Wieder schilderte er die Situation.

„Sie muss sofort aus der Sonne raus", riet auch Christian. „Leg ihr ein kühles, feuchtes Tuch auf die Stirn und bleib ruhig. Ich bin schon fast daheim, fahre nur noch mal kurz in die Praxis, um den Koffer zu holen. In einer Viertelstunde bin ich da. Sag mir nur, wo ihr seid."

„Ich bringe sie in ihr Zimmer. Das ist im Haus neben dem Hauptgebäude. Ich lasse die Türen auf, dann findest du uns ganz leicht."

„Alles klar, bis gleich."

Hendrik beugte sich hinunter zu Sarah, die ihren Arm schützend vors Gesicht hielt und total benommen wirkte. Als er sie vorsichtig auf den Rücken drehte, reagierte sie mit einem leisen Wehklagen und rollte sich sofort wieder zusammen. Er hing sich die Tasche um und nahm sie behutsam auf den Arm und barg ihren Kopf sanft an seiner Schulter, bevor er sie dann bedächtig an den Weiden und Stallungen vorbei zum Hof trug. In dem Augenblick jedoch, als sie an der Eiche in der Mitte des Hofes angekommen waren, fing sie an, zu keuchen und zu würgen. So schnell es die Situation zuließ, rannte er zur Bank, um sie im Schatten unter dem alten Baum abzusetzen. Von Krämpfen geschüttelt, übergab sie sich ins Gras. Mit der einen Hand hielt sie ihren Bauch und mit der anderen den Kopf. Kreidebleich geworden, begann sie, nun am ganzen Körper zu zittern. Hendrik, der sich neben sie gesetzt hatte, konnte nur hilflos zuschauen. Als sich ihr Magen entleert hatte, umfasste er ihre Schultern, um sie zu stabilisieren. Dann gab er ihr das Handtuch, damit sie sich wenigstens ein wenig säubern konnte.

„Entschuldigung ... es tut mir so leid, dass ich ..."

Die Worte gingen in ein Schluchzen über, bevor sie sich mit schmerzverzerrtem Gesicht, die Hand an die Stirn presste. „Au ... au ... mein Kopf ..."

„Es ist alles gut. Gleich kommt Hilfe." Wieder umfasste er ihre Schulter. „Christian ist auf dem Weg. Aber hier können wir nicht bleiben! Es ist besser, wenn wir nach drinnen gehen", versuchte er, sie zu trösten. Ihr Zustand schien sich weiter verschlechtert zu haben. Kreidebleich geworden, hielt sie die Augen geschlossen, und wirkte jetzt regelrecht apathisch. Er nahm sie wieder auf den Arm, öffnete die Tür zum Kinderhaus und brachte sie eilig zu ihrem Zimmer. Obwohl es in den Räumen des alten Gemäuers kühl war, lief ihm der Schweiß über Gesicht und Nacken. Mühselig zog er den Schlüssel aus der Hosentasche, schloss ihre Zimmertür auf und legte sie vorsichtig aufs Bett. So wie Christian es geraten hatte, rollte er das Kopfkissen zu einem dicken Wulst zusammen, damit ihr Kopf ein wenig höher liegen konnte.

„Mir ist so kalt", wisperte sie mit geschlossenen Augen und zitterte dabei wie Espenlaub.

Hendrik zog behutsam die Decke unter ihr hervor und legte sie ihr über. „Ich bin gleich wieder zurück", flüsterte er, da es aussah, als wären die Kopfschmerzen noch schlimmer geworden. „Muss nur was holen." Ob sie seine Worte gehört hatte, ließ sich nicht sagen, denn sie reagierte nicht. Im Laufschritt erreichte er die Spüle in der Küche, füllte eine Schüssel mit kaltem Wasser und zerrte dann ein Geschirrtuch aus dem Schrank. Als die Eingangstür zuschlug, wusste er, dass sein Freund gekommen war. Gott war er froh! „Ich bin hier, mache gerade alles für die feuchten Umschläge fertig", rief Hendrik ihm zu.

„Prima. Wo liegt sie?"

Christian, der direkt aus der Frühschicht kam, trug noch seine weiße Arbeitskleidung und eilte ihm hinterher, bevor er sich zu Sarah auf die Bettkante hockte. Hendrik stellte die Schüssel ab, wrang das Tuch aus und reichte es dem Arzt.

„Ein saftiger Sonnenstich", diagnostizierte Christian gleich darauf und nahm ihm das zusammengefaltete Baumwolltuch ab. „Sie ist kaum mehr bei Bewusstsein. Hat sie sich übergeben?"

„Ja, draußen auf dem Hof, danach kam der Schüttelfrost."

„Dachte ich mir. Das sind die typischen Symptome für einen Hitzschlag. Mach dir keine Sorgen, sie kriegt jetzt eine Infusion, die gleicht den Elektrolythaushalt aus und hilft, dass sie heute Nacht gut schlafen kann. Sie hat viel Flüssigkeit verloren. Morgen ist sie wieder fit."

Christian strich Sarah beruhigend übers Haar.

„Gleich gehts dir besser", redete er sanft auf sie ein.

Sie reagierte nicht auf seine Worte, doch das Zittern hatte nachgelassen.

„Sie hat mir einen ordentlichen Schreck eingejagt."

„Kann ich mir vorstellen. Ganz ungefährlich ist so ein Sonnenstich auch nicht. Aber dadurch, dass du sie rechtzeitig gefunden hast, wird alles gut." Christian öffnete seinen Koffer und holte Infusionslösung, Kanülen und Desinfektionsmittel hervor, bevor er die Decke zur Seite zog. „Ein Wunder, dass sie keinen Sonnenbrand hat. Da hab ich schon Schlimmeres gesehen." Er strich über den Abdruck auf der Schulter, den der Träger des Bikinioberteils hinterlassen hatte. „Aber sie muss aus dem Zeug hier raus. Das engt sie ein, außerdem riecht es nach Erbrochenem. Hol mal irgendwas, ein Nachthemd oder was Ähnliches."

Hendrik erinnerte sich an das übergroße Shirt, das er in die Tasche gesteckt hatte. Während er Christian das Hemd hinhielt, zog der Sarah mit ärztlichem Selbstverständnis das Bikinioberteil aus. Hendrik war wie hypnotisiert. Er konnte nichts anderes tun, als ihre apfelgroßen Brüste anstarren, die sich weiß von der gebräunten Haut abhoben. Christian, den der Anblick anscheinend völlig ungerührt ließ, wechselte nun auch das feuchte Tuch auf ihrer Stirn und reichte es Hendrik, der es – ohne den Blick von Sarah abzuwenden – in die Schüssel legte. Derweil umfasste der Arzt den Ausschnitt des T-Shirts mit beiden Händen und zog es ihr behutsam über den Kopf. Dabei öffnete sie nicht mal die Augen, sondern wirkte ganz entspannt, gerade so, als wäre sie eingeschlafen.

„Hilf mir mal, sie aufzurichten. Allein ist es schwierig, ihr die Ärmel überzustreifen", Christian sah verwundert auf, weil Hendrik nicht gleich reagierte. Erst jetzt bemerkte er, wie befangen sein Freund wirkte.

„Hey ... Erde an Hendrik", grinste er und stupste ihn an. „Ja, ich weiß, sie ist wirklich was fürs Auge, Mann, das sehe ich auch, aber dafür haben wir im Moment keine Zeit. Ich muss ihr die Kanüle legen, sie braucht Flüssigkeit."

„Ähm, ja natürlich." Er räusperte sich. „Entschuldige."

Hendrik stützte Sarah behutsam im Rücken und schob sie etwas nach vorn, sodass Christian ihr die Arme durch die Ärmel stecken konnte. Mit geübten Griffen zog er ihr dann das Shirt nach unten und hatte nur einen Augenblick später auch ihr Höschen in der Hand. Er musste grinsen, als er Hendriks entgeisterten Blick sah.

„Ja, was? Denkst du ich, mache das zum Spaß?"

„Nein, natürlich nicht."

„Gut, dann leg ihr einen neuen Wickel auf. Das tut ihr gut." Christian deckte Sarah wieder zu. „Wenn du so wie ich jahrelang im Rettungsdienst mitgefahren wärst, hättest du auch jegliche Scheu verloren, da kannst du dir sicher sein. Im Notfall geht es um jede Sekunde und Schamgefühle haben da keinen Platz. So dramatisch ist es hier Gott sei Dank nicht, aber ein Bikini ist kein Kleidungsstück für die

Nacht. Glaub mir, sie wird sich morgen nicht mehr an den kleinen Striptease erinnern. Das bleibt unser Geheimnis."

Hendrik konnte nur sprachlos nicken und Sarah erneut ein kühles Tuch auf die Stirn legen. Unterdessen desinfizierte Christian ihren Handrücken, setzte die Kanüle und brachte die Infusion zum Laufen.

„In einer halben Stunde ist die Pulle durchgelaufen", erklärte er, „dann sehen wir wieder nach ihr. Jetzt kannst du mir erst mal was zu trinken anbieten."

„Das hast du dir verdient. Irgendwelche besonderen Wünsche?"

„Vielleicht eine kalte Schorle. Das wär nicht schlecht." Er verschloss den Koffer und folgte Hendrik in die Küche. „So hatte ich mir das Wiedersehen mit deiner Angestellten nicht vorgestellt." Er leerte das Glas in einem Zug. „Eigentlich wollte ich mit ihr heute Nachmittag an den Edersee."

„Wart ihr verabredet?" Hendrik verspürte einen unangenehmen Druck in der Magengegend.

„Nein, ich hatte vor, mich bei ihr zu melden – ganz spontan." Christian sah ihm forschend in die Augen. „Wenn ich Wochenenddienst habe, kann ich nie genau sagen, wann Feierabend ist."

Hendrik, den das Gespräch mehr aufwühlte, als ihm lieb war, drehte sein leeres Glas gedankenverloren zwischen den Fingern. „Möchtest du noch eins?"

„Ja, gerne."

Während er Christian nachgoss, erklärte er: „Ich war zufällig am See, wollte einen Zaun ausmessen, als ich sie dort liegen sah."

„Ein Glück ...", der Arzt zögerte, bevor er weitersprach. „Was weißt du über sie?"

Hendrik stellte die Flasche zur Seite und vermied es, für einen Moment ihn anzusehen. „Garantiert weniger als du. Ich hatte bisher noch keine Gelegenheit, mit ihr zu plänkeln."

Christian hob eine Augenbraue. „Verstehe!", nickte er. „Das ist der Nachteil, wenn man Vorgesetzter ist. Das schafft Barrieren." Er kratzte sich am Arm und grinste. „Also, wenn du Gespräche über Damenschuhe und Absatzhöhen spannend findest, dann bin ich klar im Vorteil, aber dafür habe ich nicht so innig mit ihr getanzt wie du."

Jetzt musste auch Hendrik grinsen. „Okay, was willst du wissen?"

„Na was wohl? Ob sie einen Freund hat, natürlich."

Hendrik fielen Marittas Worte wieder ein. Sie hatte sofort durchschaut, dass Christian an Sarah interessiert war. Ob Frauen für so was besondere Antennen besaßen?

„Nein, ich glaube nicht. Uwe hat erwähnt, dass sie getrennt ist."

„Aha! Und woher weiß Uwe das?"

Hendrik verdrehte die Augen. „Natürlich von seiner Frau. Von wem denn sonst? Und eine bessere Quelle gibts nicht. Die beiden arbeiten zusammen und Maritta hält viel von ihr."

„Kann ich verstehen, sie ist echt ein tolles Mädchen … man kann sich wirklich nett mit ihr unterhalten. Sie ist so erfrischend natürlich und direkt … und sie ist definitiv ein Hingucker." Christian formte Linien in der Luft, die einer Birne ähnelten. „Das macht die Sache ja wohl noch spannender oder?" Er ließ Hendrik nicht aus den Augen.

„Wenn du das sagst …" Hendrik, der natürlich wusste, dass sein Freund auf die Situation anspielte, als Sarah nackt im Bett gelegen hatte, hielt dem herausfordernden Blick stand.

„Mann, jetzt tu nicht so, als wäre dir das nicht auch aufgefallen?"

Hendrik schüttelte abwehrend den Kopf und verzog dann den Mund zu einem schiefen Lächeln. „Das ist auch noch anderen aufgefallen."

„Schon klar ... aber mich interessiert, was *du* denkst? Es fällt mir schwer, zu glauben, dass sie dich kalt lässt."

„Herrgott, was willst du hören?", brauste Hendrik auf und stieß sich von der Kante des Küchenschrankes ab. „Sehe ich aus wie ein Eunuch? Natürlich gefällt sie mir. Hältst du mich für unnormal?"

„Das wäre mir nicht entgangen", lachte Christian trocken auf. „Nein. Ich will nur Klarheit, das ist alles."

Hendrik konnte nicht länger ruhig stehen und begann, in der Küche auf und ab zu gehen. „Was genau meinst du damit ... *Klarheit*. Zählt am Ende nicht nur, was sie will? Und wer von uns beiden ist denn hier derjenige, der in der Schule schon immer die Sahneschnitten abgegriffen hat? Warum sollte das jetzt anders sein? Wieso denkst du, dass ausgerechnet ich dir da in die Quere kommen kann?"

Christian schüttelte den Kopf und winkte ab. „Stopp mein Lieber. Du übertreibst maßlos. So schlecht hast du da auch nicht abgeschnitten, wenn ich mich richtig erinnere. Ich sage nur Tina Schnitzler. Die kannst du nicht vergessen haben."

„Hab ich nie behauptet."

„Sie wollte dich. Und sie war eine echte Sahneschnitte." Christian stellte das leere Glas beiseite. „Natürlich wird Sarah entscheiden, wen sie will. Möglicherweise sogar keinen von uns beiden. Wer weiß das schon?" Er kam auf Hendrik zu und sah ihn grinsend an. „Ich hatte nicht vor, sie zu betäuben und gewaltsam zu entführen. Da kann ich dich genau so fragen, was *du* eigentlich von mir denkst?"

„Bis jetzt habe ich gar nichts gedacht, du hast doch mit dem Thema angefangen."

Christian wurde ernst. „Hör zu, mit Klarheit meine ich, dass ich unsere Freundschaft nicht gefährden will. Ich hab dir erzählt, dass ich nicht abgeneigt bin, wenn mir was Passendes über den Weg läuft."

„Ja, ich erinnere mich ..." Hendrik seufzte. „Aber nur weil sie hier arbeitet, kenne ich noch lange nicht all ihre Geheimnisse. Wie schon gesagt, aus meiner Sicht bist du klar im Vorteil. Außerdem bist du von uns beiden der Frauenversteher. Wenn du mehr wissen willst, musst du sie selbst fragen oder Maritta. Das ist alles, was ich weiß."

12.

*H*annelores Absätze hallten auf dem gebohnerten Linoleum, während sie durch die Korridore der Herz-Kreislauf-Klinik lief. An der Tür zum Krankenzimmer ihres Mannes angekommen, stellte sie fest, dass sie nur angelehnt war. Stimmen drangen nach draußen und sie klopfte an, bevor sie eintrat. Verdutzt registrierte sie die Koffer vor seinem Bett und sah ihn fragend an.

Hans-Hermann, der das Klopfen offenbar nicht gehört hatte, unterbrach abrupt das Gespräch mit dem Chefarzt und rief aufgeregt: „Da bist du ja schon! Wunderbar!" Sein Gesicht zeigte seine unverhohlene Freude. „Doktor Bernhardt hat gute Neuigkeiten für uns." Wie um sich noch einmal zu versichern, warf er dem Arzt einen fragenden Blick zu. Als der nickte, ging Hans-Hermann einen Schritt auf seine Frau zu und strahlte sie an. „Stell dir vor, ich kann nach Hause! Was sagst du jetzt?"

Der Mediziner trat auf Hannelore zu. „Ja, das ist tatsächlich so", bestätigte er. „Aber, Bedingung ist, dass er es langsam angehen lässt. Leichte Tätigkeiten sind erlaubt, kombiniert mit viel Ruhe."

Jetzt war die Baronin nicht mehr zu halten. Ohne sich, um den Oberarzt zu scheren, überwand sie die Distanz zu ihrem Mann und umarmte ihn.

„Das ist ja wirklich wunderbar", rief sie.

Sie reichte dem Arzt die Hand. „Entschuldigung, normalerweise bin ich nicht so unhöflich, aber ich bin total überrascht."

„Schon gut." Doktor Bernhardt wandte sich zum Gehen. „Wir sehen uns in zwei Wochen zur Kontrolle."

Wenige Minuten später lenkte Hannelore die Mercedes-Limousine vom Parkplatz des Klinikgeländes.

„Du kannst dir nicht vorstellen, wie sehr ich diesen Tag herbeigesehnt habe." Hans-Hermann wirkte etwas melancholisch, als er das sagte. „Du glaubst gar nicht, was einem alles durch den Kopf geht, wenn man viel Zeit zum Denken hat."

Hannelore betrachtete kurz ihren Mann, der seine Blicke durch die Natur ringsherum schweifen ließ. „Was meinst du? Hattest du Zweifel, wieder gesund zu werden?"

„Ja und nein. Auf jeden Fall will ich nicht mehr so weitermachen wie bisher."

„Das höre ich gerne." Hannelore klang erleichtert. „Es wird Zeit, dass Hendrik die Verantwortung übernimmt."

Hans-Hermann nickte. „Ich weiß, und ich bin sicher, dass er das gut machen wird. Karl-Heinz Zimmermann und Dieter Volz vom Verein haben mich angerufen und mir erzählt, wie gut der Junge seine Sache gemacht hat."

Er berührte sie am Arm. „Natürlich auch mit deiner Hilfe."

„Und mit Hilfe von Gesine. Du erinnerst dich, ich habe dir davon erzählt, dass sie uns geholfen hat."

Hans-Hermann entzog ihr seine Hand und sah zum Fenster hinaus.

„Ja, ich erinnere mich. Zukünftig wird das aber nicht mehr nötig sein. Glaub mir, ich lasse es nicht wieder so weit kommen. Meine Gesundheit geht jetzt vor."

„Ich hoffe, du hast das bis nächsten Sommer nicht vergessen. Ich möchte noch viele schöne Jahre mit dir verbringen."

„Denkst du, ich nicht? Mach dir keine Sorgen, die werden wir haben."

Hannelore seufzte. „Es tut so gut, zu sehen, wie Eike und Dorit sich ergänzen. Die beiden sind ein gutes Team und können sich vor Aufträgen nicht retten. Es wäre schön, wenn auch Hendrik eine Frau hätte, die ihn so unterstützen würde."

„Lass ihm Zeit und du wirst erleben, dass sie in sein Leben tritt."

„Meinst du? Bisher macht er mir nicht den Eindruck, als hätte er ein Händchen dafür. Weißt du, Gesine, sie ..."

„Nein!", fuhr Hans-Hermann ihr barsch ins Wort. „Verschon mich damit. Ich dachte, das wäre geklärt. Sie ist nicht die Richtige für ihn. Da nützt es auch nichts, dass sie eine stattliche Mitgift mitbringt. Du wirst sie ihm nicht schmackhaft machen können, darauf können wir wetten und ich verspreche dir, ich gewinne."

Hans-Hermann beruhigte sich wieder und sprach im normalen Ton weiter.

„Ich will, dass Hendrik die gleiche Möglichkeit bekommt, glücklich zu werden, wie sein Bruder. Eike hat Dorit auch ohne dein Dazutun gefunden und du siehst ja selbst, wie gut die beiden sich ergänzen und harmonieren. Das Hotel läuft hervorragend, seit er sie an seiner Seite hat. Und so wird es auch bei unserem Jüngsten sein – vorausgesetzt, du lässt ihm die Zeit, sich die Richtige zu suchen."

Wieder blickte Hans-Hermann aus dem Fenster. Seine eigene Jugend, die so tragisch mit Christa, seiner verstorbenen Verlobten verbunden war, kam ihm ins Gedächtnis. Wie immer, wenn er an sie dachte, überfiel ihn Wehmut. Welchen Lauf sein Leben wohl genommen hätte, wäre dieser schreckliche Unfall nicht gewesen.

***

Als Sarah am Sonntagmorgen erwachte, saß Maritta an ihrem Bett. Erschrocken fuhr sie hoch und blinzelte in die grelle Sonne, die durchs Fenster hereinschien. „Ist was passiert oder hab ich verschlafen?"

Automatisch drehte sie sich zu ihrem Nachtspind um, wo ihr Handy lag.

„Nein, nichts von beidem," lächelte Maritta und legte ihr die Hand auf die Schulter, bevor sie sie mit sanftem Druck zurück ins Kissen drückte.

„Alles gut. Du hast nicht verschlafen und es ist auch nichts passiert. Lass dir Zeit. Ich wollte mich nur vergewissern, ob mit dir alles wieder in Ordnung ist."

„Mit mir?" Erneut fuhr sie hoch und wurde von Maritta genauso wie beim ersten Mal zurück in die Kissen gedrückt. „Was ... was soll denn nicht in Ordnung sein?" Stirnrunzelnd sah sich Sarah im Raum um, ehe ihr Blick auf den Stuhl fiel, auf dem ihr neuer Bikini hing. Dann bemerkte sie das Pflaster auf ihrer Hand. Ihr Gehirn begann zu rattern. Okay. Nachdem sie die Schmutzwäsche zum Hotel gebracht hatte, war sie zum See gegangen. So weit war alles klar. Dort hatte sie sich die Sonnenliege und den Schirm geholt ... sich ausgezogen ... die Sachen verstaut ... und danach schnell in den See, um zu schwimmen. Genau. Daran konnte sie sich gut erinnern. Und dann ... zurück auf die Liege ... Buch genommen ... gelesen ... müde geworden ... Stopp ... müde geworden. Moment! Sarah starrte wieder auf den Stuhl, wo der Bikini hing, und dann erneut auf das Pflaster auf ihrer Hand.

Maritta, die Sarahs Mienenspiel verfolgte, musste grinsen, als sie sah, wie die völlig entgeistert an sich herunterblickte.

„Du bist in der prallen Sonne eingeschlafen und Hendrik hat dich gefunden", erklärte sie, bevor Sarah etwas sagen konnte.

„Und ich dachte, das hätte ich nur geträumt", stöhnte sie mehr, als dass sie sprach. „Oh, nein, ausgerechnet." Sie verdrehte verzweifelt die Augen. „Hat er …?" Sie zeigte auf den Bikini und verbarg ihr Gesicht mit der anderen Hand.

Maritta, die von Hendrik wusste, wie alles vonstattengegangen war, schüttelte den Kopf und musste angesichts Sarahs Verschämtheit lachen. „Nein. Er hat dich aber hierhergebracht und dafür gesorgt, dass Christian Schlüter dich verarztet. Den Bikini habe ich ausgewaschen und zum Trocknen aufgehängt."

„Danke. Okay … er ist Arzt."

„Genau." Maritta sah sie mitfühlend an. „Wie fühlst du dich? Sind die Kopfschmerzen weg und was ist mit der Übelkeit?"

„Mir gehts gut. Alles wie immer. Wenn du nicht da wärst, hätte ich nicht mal bemerkt, das, was passiert ist … jedenfalls nicht sofort."

„Das freut mich. Dann ruh dich noch aus, ab heute Mittag ist es nämlich wieder vorbei mit der Gemütlichkeit. Die Neuen reisen an."

Maritta wollte sich erheben, doch Sarah hielt sie am Arm fest.

„Danke, dass du nach mir gesehen hast." Sarah betrachtete Maritta genauer und bemerkte, dass sie heute anders wirkte als sonst. „Aber … was ist mit dir? Entschuldige, aber du siehst so aus, als würde dich etwas bedrücken …"

„Leider ja." Maritta schluckte. „Ich habe gestern noch spät einen Anruf von meinen Eltern, bekommen. Ich hab dir doch erzählt, dass ich von Unterfranken bin."

Sarah nickte.

„Es geht um die Schwester meiner Mutter. Meine Patentante. Sie ist in der Nacht zum Freitag gestorben. Herzstillstand." Maritta räusperte sich. „Ich hatte sie sehr gern und war als Kind oft bei ihr."

„Und die Ärzte konnten ihr nicht helfen?"

„Nein. Sie war in den letzten beiden Jahren in ständiger Behandlung, doch ihr Zustand hat sich trotzdem weiter verschlechtert. Sie hatte poröse Arterien und alle Therapiemöglichkeiten waren erschöpft. Jetzt bin ich froh, dass wir sie Ostern noch mal besucht haben."

Sarah richtete sich auf und verstärkte den Druck auf Marittas Arm.

„Mein aufrichtiges Beileid." Sie schwieg einen Moment. „Hör zu, ich bin wieder fit. Du kannst mich voll belasten und mir alles geben, was dir jetzt zu viel wird. Ich helfe gern. Du musst mir nur sagen, was ich tun soll. Okay?"

Maritta legte ihre Hand auf Sarahs. „Danke", sagte sie schlicht und stand auf. „Ruh dich noch ein bisschen. Wir sehen uns nachher."

Zwei Tage später. Am Dienstagabend kurz nach sechs klopfte Uwe an die Tür des Büros im Sägewerk. Hendrik, der hinter dem Schreibtisch saß und die Zahlen einer Rechnung studierte, schaute überrascht auf. „Hi, ich dachte, du wärst längst heim."

„Nein, ich bin hier, weil ich einen Tag frei brauche", erklärte Uwe mit ernster Miene.

Hendrik legte die Papiere zur Seite und betrachtete seinen Freund. „Okay. Das soll nicht das Problem sein. Was ist passiert?"

„Maritta hat einen Todesfall in der Familie. Morgen ist die Beerdigung. Ich möchte sie nicht allein fahren lassen. Die Sache geht ihr ziemlich nahe."

Hendrik stand auf und reichte Uwe die Hand. „Mein Beileid. Ist doch klar, wir übernehmen deine Aufgaben, mach dir deswegen keinen Kopf."

„Danke. Wir sind am Abend wieder zurück. Maritta hat mit Sarah schon alles besprochen. Falls Not am Mann ist, bekommt sie noch Hilfe von den Mädchen aus dem Dorf. Saskia und Manuel bleiben auch hier."

„Dann ist ja alles geregelt", nickte Hendrik und klopfte ihm tröstend auf die Schulter. „Grüß Maritta von mir."

***

Am Mittwochmorgen pulsierte bereits um zehn in der Früh die Luft vor Hitze. Seit Tagen war das nun schon so. Sarah, die sich im Laufen die Haare zu einem lockeren Dutt zusammenband, war auf dem Weg zum Büro, um sich Schlüssel und Papiere für den Kleintransporter zu holen. Sie trug kakifarbene Bermudashorts, ein rotes Top, und bequeme Textilturnschuhe, weil mehr einfach nicht zu ertragen war. Am Abend sollte es Hitzegewitter geben, bis dahin wollte Sarah jedoch aus Kassel zurück sein. Sie betastete die Hüfttasche, in der sie Geld, Kundenkarte und Einkaufsliste sicher verstaut hatte. Wie jeden Mittwoch stand auch heute der Einkauf im Großmarkt an. Normalerweise managte das Maritta, doch wegen der Beerdigung musste Sarah den Großeinkauf ausnahmsweise alleine übernehmen. Eilig lief sie die pyramidenartige Treppe des Haupthauses empor, wo das Eingangsportal wie immer um diese Uhrzeit offenstand. In der Halle, die sie schnell durchquerte, empfing sie eine angenehme Kühle.

Mittlerweile wusste sie, welche der vielen Türen die richtige für das Büro war. Sich innerlich auf das unvermeidliche Zusammentreffen mit Frau von Freyenhof wappnend, klopfte sie an die Tür. Nach wie vor jagte ihr diese Frau mit ihrer Unnahbarkeit und ihrer hoheitsvollen Art Respekt ein. Was Hendriks Vater wohl für ein Typ war? Obwohl sie Willis Urteil über ihn natürlich nicht anzweifelte, konnte sie sich dennoch beim besten Willen nicht vorstellen, dass der Baron anders als seine Gattin sein sollte. Welcher nette Mann würde eine so überkandidelte Person zur Frau nehmen? Na ja, sie würde es nicht mehr erfahren. In zweieinhalb Wochen war ihr Gastspiel auf Gut Freyenhof vorbei.

Anstatt der Baronin wurde sie aber von einer ihr unbekannten männlichen Stimme hereingebeten. Verdutzt trat Sarah ein und blieb stehen. Neben Hendrik und seiner Mutter, die beide am Drucker standen, saß ein Mann von circa Mitte bis Ende fünfzig am Schreibtisch. Bei näherem Hinsehen sah er wie die ältere Ausgabe von Hendrik aus. Die drei schienen in einer Art Besprechung zu sein, da mehrere offene Ordner mit Listen auf dem Tisch lagen. Ob das vielleicht doch der Baron war? Seltsam, als wenn irgendjemand im Universum ihre Gedanken gelesen hatte.

„Guten Morgen. Entschuldigen Sie die Störung, ich möchte nur die Papiere und den Schlüssel für den Caddy holen."

Hannelore, die Sarah kühl betrachtete, nickte hoheitsvoll und wandte sich dann sofort wieder dem Ordner zu, den sie in der Hand hielt. Ganz anders dagegen der Mann, den Sarah für Herrn von Freyenhof hielt. Er erhob sich und kam mit freundlicher Miene auf sie zu. Sarah blieb direkt an der Tür stehen und wagte kaum, Hendrik anzusehen, freute sich aber insgeheim, als sie das Lächeln bemerkte, mit dem er sie bedachte.

„Auch guten Morgen, Frau …?"

„Das ist Sarah Kunzmann, Vater. Sie ist für Rike bei den Ferienkindern eingesprungen."

Der Baron schüttelte ihr kurz die Hand.

„Schön, Sie kennenzulernen. Gefällt es Ihnen bei uns?"

„Danke, ja." Sarah schenkte ihm ein Lächeln.

„So so, Sie wollen den Einkauf übernehmen", nickte der Patriarch. „Und wer betreut die Kinder in der Zwischenzeit?"

„Vier der Mädchen, die jeden Tag zum Helfen kommen, sind bei ihnen und planen, den Tag am See zu verbringen. Zum Abendessen bin ich aber zurück, dann kümmere ich mich wieder um die Verpflegung."

„Prima", nickte er und schien mit ihrer Antwort zufrieden zu sein.

Hendrik reichte ihr die gewünschten Schlüssel und Papiere.

„Haben Sie den Einkauf schon mal erledigt?" Der Baron, der sich wieder zu ihr umwandte, machte sich offensichtlich Sorgen darüber, ob sie der Sache gewachsen war.

„Ja, bisher aber immer zusammen mit Frau Ritter. Doch ich kenne solche Großeinkäufe auch von einer anderen Tätigkeit und ich bin gut vorbereitet."

„Gut. Dann haben Sie mich überzeugt", lächelte er sie wohlwollend an, bevor er sich seiner Frau zuwandte.

Heilfroh, das Büro wieder verlassen zu können, verabschiedete sich Sarah und atmete erleichtert auf, als die Haustür hinter ihr ins Schloss fiel. So viele Chefs auf einmal waren nur schwer zu ertragen. Im Wagen warf sie die Papiere auf den Beifahrersitz, drückte den Startknopf und fuhr augenblicklich erschrocken zusammen, als ein ohrenbetäubendes Gebimmel ertönte. Nach einigen Sekunden, in denen sie zu orten versuchte, was die Ursache für den Lärm war, entdeckte sie zwischen den vielen Symbolen im Display schließlich eine blinkende Zapfsäule, die Alarm schlug.

„Verdammte Hühnerscheiße", murmelte sie vor sich hin. Irgendjemand hatte den Caddy bis in die Reserve gefahren und den Wagen dann einfach abgestellt. Von Maritta wusste sie, dass alle Fahrzeuge des Guts an einer bestimmten Tankstelle in der Nähe auf Kredit befüllt wurden. Doch leider hatte Sarah keinen Schimmer, wo sich besagte Tankstelle befand, noch von wem sie die Tankkarte bekam. Vermutlich von der Baronin. Scheiße. Jetzt musste sie noch mal in die Höhle der Löwen. Wenige Minuten später stand sie kurzatmig und mit gerötetem Gesicht erneut im Büro der von Freyenhofs und schilderte die Lage.

„Dennis war gestern mit dem Caddy unterwegs." Hendrik erhob sich, holte die Tankkarte und hielt sie ihr hin.

Gerade, als Sarah sie ihm abnehmen wollte, zog er sie wieder zurück. Auf ihren irritierten Blick reagierte er mit einem schiefen Lächeln, das ihr Herz sofort höherschlagen ließ.

„Ich denke, wir machen das anders", wandte er sich an seine Eltern. „Seit Wochen liegt mir Uwe in den Ohren, neue Sicherheitsschuhe für die Männer zu besorgen. Bestellt sind sie. Sie müssten nur noch abgeholt werden. Ich werde mit Frau Kunzmann nach Kassel fahren, ihr beim Einkauf helfen und die Schuhe abholen. Wir nehmen den Jeep. Dennis kann den Wagen selbst tanken, wenn er ihn leergefahren abstellt." Kurzerhand nahm er ihr Schlüssel und Papiere für den Caddy wieder ab und legte sie auf den Schreibtisch in ein Kästchen. Auf einmal schien er es sehr eilig zu haben, denn er schob Sarah regelrecht vor sich her Richtung Tür und rief: „Bis später dann. Wir hatten ja sowieso alles geklärt."

Verdutzt über die unerwartete Eile, konnte sie lediglich die Hand zum Abschied heben. Allerdings entging ihr beim Zurückblicken Hannelores ablehnender Blick nicht. Hans-Hermann zeigte dagegen keine Regung, sondern zuckte nur gelassen mit den Achseln.

Hendrik war die Ruhe selbst. „Bleiben Sie hier, ich hole nur den Jeep", erklärte er ihr vor der Außentreppe, bevor er mit federnden Schritten über den Hof zu den Garagen lief.

Fasziniert schaute Sarah ihm hinterher. Sogar in den schlabbrig sitzenden Bermudashorts und dem leicht zerknitterten, karierten Baumwollhemd, das er lose darüber trug, machte er eine tadellose Figur. Aber was sollte diesen Kerl auch entstellen? Was für ein seltsamer Tag. Das konnte ja heiter werden, wenn das so weiterging. Nicht, dass es ihr nicht recht gewesen wäre, einen Tag mit ihrem attraktiven Juniorchef zu verbringen. Fragt sich nur, ob das so gut für mich ist, meldete sich ein besorgtes Stimmchen aus der hintersten Ecke ihres Unterbewusstseins und ein eigenartiges Gefühl breitete sich in ihrer Magengrube aus. Eine Mischung aus Unwohlsein und Vorfreude. Doch da fuhr Hendrik auch schon vor und verhinderte somit weitere Grübeleien. Während sie auf den ledernen Beifahrersitz kletterte, sah sie sich unauffällig um. Der rustikale Eindruck, den das geländegängige Fahrzeug von außen bot, setzte sich im Innern fort. Eben ein echtes Arbeitsgerät und typisches Männerfahrzeug. Funktional, technisch aufwendig, aber ohne Schnörkel. Es passte zu ihm.

Hendrik war trotz seines guten Aussehens kein glattgebügelter Typ. Meistens war er unrasiert und seine

Haare sahen ohnedies nur selten gekämmt aus und dennoch könnte er, genau so, wie er war, das Titelblatt eines Hochglanzmagazins zieren.

Den Jeep allerdings konnte man so ganz sicher nirgends ausstellen. Sarah legte den Gurt an und starrte dabei automatisch auf die dunklen Kunststoffflächen des Armaturenbrettes, das von einer dünnen Staubschicht bedeckt war, während aus dem Aschenbecher diverse Sorten Schokoriegelpapier quollen. Und dass sich im Beifahrerfußraum Hundespielzeug neben getrockneter Erde tummelte, entlockte ihr unwillkürlich ein Schmunzeln.

„Darf man fragen, was Sie so amüsiert?"

„Hm? Was? Äh …" Sarah fühlte sich ertappt und wusste nicht, was sie sagen sollte. „Ich weiß nicht, was Sie meinen."

Hendrik, der gerade angefahren war, trat ruckartig auf die Bremse. Seine Augen funkelten sie belustigt an. „Hat Ihnen schon mal jemand gesagt, dass Sie eine miserable Schwindlerin sind?"

Sarah hielt diesem intensiven Blick nur kurz stand und konzentrierte sich stattdessen auf die Tasche in ihren Händen, bevor sie ihn wieder ansah. „Ich hab doch gar nichts gesagt."

Hendrik fuhr los. „Nicht nötig. Ich weiß auch so, was Sie am liebsten bemängelt hätten."

„Jetzt sind Sie derjenige, der Gedanken lesen kann."

„Wollen Sie nicht wissen, was ich auf Ihrer Stirn gelesen habe?"

„Ich bin gespannt."

„Sie sind der Meinung, dass ich hier dringend mal sauber machen müsste."

Sarah konnte nicht anders und lachte.

„Und? Hab ich recht?"

„Na gut", gestand sie schmunzelnd, „eins zu null für Sie."

„Wenn ich so drüber nachdenke, hab ich ja noch was gut bei Ihnen."

Sarah, die sofort wusste, was er damit meinte, bekam ein schlechtes Gewissen. Sie hatte in den letzten Tagen noch keine Möglichkeit gehabt, sich bei ihm für seine Hilfe zu bedanken. Verlegen knubbelte sie am Gurt der kleinen Tasche. „Entschuldigung, ich wollte nicht unhöflich erscheinen. Ich bin nur noch nicht dazu gekommen ... vielen Dank für die Hilfe am Samstagnachmittag."

Als Hendrik sah, wie beschämt sie wirkte, trat ein warmer Ausdruck in seine Augen. „Das hätte jeder andere auch getan. Viel wichtiger ist doch, dass es Ihnen wieder gut geht. Es geht Ihnen doch wieder gut oder?"

„Ja, ja, alles in Ordnung. Ich fühle mich fit."

„Umso besser, ich schlage Ihnen einen Deal vor, so ganz ohne Gegenleistung kommen Sie mir nämlich nicht davon." Wieder blitzte der Schalk aus seinen grauen Augen.

„Einen Deal?!" Sarah zog die Augenbrauen hoch. „Und der wäre?"

„Ich helfe Ihnen heute beim Einkauf und Sie helfen mir demnächst beim Putzen des Jeeps."

„Abgemacht." Sarah machte eine wegwerfende Handbewegung. „Das ist kein Problem für mich." Allerdings fiel ihr der abweisende Gesichtsausdruck seiner Mutter wieder ein, die darüber garantiert nicht begeistert sein würde. „Ihre Mutter war nicht sehr angetan davon, dass Sie jetzt mit mir nach Kassel fahren. Glauben Sie mir, ich hätte das auch allein geschafft. Zu blöd, dass der Tank leer war."

„Ist Ihnen meine Gegenwart so unangenehm?" Obwohl sich Hendrik voll auf den Verkehr konzentrierte, spürte sie doch die Wachsamkeit, mit der er das Gespräch verfolgte.

„Nein, um Himmels willen. Wie kommen Sie nur darauf? Die Frage war hoffentlich nicht ernst gemeint? Außerdem wissen Sie ja jetzt, wie ich reagiere, wenn mir jemand unangenehm ist."

Hendrik nickte und grinste hintergründig.

Sarah, die sich bewusst machte, dass sie neben ihrem Chef saß, musste an sich halten, sonst hätte sie ihn in die Seite geknufft. „Das ist nicht fair. Ich möchte nicht, dass jemand wegen mir Ärger bekommt."

„Keine Sorge, mit meiner Mutter komme ich klar. Außerdem war die Notwendigkeit, Sicherheitsschuhe zu kaufen, kein Vorwand. Wir brauchen wirklich welche."

Sarah sah zum Fenster hinaus. Die letzten Tage Gluthitze hatten das Land ausgetrocknet. Regen war dringend nötig. Doch noch war am Himmel nicht eine einzige Wolke zu sehen. Im Wageninneren spürte man davon nichts, da die Klimaanlage für angenehme zwanzig Grad sorgte.

Eine halbe Stunde später parkte Hendrik den Wagen am äußeren Rand des weitläufig angelegten Parkgeländes des Großmarktes, da sämtliche überdachten Plätze direkt davor besetzt waren. Als sie den Markt betraten, braute sich die vom Wetterdienst vorhergesagte Gewitterfront bereits zusammen. Hendrik, der sich mit einem Plattenwagen bewaffnet hatte, wurde am Empfang von einer Mitarbeiterin aufgefordert, sich auszuweisen. Wobei sich herausstellte, dass nur seine Mutter und Maritta als Vertreter des Guts eingetragen waren. Er jedoch nicht. Während er seine Personalien darlegte und die Formalitäten erledigte, schnappte sich Sarah den Wagen und marschierte mit dem Einkaufszettel in der Hand los, packte ein und strich einen nach dem anderen Posten vom Zettel. Hendrik kam wenig später dazu, nahm ihr das schwergängige Gefährt ab und ließ sich von ihr, durch die Gänge des Großmarkts dirigierten.

„Gleich haben wir's. Wir brauchen nur noch Aufschnitt und Käse." Wieder strich sie einen Posten vom Zettel und deutete mit dem Kuli auf den Kühlbereich des Marktes.

„Okay, auf gehts. Ich hätte nie gedacht, dass die Mädels in einer Woche so viel verdrücken können."

„Ja, das ist ganz ordentlich", lachte Sarah und lief wieder voraus.

In der Frischkostabteilung herrschten naturgemäß empfindlich kühle Temperaturen, weshalb Sarah in ihrem dünnen Top und dem Short anfing zu frieren. Zu dumm, ärgerte sie sich, dass sie nicht daran gedacht hatte, eine Strickjacke einzupacken. Dabei wusste sie doch nur zu gut, wie kalt es hier ohne die richtige Kleidung werden konnte. Hendrik schien das nichts auszumachen. Von Gänsehaut keine Spur. Nicht zum ersten Mal an diesem Tag beobachtete sie fasziniert das Muskelspiel seiner Arme unter der gebräunten Haut. Schon während der Fahrt hatte sie den Blick kaum davon abwenden können. Wie es sich wohl anfühlen würde, über die feine Behaarung zu streicheln? Resigniert wandte sie sich ihrem Einkaufszettel zu. *Schwachsinn.* Sie sollte sich besser bewegen, anstatt herumzustehen, zu frieren und dummes Zeug zu denken. Also lief sie wie ein Wiesel zwischen den Regalen hin und her, warf die abgepackten Waren in den Wagen und hielt erst inne, als sie Hendriks amüsierte Blicke bemerkte, während sie sich mal wieder fröstelnd die nackten Arme rieb.

„Was?" Sie konnte nicht verhindern, dass ihr Ton schnippisch klang. Verdammt. Sie mutierte zum Eisklotz und er machte sich über sie lustig.

„Wenn Sie mir sagen, was auf dem Zettel steht, kann ich bei dem Spiel *Wer-ist-der-Schnellste* vielleicht auch mitmachen. Aber ohne Anleitung habe ich keine Chance."

„Sorry." Sie zog eine Grimasse, hakte einen weiteren Posten ab und drückte ihm den Einkaufszettel in die Hand, bevor sie erneut losrannte.

Nachdem sie als Letztes eine Kiste Butter auf den Wagen gepackt hatte, strich sie auch diesen Punkt noch von der Liste und griff entschlossen zum Wagengriff. Alles, was sie wollte, war dieses schwergängige Gefährt zur Kasse schieben, wo wieder zivilisierte Temperaturen herrschten. Hendrik, der das mit einem Kopfschütteln quittierte, sah sie von der Seite an und legte entschieden seine Hand neben ihre und sie somit unweigerlich berührte. Wahnsinn. Wie konnte man bei dieser Kälte nur so unverschämt warme Hände haben? Für den Bruchteil einer Sekunde gab sie sich dem Wunschtraum hin, sich ganz und gar in seine kräftigen Arme zu schmiegen und diese Wärme vollends auszukosten. *Hilfe!* Als hätte sie sich verbrannt, zog sie ihre Hand blitzschnell zurück. War sie jetzt völlig übergeschnappt? Seit wann zeigte sie solche irrwitzigen Anwandlungen, wenn sie fror?

„Ich mache das schon. Glauben Sie mir, ich schiebe den Karren so schnell wie nur möglich zur Kasse. Ich will schließlich nicht dafür verantwortlich sein, wenn Sie hier festfrieren."

Sie war geneigt, ihm die Zunge rauszustrecken, was sie sich aber verkniff. Täuschte sie sich, oder hatte er wieder dieses Glitzern in den Augen? Während er voranging, sah sie unauffällig an sich herunter und hätte am liebsten laut aufgestöhnt. Verdammter Mist. Unter dem dünnen Top zeichneten sich ihre vor Kälte hochaufgerichteten Brustwarzen ab. Das hatte auch der Super-Extra-T-Shirt-Schalen-BH nicht verhindern können. Und immer passierten solche Dinge, wenn Hendrik in der

Nähe war. Man sollte an diese Dessous-Firma schreiben. Von wegen unsichtbar.

Hoch erhobenen Hauptes trabte sie hinter ihm her zur Kasse, wo dankenswerterweise wieder normale Temperaturen herrschten. Geschäftig – ohne ihn auch nur einmal anzusehen – räumte Sarah die Lebensmittel aufs Band und anschließend zurück in den Wagen. Nachdem Hendrik gezahlt hatte, passierten sie gemeinsam den Ausgang. Mit dem Öffnen der Schiebetür nach draußen schlug ihnen schwül-heiße Gewitterluft entgegen. Die Wetterlage hatte sich inzwischen dramatisch verändert. Am Himmel türmten sich riesige, bedrohlich aussehende, schwarze Wolken auf, die ein böiger Wind vor sich hertrieb. Bereits von Weitem hörte man dunkles Donnergrollen.

Hendrik blickte skeptisch nach oben. „Wenn wir das Zeug trocken ins Auto kriegen wollen, müssen wir noch mal Gas geben."

„Kein Problem."

„Ja", lachte er und sah ihr in die Augen. „Spätestens nach Ihrem Einsatz in der Frischkostabteilung weiß ich, wie fix Sie sein können."

So schnell es mit einem voll beladenen Wagen ging, schob er das Gefährt zum Auto. Und genauso schnell räumten sie die Waren ein.

Hendrik, der die Hecktüren aufsperrte, hielt plötzlich inne. „Mist!" Er tastete zuerst seinen Hosenboden ab und überprüfte dann die Brusttaschen seines Hemdes. „Ich hab die Kundenkarte im Markt vergessen. Tut mir leid, aber ich muss noch mal zurück."

Kaum, dass er unter dem Parkdeck verschwunden war, öffnete der Himmel auch schon seine Schleusen. Von einer Minute auf die andere schüttete es wie aus Kübeln. Binnen Sekunden war Sarah bis auf die Haut durchnässt. Im

Laufschritt fuhr sie den Einkaufswagen in eine dafür vorgesehene Gasse und rannte zurück. Der Regen war so heftig, dass er beim Aufkommen auf dem Boden hoch spritzte. Ruckzuck bildeten sich auf dem Asphalt kleine Seen, die zusehends größer wurden. Es war unausweichlich, dass ihr das Wasser in die Schuhe drang und das Baumwollgewebe völlig durchweichte. Leider ließ Hendrik noch auf sich warten. Ohne lange zu überlegen, bestieg sie den Jeep, in dem der Schlüssel glücklicherweise steckte. Ein Blick zum Himmel bestätigte, dass es so schnell nicht aufhören würde zu regnen. Abwarten würde also nichts nützten. Und es reichte, wenn einer bis auf die Haut nass wurde. Im Innenraum des Jeeps hatte sich eine ungeheure Hitze aufgestaut, weshalb die Scheiben aufgrund der Feuchtigkeit, die von ihr ausging, sofort beschlugen. Sie startete den Motor und suchte fieberhaft nach dem Gebläse, dass sie dann auf die höchste Stufe stellte. Doch das allein reichte nicht. Im Handschuhfach fand sie ein Tuch, mit dem sie die Frontscheiben frei wischte. Ohne den Sitz zu verstellen, lenkte sie den Wagen langsam Richtung Eingangsbereich, wo sie Hendrik, der gerade aus dem Markt kam, entdeckte. Da sie sich hier nun im überdachten Bereich befand, fuhr sie auf einen der freigewordenen Parkplätze und schaltete den Motor ab.

„Das nenne ich mal einen Service. Ist alles trocken geblieben?" Er nahm auf dem Beifahrersitz Platz, betrachtete sie eingehend und verzog dann seine Lippen zu einem reumütigen Grinsen. „Blöde Frage oder?"

„Nur ein bisschen. Die Lebensmittel haben aber nichts abbekommen."

Hendrik griff hinter den Sitz und holte eine Sporttasche hervor. „Hier! Da sind saubere Sportsachen von mir drin. Ein Handtuch müsste auch dabei sein. Sie können auf gar keinen Fall in den nassen Sachen bleiben. Dann sind Sie spätestens übermorgen krank."

Sarah nickte zögernd. Natürlich hatte er damit recht, doch sich vor ihm auszuziehen, behagte ihr nicht sonderlich und war außerdem nicht gerade das, was sie sich unter einer gelungenen Einkaufstour mit ihrem Chef vorstellte. Um Zeit zu gewinnen, griff sie zum Handtuch und rubbelte sich die Haare trocken.

Hendrik, der das Wechselspiel ihrer Miene verfolgte, ahnte, was in ihr vorging. Ihrem Verhalten nach zu urteilen, schien sie tatsächlich nichts davon mitbekommen zu haben, dass Christian sie vor ihm ausgezogen hatte. Irgendwie erleichterte ihn das. Er räusperte sich. „Okay ... am besten Sie rutschen erst mal hierüber. Und dann können Sie entscheiden, ob ich rausgehen soll oder ob es reicht, wenn ich Ihnen verspreche, dass ich nicht linse." Er hob demonstrativ zwei Finger.

Sein Verhalten entlockte Sarah ein Lächeln. „Also gut, Sie können bleiben."

Während er ausstieg, rutschte sie auf die Beifahrerseite. Durch die geöffneten Scheiben kam ein kühleres Lüftchen herein und vertrieb die unerträgliche Schwüle im inneren des Jeeps. Noch immer unschlüssig schnappte sie sich den Rucksack. Obwohl Hendrik ihr den Rücken zukehrte, war ihr die Situation nicht ganz geheuer. Sie würde sich komplett umziehen müssen, denn alle ihre Sachen waren durch und durch nass. Immerhin hatte der Jeep verdunkelte Scheiben, was sie ein wenig tröstete. Das blaue T-Shirt, das sie neben einer kurzen Trainingshose in der Tasche vorfand, würde zwar reichen, um sich wieder angezogen und gut zu fühlen, doch zuvor musste sie sich aus BH und Höschen schälen. Es war nicht nur, weil sie sich seiner Präsenz mehr als bewusst war ... auch ihre feuchte Haut machte ein leichtes Aus- und anziehen nahezu unmöglich. Nachdem sie sich ein wenig trocken gerieben und sich das Handtuch turbanähnlich um den Kopf gewickelt hatte, begann sie damit, die Ösen ihres BHs zu öffnen. In einer schnellen Bewegung streifte sie ihn unterhalb des T-Shirts ab und zog danach den Shorts aus. Hendrik kehrte ihr den Rücken zu und hatte sich unterdessen in sein Handy vertieft. Er reagierte nicht mal, als sie ihn versehentlich mit dem Ellenbogen anrempelte. Ihre gemurmelte Entschuldigung nahm er mit einem Achselzucken entgegen und gab ihr so das Gefühl, dass für ihn alles in Ordnung sei. Jetzt gab Sarah Gas. Sie wechselte die Shirts – glücklicherweise war seins schön lang – entledigte sich ihres Slips und schlüpfte in seine Sporthose. Zum Abschluss zurrte sie das Bändchen in der Taille zusammen und sprang aus dem Auto, um nicht nur die durchnässte Kleidung, sondern auch ihre Haare auszuwringen und sie wiederum hochzubinden.

Ohne ihn anzusehen, kletterte sie zurück in den Jeep. Hendrik verstand das als Zeichen sich wieder umdrehen zu dürfen. Das Lächeln, mit dem er sie ansah, war entwaffnend, verständnisvoll und belustigt in einem. Wie schaffte er das?

„Und? Fühlen Sie sich jetzt besser?"

„Ja. Absolut. Danke. Haben Sie noch mehr Schätze im Wagen?"

Er lachte auf. „Es gab Zeiten, da hatte ich sogar einen Schlafsack dabei, aber das ist lange her. Die Sportsachen sind nützlich. Uwe und ich entschließen uns oft spontan zu einer Trainingseinheit. Da ist es praktisch, vorbereitet zu sein."

Hendrik startete den Jeep und lenkte ihn Richtung Innenstadt.

Aha, dachte Sarah, so erklärte sich auch seine sportliche Figur. Er war kein Muskelpaket wie Dennis, aber sehr drahtig, was ihr ohnehin viel besser gefiel.

Nachdem er die Sicherheitsschuhe abgeholt hatte, schlugen sie den Heimweg ein. Da es aber immer noch in Strömen goss, konnte er nur langsam fahren.

„Und? Haben Sie es schon bereut, für Rike eingesprungen zu sein?", nahm Hendrik das Gespräch wieder auf und sah sie kurz an.

„Wie kommen Sie darauf? Mache ich den Eindruck?"

„Nein, das nicht. Ich dachte nur, weil Sie nach den Ferien gleich in die Schule müssen ... die meisten hätten in so einem Fall Nichtstun vorgezogen. "

„Ja ... ach so ... nein ... das ist schon okay." Sarah überlegte kurz, ob sie ihm die Sache mit Daniel erzählen sollte, entschied sich aber dagegen. Hinterher bekam er das noch in den falschen Hals. „Für mich ist es besser so", sagte sie deshalb nur leise und blickte nachdenklich nach draußen.

„Okay", erwiderte Hendrik nur, weil er nicht wusste, was er sonst hätte sagen sollen. Dennoch bemerkte er ihren Stimmungswandel. „Ich hoffe nur, dass das Waldeckerland Ihnen wenigstens ein bisschen Erholung bietet?"

Sarah nickte und lächelte ihn an. „Doch, doch, das tut es. Für mich ist Kinderbetreuung keine Arbeit. Und mit Maritta zusammenzuarbeiten macht Spaß. Ich bin sehr froh, dass es so gekommen ist."

„Darf man fragen, warum Sie sich für den Lehrerberuf entschieden haben? So einfach stelle ich mir das bei den heutigen Kindern, aber vor allem bei deren Eltern, nicht vor."

Inzwischen hatten sie die Stadt verlassen und fuhren auf der Bundesstraße. Auch der Regen hatte merklich nachgelassen, weshalb Hendrik wieder mit höherer Geschwindigkeit fahren konnte.

Sarah lachte trocken auf. „Ja, da ist was dran. Aber eigentlich waren es mehrere Gründe, die bei der Entscheidung eine Rolle gespielt haben. Abgesehen davon, dass ich gut mit Kindern kann, ist es mir wichtig, einen Beruf zu haben, mit dem ich unabhängig sein kann."

Hendrik drehte sich kurz zu ihr um und betrachtete sie forschend.

Sarah, die seinen fragenden Blick spürte, rechtfertigte sich. „Ich weiß, das klingt seltsam. Ist aber so."

„Unabhängig von einem bestimmten Mann? Oder prinzipiell von allen Männern?"

Sarah starrte auf die Straße. Sein Interesse überraschte sie. „Ja ... auch", gab sie zu. „Ich bin in einem reinen Frauenhaushalt großgeworden. Das prägt."

„Was ist mit Ihrem Vater?" Als sie nicht sofort antwortete, räusperte er sich. „Entschuldigung. Ich wollte nicht indiskret sein."

„Nein, schon gut. Es ist kein ja Geheimnis. Meine Mutter hatte sich bei ihrer ersten Festanstellung nach ihrer Ausbildung in ihren Chef verliebt. Das Ergebnis sitzt neben Ihnen. Er war verheiratet und wollte es auch bleiben." Sarah zuckte mit den Achseln. „Für ihn war ich immer nur eine Sollposition auf seinem Girokonto. Ansonsten existiere ich in seinem Leben nicht. Er hat zwei eheliche Kinder." Sie zögerte einen Moment, bevor sie weitersprach. „Es hat eine Weile gedauert, bis ich das wegstecken konnte."

Hendrik war betroffen und gleichzeitig gerührt, dass sie so offen mit ihm sprach. Er drosselte die Geschwindigkeit, da die Autobahnabfahrt, an der sie runtermussten, in Sichtweite kam.

„Ehrlich gesagt, macht mich so ein Verhalten sprachlos", antwortete er leise.

„Das geht den meisten so." Sie zuckte mit den Schultern. „Ich habe mit dem Thema abgeschlossen und bin froh darüber." Sie zögerte. „Ein bisschen Verständnis habe ich sogar für ihn. Aus seiner Sicht gesehen, hatte er zu dem Zeitpunkt viel zu verlieren. Er war zwar Chef, hatte den Posten aber von seinem Schwiegervater übernommen. Es wäre sein Ruin gewesen, hätte er die Affäre öffentlich gemacht. Und mehr war es für ihn nicht, auch wenn er meiner Mutter was anderes vorgegaukelt hat. Gott sei Dank, hat sie ihr Glück trotzdem gefunden, obwohl das etwas gedauert hat."

Hendrik nickte nachdenklich. „Das freut mich zu hören."

Auch auf der weiteren Fahrt trat kein unangenehmes Schweigen zwischen ihnen auf. Sarah erzählte von Rike und vom Bistro, ließ Daniel jedoch außen vor und Hendrik berichtete von seiner Studienzeit in Berlin, wobei er seine Ex ebenfalls mit keiner Silbe erwähnte. Erleichtert stellte er fest, dass es ihm nichts mehr ausmachte, über diese Periode in seinem Leben zu reden.

Als die Gutseinfahrt in Sicht kam, waren beide überrascht, wie schnell die Fahrt vorbeigegangen war. Bislang war das Waldecker Land zwar von dem Unwetter verschont geblieben, aber es war nur noch eine Frage der Zeit, wann sich die dicken Wolken, die am Himmel hingen, entladen würden. Zwischendrin blinzelte hie und da noch die tief stehende Spätnachtmittagssonne hindurch, doch man konnte auch schon das Grummeln des herannahenden Gewitters hören. Nachdem er den Jeep vor dem Kinderhaus geparkt hatte, konnte er sich nur über Sarah wundern. Er hatte damit gerechnet, dass sie geradewegs loslief, um sich umzuziehen. Stattdessen begann sie sofort, die Einkäufe auszuladen. Nun gut, wer es nicht genau wusste, konnte glauben, sie trüge kein langes T-Shirt über seiner Sportshorts – die man jedoch nur sah, wenn sie sich bückte – sondern ein sehr kurzes Minikleid. Ihre schlanken Beine waren sehenswert und in dem Shirt, dass ihr gerade mal bis zu den Oberschenkeln reichte, besonders sexy. Völlig ignorierend, dass sie noch immer seine Sachen anhatte, schleppte sie unbeirrt Karton für Karton in den Vorratsraum des Kinderhauses. Dabei war nur gut, dass sie vor lauter Eifer nicht mitbekam, wie er auf ihre festen Rundungen starrte. Denn bei jedem Schritt wippte ihr Busen sanft mit. So unbekümmert, wie sie sich in seinem Hemd bewegte, ließ sich vermuten, dass sie nicht ahnte, wie viel der dünne, anschmiegsame Stoff von ihrer Figur preisgab. Er konnte es nicht verhindern, dass ihm bei diesem Anblick immer wieder ihre nackten Brüste in den Sinn kamen. Das Bild, das sich ihm ins Hirn gebrannt hatte, verfolgte ihn eh schon jede Nacht. Hendrik musste schwer atmen und schätzte sich glücklich, dass ihm sein Karohemd locker über den Bermudashorts fiel. Hinzu kam, dass ihn ihre unbefangene, natürliche Art so wahnsinnig anmachte, dass er Mühe hatte, sich in den Griff zu bekommen. Es lag bereits eine ganze Weile zurück, dass er das letzte Mal eine Frau im Bett gehabt hatte. Nach Cora hatte es eine kurze Probierphase gegeben, in der er mit One-Night-Stands experimentiert hatte. Er hatte schnell wieder davon abgelassen. Er war einfach nicht der richtige Typ für unverfänglichen Sex. Hendrik spürte, dass er sich mit Sarah auf Neuland begab, für das er noch keinen Lageplan hatte. Und er liebte Lagepläne. Er war hin- und hergerissen. Einerseits beglückwünschte er sich, dass ihm am Morgen die Bestellung der Sicherheitsschuhe eingefallen war, und andererseits jagten ihm seine Gefühle Angst ein. Das Eis, auf dem er sich bewegte, wurde zunehmend brüchiger. Es knackte geradezu unter seinen Füßen, besonders als Sarah sich vor ihm in den Kofferraum beugte. Er hielt die Luft an. Welcher Mann würde ihm verdenken, dass er gar nicht anders konnte, als ihr auf den knackigen Apfelhintern zu starren, der sich nur allzu deutlich unter der dünnen, glänzenden Sporthose abzeichnete. Vorsichtshalber zupfte er abermals an seinem Hemd, damit es noch lockerer über die Hose fiel. Oh Gott, da würde später auch eine kalte Dusche nicht mehr helfen. Und sie ahnte nicht einmal, was sie bei ihm anrichtete, so ungekünstelt, wie sie sich gab. Um auf andere Gedanken zu kommen, stapelte er sich auf eine Kiste Bananen noch eine Stiege Milch, um im wahrsten Sinne des Wortes wieder runterzukommen. Allerdings half dieser Kraftakt auch nicht gegen das Gefühlschaos, das in ihm tobte. Verdammt! Warum konnte er nicht einfach nur ihre unkomplizierte Gegenwart genießen. Dass er ihre Nähe genoss, ließ sich sowieso nicht länger leugnen. Sie war so erfrischend anders als seine Ex, daran gab es – spätestens nach diesem Einkauf – überhaupt keinen Zweifel mehr. Bei dem Gedanken, Cora hätte seine Sportsachen anziehen müssen, musste er sich das Lachen verkneifen. Unvorstellbar. Und Sarah kümmerte sich nicht die Bohne darum, wie sie darin aussah. Tatsächlich war es ihm egal, was sie anhatte. Sie übte in jedem Outfit eine Magie auf ihn aus, der er sich nicht länger entziehen konnte und auch nicht wollte, wenn er ehrlich mit sich selbst war. Gerade trug sie einen breiten, doppelstöckigen Karton mit Kartoffelchips und Erdnussflips nach hinten. Er folgte ihr mit der zweiten Palette Milch.

„Warum gehen Sie nicht zweimal, wir haben doch Zeit?"

„Ach, das sieht schlimmer aus, als es ist. Das Zeug ist ganz leicht, nur ein bisschen sperrig."

Als wollte sie das Gesagte unterstreichen, rammte sie das mittlere der drei Metallregale. Genau das, was schon seit Monaten darauf wartete, instand gesetzt zu werden. Die Verankerungen im Fußboden und an der Decke hatten sich gelockert und lösten sich mit jeder Bewegung ein bisschen mehr. Obendrauf stand ein schwerer Bratentopf. Laut Maritta benutzte den eigentlich niemand, dennoch war das seit Jahr und Tag sein Platz. Hendrik, der davon wusste, lenkte seinen Blick sorgenvoll dorthin und musste nun mit ansehen, wie das gusseiserne Ungetüm samt Regal beträchtlich ins Wanken kam. Geistesgegenwärtig schob er die Milchpalette auf eine der Eistruhen und ging in Stellung. Sarah bemerkte von der schwelenden Gefahr, die hinter ihr lauerte, nichts. Ahnungslos platzierte sie den Karton auf einem der unteren Regalböden.

„Ich werde sie gleich auspacken", plapperte sie unbekümmert. „Zerkrümelte Chips will keiner essen."

Hendrik hörte ihr zu und beobachtete dabei entgeistert, wie sich das metallene Ungetüm in Zeitlupe auf sie zubewegte. Für Warnungen war es bereits zu spät, weshalb er mit zwei schnellen Schritten neben ihr stand und sich gegen das schwere Möbel stemmte, das sich zunehmend zur Seite neigte. Erst jetzt begriff sie, in welcher Lage sie sich befand und blickte sich erschrocken um. Dank seiner Größe konnte er das Gestell mit einer Hand aufhalten und mit der anderen den Bräter abbremsen. Doch Servietten, Küchenrollen, Toilettenpapier und Plastikbecher, die auf den mittleren Regalböden verstaut waren, rutschten mit einem schleifenden Geräusch zu Boden. Völlig verdattert starrte Sarah Hendrik an, der das Regal endlich zum Stehen brachte und den Topf wieder geraderückte. Als klar war, dass die Gefahr gebannt war, ließ er das Gestänge los und begegnete ihrem Blick. Ihr ganzes Gesicht schien nur noch aus großen blauen Augen zu bestehen.

Ehe er Luft holen konnte, schlang sie ihm die Arme um den Hals, schmiegte sich an ihn und küsste ihn auf die Wange. „Danke."

Perplex und außerstande zu reagieren, blieb Hendrik regungslos stehen. Seine größte Sorge bezog sich in diesem Moment auf seine noch immer nicht ganz abgeklungene Erektion, die er gern vor ihr verbergen wollte. Behutsam, sodass es nicht allzu offensichtlich wurde, ging er ins Hohlkreuz und bewegte so seinen Unterleib eine Winzigkeit von ihrem weg. Erst dann legte er vorsichtig einen Arm um sie. Dabei schlug ihm das Herz bis zum Hals, so aufgeregt war er. Nur langsam beruhigte sich seine Atmung, sodass er beginnen konnte, die Umarmung zu genießen. Sie so eng zu spüren, fühlte sich einfach unwiderstehlich gut an. Es war wieder genauso wie auf dem Reiterball, wo er mit ihr so innig getanzt hatte. Stückchen für Stückchen zog er sie näher an seine Brust.

Die Umarmung fand jedoch ein jähes Ende, als Sarah einen leisen, quälenden Laut von sich gab und sich abrupt von ihm löste. „Entschuldigung", japste sie, „ich ... äh, es tut mir ... ich weiß gar nicht was ...", beschämt wich sie seinem Blick aus und sah zur Seite, wo all die heruntergefallenen Sachen lagen. Sie wollte sich sofort bücken, um aufzuräumen, doch Hendrik berührte sie an der Schulter und zwang sie damit, ihn anzusehen.

„Hey, das ist schon in Ordnung. Ganz normal in so einer Situation."

Im Gegensatz zu dem Aufruhr, der in ihm tobte, klang seine Stimme ruhig und gefasst.

Beschämt vermied sie es, ihm in die Augen zu sehen. „Ja, wahrscheinlich", murmelte sie tonlos, bückte sich und fing an, hastig die Sachen vom Boden aufzuheben.

Auch Hendrik wandte sich ab, um die Milchkartons zu verstauen. Nun verfielen beide in ein geschäftiges Schweigen und verharrten darin, bis der letzte Karton weggeräumt war.

„So, jetzt hat die Bande wieder Futter." Henrik schlug die Heckklappe des Jeeps zu.

„Aber nur bis nächsten Mittwoch, dann geht der Spaß von vorne los." Sarahs Stimme verriet, wie unsicher sie sich fühlte. Sie wäre am liebsten vor Scham im Erdboden versunken. Wie hatte sie sich nur so gehenlassen können? Er war verdammt noch mal ihr Chef.

Hendrik, der spürte, in welchem inneren Konflikt sie steckte, zog eine komische Grimasse und wandte sich zum Gehen. „Ja, das ist zu befürchten ... aber ...", er blieb stehen und sah ihr in die Augen. „Wenn Sie mal wieder Hilfe brauchen", zwinkerte er und machte eine bedeutsame Geste, bei der Sarah sofort wusste, dass er die Szene in der Vorratskammer meinte. „Sie wissen ja jetzt, wie nützlich ich sein kann."

Da war es wieder das Glitzern in seinen Augen, doch die Tatsache, dass er die Umarmung nur kumpelhaft erwidert hatte, besagte ja wohl alles. Meine Güte, was war nur mit ihr los? Am liebsten wäre sie jetzt hinter ihm hergerannt, hätte ihn gleich noch mal umarmt und – dieser Gedanke machte sie ganz schwindelig – geküsst und noch viel mehr.

Weder Hendrik noch Sarah bemerkten, wie die Gardine im Fenster des Haupthauses zugezogen wurde. Hannelore, die die beiden beobachtet hatte, stand kopfschüttelnd im Flur. Hatte sie nicht gleich gewusst, dass diese Person nur Unruhe bringen würde?

13.

*H*annelore blickte ihrem jüngsten Sohn nach, wie er mit dem Jeep durch das Hoftor fuhr. Sie wusste, er war auf dem Weg zum Sägewerk. Erst dann ging sie zurück ins Büro und wählte die Nummer vom Kinderhaus, wo Maritta kurz darauf abnahm.

„Würden Sie bitte dafür sorgen, dass Frau Kunzmann zu mir rüberkommt?"

„Ja, natürlich. Sie wird gleich da sein."

Die Baronin legte auf. Wenige Minuten später stand Sarah in der Bürotür und wurde von ihrer Chefin von oben bis unten gemustert. Keine Spur mehr von aufreizender Kleidung stellte Hannelore fest. Sarah trug Jeans und ein schlichtes rotes T-Shirt, unter dem sich ihre weiblichen Rundungen dezent verbargen. Die Haare hatte sie zu einem Knoten gedreht. Hendrik bewies Geschmack. Das musste man ihm lassen. Die Baronin presste die Lippen für eine Sekunde zusammen. Nichtsdestotrotz würde sie keine weiteren Annäherungen dulden. Das passte einfach nicht.

„Frau Kunzmann, ich habe Sie gerufen, weil Post für Sie gekommen ist", erklärte sie mit einem unverbindlichen Lächeln und hielt ihr einen DIN-A5-Umschlag entgegen, den Sarah stirnrunzelnd entgegennahm.

„Danke."

Sarah wandte sich zum Gehen.

„Hat mit dem Einkauf gestern alles geklappt?"

Sarah blieb stehen und sah ihre Chefin erstaunt an. „Ja, doch, wir wurden zwar von einem starken Gewitter überrascht, aber die Lebensmittel sind komplett trocken geblieben."

Froh, wieder außerhalb des Büros zu sein, riss Sarah den Umschlag noch im Laufen auf. Der Großbrief war von ihrer Mutter, das erkannte sie sofort an der Handschrift. Allerdings war ihr nicht klar, warum sie geschrieben hatte, wo sie doch mindestens einmal die Woche telefonierten?

Als sie im Kinderhaus ankam, räumten die Mädchen bereits die Tische ab. Maritta, die auf dem Weg in den Aufenthaltsraum war und sich über Sarahs verdrossene Miene wunderte, machte ein fragendes Gesicht, als die, anstatt mitzuhelfen, sich an den Küchentisch setzte und mit einem Briefumschlag wedelte.

„Darf ich? Nur ganz kurz. Ich helfe gleich mit."

„Klar. Mach nur."

Bereits als sie das weiße Kuvert mit amerikanischer Briefmarke sah, wusste sie, dass der Brief von Daniel war. Verdammt! Schon wieder hatte er ihre Mutter für seine Zwecke benutzt. Ein gelbes Post-it prangte ihr entgegen.

Bitte Sarah, lies den Brief. Ich melde mich in den nächsten Tagen. LG Mama

Natürlich würde sie ihn lesen. Wer war sie denn? Ein Unmensch? Trotzdem ärgerte es sie, dass sich Daniel nicht an Absprachen halten konnte, und mal wieder nur sein eigenes Ding im Kopf hatte. Mit zusammengepressten Lippen entfaltete sie das Briefpapier.

Meine liebste Sarah,

Bitte leg diesen Brief nicht gleich zur Seite. Es gehört nicht zu meinen Gewohnheiten, handgeschriebene Zeilen zu verfassen. Keine Ahnung, wann ich, dass das letzte Mal getan habe, aber ich wusste mir einfach keinen anderen Rat mehr. Ich hätte viel

*lieber mit dir gesprochen. Aber du willst ja nicht mit mir
telefonieren. Nur, wie soll ich dir dann erklären, wie's mir geht?
Ich kann nicht glauben, was zwischen uns passiert ist. Wir
haben uns doch immer so gut verstanden. Was ist nur los mit
dir?*

Sarah senkte die Hand, in der sie das Briefpapier hielt, und
schüttelte traurig den Kopf. Typisch Daniel. Er hatte noch
gar nichts kapiert.

*Bitte gib uns noch eine Chance. Ich komme in ein paar Wochen
kurz nach Deutschland, dann können wir über alles reden.
Es gibt hier ganz in der Nähe eine deutsche und eine
internationale Schule. Ich habe mich schon erkundigt. Die
suchen immer Lehrer. Wie findest du die Idee? Bitte, denk
wenigstens darüber nach. Ich vermisse dich und würde mich
sehr über eine Antwort freuen.
Ich melde mich, sobald ich wieder in Deutschland bin.*

Dein Daniel

Aufgewühlt und den Tränen nahe ließ Sarah den Brief
einfach auf dem Küchentisch liegen und ging hinüber in den
Speisesaal, wo Maritta bereits damit begonnen hatte, zu
kehren und die Stühle geradezurücken. Die Mädchen
waren längst wieder bei den Ponys.

„Kann ich was für dich tun?" Maritta sah sie besorgt an.

Sarah zuckte nur ratlos mit den Schultern und schüttelte
den Kopf.

„Wenn du möchtest, können wir reden." Maritta drückte
Sarah den Besen in die Hand. „Außerdem hab ich mal

gelesen, dass man beim Saubermachen besonders gut nachdenken kann."

Sie lachte trocken auf. „Über das Thema hab ich schon so viel nachgedacht, dass ich eine Doktorarbeit drüber schreiben könnte."

In Gedanken versunken, fegte sie den Saal, bis kein Krümel mehr zu sehen war. Selbst das Klappern der Außentür hörte sie nicht, so sehr wühlte sie Daniels Nachricht auf.

„Hi, habt ihr noch was zu essen für mich?" Dennis stand plötzlich mitten im Raum und grinste breit. „Irgendwie werde ich heute nicht satt."

„Hattest wohl wieder eine anstrengende Nacht, was?", merkte Maritta ironisch an. „Drüben auf dem Tisch sind noch Brötchen in der Tüte. Im Kühlschrank kennst du dich ja aus. Aber denk dran, alles wegzuräumen!" Dennis legte die Hände vor der Brust zusammen, verbeugte sich übertrieben und verschwand nebenan.

Als die beiden Frauen zurück in die Küche kamen, erinnerten nur noch die Brösel auf dem Küchentisch daran, dass Dennis sich Proviant mitgenommen hatte.

Sarah griff sofort nach dem Brief und hielt ihn Maritta hin. „Lies das bitte. Ich würde gern deine Meinung dazu hören."

„Bist du sicher?" Die Ältere setzte sich, zögerte jedoch, bevor sie das Blatt an sich nahm.

„Absolut. Sonst hätte ich's nicht gesagt."

Während Maritta las, hielt es Sarah nicht aus, untätig herumzustehen oder gar zu sitzen. Sie verschwand in der Vorratskammer und kam mit verschiedenen Backutensilien und dem Waffeleisen zurück.

„Was hast du vor?" Maritta ließ sie nicht aus den Augen. „Komm, setz dich erst mal her und lass uns reden. Das ist jetzt wichtiger."

Zögernd nahm sie Platz und deutete auf den Brief. „Und, was hältst du davon? Soll ich mich darauf einlassen?"

„Ich weiß nicht. Hast du nicht gesagt, du hast schon eine Stelle?"

„Ja, am Gymnasium in Fritzlar."

„Okay, ich will ehrlich mit dir sein, Sarah. Du bist jetzt seit vier Wochen hier und machst auf mich nicht den Eindruck, dass du ihn vermisst. Du jammerst nicht, bist nicht traurig ... für mich sieht das nicht danach aus, als hättest du noch sehr starke Gefühle für ihn."

Eine Welle der Erleichterung überschwemmte Sarah, die ihr die Tränen in die Augen trieb. Sie nickte und musste schlucken. „Du hast recht. Er fehlt mir nicht. Ich kanns nicht ändern, aber so fühle ich nun mal."

Maritta stand auf und holte zwei Gläser Wasser. „Ich sage das deshalb, weil ich weiß, wie es ist, wenn man sich längere Zeit nicht sehen kann. Mit Uwe war das am Anfang nämlich so."

„Wart ihr mal getrennt?"

„Nein." Maritta reichte ihr das Wasser und setzte sich wieder. „Aber wir haben zuerst eine Fernbeziehung geführt. Schließlich waren wir noch in der Ausbildung, als wir uns kennengelernt haben. Da gab es einige Hürden zu überwinden, um zusammen zu sein." Sie schüttelte den Kopf. „Wir wussten nur, dass wir ineinander verliebt waren und ja, auch dass wir beisammen sein wollten. Ich habe in dieser Zeit nur noch fürs Wochenende gelebt. Deswegen kannst du dir sicher sein, dass ich weiß, wie man sich verhält, wenn man Sehnsucht hat."

Sarah lächelte. Sie freute sich über Marittas Ehrlichkeit. „Und weiter? Was war das für eine Ausbildung, die du gemacht hast?"

„Ich bin Erzieherin. Als ich fertig war, wollte ich mir gleich eine Stelle hier in der Nähe suchen, doch es gab nichts. Uwe wohnte damals noch bei seinen Eltern. Es war wie verhext. Aber dann erzählte Hendriks Vater von der Idee, Kindern Reiterferien zu ermöglichen. Uwe arbeitete inzwischen als Geselle und verdiente genug für uns beide. Er wollte nicht länger warten, sondern mit mir zusammenziehen. Ein halbes Jahr später haben wir geheiratet. So war das."

„So schnell. Ich meine geheiratet", seufzte sie herzzerreißend. „Aber du hast mit Uwe ja auch richtig Glück gehabt. Er liebt dich, das merkt man ganz genau." Sarahs Lächeln erlosch.

Maritta beobachtete ihr Mienenspiel und ahnte, was in ihr vorging. „Ja, das haben wir schnell gemerkt, dass wir uns lieben. Da war das mit der Hochzeit nur logisch. Ganz einfach Liebe, die auf Gegenseitigkeit beruht. Mit weniger solltest du dich auch nicht zufriedengeben."

„Hm." Sarah nickte, wirkte aber nicht überzeugt.

„Mein Gott. Du bist bildhübsch, da findet sich doch einer, der dich wirklich liebt."

Sarahs Augen wurden feucht. Verlegen senkte sie den Blick.

„Hey!" Maritta wirkte bestürzt. „Habe ich was Falsches gesagt?"

Sarah schüttelte den Kopf und schluckte die Tränen hinunter. „Nein, schon gut", krächzte sie, weil ihr die Stimme versagte. Mit glasigen Augen sah sie Maritta an. „Entschuldige, normalerweise bin ich nicht so ..."

„Sei nicht so streng mit dir. Du gehst gerade durch eine schwere Zeit." Maritta hockte sich neben sie und sah sie eindringlich an. „Eine Trennung ist nun wirklich kein Pappenstiel. Hm ... aber jetzt noch mal zu den Männern. Wieso denkst du, dass sich da draußen keiner findet, der dich aufrichtig lieben kann?"

„Weil ich es noch nicht erlebt habe", schniefte sie und schüttelte den Kopf. „Okay, ich weiß schon, dass ich schnell Eindruck mache. Das hört sich aber nur gut an, ist es aber nicht. Hast du eine Ahnung, wie ätzend das ist, wenn die Typen dich wie eine Trophäe behandeln? Oder noch schlimmer, wie einen Pokal besitzen wollen?"

„Stelle ich mir auch nicht so prickelnd vor", stimmte Maritta ihr zu.

„Ist es auch nicht, weil du komplett austauschbar bist." Sarah sah ihrer Kollegin in die Augen. „Ich wünsche mir einen Mann, der mir das Gefühl gibt, dass er mich auch deshalb will ... weil wir nächtelang durchquatschen und zusammen lachen können und er ...", sie zog eine komische Grimasse, „... vielleicht verrückt nach meinem Kuchen ist?"

„Wer deinen Kuchen *nicht* mag, muss verrückt sein." Maritta erhob sich und setzte sich Sarah wieder gegenüber.

„Als ich Daniel kennengelernt habe", sprach Sarah weiter, „dachte ich, jetzt wird alles gut. Er hat mich ernstgenommen, mir zugehört und mir das Gefühl gegeben, mich meiner selbst willen zu mögen." Ein Schluchzer löste sich aus ihrer Brust. „Aber er ... wie soll ich das sagen, er ist lieb ... doch in den letzten beiden Jahren konnten wir uns, wenn überhaupt, nur mal am Wochenende sehen. Er hat wie wahnsinnig an seiner Karriere gearbeitet." Sarah schlug sich die Hände vors Gesicht. Maritta schwieg, berührte nur tröstend ihren Arm. „Ich will nicht ungerecht sein", krächzte Sarah und atmete schwer. „Es war für mich in der Zeit, wo so viele Prüfungen anstanden und ich buchstäblich Tag und Nacht gelernt habe, genauso in Ordnung wie für ihn. Nur ... selbst wenn wir mal zusammen waren ...", wieder konnte sie vor Schluchzern nicht weitersprechen. „Wenn ich dagegen Rike sehe", fuhr sie leise fort, „die mit Knutschflecken übersät ist, wenn sie von Basti kommt. Sie schwebt im siebten Himmel und strahlt wie die Sonne ..." Sarah räusperte sich. „Entschuldige, ich wollte nicht so emotional werden."

Maritta sah sie verständnisvoll an. „Und das wünschst du dir auch?"

Sarah drückste herum, begutachtete den Fußboden, weil sie Maritta nicht in die Augen sehen konnte, und rang sich dann ein zögerliches „Ja" ab.

„Sarah, sieh mich an. Du weinst, weil du dich von ihm nicht geliebt fühlst, und nicht deshalb, weil er dir noch keinen Knutschfleck gemacht hat."

Sarah schüttelte erst den Kopf, nickte dann aber. Der Tränenkloß, der sich in ihrem Hals breitgemacht hatte, verhinderte, dass sie sprechen konnte.

„Sarah, wir reden hier von Frau zu Frau und glaub mir, es bleibt unter uns." Maritta nahm ihre Hand. „Deine Wünsche sind völlig normal."

„Weißt du", Sarah schluckte und räusperte sich, „da hast du endlich einen, für den du mehr als nur ein ... ein Vorzeigehäschen bist, und dann kriegst du mit der Zeit das Gefühl, nicht Frau genug zu sein, um ihn so richtig ... na ja, du weißt schon. Manchmal denke ich, er braucht das gar nicht."

„Entschuldige, wenn ich dich das frage." Jetzt räusperte sich Maritta. „Hattest du wenigstens deinen Spaß, wenn ihr es mal gemacht habt?"

„Das hat mich Rike auch gefragt. Sie hat gemeint, dass ich endlich einen richtigen Kerl bräuchte." Sarah sah Maritta hilflos in die Augen.

Die musste grinsen. „Typisch Rike. Und, was hast du ihr geantwortet?"

„Dass Daniel nicht so triebhaft ist und dass ich nichts vermisst habe."

„Und seitdem hast du Zweifel?"

„Schon. Bei meinem allerersten Freund habe ich ansatzweise erfahren, was Rike meint. Es war aufregend. Mit Daniel ist es ... kuschelig und gemütlich."

„Nicht aufregend?"

„Hm, es war schön, aber auf jeden Fall anders, als Rike es beschrieben hat und wie ich es schon in Romanen gelesen habe."

„Du weißt, was Rike jetzt dazu sagen würde?"

Sarah lachte auf. „Oh ja ... kuschelig ist die kleine Schwester von scheiße." Sarah drehte das Glas in den Händen. „Verrätst du mir, wie es bei euch war oder vielmehr ist?"

Maritta sah sie offen an. „Ja natürlich, wenn ich dir solche Fragen stelle. Selbstverständlich." Sie sah in Erinnerung schwelgend zur Decke. Ein Lächeln ging über ihr Gesicht, bevor sie mit leuchtenden Augen anfing zu sprechen. „Das erste Mal – es hat ein paar Wochen gedauert, nachdem wir uns kennengelernt hatten. Ich war ja erst sechzehn und hatte vorher keine Erfahrungen gesammelt. Deshalb hat Uwe mir Zeit gelassen. Als es dann passierte, war er sehr vorsichtig. Es war nett, aber für mich nicht berauschend. Ich bin sicher, dass das den meisten Mädchen so geht. Aber dann, nach ein paar Malen, war ich genauso verrückt danach wie er. Ich kenne also auch den Zustand, den Rike beschrieben hat. Und ich halte es für völlig normal, so zu empfinden. Sex mit dem richtigen Mann ist eine tolle Sache und tatsächlich die schönste Nebensache der Welt. So wild wie am Anfang sind wir heute zwar nicht mehr, aber ich möchte auch nicht darauf verzichten müssen."

Sarah wirkte nachdenklich. Sie erhob sich, ging um den Tisch und umarmte Maritta, die sich ebenfalls aufgestanden war, spontan. „Danke für deine ehrlichen Worte. Jetzt gehts mir schon besser. Ich werde ihm antworten."

Sie lösten sich voneinander und Sarah sah die unausgesprochene Frage, die Maritta auf den Lippen hatte.

„Ich werde ihm sagen, dass es keinen Sinn mehr hat, weil ich nur noch Freundschaft für ihn empfinde." Sie hielt inne und ihre Augen wurden groß. „Er hat ja nicht mal in dem Brief von Liebe gesprochen!"

„Richtig", nickte Maritta, „weil er das, was er dir gegeben hat, für Liebe hält."

„Oh Gott ja, das wird mir auch gerade erst klar." Sarah tippte sich an die Stirn. „Du weißt gar nicht, wie recht du damit hast und wie sehr mir das hilft. Er ist davon überzeugt, dass Liebe so funktioniert. Seine Eltern leben genau so zusammen."

Marittas erstauntes Gesicht war Frage genug.

„Daniel hat noch eine Schwester. Eigentlich ein Wunder, oder? In seiner Familie zählen nur Ansehen, Status und Geld."

Maritta krempelte energisch die Ärmel hoch und schnappte sich das Mehl. „Mit der Einstellung sind sie nicht unbedingt alleine. Aber was solls, jeder muss sehen, wie er glücklich wird." Sie packte Sarah entschlossen am Arm. „Du willst Waffeln für die Gören backen!"

„Ja. Ich dachte, ist mal was anderes als immer nur Schokoladenkuchen und Muffins."

„Dann mal an die Arbeit."

***

Es war früher Samstagnachmittag, als Hendrik die Fohlenkoppel abschritt und die neuen Zäune kontrollierte. Die Hitze der letzten Tage hatte auch ihr Gutes gehabt, denn die Felder, auf denen Futtergetreide angebaut wurde, waren im Lauf der vergangenen Woche allesamt abgeerntet worden. Inzwischen herrschten wieder normale mitteleuropäische Sommertemperaturen und der Himmel zeigte sich leicht bewölkt. Bei einem Blick auf den Badesee, der menschenleer dalag, ertappte er sich dabei, dass er Ausschau nach einem Blondschopf im Bikini hielt. Vergebens. Leider. Tagsüber bekam er Sarah kaum zu sehen. Zu viel Arbeit und zu viele Verpflichtungen. Er hoffte nur, dass sie ihm jetzt nicht aus dem Weg ging, nur weil sie ihn spontan umarmt hatte. Ihm war die heftige Verlegenheit, die ihr im Gesicht gestanden hatte, nicht entgangen. Ganz sicher gehörte sie nicht zu den Frauen, die sich einem Mann an den Hals warfen. Und dass sie bei ihm so impulsiv reagiert hatte, löste bei ihm einige Fragen aus und machte die Sache insgesamt ziemlich spannend. Zu blöd nur, dass er sich so selten dämlich angestellt hatte. Nun blieb ihm nur die Hoffnung, dass er ihr so schnell wie möglich wieder über den Weg lief.

Er erreichte den Jeep, setzte sich hinein und klopfte unschlüssig aufs Lenkrad. Er hatte noch keinen blassen Schimmer, wie er den Nachmittag verbringen sollte. Auf jeden Fall nicht mit Arbeit. Sarah dürfte inzwischen auch alles erledigt haben und Feierabend haben. Bounty, die im

Fußraum auf der Beifahrerseite saß, starrte ihn erwartungsvoll an.

„Nein, ich will jetzt nicht mit dir spielen." Zärtlich strich er der Hündin übers Fell. „Wir fahren zum Hof. Mal sehen, was sich heute noch ergibt."

***

Maritta schloss die Eingangstür des Kinderhauses ab, vor der Uwe, Saskia und Manuel auf sie warteten. Die Stimmung der drei war mehr als angespannt. Besonders Saskia war schlecht gelaunt. Missmutig sah sie Christians Cabriolet hinterher, das zur Hofausfahrt rollte und stampfte wütend mit dem Fuß auf.

„Ihr seid so fies. Ich wäre so gern mitgefahren. Und Sarah hätte nichts dagegen gehabt. Das hat sie extra gesagt." Schmollend verzog das Mädchen den Mund. „Voll gemein", fuhr sie fort. „Jetzt kann ich mich wieder den ganzen Tag nur langweilen."

Maritta wandte sich entnervt ab. „Ich mach mich los. Auf mich wartet zu Hause noch jede Menge Arbeit."

„Siehst du", maulte Saskia ihren Vater an. „Bei uns gehts immer nur um die Arbeit. Das ist voll spießig. Total uncool. Nie können wir mal wie andere ganz spontan was Tolles machen. Wir sind überhaupt keine normale Familie."

Maritta schüttelte den Kopf. Sie hatte gelernt, dass es sich in solchen Situationen nicht lohnte, zu diskutieren. Ohne ein weiteres Wort machte sie sich auf den Weg zu ihrem Haus, das sich nur wenige Straßen entfernt vom Gutshof befand.

„Jetzt reicht's aber!" Uwes Ton wurde energischer. „Es gibt hier wirklich genug Möglichkeiten gegen Langeweile. Sattel dir ein Pony, geh schwimmen, verabrede dich mit deinen Freundinnen oder mach sonst was. Nur hör endlich auf zu jammern!"

„Aber es stimmt ja auch", kam nun von Manuel. „Wir haben nie richtig Ferien, so wie die anderen."

„Meine Freundinnen sind alle im Urlaub. Wen soll ich denn da fragen, he?", brummte Saskia weiter. „Und mit Fritzi und Nadine darf ich nicht weg. Da heißt es immer, die sind zu alt für mich. Siehst du, wie doof das alles hier ist!"

Wütend kickte sie Kieselsteine umher.

Manuel verschränkte die Arme vor der Brust und schob, genau wie seine Schwester, die Unterlippe vor. In diesem Moment fuhr Hendrik vor und sprang zusammen mit Bounty aus dem Wagen.

„Was ist denn hier los?", fragte er verwundert, als er in die verstimmten Gesichter schaute.

Uwe verdrehte überdrüssig die Augen und winkte ab. „Frag die Herrschaften hier. Denen ist das Ferienprogramm auf dem Hof nicht gut genug."

Saskia streichelte angesichts Hendriks Gegenwart verschämt Bounty. „Stimmt gar nicht, das hat Manuel gesagt!", rief sie. „Ich wollte doch nur mit Sarah und Christian zum Edersee fahren, aber das durfte ich ja nicht."

Hendrik hob eine Augenbraue, sagte aber nichts.

„Es ist voll langweilig hier", meuterte Manuel weiter. „Immer nur Ponys und reiten. Alleine macht das auch keinen Spaß."

Hendrik dachte an seine eigene Kindheit und konnte die Kinder gut verstehen. Sein Bruder und er hatten ihren Eltern die gleichen Vorwürfe gemacht. Nicht ein einziges Mal waren sie alle zusammen irgendwo im Urlaub gewesen.

Uwe zuckte hilflos mit den Achseln. „Das wird dann wohl nix mit unserer Bike-Tour. Du siehst ja, was hier los ist."

Seit geraumer Zeit nutzten die beiden Männer den Samstagnachmittag, um eine ausgedehnte Strecke mit dem Rad zu fahren. Bisher fanden sich immer genügend Spielkameraden für die Kinder und Maritta genoss es, mal für sich zu sein, um in Ruhe Liegengebliebenes im Haus zu richten.

„Hm?" Hendrik berührte Manuel am Arm und sah Saskia an. „Was würdet ihr denn gerne machen?"

Während Manuels Augen sofort anfingen zu strahlen, zuckte Saskia unschlüssig mit den Schultern.

„Mein Freund Leo geht mit seinem Papa manchmal zum Klettern an den Edersee. Das ist voll geil, sagt er. Können wir das auch mal machen?"

„Davon hast du ja noch nie erzählt", meinte Uwe erstaunt. „Aber keine schlechte Idee."

„Und du, Saskia?", Hendrik sah den Teenager an. „Wie findest du das?"

Saskia druckste herum und streichelte dabei unentwegt Bountys Fell. „Ja, hab ich schon von gehört. Aber das nächste Mal sage ich, was wir machen."

„Gut." Hendrik richtete seinen Blick auf Uwe „Ich finde, das mit dem Klettern sollten wir mal angehen."

„Ich bin dabei." Uwe lachte. „Hauptsache, das Gemecker hört auf."

„Und am Ende gehen wir noch ein Eis essen." Saskia hatte sich aufgerichtet und sah zwischen den beiden Erwachsenen kokett hin und her.

Auch das wurde einstimmig beschlossen und die Laune der Kinder verbesserte sich schlagartig. Uwe klatschte in die Hände.

„Dann ab ins Auto! Hendrik ist in einer Viertelstunde bei uns und bis dahin müssen wir fertig sein."

Dafür brauchte es keine zweite Aufforderung.

14.

*A*n diesem Nachmittag meldete sich Cora Lichtenfeld an der Rezeption des *Edlen Rosses*. Eike, der ihr das Gepäck abnahm, übergab ihr den Zimmerschlüssel für die Romantik-Suite und begleitete sie dorthin. Sie reiste allein, denn ihr Verlobter, der sie kurz zuvor am Eingang abgesetzt hatte, war zu einer Auktion weitergefahren, die in der Nähe stattfand.

Eike stellte die beiden Koffer im Schlafzimmer der Suite ab. „Möchten Sie, dass ich Ihnen jemanden schicke, der Ihnen beim Auspacken hilft?"

Er wusste zwar, dass die kapriziöse Blondine Hendriks Ex war, doch er hatte sie nie zuvor persönlich kennengelernt. So war es für ihn selbstverständlich, dass er sie so wie jeden anderen Gast behandelte und die Vergangenheit seines Bruders dabei unbeachtet ließ.

„Nein." Cora schüttelte die kunstvoll gestylte Frisur und lächelte freundlich. „Danke, aber ...", sie zögerte, so als überlegte sie, ob sie ihre Gedanken wirklich aussprechen sollte. „Sagen Sie, ist Hendrik in der Nähe?" Als sie die Überraschung in Eikes Gesicht bemerkte, wurde sie verlegen. „Es ist nur", sie sah ihn um Verständnis heischend an, „wenn ich schon mal da bin können wir uns ja wenigstens begrüßen."

„Selbstverständlich." Er nickte und tat, als würde er verstehen. Tatsächlich verstand er gar nichts, vor allem nicht, wenn er an die überschwängliche Verabschiedung dachte, die sie ihrem Verlobten vor wenigen Minuten hatte angedeihen lassen. „Ich weiß nicht, wo er ist", antwortete Eike deshalb wahrheitsgemäß. „Wenn Sie möchten, kann ich ihm etwas ausrichten."

Wieder wirkte sie unsicher, was so gar nicht zu ihrem sonstigen Auftreten passen wollte.

„Ja, tun Sie das bitte. Das ist nett. Danke."

***

Der Edersee, der sich in seiner ganzen Pracht gemächlich um die grünen Hügel des Waldecker Landes wand, glänzte wie ein Spiegel im milden Sonnenschein. Nur ein paar vorbeiziehende Wolken, die ihre Schatten auf die sanften Wellen warfen, durchbrachen das Licht. Der See bot mit seinen zahlreichen Wassersportmöglichkeiten so viel Abwechslung, dass man den Alltag leicht vergessen konnte. Surfer, Wasserskifahrer und Segler durchfurchten die glatte Oberfläche des riesigen Stausees, der als drittgrößter Deutschlands galt. Am Ufer wimmelte es nur von Menschen in Cafés, Souvenirläden und Strandlokalen, was bewies, wie beliebt er bei den Touristen war. Sarah schämte sich fast ein bisschen für ihre mangelnden heimatkundlichen Kenntnisse. Sie erinnerte sich dunkel, dass sie mal als Grundschulkind mit ihrer Großmutter und anderen Verwandten hiergewesen war. Doch viel Erinnerung hatte sie daran nicht mehr. Die Ausflüge ihrer Kindheit hatten sich in aller Regel auf die Reichweite des Kasseler Straßenbahnnetzes beschränkt.

Angesichts der wunderschönen Landschaft entschied Sarah spontan, jetzt häufiger herzukommen. Ganz besonders nachdem Christian sie schon über die turmhohe Staumauer geführt hatte, und sie nun vor die Wahl stellte, eine Rundfahrt mit dem Dampfer zu buchen oder einen Teil des Sees mit dem Tretboot zu erkunden. „Der Dampfer hat noch dreißig Jahre Zeit", hatte sie ihm lachend geantwortet, weshalb sie einen Tretbootverleiher aufsuchten.

Sarah, deren Gedanken unseligerweise ständig um Daniels Brief kreisten, ging mit sich selbst ins Gericht und entschied sich endlich, Christians anregende Gesellschaft vollends zu genießen. Natürlich würde sie ihrem Ex antworten, aber erst dann, wenn sie dafür die richtigen Worte gefunden hatte.

Während sie so in die Pedalen traten, entpuppte sich ihr freundlicher Begleiter als wandelndes Lexikon und beantwortete souverän all ihre Fragen. Allerdings verrieten ihr seine nachdenklichen Blicke auch, dass er mehr von ihr erfahren wollte.

„So, Reiseführer Christian S. hat jetzt Feierabend. Alles Weitere steht im Internet." Er grinste sie an, unterstrich seine Aussage mit einer energischen Handbewegung und sah ihr in die Augen. „Kann es sein, dass du nur deshalb so viel wissen willst, damit wir nicht über dich reden?"

War ja klar, dass sie einem Mann wie ihm nichts vormachen konnte. Das wollte sie auch gar nicht. Allerdings stand ihr heute nicht schon wieder der Sinn nach einem psychologischen Gespräch. Das vom Vortag mit Maritta ging glatt für zwei durch. Dennoch lag es ihr fern, Christian vor den Kopf zu stoßen. Er gab sich so viel Mühe und war so sympathisch, dass sie ihn auf keinen Fall verärgern wollte.

„Es hat mich wirklich interessiert", rechtfertigte sie sich. „Schlimm genug, dass ich so wenig über das alles hier weiß." Sie deutete auf den See. „Bei deinem Erzähltalent hättest du genauso gut Lehrer werden können."

„Findest du? Soweit mir bekannt ist, sollten Lehrer nicht nur gut erklären können, sondern auch Fragen stellen dürfen." Er hob eine Augenbraue. „Gut. Dann fangen wir damit doch gleich mal an", grinste er, „obwohl ich ganz sicher nicht vorhabe, meinen Beruf zu wechseln." Er schüttelte den Kopf. „Gott bewahre, mein Vater würde mich umbringen." Er lachte. „Also, Fräulein Geheimnisvoll. Wo kommst du her, wo willst du hin und warum bist du da?"

Sarah beobachtete die sprudelnd weiße Gischt, die das Boot auf der glatten Oberfläche hinterließ. Christian lenkte. Mittlerweile waren sie bereits ein ganzes Stück vom Ufer entfernt und bewegten sich auf die Mitte zu. Als sie ihn ansah, erkannte sie, dass sein schelmisches Grinsen nur über seine Beharrlichkeit hinwegtäuschte.

„Als Erstes solltest du dir von einer ausgebildeten Pädagogin sagen lassen, dass man nicht mehrere Fragen auf einmal stellt."

Sein Grinsen wurde breiter. „Du weichst schon wieder aus. Ich glaube allmählich, dass ich andere Maßnahmen ergreifen muss. Okay ... wir fahren hier so lange im Kreis, bis du mir antwortest."

„Auch diese Methoden, mein Herr, sind vorsintflutlich. Nötigung hat im Unterricht nichts mehr zu suchen", konterte sie gelassen.

„Alles klar, ich gebe mich geschlagen. Du willst mir nicht antworten. Schade, ich hätte dich gern näher kennengelernt."

Sarah dachte an die Hilfe, die er ihr hatte zukommen lassen, als sie in der Sonne eingeschlafen war. „*Du* hast mich schon *näher kennengelernt* als so manch anderer, mein Lieber."

Christian runzelte die Stirn.

Sie berührte seinen Arm. „Und dafür möchte ich dir danken. Ich hatte nur noch keine Gelegenheit dazu."

Seine Züge entspannten sich er verstand. „Darüber habe ich ein Gelübde abgelegt und außerdem solltest du dich da besser bei Hendrik bedanken. Er war derjenige, der dich gefunden hat."

„Hab ich schon." Sie schluckte. „Aber ohne dein Wissen und die Medikamente, die du mir verabreicht hast, wäre es mir viel schlechter ergangen."

„Keine Ursache. Wie gesagt, das ist mein Job."

Sie hörte auf zu treten und wandte ihm das Gesicht zu. „Also, was genau willst du wissen? Die Fragen nach woher, wohin und überhaupt finde ich schwierig zu beantworten, da musst du schon konkreter werden."

Auch Christian stoppte ab, als er bemerkte, dass sie tatsächlich begannen, sich im Kreis zu drehen. Das Boot kam zum Stillstand.

„Gut, dann werde ich mal konkreter. Was macht eine so außergewöhnliche Person wie du in unserem kleinen Kaff?" Er legte bewusst eine Pause ein. Sarah holte bereits Luft, um zu antworten, doch Christian hob die Hand, weil er noch nicht fertig war. „Und ... wie kommt es, dass du allein bist? Ich meine ohne Partner. Oder wartet irgendwo jemand auf dich?"

„Jetzt willst du's aber ganz genau wissen."

Er nickte und sah sie abwartend an.

„Erstens. Ich bin genauso außergewöhnlich oder gewöhnlich wie jeder andere hier. Ich weiß nicht, was an mir anders sein soll als an anderen. So, und außerdem habe ich dir schon erzählt, dass ich Lehramt studiert habe und für meine Freundin Rike eingesprungen bin. Stimmt's?"

„Ja okay, das ist richtig. Aber da steckt doch mehr dahinter, sorry, aber alles andere macht für mich keinen Sinn. Du bist doch keine siebzehn mehr."

„Also gut, wenn du es unbedingt so genau wissen musst ... ich habe mich von meinem Freund getrennt. Es hat sich herausgestellt, dass wir nicht mehr in die gleiche Richtung gehen ..."

„Oh!" Christian, aus dessen Miene die Belustigung gewichen war, nickte anerkennend. „Trotzdem ... nach all den Prüfungen, die du hinter dich gebracht hast ... gabs denn da gar keine anderen Pläne? Ich meine, das ist doch der Wahnsinn! Du musst dich doch ein bisschen erholen, bevor du wieder voll durchstartest."

Sarah betrachtete nachdenklich wie sich das Wasser in den Wellen brach. „Der ursprüngliche Plan war, gemeinsam in den Urlaub nach Spanien zu fahren. Was glaubst du, wie sehr ich mich darauf gefreut hatte?" Ihre Miene verdüsterte sich. „Hatte mir sogar extra einen sündhaft teuren Bikini dafür gekauft." Sie lachte bitter auf. „Das war übrigens der, den du mir ausgezogen hast."

Sie sah ihm in die Augen. Christian hielt den Blick und ließ sie weiter reden.

„Zwei Tage bevor wir fahren wollten, hat er mir gesagt, dass es mit dem Urlaub nichts wird, weil er in den USA Karriere machen kann. In Siebenmeilenschritten." Sie lachte erneut bitter auf. „Er macht, seit ich ihn kenne, Karriere." Sarah wechselte in einen schmeichelnden Singsang. „Schatz, so eine Chance kriege ich nie wieder, das musst du doch verstehen." Sie stockte, presste kurz die Lippen zusammen und sprach dann im normalen Ton weiter. „Als er mich angerufen hat, hatte er schon zwei Flugtickets gebucht." Sie sah Christian in die Augen. „Kannst du dir vorstellen, wie man sich da fühlt?" Sie schüttelte resigniert den Kopf, bevor sie weitersprach. „Als wäre ich eine Puppe ohne eigene Meinung. Er hat geglaubt, er würde mir damit eine Freude machen. Dass ich wütend geworden bin, hat er nicht ansatzweise kapiert ...", sie schluckte, brach ab und blickte wieder übers Wasser.

„Du hast es beendet?"

„Ja."

„Bist du sicher, dass die Tickets der einzige Grund waren?"

„Inzwischen nicht mehr. Am Anfang schon."

„Und jetzt?"

„Er will mich zurück."

„Hab ich mir gedacht."

Sarah sah Christian erstaunt an, ging jedoch nicht weiter darauf ein. „Er schlägt vor, dass ich in den Staaten an einer deutschen oder internationalen Schule arbeiten soll."

„Aha. Und was möchtest du? Willst du das auch?"

Sie schüttelte den Kopf.

„Du hättest kein Problem damit, wenn du ihn lieben würdest, aber das tust du nicht."

Sie nickte. „Stimmt. Zu dem Ergebnis bin ich inzwischen auch gekommen."

Aus Christians Gesicht war das Grinsen verschwunden. „Und jetzt hast du die Nase von uns Männern voll?"

„So pauschal würde ich das nicht sagen. Ich schere nicht alle über einen Kamm. Aber ich breche auch nichts übers Knie." Sarah sah ihm in die Augen. „Und, was ist mit dir? Ich dachte immer, Ärzte hätten gar keine Chance, den Krankenschwestern zu entkommen, mit denen sie tagtäglich zusammenarbeiten."

Christian sah sie erstaunt an und fragte sich, ob sie hellsehen konnte. Tatsächlich gab es eine interessante Schwester dort, wo er in wenigen Tagen seinen letzten Arbeitstag haben würde. Simone arbeitete auf seiner Station und war ihm sofort aufgefallen. Doch auch Sarah gefiel ihm gut. „Ich bin solo, und das schon seit gut einem Jahr. Davor hatte ich eine lange Beziehung. Wir waren sehr jung, als wir zusammengekommen sind. Aber, wenn ich ehrlich bin, gefällt mir das Alleinsein nicht. Ich möchte langsam sesshaft werden. Das Rumzigeunern ist nur selten spannend und wird schnell langweilig."

Übereinstimmend fingen sie wieder an zu treten und fuhren zurück in Richtung Ufer. Für ein paar Minuten hingen beide ihren Gedanken nach.

„Meinst du, die Informationen reichen dir, um mich besser kennenzulernen? Oder gibt es noch was, was du wissen willst?"

„Für den Anfang reicht's. Es erklärt einiges."

„Gut. Hm … würdest du mir auch eine Frage beantworten?"

„Natürlich."

Sarah wusste nicht, wie sie ihr Anliegen formulieren sollte, ohne zu viel preiszugeben, und wich verlegen seinem forschenden Blick aus, worauf er verwundert reagierte.

„Als du mich verarztet hast, warst du da allein im Zimmer?"

Der Ausdruck seiner Augen wurde wachsam. „Nein."

„Die ganze Zeit?"

Er nickte, zögerte jedoch, bevor er weitersprach. „Hendrik ist ein gelehriger Helfer. Er hat dir die Stirn gekühlt."

Sarah hielt den Atem an und schloss für einen Moment die Augen, ehe sie wieder aufs Wasser starrte. Aus irgendeinem Grund hatte sie es gewusst und doch gehofft, dass sie sich irrte.

„Hey!" Christian berührte sie an der Schulter. „Ist das so schlimm für dich?"

Sarah, die ihm darauf nicht antworten konnte, schüttelte nur den Kopf. Wie sollte sie ihm erklären, was sie selber nicht verstand. Normalerweise hatte sie kein Problem mit Nacktheit. Mein Gott, wie oft war sie mit Rike in der gemischten Sauna gewesen. Und trotzdem verhielt es sich mit Hendrik anders. Natürlich war es nicht *schlimm*. Aber auch nicht einerlei.

Sie räusperte sich. „Ist schon gut, ich wollt' s einfach nur wissen."

***

Glücklich und verschwitzt kamen Uwe, Saskia, Manuel und Hendrik nach der Klettertour im Strandcafé an. Das Lokal mit Außenterrasse war immer noch gut besucht, weshalb Manuel schnell vorweg lief und wie wild mit den Armen wedelte, als er einen Vierertisch mit Aussicht auf den See ergattert hatte. Vom Tisch aus hatte man einen herrlichen Blick auf das Seeufer mit Promenade. Während sich die Sonne allmählich senkte, tanzten die Mücken über dem Wasser, und trotz der vorgerückten Stunde – es war mittlerweile kurz vor sieben – herrschte rund um den See noch immer reges Treiben. Manuel, der sich ungeniert in den Stuhl plumpsen ließ, strich sich über die Arme und stöhnte leise. „Ich glaube, morgen habe ich Muskelkater."

Uwe lachte. „Und ich glaube, damit bist du nicht alleine."

Hendrik nickte. „So merkt man erst mal, wo man überall Muskeln hat."

„Ich weiß, was dagegen hilft!", rief Saskia und wedelte mit der Dessertkarte.

„Du spinnst", brummte Manuel und nahm sich die Menükarte, die ihm die Kellnerin entgegenhielt, die gerade an den Tisch gekommen war.

„Willst du nicht lieber was Vernünftiges essen?", gab Uwe zu bedenken. „Das ist eure Chance auf Jägerschnitzel mit Pommes. Zu Hause bleibt die Küche heute nämlich kalt."

„Kann ich 'ne Cola dazu?" Manuel strahlte wie ein Schneekönig. Mit Schnitzel und Fritten konnte man den Jungen immer glücklich machen.

„Na gut." Saskia hatte es sich anders überlegt. „Aber danach krieg ich noch ein Eis."

„Der Nachtisch geht auf mich", warf Hendrik ein. „Natürlich für alle."

„Kann ich 'nen Weizen dazu?", äffte Uwe seinen Sohn nach und alle lachten.

„Wann können wir wieder hierher?" Manuel überhörte die Frotzelei seines Vaters und sah ihn erwartungsvoll an.

Uwe blieb es erspart, darauf sofort antworten zu müssen, weil die Kellnerin nun die Getränkebestellung aufnehmen wollte. Als die Getränke vor ihnen standen, kippte Manuel die Cola in einem Zug hinunter und hielt das leere Glas in die Höhe. „Kann ich noch eine?"

„Mach mal halblang. Meinst du, die Bedienung arbeitet nur für dich?"

„Okay ... aber, wann gehen wir denn nun das nächste Mal her? Und Hendrik soll auch wieder mitkommen ...“

„Moment Mal! Das nächste Mal bestimme ich, wo wir hingehen", rief Saskia empört.

Manuel verzog das Gesicht. „Ja gut, aber nicht so'n uncoolen Mädchenkram. Ich will Action, so wie heute. Boah, das war so klasse, als ich an dem langen Seil runtergerutscht bin. Jetzt kann ich endlich auch was Tolles vom Klettern erzählen, nicht immer nur der Leo."

„Noch sind wir hier. Und was Hendrik betrifft, würde ich erst mal fragen und nicht einfach bestimmen", bremste Uwe seinen Sohn.

Manuel visierte seinen großen Freund an. „Dir hat es doch auch gefallen."

„Gut erkannt. Das nächste Mal sind wir ein Team." Hendrik hielt die Hände hoch und der Junge klatschte ihn ab.

Die beiden Erwachsenen warfen sich schmunzelnde Blicke zu. Was für ein Tag? Nachdem sie den ersten Schritt in den Bereich des Kletterparks gesetzt hatten, waren die Kinder wie ausgewechselt gewesen. Aufmerksam hatten sie den Ausführungen des Betreuers zugehört und waren bei allen Übungen mit Feuereifer dabei. Danach waren die Helme und Gurte ausgeteilt worden schon gings mit der Einsteigerrunde los. Es gab verschiedene Schwierigkeitsgrade, die sich nach und nach steigerten. Manuel bildete ein Team mit Uwe und Hendrik eins mit Saskia. Der Junge war nicht mehr zu bremsen, als es dann endlich, ohne Trainer, richtig losging. Aber auch seine Schwester stand ihm in nichts nach. Selbst die beiden Erwachsenen waren begeistert dabei.

Manuels Wunsch nach einem weiteren Besuch wäre also nicht so schwer zu erfüllen. Die Kellnerin brachte Getränkenachschub für die Kinder. „Moment, junger Mann", ermahnte Uwe, als er sah, wie Saskias Mundwinkel nach unten gingen, weil Manuel ein allzu siegessicheres Gesicht machte. „Gleiches Recht für alle, heute hast du entschieden. Das nächste Mal darf deine Schwester sagen, wo wir hingehen."

„Ich weiß aber noch nicht genau, was ich will", nickte Saskia angesichts der Unterstützung selbstgefällig. „Es gibt so viele Möglichkeiten. Vielleicht Boot fahren oder ..." Sie sah über das Wasser zum Wald am anderen Ufer. „Ja, jetzt hab ich's! Es gibt hier irgendwo eine Greifvogelshow. Das würde mir gefallen. Und Mama würde dann bestimmt auch mitkommen." Sie sah ihren Vater an. „Papa, wie findest du das?"

Uwe nickte zustimmend, wirkte aber dennoch abwesend, weil er beobachtete, wie die mit Tellern beladene Kellnerin ihren Tisch anvisierte.

„Papa! Du hörst mir gar nicht zu."

„Doch, natürlich. Die Idee ist gut. Ich bin dabei."

Der Duft frisch frittierter Pommes und würziger Jägersoße brachte das Gespräch zum Verstummen. Alle vier machten sich über ihre Gerichte her und merkten erst jetzt, wie hungrig sie waren. Hendrik, der einen Schluck von seinem Weizenbier nahm, ließ seine Blicke langsam in der Umgebung umherwandern.

Am Strand unterhalb der Terrasse befand sich ein Tretbootverleih, wo man zwischen den verschiedensten Modellen auswählen konnte. Zu dieser fortgeschrittenen Stunde waren die meisten Boote jedoch zurück an der Anlegestelle und schaukelten unruhig im Wasser.

Wahrscheinlich waren es ihre hellen Haare, die so auffällig im milden Licht der Abendsonne leuchteten und ihn auf sie aufmerksam werden ließ. Die blonde Mähne, die sich sanft bis weit über ihre Schultern wellte, war ein Anblick, den man selten zu sehen bekam, zumindest während der Arbeitszeit. Da war sie meistens zu einem Zopf zusammengebunden. Jetzt strich sie sich die Strähnen aus dem Gesicht, die ihr der Wind immer wieder hinein wehte. Christian, der neben ihr im Tretboot saß, lenkte es ans Ufer. Ein Angestellter des Bootsverleihs nahm sie dort in Empfang und reichte Sarah die Hand, um ihr aus dem Boot zu helfen. Sie machte einen glücklichen Eindruck, denn sie lächelte und ließ sich von Christian, der sie am Arm berührte, über den Steg auf die Promenade führen. Hendrik mochte es, wie sie sich bewegte, so leicht, geschmeidig und feminin. Sie trug eine rote, dreiviertellange Jeans, ein weißes T-Shirt und gleichfarbige Chucks. Die Farben waren wie für sie gemacht. Hendrik vergaß, weiterzuessen. Es fiel ihm schwer, den Blick von ihr zu lösen, weshalb er sich zwang, wegzuschauen.

Völlig verrückt. Er schüttelte kaum merklich den Kopf und schob sich eine Gabel mit Pommes in den Mund. Es liefen hunderte Leute um den See. Warum hatte er ausgerechnet sie dazwischen entdecken müssen? Es wäre besser gewesen, er hätte die beiden nicht zusammen gesehen. Sein Appetit war weg. Lustlos nahm er noch ein paar Bissen und starrte dann wieder hinunter zur Anlegestelle. Christian und Sarah gaben zweifellos ein attraktives Paar ab, auch wenn es ihm schwerfiel, sich das einzugestehen. Allerdings erleichterte es ihn, dass sie sich nicht an den Händen hielten, während sie nebeneinander hergingen. Hendrik, der sich verbot, nochmals zum Anlegesteg zu schauen, starrte stattdessen in sein Weizenglas, als er einen großen Schluck daraus nahm. Als er aufblickte, bemerkte er, dass Uwe ihn beobachtete.

Es war klar, dass sein Freund die beiden ebenfalls am Bootssteg entdeckt hatte, und nun wusste, worauf seine Aufmerksamkeit lag. Als Saskia Hendrik am Arm berührte, erschrak er.

„Also, was ist jetzt, kommst du mit?"

„Entschuldige, ich hab nicht zugehört. Wohin soll ich mitkommen?"

„Na zu der Greifvogelshow, da wollen wir demnächst mal hingehen. Willst du?"

Hendrik lächelte Saskia an. „Wenn es in meinen Zeitplan passt, na klar und das gilt auch für den nächsten Klettertrip."

15.

*D*orit begrüßte ihre Schwiegereltern mit einer Umarmung und führte die beiden in eines der Konferenzzimmer, das bereits für eine Abendgesellschaft eingedeckt war. Sie wies auf einen Tisch, um den vier Stühle standen, der für Servierzwecke genutzt wurde.

„Setzt euch schon mal. Ich bin gleich wieder da. Eike kommt auch sofort, er verabschiedet nur noch ein paar wichtige Gäste."

Hannelore nahm neben ihrem Mann Platz. Zufrieden betrachtete sie die Eleganz des Raumes und freute sich darüber, dass ihr Ältester auf dem Weg war, einer der erfolgreichsten Gastronomen der Region zu werden. Sie wusste, dass Dorit daran einen nicht unerheblichen Anteil hatte. Zugegebenermaßen war sie anfangs ihr gegenüber skeptisch gewesen. Die Konditorin kam aus einer Arbeiterfamilie, in der Selbstständigkeit und Unternehmertum über Jahrzehnte kein Thema war. Doch mit Fleiß und Ideenreichtum hatte sie Hannelores Wohlwollen und Respekt gewonnen, denn Hans-Hermann hatte sie schon nach dem ersten Kennenlernen ins Herz geschlossen. Für ihn zählte vor allem, dass sie seinen Sohn liebte. Und das tat sie ohne Zweifel.

Als sich die Schiebetür öffnete und Eike und Dorit hereinkamen, betrachtete Hannelore mit Stolz ihren Ältesten, der zu einem stattlichen Mann gereift war. Im Anzug machte er eine fabelhafte Figur und mit seinen kantiger gewordenen Gesichtszügen erinnerte er sie sehr an ihren eigenen Vater. Genau wie er war Eike ein hochgewachsener Mann mit dunklen Haaren und braunen Augen. Anders als Hendrik, der zwar genauso groß wie sein

Bruder war, jedoch eine drahtigere Statur besaß und klar nach Hans-Hermann kam.

Dorit, die die Vorlieben ihres Schwiegervaters inzwischen gut kannte, legte eine Schaumappe auf den Tisch und unterbrach damit ihre Gedanken. Sie hatte drei Vorschläge für seine Geburtstagsfeier ausgearbeitet, die im Spätherbst anstand und im größeren Stil gefeiert werden sollte, da es sich um seinen Sechzigsten handelte. Wie von ihm gewohnt, fällte er eine schnelle Entscheidung, was gut war, da auf Dorit und Eike schon wieder neue Verpflichtungen warteten.

Im Foyer des Hotels, auf dem Rückweg zum Haupthaus, trafen die beiden auf Cora. Hannelore erkannte sie sofort und blieb erstaunt stehen. Sollte der Himmel ihre Gebete erhört haben? Gab es endlich eine geeignete Kandidatin für Hendrik? So wie er nach der Trennung mit Cora gelitten hatte, bestand die Möglichkeit, dass seine Gefühle für die attraktive Blondine noch nicht erkaltet waren.

„Hallo, wen haben wir denn da! Frau Lichtenfeld, was führt Sie zu uns?"

Jetzt schien auch Hans-Hermann ein Licht aufzugehen. Verstohlen betrachtete er Hendriks Ex und reichte ihr die Hand, blieb jedoch zurückhaltend.

„Ich bin für ein paar Tage Wellness hier. Das Hotel ist ganz wunderbar."

Hannelore sog den Anblick der jungen Frau geradezu in sich auf. Mit jeder Pore strahlte sie Reichtum aus. Kein Wunder bei der Familie. Bloß, dass Cora den weiten Weg von Düsseldorf nur für ein bisschen Sauna und Massage angetreten haben sollte, daran wollte sie nicht so recht glauben. Ihr fiel das Zeitungsfoto vom Reitturnier, worauf sie mit ihrem Verlobten abgebildet war, wieder ein. „Sind Sie allein hier?"

„Ja", nickte Cora. „So kann ich die Anwendungen besser genießen."

Hans-Hermann, der sich bei seiner Frau eingehängt hatte, zog unauffällig an ihr, um ihr verständlich zu machen, dass er weitergehen wollte. Sie tat das mit dem beruhigenden Streicheln seiner Hand ab.

„Hendrik würde sich bestimmt freuen, wenn er erfährt, dass Sie hier sind. Möchten Sie, dass ich ihm Bescheid sage?"

Coras Augen begannen seltsam zu glänzen, und Hannelore fühlte sich in ihrem Verdacht bestätigt.

„Oh, ja, gern. Es würde mich sehr freuen, wenn ich ihn treffen könnte."

„Kein Problem, ich werde es ihm ausrichten. Wie lange sind Sie da?"

„Mindestens noch zwei Tage. Am Dienstagmorgen fahre ich erst ab."

Hans-Hermann, dessen kühle Miene seine Missbilligung ausdrückte, löste sich von Hannelore und ging zum Ausgang. Notgedrungen folgte sie ihm und rief im Hinausgehen: „Auf Wiedersehen."

„Was tust du?", fuhr er sie ungehalten an, während sie den kurzen Weg zum Haupthaus nahmen. „Wie kommst du dazu, einfach über seinen Kopf hinweg zu entscheiden? Glaub mir, egal wie sehr du dir diese Verbindung auch wünschst ... du wirst keinen Erfolg haben. Sie passen nicht zusammen. Das Mädchen ist eine verwöhnte Göre und keinesfalls geeignet, mit Hendrik einen Betrieb zu führen."

„Ach, jetzt sei doch nicht so negativ. Sie ist bestens erzogen und kennt Verantwortung von Haus aus."

„Denk an meine Worte", mahnte er. „Verscherze es dir nicht mit unserem Sohn. Er wird es dir übel nehmen, wenn du ihn höchstbietend verschachern willst."

Sie blieben in der Diele stehen.

„Jetzt gehst du aber zu weit. Dieses Mädchen gehört zu einer der reichsten Familien Deutschlands, da kann man ja wohl nicht von Verschachern sprechen. Hendrik ist ein sehr attraktiver junger Mann mit Stammbaum. Ein begehrter Junggeselle. Warum sollte er das nicht ausnutzen?"

„Das ist deine Sichtweise. Was ist, wenn er was ganz anderes will?"

„Was meinst du damit? Hat er dir was gesagt?"

„Nein, aber ich habe Augen im Kopf."

„Du denkst doch wohl nicht etwa an die blonde Lehrerin, mit der er sogar einkaufen fährt?"

„Warum nicht?"

„Hans-Hermann, bitte stell dich nicht gegen mich. Vertrau mir. Die beiden sind viel zu verschieden."

„Woher willst du das wissen?"

„Das weiß ich eben. Weibliche Intuition."

Hans-Hermanns antwortete ihr nicht, doch seine Mundwinkel verhärteten sich. Abermals musste er an seine Jugendliebe Christa denken und daran, wie sich sein Leben wohl entwickelt hätte, wenn sie nicht verunglückt wäre. So kurz vor der Hochzeit. Es war Hannelore zu verdanken, dass er wieder Lebensmut gefunden hatte. Obwohl ihm von Anfang klar gewesen war, dass es schwierig für ihn werden würde, für eine Frau noch mal so viel Liebe aufzubringen wie für Christa. Dennoch hatte Hannelore es geschafft, sein Herz mit unermüdlicher Geduld und Verständnis aus der Erstarrung zu lösen. So war von seiner Seite aus Freundschaft zu Liebe geworden, die mit der Gründung einer Familie gekrönt worden war. Er bereute diese Entscheidung nicht. Das Einzige, was ihn wirklich an ihr störte, war ihr verdammter Standesdünkel. Hannelore war nicht adelig, kam jedoch aus gutem Hause. Warum sie jetzt bei Hendrik so ein Theater machte, war ihm schleierhaft. Dorit hatte sich ihr Wohlwollen auch erarbeiten müssen. Aber in Eikes Werben hatte Hannelore sich nicht eingemischt.

***

Die Dunkelheit senkte sich über die Weiden, als Hendrik auf den mit Solarleuchten versetzten Kiesweg zum Schwimmteich schlenderte. Er war ruhelos. Den Fernseher hatte er nach wenigen Minuten wieder abgeschaltet, ohne überhaupt zu wissen, welches Programm lief. Und das Internet hatte ihm ebenfalls nichts bieten können, worauf er sich hätte konzentrieren können. Nachdem sie das Restaurant verlassen hatten, waren sie nahezu schweigend zurück ins Dorf gefahren. Manuel war schon im Auto vor Erschöpfung eingeschlafen und auch Saskias Mundwerk hatte nach wenigen Minuten Autofahrt stillgestanden. Uwe hatte ihm nur fragende Blicke zugeworfen, aber kein Wort über Christian und Sarah verloren. Schließlich hatte er ihn sogar gebeten, noch auf ein Bier mit reinzukommen. Doch Hendrik hatte abgelehnt. Er befürchtete Fragen, auf die er selbst keine Antwort hatte, und gute Ratschläge, die er in seinem jetzigen Zustand nicht ertragen könnte. Alles, was er wollte, war allein sein.

Auch rund um den Teich befanden sich Solarleuchten, die sich im Wasser spiegelten und den ganzen Bereich in ein romantisches Licht versetzten. *Romantik.* Unwillkürlich musste er an Sarah denken. Während er gemächlich das Ufer erreichte, tauchte das Bild von ihr und Christian, als sie auf dem Bootssteg gestanden hatten, wieder vor seinem inneren Auge auf. Warum setzte ihm das nur so zu? Christian tat doch nur das, was er zuvor angekündigt hatte.

Wer wollte ihm das verübeln? *Ich*, dachte Hendrik, obwohl ich dazu verdammt noch mal kein Recht habe.

Die Wassertemperatur war durch den zumeist sonnigen Tag noch angenehm warm, weshalb er nicht widerstehen konnte, mit den Füßen hinein zu waten. Plötzlich vernahm er das bekannte Surren einer Schnake. Nahezu zeitgleich spürte er den Stich. Dass er sich auf den Oberarm klatschte, kam zu spät. Mist. Wenn er zurück im Haus war, würde er eine Salbe auftragen, das sollte reichen, dachte er und lief weiter am See entlang. Bounty, die mit aufgestellter Rute durch das hohe Gras stromerte, flitzte voraus. Anfangs ignorierte Hendrik die unangenehme Schwellung noch, die um die Stichstelle entstanden war, doch als sein Arm stetig heißer und dicker wurde, ahnte er, dass es mit einer Salbe nicht getan sein würde. Mit jeder Minute, die voranging, brannte und schmerzte der Stich mehr. Er nahm die Beine in die Hand und rannte ins Haus. Im Büro fand er die Nummer für den ärztlichen Bereitschaftsdienst. Dr. Schlüter, Christians Vater. Wenigstens etwas.

Fünf Minuten später parkte er vor der Praxis und klingelte. Schritte hallten durch den Flur und die Tür wurde geöffnet. Doch anstatt in das freundliche Gesicht von Dr. Schlüter Senior zu schauen, blickte er Christian in die Augen. Verdutzt sah Hendrik an ihm vorbei – insgeheim rechnete er damit, dass er Sarah irgendwo hier antreffen würde – und danach ins Wartezimmer, das offenstand. Aber außer seinem Freund war niemand da.

„Hallo, was treibt dich noch hierher?"

Hendrik hielt ihm seinen geschwollenen Arm entgegen. „Hier! Mich hat was gestochen. Ich glaub, es war eine Schnake."

„Komm mit, ich schau's mir an."

Er folgte seinem Freund in die Praxis, wo er sich auf einen Stuhl setzte und sich begutachten ließ.

„Oh je, da hats dich aber ordentlich erwischt. Kein Problem. Eine Spritze bringt da schnelle Abhilfe."

Hendrik, der sich plötzlich seltsam benommen fühlte, nickte nur, nicht fähig zu sprechen oder angemessen zu reagieren. Er betrachtete Christian geradeso als würde er ihn zum ersten Mal sehen. Seltsamerweise hatte er dabei wieder das Bild vom Bootssteg vor Augen.

„Hendrik, ist alles okay?" Christian fühlte ihm die Stirn.

Hendrik schüttelte den Kopf. „Entschuldige, ich denke, ich bin ein bisschen ausgepowert. Weiß auch nicht, was grad mit mir los ist. Es war ein aufregender Tag."

„Gab's Probleme?"

„Nein, nein, wirklich nicht. Ich war mit Uwe und den Kindern im Kletterpark am Edersee. Das hat echt Spaß gemacht, war aber auch nicht ganz ohne. Anschließend waren wir noch was essen. Ich hab ein Weizen getrunken."

„Nein", Christian schüttelte den Kopf, „das kanns nicht gewesen sein. Du hast ja was gegessen. Ich war heute übrigens auch am Edersee. Mit Sarah. Wir sind Tretboot gefahren."

Hendrik studierte erneut das Gesicht seines Freundes und verstand die Welt nicht mehr. Wieso sah er nicht total verliebt und glücklich aus?

Christian, der allmählich zu begreifen schien, was in Hendrik vorging, hob die Hände, als müsste er seine Unschuld bezeugen. „Es ist nichts passiert. Es war ein nettes Treffen unter Freunden. Wir haben uns ein bisschen unterhalten, mehr war nicht."

„Warum erzählst du mir das?" Hendrik fühlte sich ertappt. „Sie hatte ihren freien Nachmittag. Da kann sie machen, was sie will."

Christian bedachte ihn mit einem nachdenklichen Blick, antwortete aber nicht sofort. Stattdessen ging er zum Medizinschrank, zog einen Schlüssel aus der Hosentasche und öffnete ihn, um eine Einwegspritze samt Ampulle herauszuholen. „Hör zu!", begann er, wobei er sich auf das Aufziehen der Spritze konzentrierte. „Wir können über alles reden ... oder auch nicht." Mit einem Klopfen auf den Spritzenkörper sorgte er dafür, dass ein Tropfen aus der Nadel aufstieg und schaute ihm erst dann wieder eindringlich in die Augen. „Aber behandle mich nicht wie einen Vollidioten. Du interessierst dich genauso für sie wie ich."

Hendrik seufzte. Er gab es auf, seinem Freund etwas vormachen zu wollen. Das würde ihm ohnehin nicht gelingen, weil sie sich viel zu lange kannten. Und warum sollte er nicht dazu stehen, dass er auf die hübsche Lehrerin stand? „Ja gut, ich kanns ja doch nicht verleugnen. Aber deswegen bin ich nicht hier." Er hielt den schmerzenden Arm hoch und zog eine Grimasse. „Die Schnake hat mich aus reinem Eigennutz gestochen. Sie wollte mein Blut."

Sie sahen sich an und lachten. Sie waren Freunde und würden es bleiben. Daran würde auch das beiderseitige Interesse an Sarah nichts ändern.

Christian, der Hendriks Arm mit einem Tupfer sterilisierte, dachte gleichfalls an sie genauso wie an seine Kollegin Simone, von der er wusste, dass sie eine Schwäche für ihn hatte. Obwohl die zwei Frauen völlig typverschieden waren, brachten beide sein Blut ordentlich in Wallung. Mit Simone hatte er, allein schon von Berufswegen, viel mehr Schnittmengen. Es war klar, dass sie auf eindeutigere Signale von ihm wartete, so wie sie ihn stets anlächelte. Freilich hatte er ihr bereits welche gesendet. Aber in die Vollen war er noch nicht gegangen.

Christian, dem die Freundschaft mit Hendrik sehr am Herzen lag, fasste einen Entschluss. „Pass auf!" Er schnappte sich Desinfektionsmittel und Tupfer, setzte sich auf den Stuhl neben ihn und reinigte seinen Arm. „Das Spiel steht unentschieden. Sozusagen null zu null. Sie ist gerade dabei, ihre Vergangenheit abzuhaken. Aber ihr Ex will sie nicht gehenlassen und kämpft. Aus meiner Sicht steht er klar im Abseits, was er nur noch nicht kapiert hat. Und sie spielt jetzt auf Zeit."

„Hat sie dir das gesagt?"

„Was genau?"

„Das mit der Zeit?"

„Nein, sie hat gesagt, dass sie nichts übers Knie brechen will. Ist doch klar. Der Kerl hat sie enttäuscht. Sie ist ein kluges Mädchen. Diese Sorte ist nicht so leicht zu haben."

„Weißt du, was er falsch gemacht hat? Hat er sie betrogen?"

Christian verzog skeptisch den Mund. „Ich weiß es nicht genau, aber das glaube ich nicht. Das scheint mir eher so einer zu sein, der seine Arbeit an erste Stelle stellt. Ich denke, sie fühlt sich übergangen und nicht ernst genommen. Oder er denkt, dass es selbstverständlich ist, dass sie alles mitmacht, was er will. Keine Ahnung. Frag sie selbst."

„Wirklich sehr witzig", murrte Hendrik. „Und wie soll ich das machen? Im Gegensatz zu dir bin ich in einer beschissenen Position und weiß nicht, wie ich das ändern soll."

Christian nickte verständnisvoll und sprühte den Tupfer mit Desinfektionsmittel ein. „Wie lange ist sie noch bei euch?"

„Vierzehn Tage."

„Dann würde ich mal langsam Gas geben. Sie wird kein zweites Mal den Ferienjob für Rike schmeißen. Auf was wartest du?", grinste der junge Arzt frech, bevor er wieder ernst wurde. „Und noch etwas", er machte eine bedeutungsvolle Pause und sah ihm dabei in die Augen. „Wenn du deine Chancen nicht nutzt, dann nutze ich die meinen! Alles klar?"

Hendrik grinste nun auch. Interessant, für was so ein Schnakenstich gut sein konnte. Er schätzte sich glücklich, einen Freund wie Christian zu haben. Und dass er einer war, das hatte er gerade eben bewiesen. „Alles klar!", nickte er und hielt die Hand hoch, um seinem Freund die fünf zu geben.

Christian schlug ein.

„Wirklich zu schade", sprach Hendrik weiter, „dass momentan keine Fußballsaison ist. Ich hätte mal wieder so richtig Bock auf einen total ungesunden Männerabend mit Bundesliga, Chips und Bier. Wie in alten Zeiten."

„Keine schlechte Idee. Ist ja schon bald. Ich bin dabei."

„Alles andere hätte mich gewundert. So, aber jetzt mach was. Ich halte das Brennen nämlich nicht mehr aus."

***

Cora lief ruhelos und überaus unzufrieden in ihrer Suite hin und her. Seit drei Tagen war sie nun schon da und Hendrik hielt es nicht für nötig, wenigstens mal Hallo zu sagen. Das kannte sie so gar nicht von ihm. Im Gegenteil. Früher hatte er ihr jeden Wunsch von den Lippen abgelesen. Niemals hätte sie angenommen, dass er so nachtragend sein könnte. Sie trat vor den Spiegel. Drehte und wendete sich. Das schlichte Leinenkleid in Türkisblau betonte ihre leichte Bräune sehr vorteilhaft und ließ das

Blau ihrer Augen noch strahlender aussehen. Auch mit ihrer Frisur war sie zufrieden. Die blonde Mähne fiel ihr in sanften Wellen ganz natürlich auf die Schulter. Ja, so gefiel sie sich, weshalb sie sich selbst aufmunternd zulächelte. Okay, wenn Hendrik nicht zu ihr kam, dann würde sie eben zu ihm gehen. Schließlich hatte sie ihn verlassen. Wie es danach weitergehen sollte ... mal sehen. Sie hasste es, sich mit Problemen zu befassen. Matthias, ihr Verlobter, würde schon noch früh genug erfahren, welchen Entschluss sie gefasst hatte. Sie war es leid, ständig nur ignoriert zu werden. Keine Frage, er konnte sehr lieb sein. Jedoch nur, wenn es ihm in den Kram passte, auf ihre Bedürfnisse ging er überhaupt nicht ein. Alles drehte sich nur um ihn und seine Sportkarriere. Energisch straffte sie die Schultern. Sie hatte nicht vergessen, was Hendrik gefiel und was ihn schwach werden ließ. Entschlossen trug sie etwas Lipgloss auf, nahm die Zimmerkarte und machte sich auf den Weg.

Hendrik, der nach der Dusche nur mit einem Handtuch um die Hüften gewickelt ins Schlafzimmer ging, um sich etwas zum Anziehen zu holen, sah sich um und wusste, dass es an der Zeit war, sich endlich ordentlich einzurichten. Er bewohnte das Dachgeschoss des Haupthauses, das bis zu ihrem Auszug die Wohnung seiner Großeltern gewesen war. Nun lebten sie bei seiner Tante Irene, Hans-Hermanns Schwester, die standesgemäß geheiratet hatte und für ihre Eltern ein Altenteil in ihrem Schloss im Sauerland für sie freigeräumt hatte.

Die Fünf-Zimmer-Etage bestach neben einem hohen Kniestock auch durch Helligkeit, die durch die mit vielen Fenstern bestückte Dachschräge hereindrang. Im Scherz nannte er seine Wohnung gerne Penthouse, weil er den schönsten Blick des ganzen Hauses über die unberührte

Natur ringsherum hatte. Allerdings standen die meisten Räume leer. Lediglich das Schlafzimmer war mit einer neuen, ein Meter vierzig breiten Schlafcouch bestückt und im Wohnzimmer befand sich – noch aus dem Altbestand seiner Großeltern – ein Zweiersofa sowie ein gemütlicher Sessel. Zudem besaß er einen Kühlschrank, den er jedoch nur dafür nutzte, Getränke zu kühlen, denn zum Essen ging er ohnehin ins Erdgeschoss. Bislang war ihm der Zustand der Wohnung so ziemlich egal gewesen. Zumal ihm nicht nur die Zeit, sondern auch die Lust dazu gefehlt hatte, sich vernünftig einzurichten.

Er blieb vor dem fahrbaren Kleiderständer stehen, der genau wie eine Kommode den Kleiderschrank ersetzte und sich sah sich nach einem sauberen Hemd um. Da sein Lieblingshemd jedoch offenbar in der Wäsche war, entschied er sich für ein T-Shirt und zog die untere Lade der Wäschekommode auf. Er griff zum Boxershort und hielt mitten in der Bewegung inne, als er hörte, wie es an seiner Wohnungstür klopfte. Es klopfte ein zweites Mal. Seltsam. Nach ganz oben verirrte sich nur selten jemand. Genau genommen nur die Familie, weshalb er sich das Handtuch wieder fester um die Taille zurrte und zur Tür ging und sie öffnete.

„Hi", säuselte Cora, drängte sich wie selbstverständlich an ihm vorbei und betrat den Flur der Mansarde. „Entschuldige, dass ich dich so überfalle, aber du hältst es ja nicht für nötig, mal rüberzukommen, deswegen bin ich hier."

Hendrik, der nicht glauben konnte, was soeben passierte, war so vom Donner gerührt, dass es ihm für einen Moment die Sprache verschlug. Seine Gedanken fingen an zu rasen. Verdammt! Was wollte sie hier? Es war ihm schon auf dem Reiterball aufgefallen, dass sie sich merkwürdig verhielt. Aber, dass sie gerade jetzt hier auftauchen musste, wo er so in Eile war und ganz andere Pläne hatte, machte ihn wütend.

„Ist dir vielleicht mal der Gedanke gekommen, dass ich schlicht und ergreifend kein Interesse daran habe, dich zu sehen?"

Cora, schien ihm nicht zuzuhören, denn seine Worte prallten an ihr ab, als hätte er sie nicht ausgesprochen. Stattdessen sah sie ihn mit einem so verlangenden und bittenden Blick an, dass er sie am liebsten geschüttelt hätte, damit sie in der Wirklichkeit ankommen konnte. Sie trat näher auf ihn zu. Er wich zurück, was sie jedoch nicht davon abhielt, ihm nachzusetzen. Sie hob die Hand und wollte ihn berühren, worauf er abermals zurückwich.

„Hendrik, hör zu! Ich weiß, dass ich dich verletzt habe. Und ich weiß auch, dass ich Fehler gemacht habe. Bitte glaub mir … es wird alles wieder gut. Du hast mich doch geliebt. Bitte lass es uns noch mal versuchen."

Dem unschuldigen Blick nach zu urteilen, schien sie nicht zu begreifen, dass ihr Stern erloschen war und sie ihn mit nichts mehr erreichen konnte. Die Zeiten waren vorbei, in denen er bereit war, für sie durch den Reifen zu springen. Gott war er froh, dass er sie auf dem Reiterball von der richtigen Seite kennengelernt hatte. Er sah sie jetzt, wie sie wirklich war. Sah die hässliche Fratze hinter der wunderschönen Maske, die sie so gut zu verbergen wusste. Er ahnte, dass ihr das nicht klar war und ihr wahrscheinlich auch nie klar werden würde. Aber das war nicht mehr sein Problem. Selbstgefällig wie sie war, existierte der Begriff *Selbstreflexion* in ihrem Vokabular nicht.

Wie anders dagegen Sarah war. Apropos. Hektisch warf er einen Blick auf die Uhr und fing sofort an zu schwitzen. Verdammt. Es war kurz nach acht. Noch saßen die

Ferienkinder beim Abendbrot, aber danach – oh Gott – da bestand endlich die berechtigte Chance für ihn, ihr irgendwie über den Weg zu laufen. So war sein Plan. Stattdessen kam ihm seine Ex in die Quere. Scheiße.

„Cora, was willst du? Und warum fängst du auf einmal von Liebe an? Dich und mich verbindet keine Liebe ... hat es nie."

Sie sah ihn entsetzt an. „Wie bitte? Natürlich war es das."

Hendrik stieß einen abgrundtiefen Seufzer aus. „Gut, wenn du meinst, dass wir jetzt, nach fast anderthalb Jahren, unsere Ex-Beziehung aufarbeiten müssen – bitte, dann haben wir's hoffentlich für alle Zeiten vom Tisch." Er schloss die Tür hinter ihr. „Geh den Flur entlang ins Wohnzimmer, da steht ein Sessel. Wenn du mich nur kurz entschuldigen würdest? Ich möchte mir was anziehen."

Er kam in Jeans und T-Shirt zurück. Seine Haare, die er nur schnell mit einem Handtuch trocken gerubbelt hatte, waren zwar noch etwas feucht, aber das musste jetzt reichen.

Als er in das kahle Wohnzimmer kam, sprang Cora sofort auf.

Hendrik bremste sie aus, indem er sich mit verschränkten Armen vor sie stellte und sie ungerührt ansah. „Okay, du willst wissen, warum es damals zwischen uns keine echte Liebe war?"

Sie nickte und ihre Augen füllten sich mit Tränen.

„Machen wir's kurz: Ich fühlte mich geschmeichelt, dass du mit mir zusammen sein wolltest. Du bist schön und begehrenswert – jedenfalls solange man dich nicht näher kennt. Ich war total verknallt in dich." Er zuckte mit den Achseln. „Aber das ist ja nichts Neues für dich, dass sich die Männer in dich verlieben." Er überging das Aufflackern von Empörung in ihrem Blick. „Außerdem kann man eine Menge

Spaß mit dir haben. Das hat mir natürlich auch gefallen. Völlig normal, oder?" Er löste die Arme von seiner Brust und machte ein paar Schritte hin und her, während sie weiterhin stocksteif sitzen blieb. „Entscheidend ist, dass ich seit unserer Trennung einiges begriffen habe. Willst du wissen, was?"

Sie nickte und eine Träne kullerte ihr über die Wange.

„Ich will mehr." Er sah ihr gnadenlos direkt in die Augen. „Ich will mehr als eine schöne Fassade und guten Sex. Ich will eine Frau an meiner Seite, die weiß, was echte Partnerschaft bedeutet. Ich denke nicht, dass dir der Begriff etwas sagt."

„Jetzt wirst du gemein." Sie stand abrupt auf und starrte ihn empört an. „Wir hatten fast zwei Jahre eine echte Partnerschaft. Wie kannst du so was sagen? Und mit Matthias bin ich ..."

„Gut, dass du seinen Namen erwähnst", unterbrach er sie. „Hast du schon entschieden, ob und wann du dich von ihm trennst, oder willst du jetzt doch mit ihm weitermachen, wo das mit mir nichts wird?" Hendrik ließ sie nicht zu Wort kommen. Er lachte bitter auf, weil sie es mit ihm damals genauso gemacht hatte. „Ich bin sicher, dass dein Verlobter keinen Schimmer von dem hat, was du hier treibst, stimmt's?"

„Nein, natürlich nicht", zischte sie pikiert.

Als wenn er es nicht gewusst hätte. Der arme Kerl, der irgendwann mal endgültig auf sie reinfiel, tat ihm jetzt schon leid. „Soll mir egal sein. Ist ja nicht mehr meine Baustelle." Er holte tief Luft. „So, ich hoffe, wir haben damit alles geklärt." Er zog sein Handy aus der Hosentasche. Allerhöchste Zeit, das Intermezzo hier zu beenden. „Kommst du? Ich hab noch was vor."

Hendrik fasste sie am Arm, dirigierte sie durch den Flur zur Wohnungstür, wo er sie in den Hausflur bugsierte und hinter sich abschloss. Im Treppenhaus – auf der mittleren Etage – hörte er plötzlich das leise Klacken einer Tür. Nun war auch klar, wer Cora den Weg nach oben gewiesen hatte. Seine Mutter. Ohne sich noch einmal zu seiner Ex umzudrehen, rannte er die Treppen hinunter. Durch die Haustür auf den Hof, wo er neben der Eiche stehen blieb. Verdammt! Er wollte sie endlich loswerden.

„Ist das ein Abschied für immer?"

„Kommt darauf an, ob du hier noch mal Wellness machen willst."

Sie schüttelte den Kopf. „Nein, das macht jetzt wohl keinen Sinn mehr."

„Jedenfalls nicht, was mich betrifft."

Ein Geräusch, das vom Kinderhaus herüberkam, lenkte seine Aufmerksamkeit dorthin. Die Eingangstür war aufgegangen und Maritta und Sarah kamen lachend und schwatzend heraus. Im Nachhinein konnte er nicht mehr sagen, was den Ausschlag gegeben hatte, dass Cora ihm plötzlich die Arme um den Hals schlang und ihn frontal auf den Mund küsste. Er vermutete, dass sie seine Schwäche für die hübsche Lehrerin erahnte, da prompt ein Lächeln seine Züge erhellte, als er sie sah. Sarah, die mit dem Rücken zu ihm stand, konnte nicht sehen, was geschah, doch Maritta, die in seine Richtung blickte, erschrak sichtlich und starrte ihn so entgeistert an, dass auch Sarah sich zu ihnen umdrehte. Sofort war ihm klar, was sie nun denken musste. Als hätte er sich an heißem Fett verbrannt, schob er Cora von sich und herrschte sie an: „Was soll das? Ich dachte, das wäre geklärt." Hendrik war so wütend, dass er im Stande wäre, ihr eine zu scheuern, doch angesichts der Zuschauer, zwang er sich zur Besonnenheit und bedachte sie lediglich mit einem kalten Blick. „Es ist besser, du gehst jetzt."

Cora flüchtete beleidigt Richtung Hotel.

Hendrik, der nicht fassen konnte, was innerhalb so weniger Sekunden passiert war, erkannte nur eins. Für heute war seine Chance mit Sarah vertan. Er war viel zu erregt, um jetzt mit ihr anzubandeln. Wütend und frustriert stürmte er zurück ins Haus und wusste mit sich und seinen Gefühlen nicht wohin.

„Weißt du, warum es mir überhaupt nichts ausmacht, auch noch die letzten Tage meiner Sommerferien mit Arbeit zu verbringen?", keuchte Sarah und hielt sich den Bauch.

Maritta schüttelte den Kopf, wobei ihr jedoch der Schalk aus den Augen blitzte. „Nö, keine Ahnung."

„Es ist so schön, mit dir zu arbeiten. Bestimmt kannst du dir denken, dass Putzen nicht gerade zu meinen Lieblingsbeschäftigungen gehört."

Maritta hob erstaunt die Augenbrauen. „Nicht?"

„Nein, wirklich nicht!" Sarah hob den Zeigefinger. „Hey, ich meine das ernst! Jetzt lass mich das loswerden, ja? Also, ich möchte dir nur sagen, dass mit dir die Arbeit so mühelos und unterhaltsam ist." Sie sah übertrieben theatralisch zur Decke. „Und ... ich werde die Zeit hier mit dir und auch mit den anderen sehr vermissen."

Maritta legte sich feierlich eine Hand auf die Brust, formte lautlos „Danke" und umarmte sie dann kurz und kräftig. „Das Lob kann ich zurückgeben. Ich konnte nur deshalb so unterhaltsam sein, weil du meinen Humor verstehst. Es passt einfach. Und ich bin sicher, das denken auch alle anderen hier. Wir werden dich genauso vermissen, aber ich hoffe doch sehr, dass du uns mal besuchen kommst."

Sarah nickte und dachte an ihren Job im Bistro. Dort würde sie ganz sicher nicht mehr hingehen. Endlose Stunden, in denen sie allein die Küche hatte schrubben müssen, kamen ihr in den Sinn. Nicht ein einziges Mal hatte sie die Arbeit dort mit Spaß in Verbindung gebracht. Mit Maritta dagegen waren die gleichen Abläufe ein Vergnügen. Mit ihrem unnachahmlich trockenen Humor besaß sie die Fähigkeit, andere zum Lachen zu bringen. So heiter plänkelnd verließen sie das Kinderhaus und blieben vor der Tür stehen. Maritta, die gerade noch etwas hatte sagen wollen, holte Luft, schloss dann aber wieder den Mund. Dabei veränderte sich ihre Mimik so dramatisch, dass auch Sarah sich umdrehte.

Was sie sah, ließ ihr den Atem stocken. Hendrik, lässig in verwaschenen Jeans, T-Shirt und wie immer … mit zerzausten Haaren hatte eine Frau im Arm, die mit ihrer blonden Starfriseurmähne und dem schlichten, aber dennoch auffallend schönen Kleid nicht aussah, als würde sie häufiger bei C&A einkaufen. Ob man die Presse informieren sollte? Boulevard-Magazine zahlten Unsummen für solche Fotos. Und vielleicht konnte Ironie auch vor unangenehmen Erkenntnissen schützen? Das Traumpaar küsste sich. Sarahs Selbstschutz fiel in sich zusammen. Es gab also doch eine Frau in Hendriks Leben. Ein unbehaglicher Druck machte sich in ihrem Magen breit. Irgendwie kam ihr die Blondine bekannt vor. Als ihr bewusst wurde, wie sehr sie die beiden anstarrte, drehte sie sich abrupt um. „Was war das jetzt?", platzte es aus ihr heraus, bevor sie erkannte, wie aberwitzig diese Frage war.

„Weiß ich auch nicht". Maritta verzog geringschätzig den Mund. „Aber falls du die Frau meinst? Das ist seine Ex."

„Seine Ex?!" Sarah hörte selbst, wie schrill ihre Stimme klang. „Ich dachte, ich hätte sie auf dem Turnier mit einem

Mann gesehen?", sprudelten die Worte aus ihr heraus, und fragte sich, weshalb sie die Schönheit nicht gleich erkannt hatte. „Und warum hat er sie dann geküsst?"

„Hat er nicht!"

„Hat er nicht?"

Der Blick, mit dem Maritta ihre Kollegin jetzt betrachtete, wechselte augenblicklich ins Analytische, was Sarahs konfusen Zustand nicht verbesserte. Das unangenehme Gefühl verstärkte sich höchstens noch und fixierte sich über dem Solarplexus.

Maritta schien sich zu amüsieren. „Nein. Sie hat ihn geküsst und sich dafür gerade eine ziemliche Abfuhr eingefangen", erklärte sie bedächtig, doch ihr Blick blieb freundlich prüfend. „Und ja, besagter Mann vom Turnier ist nicht weniger als ihr Verlobter. Frag mich nicht, wie so was geht. In den Kreisen, in denen ich verkehre, sind solche Zustände eher unüblich. Aber, wie schon gesagt, der Zug ist nicht nur abgefahren, sondern befindet sich bereits auf einem anderen Kontinent."

„Das hast du von Uwe, weil Hendrik ihm das erzählt hat oder?" Sarah kam sich vor wie ferngesteuert. Warum konnte sie nicht endlich die Klappe halten?

„So ähnlich. Hendrik kann ein ziemlicher Elefant sein, wenn man ihn ärgert. Und sie hat ihn ganz schön geärgert."

Sarah bemühte sich, ihre Erleichterung zu verbergen, doch ihre Mundwinkel bewegten sich für einige Millisekunden völlig unkontrolliert nach oben. Verdammt, auch wenn das Thema noch so spannend war, sie musste sofort mit den neugierigen Fragen aufhören. Maritta und ihr Mann kannten keine Geheimnisse voreinander. Das Letzte, was Hendrik erfahren sollte, war, wie sehr sie sich für sein Liebesleben interessierte. „Also, was ist?" Sie schwang übermütig ihre Tasche hin und her und hörte selbst, wie aufgekratzt sie klang. „Wollen wir noch schwimmen gehen?"

Seit einigen Tagen schloss Sarah sich den Ritters an, die nach Feierabend noch ein paar Runden im See schwammen. Das laue, von der Tagessonne erwärmte Wasser, war wunderbar dafür und außerdem herrlich entspannend.

„Na klar." Maritta fasste sie um die Schulter und zog sie mit in Richtung See. Leider ließ sie kein Wort mehr über Hendrik verlauten, doch Sarah wusste auch so, dass sie sich längst verraten hatte.

16.

*H*endrik stampfte zornig die Treppe zum Haupthaus hoch und zog die schwere, alte Tür so heftig hinter sich zu, dass sie mit einem lauten Knall ins Schloss fiel. Er erschrak, als er seinem Vater gegenüberstand, der sich gerade im Hausflur aufhielt und ihm erstaunt entgegensah.

„Was ist dir denn für eine Laus über die Leber gelaufen?".

„Wo ist sie? In ihrem Zimmer oder im Wintergarten?" Hendrik war so wütend, dass er keinen klaren Gedanken fassen konnte.

„Sprichst du von deiner Mutter?"

„Von wem denn sonst!"

Hans-Hermann hob eine Augenbraue und sein Blick wurde wachsam. „Willst du mir nicht erst mal sagen, was los ist? Vielleicht kann ich ja helfen, das Problem zu lösen? Komm, lass uns in Ruhe miteinander reden."

Hendrik, dem in diesem Moment aufging, dass der gesundheitliche Zustand seines Vaters es nicht erlaubte, sich aufzuregen, riss sich augenblicklich zusammen. Er wollte auf gar keinen Fall schuld an einer Verschlechterung sein. Aufregungen vermeiden, hatte der Arzt gewarnt. Er zwang sich, ruhiger zu atmen. Trotz alle dem. Vielleicht war jetzt ja der richtige Zeitpunkt, seinen Vater einzuweihen. Mit ihm würde seine Mutter nicht so umspringen. Schließlich ging es auch um die Zukunft des Gutes. War es da nicht sogar seine Pflicht, diese Dinge mit ihm zu besprechen? Im Grunde war dieses Gespräch längst überfällig und bislang immer nur verschoben worden. Nicht zuletzt wegen Hans-Hermanns gesundheitlichem Zustand. Und es gab viel mehr zu bereden als nur Hannelores Machenschaften um Cora und Gesine. Es war dringend an der Zeit, Grundlegendes zu klären.

„Okay, du wirst es ja doch erfahren." Hendrik folgte seinem Vater ins Büro, wo der zu einer Vitrine ging und eine Flasche Dornfelder samt zwei Gläsern herausholte. Vorrat, der dort nur für besondere Verkaufsgespräche aufbewahrt wurde. Hannelore würde hysterisch werden, wenn sie ihn jetzt sehen könnte.

„Rotwein ist gut fürs Herz", grinste Hans-Hermann, als er den skeptischen Blick seines Sohnes bemerkte, und deutete ihm an, auf der Couch Platz zu nehmen, doch Hendrik war zu aufgewühlt, weshalb er stehen blieb.

„Nun setz dich und schieß los!" Der Baron reichte ihm ein Glas und ließ sich im Sessel daneben nieder, bevor er das seine hob und Hendrik in die Augen sah. „Ich bin nicht so gebrechlich, dass du nicht sagen kannst, was du denkst. Von Mann zu Mann und ohne Tabus. "

Hendrik setzte sich, trank einen Schluck und betrachtete dann seinen Vater. Tatsächlich wirkte er erholt. Sein Blick war wachsam und auch seine Wangen waren von der frischen Luft rosig getönt. So sah kein schwacher, kranker Mann aus. Doch Hannelore ließ in ihrer Fürsorge nicht gelten, dass er inzwischen wieder belastbarer war und keinesfalls vom Tagesgeschehen ausgeschlossen werden wollte. Eins konnte man mit Fug und Recht sagen: Sein alter Herr war durch und durch Familienmensch und hatte stets das Bestreben, als Oberhaupt der Familie für Ordnung und gutes Gelingen zu sorgen. Das galt gleichfalls für Gut und Sägewerk samt der Angestellten. Zwar würde er sich zukünftig daran gewöhnen müssen, es langsamer angehen zu lassen und mehr zu delegieren, aber auf keinen Fall wollte er wie ein gebrechlicher alter Mann behandelt werden, auf den man ständig Rücksicht nehmen musste. So weit kannte Hendrik seinen Vater.

„Papa, ich möchte einfach nur wissen, wie viel Vertrauen ihr in mein Handeln habt. Ich bin es leid, mich für jede getroffene Entscheidung rechtfertigen zu müssen. Ich werde bald dreißig, habe ein Studium abgeschlossen und auch sonst schon einige Erfahrungen gesammelt. Mir ist natürlich klar, dass ich mit eurer Lebenserfahrung nicht mithalten kann, aber deswegen bin ich nicht völlig ahnungslos." Er beugte sich nach vorn und legte die Hand auf den Unterarm seines Vaters. „Eigentlich geht es dabei gar nicht um dich, sondern um Mutter."

„Ich weiß, ich weiß." Hans-Hermann gab einen resignierten Seufzer von sich. „Sie kann es einfach nicht lassen. Bedauerlicherweise führe ich diese Diskussionen seit Jahren mit ihr. Du erinnerst dich, das geht schon seit eurer Pubertät so. Es ist ein ewiger Streitpunkt zwischen uns und leider ist sie nur schwer zu belehren." Er suchte nach Worten und legte beruhigend seine Hand auf Hendriks, bevor er ihm fest in die Augen sah. „Hör zu, ich bin auf deiner Seite. Hundertprozent. Darauf kannst du dich verlassen." Hans-Hermann löste seine Hand und Hendrik lehnte sich hörbar ausatmend zurück. „Du machst deine Sache ausgezeichnet, mein Sohn. Ich bin nicht nur sehr zufrieden mit dir. Ich bin auch sehr stolz auf dich. Es gibt keine Klagen aus dem Sägewerk und das Turnier hätte ich auch nicht besser leiten können."

Sie gönnten sich einen Schluck und für einen Moment hingen beide ihren Gedanken nach, bis Hans-Hermann wieder zu sprechen begann: „Mir ist bewusst, dass du einiges anders machst als ich, das ist aber völlig normal und in Ordnung so. Als ich damals meinen Vater abgelöst habe, habe ich auch nicht alles so gehandhabt wie er. "

Im wortlosen Einverständnis hoben sie ein zweites Mal die Gläser. Allerdings ließ Hans-Hermann seinen Sohn dabei nicht aus den Augen. Er räusperte sich. „Aber das ist doch noch nicht alles. Willst du mir nicht sagen, was dich eben wirklich so wütend hat werden lassen?"

Hendrik stellte sein Glas auf dem Couchtisch ab, sprang auf und lief unruhig durch den Raum, bevor er sich schließlich mit vor Erregung blitzenden Augen vor seinem Vater positionierte und die Hände unwillkürlich zu Fäusten ballte. „Glaubst du, dass ich in der Lage bin, mir eine Frau zu suchen, die nicht nur zu mir, sondern auch zu dem Betrieb hier passt? Traust du mir das zu?"

Hans-Hermann, der zurückgelehnt im Sessel saß, richtete sich auf und war nun doch überrascht, wie heftig Hendrik eine Antwort von ihm einforderte. In seine ruhige Miene schlich sich ein bitterer Zug. „Selbstverständlich! Alleine, dass du dich von dieser Cora getrennt hast, zeigt mir, dass du weißt, worauf es ankommt. Sie passt nicht hierher. Und zu dir schon gar nicht."

„Danke Papa." Hendrik nahm wieder Platz und trank einen Schluck Rotwein. „Genau genommen hat sie sich ja von mir getrennt, aber das ist ja jetzt egal. Sie will mich zurück. Doch da kommt sie ein bisschen spät. Mir war noch nie so klar, dass ich mit ihr nicht glücklich geworden wäre."

Hans-Hermann nickte erleichtert. „Ich bin froh, das von dir zu hören. Es zeigt mir, dass du wirklich über sie hinweg bist. Dass sie wieder was von dir will, war offensichtlich."

Hendrik sah überrascht auf. „Bist du Hellseher? Ich weiß es konkret erst seit heute. Mama ist da übrigens anderer Meinung." Er seufzte. „Ach Papa, du hast ja keine Ahnung, was hier abgeht?"

„Ich denke doch", grinste der spitzbübisch. „Willst du wissen, warum?"

„Logisch."

„Wir haben Cora im Hotelfoyer getroffen. Rein zufällig." Hans-Herrmann schnalzte abschätzig mit der Zunge. „Es war, nachdem wir mit Dorit die Einzelheiten zu meiner Geburtstagsfeier besprochen haben. Für eine Verlobte hat sie ein seltsames Benehmen." Er winkte ab. „Egal ... was genau ist noch passiert?"

Hendrik setzte sich wieder, nahm einen Schluck vom Wein und drehte den Stiel des Glases zwischen den Fingern. „Angefangen hat alles damit, dass Mutter Gesine zum Helfen hergeholt hat. Glaub mir, ich habe wirklich versucht, ihr das auszureden, aber ... keine Chance." Er stieß ein trockenes Lachen aus. „Sie hätte besser auf mich gehört. Gesine hat mehr durcheinandergebracht, als sie genutzt hat. Ich will lieber gar nicht ins Detail gehen, sonst regst du dich noch auf."

Hans-Hermann machte eine wegwerfende Handbewegung. „So schnell rege ich mich nicht auf, schon gar nicht wegen so was. Aber ich denke, ich weiß, wovon du sprichst. Ernst Hansmann hat mich angerufen und mir von einer wilden Furie erzählt, die sich überall einmischt und alles besser wissen will. Aus seiner Beschreibung habe ich mir dann schnell zusammengereimt, dass er nur Gesine gemeint haben konnte. Mit dir war er übrigens sehr zufrieden."

„Gott sei Dank. Ich habe getan, was ich konnte, um die Situation zu entschärfen. Aber das war ja alles noch zu händeln ... das eigentliche Problem lag ganz woanders. Der Hintergrund, warum Gesine helfen sollte, war nicht das Turnier. Das hat Mutter nur als Vorwand für ihren Einsatz benutzt. Wäre ich nicht so beschäftigt gewesen, hätte ich ihren Plan schneller durchschaut", seufzte er. „Sie wollte nämlich", Hendrik atmete schwer und malte Anführungszeichen in die Luft, „dass Gesine und ich ... also wir beide ..." Er verdrehte die Augen, sodass sein Vater herzhaft lachen musste. „Wir sollten uns sozusagen finden, wenn du verstehst, was ich meine."

Hans-Hermann nickte und schüttelte dann den Kopf.

„Papa! Und wenn sie die letzte Frau auf der ganzen Welt wäre ... glaub mir, von mir wäre dann kein Nachwuchs zu erwarten."

Freyenhof Senior lachte auf und winkte ab. „Keine Sorge, das kann ich nur zu gut nachvollziehen. Dafür brauchst du dich wahrlich nicht zu entschuldigen. Ich weiß, dass du sie nie richtig gemocht hast, genauso wenig wie Eike."

Hendrik stand auf und ging zum Fenster. „Weißt du? Ich verstehe diese Ungeduld nicht. Es läuft doch alles prima. Ist es nicht egal, wann ich heirate? Dem Gut kommt dadurch doch kein Schaden zu." Er suchte den Blick seines Vaters.

Hans-Hermann erhob sich nun ebenfalls und machte einen Schritt auf seinen Sohn zu. „Glaub mir, das Wichtigste ist für mich, dass du glücklich wirst. Such dir eine Frau, die du lieben kannst und mit der du dich wohlfühlst. Alles andere kommt von selbst."

Hendrik bemerkte, wie ernst sein Vater geworden war.

„Ich will dir etwas erzählen, von dem du noch nichts weißt. Komm, setz dich wieder."

Während sie ihre Plätze einnahmen, fragte er sich, wie es möglich war, dass sein durch und durch traditionsverbundener alter Herr tatsächlich noch Geheimnisse vor ihm haben konnte. Er hatte geglaubt, alles über seine Familie zu wissen.

Hans-Hermann, der den zweifelnden Blick seines Sohnes bemerkte, winkte ab und griff zum Glas. „Nein, nein, so spektakulär wie du denkst, ist es nicht. Es geht um die Liebe, davon reden wir doch gerade oder irre ich mich da?"

„Zumindest würde ich mir das wünschen, wenn wir übers Heiraten sprechen."

„Nichts anderes rate ich dir", nickte der Baron. „Bevor ich mit deiner Mutter zusammenkam, war ich unsterblich in ein Mädchen aus dem Nachbardorf verliebt. Sie hieß Christa und war neu zugezogen. Wir verbrachten ein wunderschönes Jahr zusammen und wollten heiraten." Hans-Hermann hielt in Gedanken versunken inne. Es war ihm anzusehen, wie sehr ihn die Erinnerungen berührten. Seine Stimme klang spröde, als er weitersprach. „Zwei Wochen vor unserer offiziellen Verlobung ist sie tödlich verunglückt. Ein Betrunkener rammte ihren Wagen, sodass der sich überschlug. Sie ist noch an der Unfallstelle gestorben." Hans-Hermann brach ab. Hendrik sprang auf, um seine Hand tröstend auf die Schulter seines Vaters zu legen. Schlagartig wurde ihm einiges klar. Manchmal war ihm die Fürsorge – insbesondere, wenn es ums Autofahren ging – besonders in der Zeit, kurz nachdem er seinen Führerschein gemacht hatte, zu viel gewesen. Jetzt verstand er warum.

„Oh Gott, wie hast du es geschafft, darüber hinwegzukommen?"

„Das hat eine ganze Weile gedauert, das kannst du dir vorstellen. Und in meinem Herzen wird sie immer einen Platz haben. Doch welche Wahl hast du in so einem Moment? Keine. Deine Mutter hat mir geholfen zu vergessen."

„Entschuldige, wenn ich dich das so direkt frage, aber ... konntest du sie genauso lieben wie diese Christa?"

„Genauso nicht, nein, aber nach einer Weile dann ... anders. Deine Mutter war da und hat mir ihre ganze Liebe geschenkt, viel mehr, als ich ihr anfangs zurückgeben konnte. Sie wusste, was passiert war, und war geduldig mit mir. Im Laufe der Jahre und ganz besonders nach eurer Geburt ist die Liebe zu ihr immer stärker geworden. Christa war tot. Da hatte ich nur die Wahl zwischen Aufgeben oder Weitermachen. Den Rest kennst du." Hans-Hermann holte tief Luft. „Was ich dir aber damit eigentlich sagen will, ist, dass du dich auf keine Kompromisse einlassen sollst. Man spürt, wenn die Richtige vor einem steht, glaub mir, es ist ein ganz besonders Gefühl. Und dann musst du nur zugreifen."

Hendrik zog nachdenklich die Stirn kraus. Vor seinem inneren Auge tauchte automatisch Sarah auf. Er seufzte. „Das würde ich ja gern, aber ständig kommt was dazwischen. Gerade heute Abend erst Cora. Plötzlich steht sie oben vor meiner Tür. Du kannst dir denken, wie sie dahin gekommen ist."

Wie aus einem Mund riefen beide *Hannelore* und verdrehten dabei die Augen.

„Ich werde ein ernstes Wörtchen mit ihr reden, darauf kannst du dich verlassen."

Hendrik zögerte. Noch war er sich nicht ganz sicher, ob er von Sarah erzählen sollte, weshalb er es vorzog, zu schweigen.

Hans-Hermann, der ihn mit einem feinen Lächeln um die Lippen beobachtete, ahnte, was in seinem Sohn vorging. „Verrätst du mir, wer die Glückliche ist?"

Hendrik blinzelte irritiert. Er konnte sich nicht entsinnen, auch nur ein Wort über Sarah verloren zu haben. Doch sein Vater war ein aufmerksamer, mit viel Feingefühl ausgestatteter Mann und hatte Antennen für das, was um ihn herum geschah. Man konnte ihm so leicht nichts vormachen. Er spürte seine forschenden Blicke auf sich und verzog den Mund zu einem schiefen Lächeln. Als er Luft holte, um sich dazu zu äußern, kam ihm Hans-Hermann ein zweites Mal zuvor. „Lass mich raten", schmunzelte er. „Es ist die hübsche Blondine, die für Rike eingesprungen ist, richtig?"

Die Antwort stand Hendrik in Großbuchstaben auf die Stirn geschrieben.

„Du hast einen guten Geschmack, mein Sohn. Die würde mir auch gefallen, wenn ich dreißig Jahre jünger wäre. Bestimmt bist du nicht ihr einziger Verehrer."

„Nicht nur das." Hendrik machte ein betretenes Gesicht. „In zwei Wochen ist sie weg."

„Aber, aber, da kann doch noch so viel passieren. So was entscheidet sich in Sekunden, das weißt du selbst. Außerdem kommt es vor allem darauf an, was sie für dich empfindet. Wenn da nichts ist, nützen dir zwei Jahre gemeinsame Zeit nichts. Was denkst du, mag sie dich?"

Hendrik legte die Stirn in Falten und zog die Schultern hoch. Er dachte an die Umarmung in der Vorratskammer, wollte aber nicht voreilig sein. „Na ja, ich schätze, sie hat nichts gegen mich. Das Problem ist nur, dass ich nicht mit ihr umgehen kann wie alle anderen. Sie sieht mich als ihren Chef an und bleibt reserviert. Christian hat es da viel einfacher. Der konnte gleich auf die Kumpel-Schiene gehen."

Hendriks zerknirschtes Gesicht brachte seinen Vater zum Lachen. Um keinen falschen Eindruck zu erwecken, hob Hans-Hermann beschwichtigend die Hände. „Denk nicht, ich würde deine Sorgen nicht verstehen. Natürlich tue ich das. Aber ... willst du nur ihr Kumpel sein oder willst du mehr?"

„Ich will natürlich mehr."

„Na also, dann hör auf, dich über deine Situation zu beklagen, und nutz die Chancen, die Christian nicht hat."

***

Am Mittwochnachmittag lief Sarah, die sich mit einem Buch bewaffnet für eine Stunde an den See verziehen wollte, Christian in die Arme. Er kam aus dem Haupthaus und war auf dem Weg zu seinem Wagen. Wahrscheinlich hatte er nach Hendriks Vater gesehen, vermutete sie und winkte ihm zu. Lächelnd grüßte er zurück, stellte seine Tasche im Kofferraum ab und kam zu ihr herüber.

„Hallo schöne Maid, willst du dir eine Ruhepause gönnen?"

Sarah, die eine abgeschnittene Jeans und ein blaues T-Shirt, auf dem sich undefinierbare braune Flecken befanden, trug, knickste galant, was die Pose besonders ulkig machte. Christian lachte überrascht auf. Er kannte keine andere Frau, die so achtlos mit ihrem Äußeren umging und gleichzeitig so anziehend wirkte. Ungeschminkt, die Haare zu einem lockeren Knoten gebunden, war sie immer noch eine Augenweide und schien dies nicht einmal zu wissen.

„Danke mein Herr, ich habe den ganzen Morgen mit Kuchenbacken und Küche sauber machen verbracht und erlaube mir jetzt eine kleine Rast, bevor die Horden wieder einlaufen."

„Gibts was Besonderes zu feiern?"

„Ja, Willi hat heute Geburtstag. Er wird zweiundsiebzig. Wenn du Lust hast, um drei gibts Kaffee und Kuchen, er würde sich bestimmt freuen."

„Keine schlechte Idee. Wenn ich könnte, würde ich dich am liebsten jetzt schon begleiten, doch auf mich warten noch ein paar Patienten, die ich meinem Vater zur Entlastung abnehme."

„Oh, ich dachte, mittwochnachmittags hätten die Ärzte frei."

„Das sieht nur so aus. Nach der Praxis kommen die Hausbesuche."

„Tja, dann müssen wir es auf ein anderes Mal verschieben."

„Sieht ganz so aus ... und sonst? Was macht das Liebesleben?"

Sarah sah ihn stirnrunzelnd an, bis ihr einfiel, dass sie ihm von Daniels Brief erzählt hatte. Sie zuckte mit den Achseln. „Unverändert, ich habe noch nicht mit ihm gesprochen."

Christian meinte zwar eigentlich, ob Hendrik schon etwas unternommen hatte, doch das konnte sie natürlich nicht ahnen. „Dann bleibst du bei deiner Meinung?"

Sarah nickte. „Ich kann nicht anders."

„Das freut mich. Da kann ich ja noch hoffen", lächelte Christian verschmitzt.

Als wenn eine kühle Brise ums Haus wehen würde, veränderte sich Sarahs Haltung. Das Buch mit beiden Armen fest vor der Brust umklammert, vermied sie es, ihn anzusehen, bevor sie unschlüssig die Schultern hochzog. „Weißt du ...", ihre Blicke begegneten sich nur kurz, ehe sie die Pflastersteine vor ihren Füßen inspizierte. „So weit bin ich noch nicht. Ich brauche Zeit, um das Alte abschließen."

Das Nein hatte sie nett umschifft, dachte Christian. Warum auch immer ... aber überrascht war er über ihre Reaktion nicht. Tief in seinem Inneren hatte er die Antwort bereits gewusst. Doch nun hatte er wenigstens Gewissheit.

„Okay, ich muss dann mal los." Er wandte sich zum Gehen und hob die Hand. „Sonst läutet das Telefon bei uns zu Hause Sturm. Vielleicht sehen wir uns nachher."

Sarah machte sich auf den Weg zum See. Allerdings fehlte ihr nun die Konzentration zum Lesen. Da waren zu viele verwirrende Gedanken, die ihr durch den Kopf schwirrten. Wieso war ihr nicht aufgefallen, dass Christian sich ernsthaft für sie interessierte? Vielleicht, weil er immer so freundlich und unkompliziert war? Sie wusste es nicht. Okay sie mochte ihn. Wirklich. Aber mehr als Freundschaft hatte sie ihm nicht zu bieten. Da war keinerlei Sehnsucht und Drang in ihr, ihm körperlich näherzukommen. Auf den Punkt gebracht konnte sie sich nicht vorstellen, mit ihm ins Bett zu gehen. Nein, dachte sie, dann kann ich auch gleich bei Daniel bleiben. Spätestens seit dem Vorfall mit Hendrik in der Vorratskammer hatte sie eine Ahnung, was es hieß, ein starkes Verlangen nach Sex zu haben. Sehnsüchtig danach zu sein, den anderen anfassen zu können, ihn zu spüren. Ganz nahe. Sarah seufzte bei dem Gedanken an die Umarmung mit ihm und gestand sich ein, dass sie solch intensive Gefühle mit Daniel nicht kannte. Diese Aufregung ... nein Erregung ... das Herzrasen. Lieber Gott, jetzt spinne ich ja wohl total. Ich hab doch nicht mit ihm geschlafen. Wieder dachte sie an Daniel und versuchte, sich zu erinnern, wie sie empfunden hatte, wenn sie mit ihm intim gewesen war. Da kam nichts. Merkwürdigerweise war jegliche Erinnerung – jedenfalls im Detail – wie weggeblasen, so, als hätte es sich nie ereignet. Gut, sie wusste natürlich noch, dass es stattgefunden hatte, aber wie es sich angefühlt hatte, daran konnte sie sich nur sehr vage erinnern. Wieso war das so? Sex sollte doch eigentlich ein unvergessliches Erlebnis sein. Leidenschaftlich und emotional. Hm. Vielleicht, weil sie ihren Kopf nicht hatte ausschalten können, oder weil sie der Akt mit ihm nicht sonderlich aus der Fassung gebracht hatte? Wie auch, mit einem Mann wie Daniel, der nichts dem Zufall überließ.

Selbst wenn sie allein gewesen waren. Gekuschelt hatten sie kaum. Anfangs hatte sie noch versucht, ihn dazu zu animieren – vergebens.

Du bist so warm ... jetzt nicht ... das ist mir zu eng ... tut mir leid, aber ich muss das unbedingt noch erledigen ...

So hatte sie es nach und nach immer mehr sein gelassen, ihm *sehr* nahe sein zu wollen, und er hatte es nicht eingefordert. Und sie? Sarah konnte sich nicht erinnern, sich vor Sehnsucht an ihn gedrängt oder ihn gar aus einer Laune heraus geküsst zu haben. Noch nicht einmal zwischendurch, nur mal eben so – nein. Und schon gar nicht richtig knutschen, um Himmels willen. Auch den verwegenen Gedanken, ihn zum Sex aufzufordern, hatte sie irgendwann aufgegeben. Ihre leisen Annäherungsversuche, indem sie zum Beispiel nackt durchs Zimmer gelaufen war, oder nur in ein knappes Handtuch gehüllt – er hatte es nicht mal bemerkt. Wie auch, wenn man sich nur für Börsenkurse und Gewinnermittlungen begeistern konnte? Vielleicht hätte ich ihn einfach mal aufs Bett schubsen sollen, haderte sie mit sich. Doch wenn sie nur an die ernste Miene dachte, die er selten ablegte, egal ob er arbeitete oder nicht, wusste sie, dass auch das vergeblich gewesen wäre. Nein. Daniel würde sich nicht ändern. Außerdem war es ihr zuwider, sich anzubiedern. Der Gedanke, dass ihr sein Verhalten vielleicht gerade recht gekommen war, erschrak sie. So hatte sie ihr eigenes Ding machen können und war in ihren Entscheidungen frei gewesen, da er ihr jeglichen Freiraum gegeben hatte. Aber wenn sie damit so zufrieden gewesen war, wieso geisterte ihr jetzt Hendrik ständig durch den Kopf? Er hatte sie – wenn auch unbeabsichtigt – spüren lassen, dass mehr in ihr schlummerte, als das, was sie bisher kannte. Sarah erreichte den Weg zwischen den Weiden, der zum See führte und ertappte sich dabei, dass sie Ausschau nach dem jungen Baron hielt. Es war so aufregend und unbeschwert, mit ihm zusammen zu sein. Und deshalb war es um so enttäuschender, dass er wie vom Erdboden verschluckt zu sein schien. Doch was seine Ex betraf, hatte Maritta recht behalten. Cora Lichtenberg war am frühen Dienstagmorgen abgereist. Das hatte Sarah zufällig beobachten können, als sie im Hotel war, um die Brötchen zu holen.

Am See angekommen, ließ sie sich frustriert auf eine der Sonnenliegen fallen, die aufgeklappt dastanden. Sie ärgerte sich, weil sie so durcheinander war und es nicht sein wollte. Um auf andere Gedanken zu kommen, schlug sie energisch das Fachbuch auf, in dem sie seit Tagen las, ohne wirklich voranzukommen. Es musste doch möglich sein, Hendrik aus dem Kopf zu kriegen. Doch kaum hatte sie ein Auge auf den staubtrockenen, pädagogischen Inhalt geworfen, legte sie es auch schon wieder zur Seite. Ach verdammt. Sie würde den Blick auf den See vermissen. Himmelherrgott noch mal! In zwei Wochen fing die Schule an, und bis dahin musste der Spuk namens Hendrik ein Ende haben.

Eine Stunde später rannte Sarah wie ein Wiesel durch die Küche. Torten waren zu schneiden und die Kerzen fehlten auch noch auf dem Tisch. Maritta kümmerte sich unterdessen um die Kids im Aufenthaltsraum. Wie jeden Tag um diese Zeit verschlangen sie Berge von Muffins und tranken literweise Limonade und Kakao. Sarahs gelungene Backwerke, eine Käse- und eine Schokosahnetorte, zierten bereits die fast fertige Kaffeetafel. Auch die Kinder halfen. Saskia füllte Milch in die Kännchen und Manuel faltete die Servietten. In diesem geschäftigen Treiben blieb für Uwe nichts weiter übrig, als sich zu Dennis auf die Eckbank zu setzen. An jedem anderen Platz hätte er nur im Weg gestanden. In dem Moment als Saskia die letzte Kerze anzündete, kam der Jubilar herein. Noch bevor Sarah zu ihm gehen konnte, folgten Christian, Hans-Hermann und … Hendrik. Sie erschrak so sehr, dass sie die Tortenschaufeln, die sie zu den Torten legen wollte, beinahe fallen ließ. Während sich alle um Willi drängten, um ihm zu gratulieren, schlich Sarah sich um das Grüppchen herum und hielt sich dezent im Hintergrund. Eine gute Gelegenheit, Hendrik unauffällig zu beobachten – bis der sich zu ihr umdrehte, und ihr charmant lächelnd direkt in die Augen sah. Oh, und wie gut er wieder mit der hellen Twillhose und dem schwarzen Poloshirt aussah. Im selben Moment wurde sie sich ihres eigenen Aufzugs bewusst und musste ein frustriertes Aufstöhnen unterdrücken. Ihre Jeans und das T-Shirt wiesen, neben den Schokoladenflecken vom Vormittag, nun auch noch die restliche Vielfalt der Speisekammer auf. Zum Umziehen war einfach keine Zeit mehr geblieben. Mist! Aber, wie hätte sie auch ahnen sollen, dass die Herrschaft den Weg ins Gesindehaus finden würde?

Vielleicht, wenn ich mal richtig nachgedacht hätte. Sie wusste doch inzwischen, wie wichtig der alte Mann für die Familie war.

Nach und nach setzten sich alle um den ausgezogenen Tisch, weshalb auch Sarah die Möglichkeit bekam, Willi zu gratulieren, bevor er am Kopf der Tafel Platz nahm. Doch sie hielt sich bewusst zurück, wollte sich nicht dazu gesellen, obwohl neben dem Jubilar noch ein Stuhl frei war. Den sollte Maritta haben, die gerade von den Kindern nebenan kam.

„Setz dich dazu", raunte Sarah ihr zu. „Ich kümmere mich um die Bande." Als sie ein Veto einlegen wollte, würgte Sarah sie kurzerhand ab. „Bitte! Tu mir den Gefallen, du bist schon genug gerannt." An Marittas Art, sie anzusehen, erkannte sie, dass sie durchschaut worden war. Erst als ihre Kollegin die aufmerksamen Blicke registrierte, mit denen Christian und Hendrik Sarah taxierten, zwinkerte sie ihr verständnisvoll zu. Doch die beiden waren nicht die Einzigen, die sie im Visier hatten. Auch Hans-Hermann beäugte Sarah eingehend.

„Das Rezept von der Schokotorte musst du unbedingt Mama geben!", rief Saskia, als sie mit leeren Krügen aus dem Speisesaal zurück in die Küche kam. „Die schmeckt einfach himmlisch." Die ganze Runde brummte kauend Zustimmung.

„Das freut mich. Du kannst sie auch selbst backen. Geht total leicht." Sarah verschwand mit Getränkenachschub wieder nach nebenan.

Hans-Hermann wandte sich an den jungen Arzt. „Gibt es bereits einen Termin, an dem du offiziell die Praxis deines Vaters übernimmst?".

„Eigentlich bin ich schon dabei. Vor zwei Wochen war mein letzter Tag in der Klinik und seitdem löse ich ihn Stück für Stück ab. Er möchte nicht so abrupt aufhören. Das ist für mich natürlich auch ganz angenehm, weil ich noch keinen Urlaub hatte. So kann ich zum Beispiel morgen Abend die Fußballmannschaft von Bad Wildungen unterstützen. Die haben ein wichtiges Freundschaftsspiel. Normalerweise hätte ich Sprechstunde. Aber die übernimmt jetzt mein Vater."

„Gute Sache", meinte Willi und auch Hans-Hermann nickte.

„Wer spielt denn?", wollte Manuel wissen. „Es ist doch gar keine Saison?"

„Tja, wenn ich dir das erzähle." Christian machte große Augen und grinste. „Borussia Dortmund kommt zum Freundschaftsspiel."

„Nee, du lügst." Der Junge verschränkte die Arme vor der Brust und zog einen Flunsch. „Das glaub ich nicht. Du willst mich nur veräppeln."

„Wirklich?", rief Saskia. „Ist der Julian Brandt auch dabei?"

„Oh, die schon wieder", stöhnte Manuel. „Da gehts um Fußball und nicht um so nen Quatsch."

„Ich hab davon in der Zeitung gelesen", mischte sich Hendrik ein. „Gibts noch Karten?"

„Oh, ja, bitte!" Manuel schien nun doch überzeugt, dass seine Lieblingsmannschaft kam, und war sofort Feuer und Flamme.

„Langsam, langsam, nur keine falschen Hoffnungen. Das Spiel ist morgen Abend. Glaubt ihr ernsthaft, wir kriegen da noch Karten? Wir sind garantiert nicht die Einzigen, die da gern dabei wären", gab Uwe zu bedenken.

„Na ja, ich kanns ja mal versuchen", Christian hob aber sofort die Hände, als er Manuels breites Grinsen sah. „Hey! Ich hab versuchen gesagt. Versprechen kann ich noch gar nichts, okay?" Doch die Geschwister jubelten trotzdem. Christian grinste nur, zog sein Handy aus der Tasche und wählte. Als er am Telefon kurz die Situation schilderte, hingen Manuel und Saskia wie gebannt an seinen Lippen. Mit den Worten: „Prima und vielen Dank, wir brauchen vier Karten", schloss er das Gespräch ab, bevor er endgültig auflegte. Fragend sah er in die Runde, ob noch jemand mitwollte, aber nein, es blieb bei vier Karten. Grenzenloser Jubel erfüllte den Raum, nachdem Christian aufgelegt hatte.

„Mama, Mama, ich brauche was zum Anziehen?", rief Saskia aufgeregt. Maritta rollte mit den Augen, faltete die Hände und sah Hilfe suchend zur Decke, worauf die ganze Runde lachte.

„Du bist doch echt total gaga!", blökte Manuel aufgekratzt und wollte sich ausschütten vor Lachen. „Denkst du, der Brandt sieht dich überhaupt?"

„Ruhe!", rief Uwe dazwischen. „Jetzt ist es aber genug. Bedankt euch bei Christian, und dann möchte ich vor morgen Nachmittag kein Wort mehr über das Thema hören, sonst nehmen wir jemand anderes mit. Alles klar? Wir sind hier, um Willis Geburtstag zu feiern."

Augenblicklich waren die Kinder still.

„Ist schon gut", beschwichtigte der Jubilar. „Ich freue mich doch, wenn ich Leben um mich habe."

„Besuchen dich deine Kinder am Wochenende?", interessierte sich Maritta.

„Ja, da freue ich mich sehr. Ganz besonders auf meine Enkel, ich bin gespannt, wie sie sich entwickelt haben. Es ist schon wieder ein halbes Jahr her, dass ich sie das letzte Mal gesehen habe."

Sarah brachte frischen Kaffee.

„Jetzt bleib aber mal hier, Mädchen! Man könnte ja meinen, du läufst vor uns weg." Willi sah sie bittend an, bevor er Maritta anschaute. „Lasst doch mal jemand anderes da drüben nach dem Rechten sehen?"

Maritta nickte und zwinkerte ihrer Tochter zu, worauf Saskia sofort aufsprang. „Na klar, mache ich. Sarah, du kannst dich auf meinen Platz setzen."

Von dieser Aktion überrumpelt, konnte Sarah nur nicken. Saskia, die zuvor zwischen Uwe und Hendrik gesessen hatte, nahm ihr benutztes Geschirr und hinterließ eine Lücke. Da die Platzverhältnisse jedoch trotz vergrößerter Tischplatte sehr beengt waren, hoffte Sarah, Uwe würde nun einfach einen Platz weiter rutschen, sodass sie am Ende der Eckbank sitzen konnte. Doch das tat er nicht. Er stand kurz auf und ließ sie an sich vorbei, sodass sie sich neben Hendrik setzen musste. Das war einerseits himmlisch und andererseits ... hach, sie wusste es selbst nicht. Unauffällig sah sie sich um. Kam es ihr nur so vor, oder tauschten Uwe und Maritta tatsächlich intensive Blicke aus?

So dicht neben Hendrik – verschwitzt und besudelt wie sie war – fühlte sich Sarah schrecklich unwohl. *Aschenputtel und der Prinz.* Nur dass die gute Fee ihr das Ballkleid noch nicht vorbeigebracht hatte. Dabei roch ihr Prinz so unwiderstehlich gut und sah insgesamt so gepflegt aus. Und das trotz seines Haarschopfs, der mal wieder so aussah, als wäre er mit allen Fingern hindurchgefahren. Sarah überlief ein Schauer nach dem anderen, als sie seinen kräftigen Oberschenkel an ihrem spürte. War es verrückt, zu denken, dass sie die Art, wie er seine Hände bewegte, erotisch fand?

Maritta bereitete ihrem Gedankenstrom ein Ende, indem sie ihr ein neues Gedeck und eine Gabel reichte. Doch nur bei der Vorstellung, Kuchen essen zu müssen, zog sich der Knoten in Sarahs Magen noch enger zusammen. Es fiel ihr selbst auf, wie förmlich sie sich bei Maritta bedankte, als die ihr Kaffee eingoss. Sarah griff zur Milch. Ob jemand bemerkte, dass sie zitterte?

Tatsächlich hatte sie das Gefühl, von allen beobachtet zu werden. Nur, um irgendetwas zu tun, lud sie sich ein Stück Käsekuchen auf den Teller, um es dann nicht weiter zu beachten. Es war einfach unmöglich, sich zu bewegen, ohne Hendrik zu berühren. Ihr Herzschlag setzte zum Stakkato an und eine Hitzewelle erfasste ihren Körper. Egal, wie sehr sie sich auch um Gelassenheit bemühte, es wollte ihr einfach nicht gelingen, cool zu bleiben. Um dem Ganzen noch eins obendrauf zu setzen, legte Hendrik seinen Arm auf die Rückenlehne der Bank hinter ihr und streifte sie zufällig am Rücken. Sofort rollte ihr der nächste Schauer die Wirbelsäule hinunter. Grundgütiger. Ihre Fantasie begann, Purzelbäume zu schlagen. Hilfe! Dabei versuchte er garantiert nur, der Enge zu entkommen.

„Willst du nichts essen?" Manuel sah sie verwundert an.

„Der Kuchen schmeckt echt klasse, fast noch besser als der andere. Kannst du mir auch zeigen, wie das geht?"

„Na klar."

Manuel konnte nicht ahnen, wie dankbar sie ihm für die Gesprächsmöglichkeit war. Vorsichtig trank sie einen Schluck Kaffee und tupfte sich danach so unauffällig wie möglich mit der Serviette den Schweiß von der Oberlippe.

„Kein Problem, wie wär's am Sonntagvormittag?", bot sie dem Jungen an.

Maritta gab darauf einen undefinierbaren Laut von sich. „Na prima. Jetzt habt ihr mich endgültig als schlechteste Kuchenbäckerin aller Zeiten geoutet!", rief sie.

Die ganze Runde lachte abermals.

„Dafür kannst du die besten Hamburger aller Zeiten machen", nahm Manuel seine Mutter in Schutz und Uwe stimmte mit ein.

„Danke, ich fühle mich getröstet."

Während Sarah nach der Kuchengabel griff und sie gleich darauf wieder zur Seite legte, richtete Hans-Hermann das Wort an sie: „Nun läuft Ihre Zeit bei uns ja bald ab ... wie ist Ihnen das Landleben bekommen?"

Sarah räusperte sich. „Sehr gut. Es war nett mit den Kindern und auch mit den Kollegen. Ich werde alles in bester Erinnerung behalten."

Liebe Zeit! Seit wann quatschte sie so geschwollen daher? Das konnte nur am adligen Umgang liegen, den sie nicht gewohnt war.

„Und was kommt danach? Hendrik erzählte mir, dass Sie Lehramt studiert haben."

Oh, man hatte also über sie gesprochen. „Ja, das erste Staatsexamen habe ich in der Tasche. Nach den Ferien geht es mit dem Referendariat weiter. Ich habe eine Stelle an einem Fritzlarer Gymnasium."

„Na, das ist ja ganz in der Nähe. Dann können Sie uns doch mal besuchen."

„Ja, sehr gerne. Warum nicht. Erst heute Nachmittag dachte ich, dass ich die schöne Natur und besonders den Platz am See vermissen werde."

„Das ist auch mein Favorit", stimmte er ihr zu. „Aber jetzt wissen Sie ja, dass Sie hier jederzeit willkommen sind."

„Danke für die Einladung."

Sarah freute sich über seine Worte. Im Gegensatz zu seiner Frau schien der Baron sie zu mögen.

Dennis war der Erste, der die Runde verließ, um wieder an seine Arbeit zu gehen. Die anderen folgten ihm. Beim Hinausgehen schenkte Hendrik ihr ein Lächeln und sogar sein Vater gab ihr die Hand zum Abschied. Er ließ sie noch einmal wissen, wie gut ihm ihre Torte geschmeckt hätte. Christian verabschiedete sich dagegen betont kumpelhaft, nahm sie aber ganz ungeniert kurz und heftig in den Arm. Willi, der als Letztes die Küche verließ, war sichtlich bewegt und bedankte sich für den schönen Nachmittag.

Als alle gegangen waren, bot Sarah an, den Tisch allein abzuräumen. Maritta und Saskia mussten ohnehin die Mädchen im Aufenthaltsraum zur Räson bringen, da deren lautes Gekreische bis herüberdrang. Sie brauchte dringend einen Moment für sich, um wieder klar denken zu können. Zudem käme sie wegen des Dauergrinsens, das sie einfach nicht in den Griff bekam, in Erklärungsnot.

***

Der wöchentliche Einkauf war in dieser Woche wegen Willis Geburtstag auf den Donnerstag verschoben worden. Während Sarah und Maritta am späten Nachmittag den Caddy ausräumten und abwechselnd einen nach dem anderen Karton ins Kinderhaus brachten, hörten sie, wie es vorn bei den Ställen plötzlich heftig schepperte. Aufgeschreckt stellte Maritta das Großpaket Nudeln, das sie gerade wegbringen wollte, wieder in dem Kleintransporter ab und lief eilig zur Eiche, um zu sehen, was den Lärm verursachte. Als sie ausgemacht hatte, woher der Radau kam, winkte sie Sarah herbei. So harrten die beiden im Schutz des dicken Baums aus, von wo aus sie mit ansahen, wie Dennis wie eine Furie zwischen Stall und Scheune hin und her rannte, wahllos gegen alles, was ihm in die Quere kam, trat und wild vor sich hin schimpfte. Eine Frau, die Sarah sofort erkannte, kam dazu. Sie versuchte, vergeblich, ihn zu beruhigen, denn er tobte jetzt erst recht. Es war offensichtlich, dass die gut aussehende Vierzigerin, mit der Dennis sich gelegentlich vergnügt hatte, ihm den Laufpass gab. Es schien, als wollte er das nicht wahrhaben.

„Sieht so aus, als könnte das Gut bald eine Box neu vermieten oder was meinst du?", raunte Sarah Maritta zu.

„Nein, das glaub ich nicht. Für Pferdesport ist Gut Freyenhof eine der besten Adressen in der Umgebung. Das wird sie nicht aufgeben wollen, schließlich tummeln sich hier die meisten ihrer Gleichgesinnten. Den Verlust hat Dennis."

„Wie meinst du das? Hat er sie geliebt? Sie ist doch viel älter als er."

Maritta stieß ein ironisches Lachen aus. „Ganz sicher nicht. Mit Liebe hat das nichts zu tun. Sie wollte Sex mit einem jungen, kräftigen Kerl. Den hat sie gehabt. Für ihn ist dabei das eine oder andere Geschenk abgefallen. Das war der Deal. Die Klamotten, die er nach Feierabend trägt, die teure Uhr, das Handy und so weiter. Glaub mir, so viel gibt sein Gehalt nicht her, dass er sich diese kostspieligen Sachen in der Menge leisten kann."

Sarah nickte nachdenklich. „Hm ... jetzt, wo du's sagst. Macht Sinn. Hat sie keine Angst, dass er es allen erzählt ..."

Maritta schüttelte den Kopf. „Warum sollte sie? Dennis ist käuflich. Er wird sich sein Stillschweigen schon honorieren lassen. Und sobald er ein neues Opfer hat, ist seine Welt wieder in Ordnung."

Sarah grinste. „Da sag noch mal einer, das Landleben wäre langweilig. Komm, lass uns weitermachen."

***

Obwohl die Dämmerung gerade erst einsetzte, erstrahlte die Wettkampfstätte des Bad Wildunger Fußballvereins im gleißenden Flutlicht. Der hohe Besuch hatte von der Gastgebermannschaft vollen Einsatz verlangt, und das nicht nur auf dem Rasen, sondern auch in der gesamten Organisation der Veranstaltung. Nun war das Spiel zu Ende. Die Frage nach dem Ausgang erübrigte sich angesichts des Klassenunterschieds, was jedoch niemanden störte. Das Stadion war dennoch brechend voll. Alle wollten die Stars des BVB sehen. Uwe hielt sich mit den Kindern am Stand für Fanartikel auf, während Hendrik das turbulente Geschehen von seinem Platz aus beobachtete. Christian, der sich zu ihm durchkämpfte, streckte ihm einen Becher Bier entgegen.

„Hi, ich dachte, du könntest was für deine trockene Kehle gebrauchen."

„Und ob! Danke. Ich kann unmöglich hier weg."

„Ich weiß, hab eben Uwe und die Kids getroffen." Christian trank und wischte sich anschließend den Schaum vom Mund. „Die sind absolut aus dem Häuschen. Stell dir vor, wir hätten damals so was erleben können."

„Wahnsinn. Wir wären genauso ausgeflippt."

„Oh, ja. Wetten, dass Saskia ein Trikot von *Brandt* anschleppt?" Hendrik grinste. „Und Manuel wird eins von *Groß* haben wollen."

„Tja, so sind sie, die Mädels. Apropos, wie läuft's mit Sarah? Gestern war sie ja regelrecht scheu."

Hendrik zuckte mit den Achseln und dachte an den Moment, als sie so dicht neben ihm gesessen hatte. „Es gab noch keine Gelegenheit, in die Offensive zu gehen."

„Ist ja auch nicht so einfach, wenn der ganze Hofstaat dabei hockt."

„Da sagst du was", nickte Hendrik. „Und bei dir? Hast du dich noch mal mit ihr verabredet?"

Christian schüttelte langsam den Kopf. „Nein, ich denke, das kann ich mir sparen. Um ehrlich zu sein ... ich hab sie gestern kurz auf dem Hof getroffen und mit ihr gesprochen." Er grinste und klopfte Hendrik aufmunternd auf die Schulter. „Als ich ihr zu verstehen gegeben habe, dass ich mir mehr mit ihr vorstellen könnte, hat sie mir im Gegenzug – auch wenn sie dafür keine Worte benutzt hat – dezent den Korb gereicht. So, jetzt bist du dran ..."

„Puh." Hendrik stieß erleichtert den angehaltenen Atem aus und umarmte Christian kurz und heftig. „Danke Kumpel. Das hätte nicht jeder zugegeben."

„Für wie beschränkt hältst du mich? Ich versuche eigentlich immer, weiter zu denken als nur von zwölf bis Mittag. Wir leben im selben Kaff und haben eine gemeinsame Vergangenheit. Ich bin sicher, wir werden uns auch zukünftig noch öfter über den Weg laufen. Meinst du, da mache ich mir das Leben unnötig schwer? Andere Mütter haben auch schöne Töchter. Da geht schon noch was."

„So will ich dich hören. Vergiss nicht, ich kenne deinen Verschleiß, bevor du mit Angie zusammengekommen bist, und weiß, dass dir nicht viele widerstehen können."

„Oh Mann, jetzt lass doch mal die alten Zeiten in Ruhe. Während der zehn Jahre mit Angie – hörst du? Zehn ganze Jahre! – Habe ich monogam gelebt. Ich bin also ein ganz Lieber. Scherz beiseite. Kurz bevor ich dem Klinikum den Rücken gekehrt habe, bin ich einer Krankenschwester begegnet. Sie hatte gerade neu auf meiner Station angefangen. Mit ihr treffe ich mich am Wochenende. Sie gefällt mir und regt meine Fantasie an, wenn du verstehst, was ich meine. Deshalb mach dir mal keine Sorgen um mich."

Hendrik klopfte seinem Freund lachend auf die Schulter und war unheimlich froh, das zu hören. Nicht nur, weil Sarah kein Interesse an Christian hatte, sondern auch, weil damit die unterschwellige Rivalität aus der Welt war.

„Das passt sowieso viel besser. Ein Landarzt mit einer Krankenschwester als Frau. Optimale Verbindung."

„Du hast's ja eilig. Zwischen uns ist doch noch gar nichts gelaufen."

„Wir sprechen uns am Montag wieder. Wetten, dass dann was gelaufen ist?"

„Kann schon sein. Ich bin längst überfällig." Christian grinste hintergründig und die beiden prosteten sich zu. Ich bin auch längst überfällig, dachte Hendrik. Sex mit Sarah! Heilige Scheiße. Nur bei dem Gedanken wurde ihm schon heiß. Wieder musste er an den gestrigen Nachmittag denken, als sie so dicht neben ihm gesessen hatte. Wie gern hätte er sie da ganz nahe zu sich herangezogen. Der Wunsch war sekundenweise so übermächtig, dass er sich hatte beherrschen müssen, sie nicht anzufassen. Wären sie in dem Moment allein gewesen, er hätte für nichts garantieren können.

Stopp, mein Lieber. Was ist, wenn sie dich genauso dezent abblitzen lässt wie Christian? Verdammt. Es wurde Zeit, dass er das herausfand. Ansonsten würde er noch verrückt werden.

17.

Der Freitag zeigte sich von seiner trüben Seite. Unter den dichten Wolken, die der Sonne kaum eine Chance ließen, war es schwül und gewittrig. Bei den Mädchen herrschte eine ähnlich gedrückte Stimmung. Das konnte selbst die Aussicht auf den geselligen Abend nicht ändern. Diesmal hatten sich besonders viele Freundschaften gebildet und alle fürchteten sich vor der Abreise am nächsten Tag.

Als Maritta am Nachmittag in die Küche kam, bereitete Sarah den Teig für das Stockbrot zu.

„Ich denke, es ist besser, wenn wir den Pavillon am Grillplatz aufbauen."

„Meinst du? Gestern war das Wetter doch genauso und es hat trotzdem nicht geregnet."

„Ja, aber ich hab keine Lust auf Experimente. Das hatten wir alles schon, glaub mir, das sind nur Erfahrungswerte. Kommst du mit den Vorbereitungen allein klar? Dann kann ich mich darum kümmern."

„Ja, geh nur."

Während der Abend hereinbrach, feuerte Uwe den Grill an. Noch hielt der Himmel seine Schleusen dicht – trotz aller Befürchtungen. Auch Dennis half mit, was außergewöhnlich war, denn er war dazu nicht aufgefordert worden. Gemeinsam mit den Mädchen trug er Brennholz für das Lagerfeuer zusammen, das erst noch angefacht werden sollte.

Unterdessen schlenderte Hendrik auf den Grillplatz zu und konnte sich nicht entsinnen, wann er sich das letzte Mal so unsicher gefühlt hatte. Er betrat Neuland und hatte das Gefühl, das Laufen neu erlernen zu müssen. Doch ein

Blick auf den Kalender ließ keine weiteren Ausflüchte mehr zu. Besonders das Gespräch, das er mit Christian geführt hatte, spornte ihn an, endlich in den Angriffsmodus zu gehen. Dieser Plan wühlte ihn so auf, dass er in der letzten Nacht kaum ein Auge zugemacht hatte. Bisher hatte ihn das Leben in solchen Angelegenheiten verwöhnt. Schon in der Schule waren die Mädels auf ihn zugekommen. Er hatte nur reagieren müssen. Selbst Cora hatte den Anfang gemacht, ihn kennenzulernen. Darauf würde er bei Sarah allerdings lange warten können, da war er sich sicher. Ganz besonders nachdem er die geniale Gelegenheit in der Vorratskammer verpatzt hatte.

Es war klar, dass sein Auftauchen auf der Abschiedsparty Spekulationen hervorrufen würde. Hatte er sich da überhaupt jemals blicken lassen? Wenn ja, dann lag es Ewigkeiten zurück. Wie dem auch sei. Da musste er jetzt durch. Eine andere Möglichkeit, ihr nahezukommen, sah er nicht und außerdem hielt er sich nur an den Rat seines Vaters. *Nutz die Chancen, die Christian nicht hat,* hatte der ihm geraten. Und die einzige Chance, an sie ranzukommen, war nun mal, sich in ihrem Umfeld nützlich zu machen. Hendrik, der sich mit diesen Gedanken selbst Mut machte, beschleunigte seine Schritte und suchte den vor ihm liegenden Platz nach Sarah ab. Doch er sah nur Uwe, Dennis und die Mädchen. Uwes Gesichtsausdruck zeigte natürlich genau die Verblüffung, die er erwartet hatte, als er auf ihn zuging.

„Hast du dich verirrt?"

Hendrik setzte ein schiefes Grinsen auf. „Nee, ich hab mir nur überlegt, dass ich mich mal ein bisschen nützlich machen könnte. Du hast doch auch schon den ganzen Tag gearbeitet und da dachte ich ..."

„So so, da dachtest du." Uwe grinste schief zurück. „Kann es sein, dass du noch andere Gründe für deinen Sondereinsatz hast?"

„Gut möglich."

Die beiden Männer sahen sich so lange in die Augen, bis Hendrik Uwes amüsierten Blick mit einem Augenrollen erwiderte. „Nun sag schon, was du sagen willst."

Uwe schlug seinem Freund auf die Schulter. „Ich werde mich hüten und bin froh, dass du endlich wach geworden wirst. Ich gebe dir höchstens noch einen Schubs, damit du auch ja ankommst. Wir dachten schon, du bist nicht normal."

„Hast du mit Maritta darüber gesprochen?"

„Nee, aber sie mit mir. Frauen sind so. Es muss romantisch sein. Das kommt immer gut."

„Aha, na denn. Jetzt kommt's vor allem darauf an, wie weit es bei Sarah mit der Romantik bestellt ist. Kannst du mir dazu auch was sagen?"

„Klar. Probieren geht über Studieren. Mensch, hör auf zu denken und schnapp sie dir, eh das ein anderer macht."

Während Uwe sich wieder um den Grill kümmerte, überlegte Hendrik fieberhaft, mit was er sich nützlich machen konnte, und wusste plötzlich, was fehlte. Musik. Er würde für musikalische Unterhaltung sorgen. Schließlich brauchte jede Party einen Discjockey. Ruckzuck hatte er den alten CD-Player samt Boxen aus der Hütte gekramt, der praktischerweise noch immer neben dem Korb mit CDs an derselben Stelle wie früher stand. Dass die Scheiben zum Teil ohne Hülle kreuz und quer durcheinander lagen, störte ihn nicht. Da würde sich schon was machen lassen. Doch erst mit Saskias tatkräftiger Hilfe traf er nach zwei Fehlschlägen den ungefähren Geschmack der Jugendlichen, da die CDs ein wenig in die Jahre gekommen waren und eine bessere Technik nicht zur Verfügung stand. Gemeinsam mit ihr sortierte er die Scheiben und verpasste so, wie Maritta und Sarah, gefolgt von Willi, auf den Grillplatz kamen. Ob Sarah, die die mitgebrachten Pappteller und Becher auf einem Tisch abstellte, ihn schon bemerkt hatte, ließ sich nicht sagen. Doch Willi und Maritta begrüßten ihn gleich. Erst dann wandte sich der alte Mann Dennis zu, der offensichtlich nur darauf wartete, dass ihn jemand beim Aufstellen der Müllbehälter ablöste. Hendrik, dem natürlich auch schon zu Ohren gekommen war, welches Casanovagebaren Dennis gerne an den Tag legte, wurde argwöhnisch, als er beobachten musste, wie der zielstrebig auf Sarah zuging. Aha! Deshalb war er an diesem Abend so umtriebig. Streng genommen hatte er längst Feierabend.

Sich wie ein Pfau aufplusternd stellte sich der Pferdewirt viel zu dicht neben sie, was sie allerdings noch nicht gleich bemerkte. Als sie es mitbekam, wirbelte sie so impulsiv herum, dass er spontan einen Schritt rückwärts ging. Oha! Hendrik schmunzelte. Da hatte der selbst ernannte Womanizer aber die Rechnung ohne den Wirt gemacht. In seiner Haut wollte er jetzt nicht stecken. Sie funkelte ihn so erbost an, dass man nicht verstehen musste, was sie sagte. Es war klar, dass sie ihn heftig in die Schranken wies.

Sarah glaubte, ihren Augen nicht zu trauen, als sie erkannte, wer an diesem Abend für die Musik sorgte. Der Schwarm Schmetterlinge, der ihr automatisch durch den Bauch flatterte, zauberte ihr ein Lächeln ins Gesicht, das man nicht missverstehen konnte. Doch bereits im nächsten Moment wurde sie sich Dennis' Gegenwart bewusst, weshalb sich ihre Miene wieder verschloss. Irgendwie war er ihr heute nicht geheuer. Wenn sie es recht bedachte, ging das schon seit Tagen so. Ständig verfolgte er sie mit seinen Blicken oder lauerte ihr mit dümmlichen Gesprächen auf. Außerdem war ihr aufgefallen, dass alle über ihn tuschelten und ihn sogar mieden, besonders die Helfermädchen. Es schien, als hätte Jessica ebenfalls dazugehört. Sie war die junge Frau, über die gerade alle sprachen und dabei eine besorgte Miene aufsetzten. Wie man hörte, hatte Dennis mit ihr angebandelt und sie anschließend betrogen. Laut Maritta war sie eine ausgesprochen hübsche Person und obendrein auch noch die Tochter eines angesehenen Großbauern aus dem Ort.

Ach, was geht mich das an, dachte Sarah und entschied sich, zu den Kindern zu gehen, die in Grüppchen verteilt standen. Wie jeden Freitagabend mussten noch ein paar Ansagen zum Ablauf der Party gemacht werden.

„Hi Süße, wie wär's mit einem Tänzchen? Jetzt lauf doch nicht gleich wieder weg."

Verdammt! Checkte der überhaupt nichts mehr? Sarah wirbelte das zweite Mal zu ihm herum und funkelte ihn wütend an. Er stand schon wieder viel zu dicht hinter ihr. Niemand außer ihm schaffte es, dass sie binnen einer Sekunde so aggressiv zu machen. Was musste sie denn noch tun, damit er kapierte, dass sie kein Interesse an ihm hatte.

„Hör zu, ich sag's dir nur noch einmal! Ich will nicht mit dir tanzen und ich mag es auch nicht, wenn du mir so auf die Pelle rückst, okay!"

„Och komm, jetzt hab dich doch nicht so. Warum bist du nur so zickig?"

„Lass mich in Ruhe, dann muss ich auch nicht zickig sein. Kapiert?"

„Wer hätte gedacht, dass du so eine Spielverderberin bist? Die Ritters tanzen schließlich auch ..."

Sarah folgte seinem Fingerzeig. Tatsächlich. Willi hatte den Posten am Grill übernommen und Uwe war auf dem Weg zu seiner Frau, die gerade dabei war, einen Stapel Servietten parat zu legen. Aus den Boxen dröhnten die Anfangsklänge von *Tage wie diese* von den *Toten Hosen* in voller Lautstärke. Auch Maritta schien von dem Lied wie hypnotisiert zu sein, denn sie ließ prompt alles stehen und liegen und spurtete mit Uwe zur improvisierten Tanzfläche. Dort fielen sie sich in die Arme, als hätten sie sich seit Jahren nicht gesehen. Der Ohrwurm musste dann ja wohl eine ganz besondere Bedeutung für die beiden haben, mutmaßte Sarah und freute sich mit ihnen. Wie wild wirbelten sie herum und grölten lautstark mit. Von dem Spektakel aufgescheucht, kamen nun auch die Mädchen nach und nach dazu. Sie stellten sich ringsherum und sangen euphorisch mit. Sarah, die von der Spontaneität der beiden völlig fasziniert war, sah sich nach Hendrik um, der wie alle anderen mitsang und sich im Takt der Musik bewegte. Als würde er spüren, dass sie ihn beobachtete, sah er sie plötzlich an. Ein Blick, der in Sarah alles in Aufruhr brachte. Es war, als würden sie sich ewig kennen. Er öffnete die Arme in einer eindeutigen Bewegung und machte ihr damit klar, dass er mit ihr tanzen wollte. Sie nickte wie in Trance und er reagierte sofort, indem er Knöpfe drehte, und Tasten am CD-Player drückte, bevor er hinter seinem Tisch hervorkam. Sarah würdigte Dennis keines Blickes mehr. Wie von einem unsichtbaren Band gezogen, fand sie sich mit Hendrik neben den herumwirbelnden Ritters auf der Tanzfläche ein. Dass der Gassenhauer der *Toten Hosen* für Paartanz eher ungeeignet war, schien niemanden zu interessieren. Hendrik packte Sarah, so wie Uwe sich bereits Maritta geschnappt hatte, und wirbelte sie im besten Discofox herum. Dabei sangen alle lautstark mit.

Sarahs Herz wollte ihr vor Freude beinahe aus der Brust hüpfen. Es war einfach nur unbeschreiblich schön, wie spontan man mit Hendrik sein konnte. So unbeschwert, als hätten sie in ihrem ganzen Leben bisher nichts anderes getan, als zu tanzen. Über diese Ausgelassenheit vergaß sie den Ärger mit Dennis, der das Geschehen mit verächtlichen Blicken beobachtete. Als das Lied zu Ende ging und Sarah stehen bleiben wollte, hielt Hendrik sie umso fester und schüttelte nur den Kopf. Zwei Sekunden später startete der Hit von vorne. Uwe und Maritta waren darüber genauso begeistert und tanzten ebenfalls weiter. Inzwischen hatte sich um die beiden Paare ein Kreis von fröhlichen Mädchen gebildet, die sie anfeuerten und zum Takt der Musik klatschten. Sarah fühlte sich wie berauscht. Weniger vom Tanzen als viel mehr von Hendriks Nähe.

Ein Knacken im Lautsprecher kündigte schließlich das Ende der vergnüglichen Tanzeinlage an. Sarah bedankte sich lachend mit einem Knicks, worauf Hendrik prompt mit einem galanten Diener reagierte. Angestachelt durch die gute Laune lief Saskia nun zu den CDs, um weitere Titel auszusuchen. Davon waren die Kinder begeistert, denn jetzt wollten sie auch so wild und unbeschwert tanzen wie die Erwachsenen. All das bekam Sarah nur am Rande mit, so sehr genoss sie die letzten Sekunden, bevor Hendrik sie losließ.

„Das war gut", seufzte sie völlig außer Atem und spürte einen Hauch von schlechtem Gewissen, als ihr auffiel, wie verärgert der Pferdewirt wirkte.

„Ja, das müssen wir wiederholen", strahlte auch Hendrik. Als er bemerkte, mit welchem bangen Blick sie Dennis beäugte, beruhigte er sie. „Keine Sorge, ich kläre das."

Beim Anblick des Lagerfeuers fiel Sarah das Stockbrot wieder ein. „Scheibenkleister. Ich hab den Teig für das Brot noch nicht hier." Suchend sah sie sich nach Maritta um, die sich gemeinsam mit ihrem Mann am Rand der improvisierten Tanzfläche aufhielt und sorgenvoll in den mit dichten Wolken verhangenen Himmel blickte. Tatsächlich tropfte es bereits auf das Dach des Pavillons. Für den Grill bestand keine Gefahr, denn der stand gut geschützt unterm Überdach der Holzhütte, doch das Lagerfeuer würde dem Regen, der jetzt immer stärker wurde, nicht standhalten können.

Sarah lief zu ihrer Kollegin. „Ich denke, das mit dem Stockbrot wird nichts. Soll ich den Teig vielleicht lieber zu Pizzabrot verarbeiten? Das geht schnell und schmeckt gut."

„Gute Idee."

„Würdest du mitkommen?" Sie sah Maritta beschwörend in die Augen, bevor sie demonstrativ in Dennis' Richtung starrte.

„Nicht nötig", ertönte Hendriks Stimme neben ihr, der ihr gefolgt sein musste. „Das übernehme ich", erklärte er bestimmt.

Sarah, die in diesem Moment nur froh war, nicht allein gehen zu müssen, bemerkte nicht, dass in Uwes Gesicht ein Mundwinkel zuckte. Maritta blieb jedoch gelassen.

„Gut, dann beeilt euch!", sagte sie nur. „Uwe nimmt die Wurst noch mal vom Grill. Reicht eine halbe Stunde?"

„Ja, das müsste klappen. Bin schon weg."

Sarah lief vor. Doch Hendrik rannte zuerst in den Schuppen, aus dem er mit einer Regenplane wieder hervorkam.

Unterdessen fing Dennis sie ab und stellte sich ihr breitbeinig in den Weg. „Ich bin dir wohl nicht gut genug, was? Läuft da schon länger was zwischen euch?"

Sarah wich zurück. „Geh mir aus dem Weg! Ich habe jetzt keine Zeit für dein lädiertes Ego. Ich hab zu arbeiten."

„Ha, das hab ja ich eben gesehen. Für wie blöd hältst du mich eigentlich?"

„Sag mal, verstehst du's nicht? Ich hab keine Zeit, mir deine Wehwehchen anzuhören."

„Ach hör doch auf! So heilig, wie du tust, bist du nicht. ..."
Er verstummte, als Hendrik neben Sarah auftauchte.

„Dennis, wo brennt's? Wenn du ein Problem hast, komm zu mir."

Die Miene des Pferdewirts versteinerte. „Nein, schon gut. Es ist nichts", murmelte er, stapfte aber wütend zurück zum Lagerfeuer, das im stärker werdenden Regen anfing zu qualmen.

Hendrik ließ sich von dem Zwischenfall nicht beirren. Er zwinkerte Sarah zu, zog eine Grimasse, hielt die Arme hoch und deutete ihr mit einem Blick an, sich mit ihm unter die durchsichtige Folie zu stellen, die in der Spannweite gerade so für sie beide reichte. Den Weg zum Kinderhaus liefen sie schweigend nebeneinanderher, rempelten sich dabei aber ständig an, was das Knistern zwischen ihnen nur noch mehr anfachte.

Sarahs Gefühle fuhren Achterbahn. Sollte sie etwas sagen ... oder lieber nicht? Und wenn ja, was? Meine Güte war sie aufgeregt. In ihrem Erfahrungsschatz fand sich kein einziges Erlebnis, auf das sie jetzt hätte zurückgreifen können. Daniel hatte mit seiner nüchternen Art solche Momente nie aufkommen lassen. Ihr fiel ihre Jugendliebe, ein vier Jahre älterer Nachbarsjunge, wieder ein. Eine aussichtslose Angelegenheit, denn sie war ihm zu jung und zu unerfahren gewesen. In seiner Nähe hatte sie sich genauso gefühlt wie jetzt mit Hendrik. Was er wohl über das Wortgefecht mit Dennis dachte? Hoffentlich zog er keine falschen Schlüsse. Besorgt studierte sie seine Miene. Ob er deshalb so still war?

Vor der Eingangstür des Kinderhauses übergab er ihr die Folie zum Halten, öffnete die Tür und schüttelte dann das Provisorium aus, bevor er es zusammenfaltete und in den Flur legte. Sarah, die ihm dabei zusah, straffte die Schultern. Himmel, was machte sie hier? Sie sollte sich besser auf ihre Arbeit konzentrieren. Eilig rannte sie in die Küche, um die beiden Öfen vorzuheizen, und anschließend weiter in die Vorratskammer. Dort stand die große Metallschüssel im mittleren Regal, eben das, welches Uwe – laut Maritta – inzwischen repariert hatte. In dem Moment, als sie nach der Teigschüssel griff, bemerkte sie Hendrik, der plötzlich hinter ihr war.

„Danke", stieß sie hervor, einer musste schließlich anfangen, zu reden, „dass Sie mit mir gegangen sind." Seine Nähe war so überwältigend, dass es in ihrem Brustkorb eng wurde und ihre Haut anfing zu kribbeln. „Ich wollte Sie da nicht mit reinziehen, aber ..." Sie wandte ihm das Gesicht zu und stutzte, als sie den besorgten Blick bemerkte, mit dem er den oberen Regalboden inspizierte. „Keine Ahnung", plapperte sie weiter, allein schon, um die eigene Nervosität zu überspielen, „wann Dennis endlich kapiert, dass ich kein Interesse an ihm habe."

Hendrik hörte ihr zu. Dabei ließ er jedoch seine Augen zwischen ihrem Profil und dem Regal hin- und herwandern, wobei er seine Stirn in Falten legte, als er den Bratentopf streifte. „Schon gut." Er kam einen Schritt näher und stand jetzt direkt hinter ihr. „Ich bin's ja gewohnt, Ihnen beizustehen."

Sarah schnappte nach Luft und vergaß für einen Moment ihre Nervosität. „Na, so schlimm ist es nun auch wieder nicht."

„Also, ich finde schon." Hendrik griff mit einer Hand zum Topf und mit der anderen an das Gestänge, womit er ihr ganz nebenher den Weg versperrte, und sie obendrein belustigt betrachtete. „Ich kann doch nicht zulassen, dass Sie hier erschlagen werden."

„Aber ..." Sarah ließ die Schüssel los und drehte sich vollends zu ihm um ... und versank in seinen grau-grünen Augen, die sie hypnotisch intensiv ansahen. Sie hielt den Atem an. Seine Nähe brachte sämtliche Zellen ihres Körpers in Aufruhr. Ihr wurde heiß. Oder war das die Hitze, die sich von ihm auf sie übertrug? Genüsslich sog sie den leicht herben Duft seines Aftershaves ein. Ihre Atmung setzte aus. Für eine Sekunde schloss sie die Augen und begann dann stockend, von Neuem Luft zu holen. Da war sie wieder, diese Sehnsucht. Sie wollte ihn umarmen und noch viel mehr. Bestimmt konnte er ihren Herzschlag hören, so laut, wie er in ihrer Brust hämmerte. „Äh ... ich dachte, Uwe hätte das ... Maritta hat so was ange..."

„Wir können's ja testen. Soll ich?"

Seine Stimme klang dunkler als sonst, doch das allein war es nicht, was sie elektrisierte. Es war der Unterton, der alles in ihr zum Vibrieren brachte. Ein bisschen Bedrohung, aber noch viel mehr Verheißung schwebte darin. Hendrik fixierte sie so, dass sie nicht anders konnte, als ihn anzusehen.

„Nein lieber nicht", flüsterte sie kurzatmig. Sie ertrank in diesen Augen. Ihr fiel der dunkelgraue Kranz um die grüne Iris auf. Dazu diese unverschämt langen Wimpern. Eine Gänsehaut überzog ihren Körper und sie glaubte, es nicht mehr länger aushalten zu können. Deshalb ließ sie ihre Blicke von seinem kernigen Brustkorb über den kräftigen Hals zu seinen vollen Lippen wandern ... und registrierte die glattrasierten Wangen.

Glattrasierte Wangen?

Ihre Fantasie schlug Purzelbäume. Daniel hatte sich stets ... bevor ... also, wenn er mal vorhatte mit ihr ...

Sie spürte ein sehnsüchtiges Ziehen in ihrem Unterleib und ihre Brüste begannen zu prickeln. Pure Lust pulsierte durch ihre Adern. Dabei hatten sie sich nicht einmal berührt! Als könnte er ihre Gedanken lesen, verzog er seinen Mund zu diesem typischen sexy Lächeln, dass sie so sehr an ihm mochte. Bestimmt wusste er, was mit ihr los war, denn er rückte noch näher an sie heran.

„Das mit der Dankbarkeit war aber auch schon mal besser", raunte er an ihrem Ohr. Sein Atem kitzelte ihre Haut. Sarah begann zu begreifen. Oh Gott, sie musste sich beherrschen, sonst würde sie ihn anfallen. Ihre Lippen näherten sich seiner Wange, doch Hendrik drehte seinen Kopf so, dass sie seinen Mund traf. Seine weichen Lippen pressten sich sanft auf ihre, während er sie mit einer Hand näher zu sich heranzog. Wie von selbst schlangen sich ihre Arme um seinen Hals und sie schmiegte sich an ihn. Ihre Münder verschmolzen miteinander wie Eiscreme in der Sonne. Genauso süß und unwiderstehlich. Seine Zunge eroberte ihre Mundhöhle und fing an, mit ihrer zu tanzen. Suchtgefahr. Da, wo seine Hand ihre Taille berührte, rieselte ein Schauer nach dem anderen über ihre Haut und sie drückte sich noch enger an ihn. Leise Seufzer drangen aus ihrer Kehle. Oh Gott, konnte er gut küssen. Ihr Rücken stieß sacht gegen das kühle Metall des Regals, das jedoch keinen Zentimeter nachgab. So ein Schlingel! Doch genau dieser Zusammenstoß brachte sie zurück in die Wirklichkeit.

Herrje, der Teig musste ja auf die Bleche.

Abrupt machte sie sich von ihm frei und lächelte ihn verzeihend an. „Das Pizzabrot!" Ihre Stimme klang heiser. „Es wird sonst zu spät." Sie strich mit den Fingerkuppen über die feinen Haare in seinem Nacken. „Erinnerst du dich? Halbe Stunde? Uwe hat die Würste extra zur Seite gelegt."

„Ja, natürlich", brummte er und sah sie dabei zärtlich an. Seine warmen Hände fuhren langsam an ihren Armen herunter und hinterließen eine heiße Spur von Sehnsucht auf mehr. Er ließ sie jedoch nicht gleich los, sondern küsste sie stattdessen noch mal kurz und entschlossen auf den Mund. „Glaub nur nicht, dass ich schon genug davon hätte."

Sie drückte seine Hände. „Geht mir genauso, aber jetzt müssen wir uns beeilen."

Sarah rannte mit wackligen Beinen los, holte die Bleche und belegte sie mit Backpapier. Mit einem Nudelholz rollte sie den Teig dünn aus, während Hendrik das Papier festhielt, damit es nicht verrutschte. Anschließend piekste sie mit einer Gabel Löcher hinein und streute ein wenig Salz und Sesamkörner obendrüber. Fast gleichzeitig schoben sie die Bleche in den Ofen. Kaum, dass die Ofenklappe zu war, zog er sie wieder in seine Arme. Mit einem Lächeln sank sie an seine Brust. Sarah konnte sich nicht erinnern, schon jemals so geküsst worden zu sein. So innig, so zart und doch so leidenschaftlich. Hendrik erkundete ihren Mund mit einer Raffinesse, dass sie nur noch sehnsüchtig seufzen konnte. Ihr erster Freund hatte zu viel Küssen für überflüssig befunden, genau genommen hatte er es nur benutzt, um sein eigentliches Ziel zu erreichen. Unweigerlich zog sie Rückschlüsse zu Daniel. Er war zwar liebevoll mit ihr gewesen, aber auf gar keinen Fall besonders zärtlich. Und schon gar nicht leidenschaftlich. Ganz am Anfang vielleicht ein bisschen, wenigstens für seine Verhältnisse, doch bereits nach ein paar Wochen hatten die intensiven Küsse und später auch der Sex merklich nachgelassen. Daniel war einfach viel zu nüchtern und rational. Den Eindruck, dass er etwas vermisste, hatte sie nie gehabt.

Aber sie hatte etwas vermisst. Und wie!

Hendrik gab ihr das Gefühl, die begehrenswerteste Frau im Universum zu sein, so wie er sie an sich drückte und fest umschlungen hielt.

Er saugte an ihrer Unterlippe, worauf sie ein heißes Kribbeln von den Brüsten bis zum Beckenboden überlief. Das Keuchen, das ihr daraufhin aus der Kehle drang, ließ sich nicht mehr verhindern. Während seine Hände über ihren Rücken in die Taille glitten und dort liegenblieben, erforschten seine Lippen ihr Gesicht aufs Neue und strichen schließlich an der zarten Haut ihres Halses bis zu den Ohrläppchen entlang. Sarah keuchte und glaubte, nicht mehr atmen zu können, so sehr versetzten sie seine Zärtlichkeiten in Ekstase. Ihr ganzer Körper schien aus Nervenenden zu bestehen. Wenn er so gut küssen konnte, wie gut wäre er dann erst beim Sex? Wie zur Verstärkung dieser Gedanken wanderten seine Hände von der Taille nach oben und blieben unterhalb ihrer Brüste liegen. Mit den Daumen strich er über die sanften Rundungen und machte nicht länger einen Hehl daraus, wonach er sich sehnte. Sie drängte sich ihm entgegen, wollte ihm zeigen, dass es ihr genauso erging, doch das Klingeln des Kurzzeitweckers bereitete dem ein jähes Ende.

„Was machst du mit mir?", flüsterte sie an seinem Hals, als sie sich von seinen Lippen gelöst hatte. „Ich kann mich überhaupt nicht mehr konzentrieren."

„Also zuerst hast du …" Er zeigte auf seine Wange und stoppte dann amüsiert, als er ihre gespielte Entrüstung sah. „Muss ich dir wirklich erklären, was wir gerade gemacht haben?"

Sie schnappte sich die riesigen Handschuhe und drohte ihm zum Spaß. Mit einer schnellen Bewegung packte er sie an den Handgelenken, drückte sie mit seinen Lenden fest gegen die Arbeitsplatte und küsste sie dann so tief und temperamentvoll, dass ihr die Luft wegblieb. Unmissverständlich ließ er sie wissen, was in ihm vorging. Und sein Körper ließ daran ebenfalls keine Zweifel. Hingerissen von dieser Leidenschaft, schmiegte sie sich hingebungsvoll an ihn und wünschte sich nichts sehnlicher, als weitermachen zu können. Oh Gott, *wenn jetzt das Pizzabrot nicht wäre* ...

Es war besonders die besitzergreifende Art, mit der er sie herausforderte, die Sarah so sehr entzückte. Gerade weil ihr Daniel sein Begehren nie so unmissverständlich gezeigt hatte, empfand sie es nun bei Hendrik umso berauschender. Zum ersten Mal verstand sie, was es hieß, in den Armen eines Mannes weich wie Wachs zu werden.

Mit einem herzzerreißenden Seufzer ließ er sie los und zog sich das Hemd, das er locker über der Jeans trug, gerade. Ihren Blick suchend, murmelte er: „Nur, dass du's nicht vergisst."

Sarah schüttelte den Kopf und lachte amüsiert auf. „Wie sollte ich das vergessen können?"

„Gut so", nickte Hendrik zufrieden.

Trotz des selbst gebastelten Regenschirms, der ständig drohte, unter der Last des Regens zusammenzukrachen, sowie kleineren Unterbrechungen – vor allem wegen des dringenden Bedürfnisses, sich zu küssen – schafften die beiden es noch fast pünktlich zum See. Uwe und Maritta, die ihnen bereits entgegensahen, tauschten wissende Blicke aus und grinsten ein bisschen zu breit, als sie Sarah den Korb mit dem Pizzabrot abnahmen.

18.

*D*ie Mädchen ließen sich die Party trotz des Regens nicht verderben, doch es wurde zum Ende hin ungemütlicher, was den Aufbruch in die Zimmer für die Betreuer leichter machte. Die beiden frisch Verliebten störte das alles herzlich wenig. Sie schwebten in anderen Sphären und tauschten – von den meisten unbemerkt – innige Blicke und versteckte Berührungen aus. Gegen neun schickte Maritta die letzten Mädchen ins Kinderhaus, während Dennis die Bänke in die Hütte trug und Uwe und Hendrik, den hochwertigen Gasgrill säuberten und diebstahlsicher verstauten. Auch Willi, der es sich nicht nehmen ließ, liegengebliebenes Pappgeschirr in den Müllsäcken zu entsorgen, war noch mit von der Partie. Er war der Erste, der verwundert aufschaute, als Jochen Wackernagel wie aus dem Nichts auftauchte und in die Runde grüßte. Er marschierte zielstrebig auf Hendrik zu und reichte ihm die Hand.

„Jochen, was führt dich zu uns?"

„Ich bin wegen deinem Angestellten hier. Dennis Schulz. Hab gehört, dass er sich heute Abend hier aufhält. Könnte ich ihn mal sprechen. Dauert auch nicht lange."

„Natürlich", nickte er und deutete auf die Holzhütte. „Er müsste da drin sein."

Als der angesehene Großbauer außer Hörweite war, trat Uwe neben Hendrik und sah dem Landwirt hinterher. „Dennis kann nur hoffen, dass Jochen einen guten Tag hat", raunte er. „Wenns meine Tochter wäre, wüsste ich nicht, wie ich reagieren würde."

„Okay. Ich versteh nur Bahnhof. Um was geht's?"

Uwe grinste. „Dass du heute Abend nichts mehr peilst, ist mir ja klar, aber die Sache mit Jessica liegt schon ein paar

Wochen zurück. Unser Tausendsassa hat sich mal wieder von seiner besten Seite gezeigt. Das Übliche halt. Er hatte sich das Fräulein Wackernagel in den Kopf gesetzt. So weit nachvollziehbar. Sie ist ja auch ein hübsches Ding. Leider hat sie sich von ihm einwickeln lassen und zu spät erkannt, dass sie nicht die Einzige war, die er beglücken wollte. Nachdem das ein paar Wochen gutging, hat sie ihn auf frischer Tat mit einer schicken Wildunger Zahnarztgattin ertappt und Schluss gemacht." Uwe lachte ironisch auf. „Und weißt du wo? In der Sattelkammer." Er schüttelte missbilligend den Kopf. „Jetzt wird gemunkelt, dass er Jessica geschwängert hat."

„Oha!" Hendrik blies die Wangen auf und ließ dann langsam die Luft wieder ab. „Das wird meinem Vater nicht gefallen. Er ist zwar nicht prüde, aber wenns um die Moral geht, kann er ziemlich konservativ sein und mit dieser Meinung hält er auch nicht hinterm Berg."

„Ich weiß, nützt bei Dennis bloß nichts. Du ahnst nicht, wie viele schon versucht haben, ihm klar zu machen, dass er sich mit der Rumvögelei nur schadet. Vergiss es! Der glaubt doch, er ist der Einzige, der's kann."

„Dachte ich mir. Meinst du, Jochen wird ihn zu einer Hochzeit zwingen?"

Uwe schüttelte energisch den Kopf. „Nein, soviel ich weiß, will Jessica nichts mehr von ihm wissen. Er hat wohl versucht, Schönwetter zu machen, ist aber auf ganzer Linie abgeblitzt. Richtig so. Endlich mal eine, bei der er auf Granit beißt. Leider nur ein bisschen zu spät."

Hendrik nickte.

„Aber jetzt mal was anderes", grinste Uwe verschmitzt, „so wie's aussieht, hattest du ja Erfolg bei unserer hübschen Lehrerin. Die Luft brennt ja förmlich, wenn ihr nebeneinandersteht."

Hendrik warf einen theatralischen Blick in den Himmel, doch sein glückliches Grinsen verriet ihn. „Was soll ich noch sagen, wenn du alles schon weißt. Ja, stimmt, wir sind uns ein bisschen nähergekommen."

„Aha, so nennt man das jetzt." Uwe boxte Hendrik freundschaftlich auf den Arm. „Na endlich. Versau's bloß nicht. Das ist eine zum Festhalten. Maritta ist ganz begeistert von ihr. Das Mädel hat nicht nur einen feinen Charakter, die Verpackung lässt auch nichts zu wünschen übrig. Was willst du mehr?"

„Vor allem erst mal mit ihr alleine sein, und das nicht nur für ein paar Minuten", raunte Hendrik trocken und Uwe prustete vor Lachen.

„Na nun übertreib mal nicht. Bald habt ihr die ganze Nacht für euch."

„Schön wär's. Sie muss die Stellung im Kinderhaus halten. Was ist, wenn die Bande irgendwelchen Blödsinn macht?"

„Hm, verstehe. Lass mich mal machen. Da fällt uns bestimmt was ein."

Zwanzig Minuten später waren sämtliche Spuren der Party beseitigt. Während Maritta und Uwe zum Kinderhaus aufbrachen, um Saskia und Manuel abzuholen, blieb Sarah, die Hände unschlüssig in die hinteren Taschen ihrer Jeans gesteckt, zurück, weil sie noch auf Hendrik wartete, der die Hütte abschloss. Für alle Helfer war nun Feierabend, nur für sie nicht. Gerade am letzten Abend und besonders nach einer Party brauchten die Mädchen oft lange, bis sie endlich zur Ruhe kamen. Sie in der Situation unbeaufsichtigt zu lassen wäre unverantwortlich. Sarah seufzte herzzerreißend. Hendrik hatte in ihr eine nicht zu unterdrückende Sehnsucht geweckt, mit der sie in den nächsten Stunden dann irgendwie zurechtkommen musste. Ein kühler Luftzug, der ihr durch Strickjacke und T-Shirt bis auf die Haut kroch, ließ sie erzittern. Hendrik, der auf sie zukam und das sah, nahm sie spontan in den Arm und hüllte sie in seine Wärme. „Jetzt wird's aber Zeit, reinzugehen. Meine Güte, du bibberst ja richtig."

„Macht nichts. Geht gleich wieder vorbei", seufzte sie wohlig und schmiegte sich noch enger an ihn.

„Am liebsten würde ich jetzt mit dir alleine sein. Aber ich weiß nicht, wie wir das anstellen wollen."

„Ja", nickte sie. „Da denke ich auch schon die ganze Zeit drüber nach, leider ohne Ergebnis."

Er schob sie sanft von sich, küsste sie kurz auf den Mund und nahm sie bei der Hand. „Komm, lass uns erst mal ins Warme gehen."

Der Aufenthaltsraum war hell erleuchtet, als sie über den Hof liefen. Von Nachtruhe keine Spur. Im Gegenteil. Die Mädchen saßen in Grüppchen an den Tischen, spielten, lasen und redeten, so als wäre es vier Uhr am Nachmittag und nicht fast halb zehn am Abend. Gut und schön, die sechzehnköpfige Gruppe bestand diesmal nur aus älteren Mädchen, aber so etwas hatte es – zumindest seit Sarah dabei war – nach einer Abschiedsparty noch nicht gegeben. Auf dem Ordnungsplan stand Zapfenstreich um zweiundzwanzig Uhr. Auch am letzten Abend. Entgeistert suchte Sarah den Raum nach Maritta ab und fand sie zusammen mit Melanie, Jana, Fritzi, Saskia und Lisa im Übergangsbereich zur Küche. Sie ließ Hendrik los und ging auf die Betreuerinnen zu, während er dezent im Hintergrund blieb.

„Hi, hab ich was verpasst? Ich dachte, die Mädchen würden sich langsam bettfertig machen."

Maritta kam auf sie zu, berührte sie am Arm, und hielt sie dabei Ausschau nach Hendrik. „Hör zu, wir sind der Meinung, dass du dir heute mal eine Auszeit verdient hast. Du hast frei bis morgen früh."

Sprachlos über die unerwartete Wendung, spürte sie, wie sie errötete. Natürlich wusste Maritta – und wahrscheinlich alle anderen auch – was gerade in ihrem Leben geschah.

„Danke." Sarah umarmte ihre Kollegin. „Und wer übernimmt die Nachtwache?"

„Darüber brauchst du dir keinen Kopf zu machen", beschwichtigte Maritta. „Die vier Mädels, einschließlich Saskia, werden hier im Kinderhaus übernachten, sodass die Aufsicht gewahrt bleibt. Sie nehmen das leerstehende Mehrbettzimmer, das für solche Fälle zur Verfügung steht. Ich gebe ihnen jetzt noch schnell das Bettzeug."

Sarah war gerührt. „Ach, ihr seid ja lieb zu mir."

„Das hast du dir verdient." Maritta zeigte auf die älteste der vier Betreuerinnen. „Melanie ist über zwanzig und damit erwachsen, sodass wir auch keinen Ärger kriegen können." Sie senkte die Stimme. „Bitte Sarah, jetzt denk mal an dich. Ich freue mich für euch, Uwe auch, wir finden, dass ihr richtig gut zusammenpasst. Also nimm das Angebot an. Wir sehen uns morgen früh."

Anstatt einer Antwort umarmte Sarah Maritta und drehte sich dann beschwingt zu Hendrik um, der sich natürlich genauso freute. Seine Lippen umspielte ein verheißungsvolles Lächeln, als er ihre Hand nahm.

„Komm, ich weiß, wo wir ungestört sein können." Mit festem Griff zog er sie hinter sich her. Über den Hof, um das Haupthaus herum, zu einem Kellereingang auf der Rückseite. Er kramte einen Schlüssel aus der Hosentasche und öffnete eine Stahltür. Von dort aus ging es vorbei an

Wirtschaftsräumen und Vorratskammern zu einer steinernen Treppe, die zur Diele im Erdgeschoss führte. Im Haus war es totenstill. Was die Adelsleute wohl sagen würden, wenn sie wüssten, wen ihr Sohn im Schlepptau hatte? Bei seinem Vater war sie zuversichtlich, doch bei seiner Mutter ... Sarah konnte sich nicht vorstellen, dass Hannelore von Freyenhof davon begeistert wäre, sie hier zu wissen. Na und dachte sie trotzig. Hendrik war aus dem Alter heraus, in dem er seine Mutter für ein Date um Erlaubnis fragen musste. Das hatte er schon im Gespräch beim Großeinkauf klargestellt. Nur allein das Gefühl, mit welcher Festigkeit seine warme Hand, die ihre hielt, machte sie glücklich. Er drückte auf einen Schalter und das gediegene Treppenhaus erstrahlte im weichen Licht.

Sein Blick suchte den ihren. „Wir sind unter uns. Meine Eltern besuchen meine Großeltern und meine Tante. Sie kommen erst am Montag wieder."

Aha, dachte Sarah, sturmfreie Bude also. „Ich hab mich schon gewundert, weil es so still ist."

Er zog sie weiter bis ganz nach oben unters Dach. Dort angekommen, räusperte er sich. „Ähm, ich muss dich vorwarnen." Da war es wieder, dieses unschlagbare Lächeln. „Um ehrlich zu sein ... ich bin nicht auf Damenbesuch eingestellt." Er öffnete die Tür und schaltete das Licht ein. „Das, was du da gleich sehen wirst, ist von ausstellungsreif ziemlich weit entfernt und möchte erst noch so was wie eine Wohnung werden. Die Einrichtung ist spartanisch, aber es ist warm und wir sind ungestört."

Sarah drückte seine Hand fester. „Jetzt hast du mich neugierig gemacht."

„Dann will ich dich nicht warten lassen, komm rein." Er ließ ihre Hand nicht los. Und Seite an Seite betraten sie den kurzen, aber breiten und völlig leeren Flur. Ein offener

Bogen führte zu einem großen Raum, der ebenfalls kaum möbliert war, und weiter zu einem längeren und schmaleren Flur. Vermutlich das zukünftige Wohnzimmer, dachte Sarah, als sie sich in dem geräumigen hellen Zimmer umsah. Lediglich eine alte Ledercouch mit Sessel, ein kleiner Holztisch und ein hochmoderner Flachbildfernseher mit Multimedia-Anlage, in der Mitte platziert, vermittelten den Eindruck, dass hier jemand wohnte. Etwas abseits, weiter hinten, standen – ebenso verloren – ein Schreibtisch und ein mit Büchern bestücktes Regal. Die Technikausstattung war natürlich vom Feinsten. Typisch Mann, dachte Sarah und lächelte. In einer Nische, die sich bei näherem Hinsehen als ein richtiges Zimmer entpuppte, sollte wohl irgendwann mal eine Küche eingebaut werden. Erkennbar war das nur, weil dort ein Kühlschrank stand. Durch den schmaleren Flur ging es dann zum Bad, das offenbar vor noch nicht allzu langer Zeit renoviert worden war. Sarah bekam glänzende Augen, als sie die großflächigen Glaswände der auf dem Boden eingelassenen Dusche betrachtete.

„Wow", rief sie entzückt. „Also hier kann man aber schon von Wohnung sprechen, finde ich." Sie öffnete die Duschkabine und begutachtete die Armatursäule. Eine Hightech-Konsole, an der man diverse Wasserdüsen dirigierte, die an den Seiten und oben zugeschaltet werden konnten.

„Oh, das ist ja toll!", rief sie begeistert und warf einen Blick unter die Decke, wo ein quadratischer Regenschauer installiert war. „Bestimmt kann man gar nicht mehr aufhören, zu duschen, wenn man da erst mal drunter steht."

„Ja", grinste er und schluckte hörbar. „Hat auf jeden Fall Suchtpotenzial."

Sarah sah sich mit glänzenden Augen weiter im Raum um. Sie strich mit den Fingern über die weiße Eckbadewanne mit Whirlpool-Funktion und setzte ihre Entdeckungstour fort. Eigentlich wurde der Begriff *Bad* diesem Wellnesstempel gar nicht mehr gerecht, fand sie. Wände in cremeweißem und graphitfarbenem Marmor, kombiniert mit einer dunklen Lackspanndecke, aus der Halogenspots wie Sterne strahlten. Über dem Waschtisch hing ein großflächiger Spiegel, der raffiniert ausgeleuchtet war, dazu unauffällige Schränke in Ebenholz. Zu guter Letzt der gefliese Fußboden in heller Holzdielenoptik. Sarah kam aus dem Staunen nicht mehr heraus. „Das ist ja ein Traum! Du müsstest mal die Nasszelle in unserer WG sehen."

„Ja, ich hab auch eine Weile gebraucht, bis ich genau wusste, was ich wollte. Das Bad ist erst im Frühjahr fertig geworden."

„Du hast einen guten Geschmack."

„Ich weiß", grinste er und seine Augen glitzerten.

„Wenn du den Rest genauso luxuriös ausstattest …"

„Och", meinte er nur. „Ich nehme da auch gerne Rat an." Er sah sie abwartend an.

„Dafür ist es noch zu früh … äh, ich meine … dafür müsste ich erst mal mehr von der Wohnung sehen."

„Das soll nicht das Problem sein."

Er schob sie sanft zurück in den Flur, wo sich zeigte, wie riesig die Grundmauern des Hauses sein mussten, wenn die Wohnfläche im obersten Geschoss so geräumig war. Tatsächlich fühlte man sich überhaupt nicht wie im Dachgeschoss. Der Kniestock war so hoch, dass selbst ein großer Mann wie Hendrik mühelos überall stehen konnte.

Er ging vor und öffnete die nächsten beiden Türen, hinter denen sich zwei weitere unmöblierte, mittelgroße

Zimmer verbargen. Als Letztes führte er sie in sein Schlafzimmer.

„Wie gesagt, ich war wirklich nicht vorbereitet, deshalb …"

Sarah machte einen Schritt durch die offene Tür in den Raum, in dem in der Mitte eine aufgeklappte Kingsize-Schlafcouch stand, auf der zerwühlte Kissen und eine aufgeschlagene Decke lagen. Die karge Ausstattung setzte sich mit einem Beistelltisch, einer Kommode und einem Kleiderständer fort. Ohne etwas zu sagen drehte sie sich um und kam wieder zurück in den Flur, wo Hendrik stehengeblieben war. Er war ihr bewusst nicht ins Schlafzimmer gefolgt, weil er verhindern wollte, dass sie sich überrumpelt fühlte. Dass er seine Ungeduld kaum noch zügeln konnte, musste sie nicht wissen. Doch nach dem sie ihm verraten hatte, wie gerne sie mal unter seiner Dusche stehen würde, fiel es ihm noch schwerer, sich zu beherrschen.

„Was möchtest du trinken? Wie wär's mit einem Glas Wein oder willst du lieber ein Bier?"

„Ich nehme das Bier, auch wenn das nicht sehr ladylike ist. Aber mit Glas bitte, aus der Flasche trinken ginge dann ja doch wohl zu weit", grinste sie.

„Ganz, wie du magst." Er ging zum Kühlschrank. „Ob so oder so, mir war auch schon vorher aufgefallen, dass du ein Mädchen bist."

„Oh …" Sie lächelte unschuldig. „Das beruhigt mich."

Mit Gläsern und Bierflaschen bewaffnet kam er zurück, schob die Fernbedienungen und die Fernsehzeitschrift auf dem kleinen Tisch zur Seite und stellte sie ab. Er setzte sich so, dass er sie ansehen konnte, und schüttete ein. Als er ihr das Glas reichte, sah er ihr in die Augen. „Okay … jetzt mal im Ernst, warum sollte es nicht damenhaft sein, ein Bier aus der Flasche zu trinken?"

„Na ja, nur so eben. Ich hatte den Eindruck, dass die Frauen, mit denen du es sonst so zu tun hast, höchstens Champagner oder bestenfalls Wein bevorzugen."

„Ah, verstehe!" Hendrik zog eine Augenbraue hoch. „Jetzt wird's spannend, du spielst auf Cora an. Okay, was willst du wissen?"

„Nein, so war's nicht gemeint." Sie schüttelte den Kopf, bevor sie schließlich doch nickte und das Gesicht zu einer reumütigen Grimasse verzog. „Also gut, ja, du hast mich erwischt. Es interessiert mich eben, warum du sie nicht willst. Sie ist so schön, so elegant und weltgewandt ..."

„... und genauso eitel, egoistisch und selbstverliebt."

„Oh ... tatsächlich?" Sarah hob entschuldigend die Hände. „Okay, ich gebe zu, dass ich neugierig bin ... aber nur, wenn du darüber reden möchtest."

Hendrik lachte und rutschte näher an sie heran. „Du bist auch sehr schön. Ungeschminkt genauso wie aufgebrezelt. Glaubst du wirklich, das ist alles, was mich interessiert?" Er zögerte kurz, bevor er weitersprach. „Es hat eine Weile gebraucht, bis ich das raushatte. Sie ist sehr geschickt darin, es zu verbergen. Heute kann ich sagen, dass ich durch sie viel gelernt habe. Ist deine Neugier damit gestillt?"

„Ja." Er bekam einen kurzen skeptischen Blick. „Und woran bist du interessiert?"

Allein für diese Frage wollte Hendrik sie schon küssen. Es erleichterte ihn grenzenlos, dass sie von Selbstgefälligkeit Lichtjahre entfernt zu sein schien. Sein Herz jubilierte.

„Was glaubst du?"

„Hey, woher soll ich das wissen? Ich weiß doch gar nichts von dir. Und außerdem hab ich zuerst gefragt."

„Und wenn ich dir sage, dass du schon eine persönliche Frage hattest und ich jetzt dran bin. Ich weiß von dir auch noch nichts."

„Ja okay, das ist nur fair ... äh, was ..." Weiter kam sie nicht, denn er nahm ihr das Glas aus der Hand, stellte es auf den Tisch und nutzte ihre Bewegung, um sie mit einem Ruck zu sich heranzuziehen.

„Können wir das mit dem Fragen und Antworten vielleicht ein bisschen nach hinten schieben? Im Moment würde ich gerne was anderes mit dir machen."

Sie sah ihm tief in die Augen, änderte ihre Position und saß gleich darauf rittlings auf seinem Schoß. „Hm, auch gut. Den Vorschlag finde ich sogar noch besser." Zärtlich schlang sie ihm die Arme um den Hals und senkte ihre Lippen auf seine, während sie sich an ihn schmiegte. Hendrik verlor ebenfalls keine Zeit. Seine Finger machten sich an ihrer Strickjacke zu schaffen, die kurz darauf auf den Boden flog, genauso wie ihr T-Shirt und der BH. Und kalt war ihr nun auch nicht mehr. Seine Berührungen, die immer forscher wurden, brachten ihr Blut zum Kochen. Es war einfach himmlisch aufregend, wie er auf sie reagierte. Leidenschaft und Lust pur. Wie von einer Welle getragen, schwamm sie mit. Auf animalische Weise machte sich ihr Becken selbstständig und übernahm die Regie. Gierig nach seiner Nähe, ließ sie ihre Lippen über seinen Hals wandern und knöpfte sein Hemd auf. Sie wollte nackte Haut unter ihren Händen fühlen und erkundete mit den Fingerkuppen seine spürbaren Muskeln an Brust und Bauch genauso, wie die warme behaarte Männerhaut. Allein diese feste Muskulatur zu spüren, erregte sie in einer Art, die sie sich niemals erträumt hätte. Wahnsinn, was das in ihr auslöste. Es war, als würde sie das zum ersten Mal richtig erleben.

Wie ferngesteuert tastete sie nach seinem Hosenknopf und verspürte eine Leere, die nach Erfüllung schrie.

Hendrik keuchte und stoppte ihre Hand. „Lass uns rüber gehen. Hier ist es zu unbequem."

„Mir egal", seufzte sie, „ich kann nicht mehr denken." Sie presste sich an ihn, konnte ihm gar nicht nahe genug sein und küsste ihn auf eine Art, die er nicht missverstehen konnte. Sie wollte sich erheben, doch er kam ihr zuvor, indem er sie mit einem Ruck anhob und ins Schlafzimmer trug. Dort angekommen, stellte er sie behutsam vor dem Bett ab und sah ihr in die Augen.

Sarah lächelte. „Ich nehme die Pille. Du musst dir keine Gedanken machen." Mit einem stürmischen Kuss setzte er das, was sie im Wohnzimmer begonnen hatten, fort. Alles, was jetzt geschah, kannte Sarah nur aus Filmen oder Büchern. Wie in Trance rissen sie sich gegenseitig die Kleider vom Leib und streckten sich Sekunden später nackt auf der Matratze aus, wo sie gierig übereinander her fielen und jeden Quadratzentimeter Haut des anderen erforschten. Monatelange Enthaltsamkeit entlud sich wie ein tosendes Gewitter. Sarah kam sich vor wie in einem Rausch. Sie genoss seine wilde, kompromisslose Leidenschaft, seine kraftvolle Männlichkeit, die uneingeschränkt forderte und sich nahm, wonach ihm der Sinn stand. Schweißgebadet und glücklich lag sie anschließend in seinen Armen und fühlte sich zum ersten Mal, mit jeder Zelle ihres gesamten Organismus, hundert Prozent weiblich. Jetzt, wo ihr Körper allmählich wieder im Normalzustand ankam, wurde sie sie ein wenig unsicher. So, als hätte sie in dieser Nacht ihre Unschuld verloren. Mit Daniel hatte sie – medizinisch gesehen – Beischlaf gehabt und geglaubt, dass dieses Gefühl von Nähe das war, was man landläufig Sex nannte. Wie naiv. Rikes Worte kamen ihr in den Sinn. *Was dir fehlt, ist ein anständiger Kerl im Bett!* Grundehrlich, wie Rike nun mal war, hatte sie damit mal wieder den Nagel auf den Kopf getroffen. Ohne Zweifel gehörte Hendrik zu den anständigen Kerlen dieser Welt. Er wusste genau, was zu tun war, um eine Frau zu befriedigen. Himmel, wo er sie überall berührt und geküsst ... und wie sie erst darauf reagiert und es ihm gleichgetan hatte. Nur bei dem Gedanken konnte man schon rot werden. Erotik, die sie bisher nur aus Erzählungen kannte. Mit Daniel war es ja nicht einmal möglich gewesen, darüber zu reden. Nach mehreren Versuchen hatte sie es schließlich aufgegeben, solche Gespräche zu führen. Vor allem, weil er ihr unterschwellig das Gefühl vermittelt hatte, unmoralisch zu sein. Dabei war es so herrlich, unmoralisch zu sein.

Hendrik regte sich neben ihr. Er strich ihr die Haare aus der Stirn und sah sie zärtlich an. „Na, meine süße Frau Lehrerin, was gehen uns denn da gerade für Gedanken durch den Kopf?"

Sarah kuschelte sich enger an ihn. Sie begann zu frösteln und er zog schnell die Decke über sie beide.

„Ich bin glücklich, das ist alles. Wie könnte es auch sonst sein? Es sollte dir nicht entgangen sein, was du in mir ausgelöst hast."

„Ich würde sagen, das beruht auf Gegenseitigkeit." Er machte ein übertrieben wichtiges Gesicht und veränderte seine Stimme. „Allerdings bin ich der Meinung, dass wir uns damit noch nicht zufriedengeben sollten. Wahre Meisterschaft wird nur durch regelmäßige Wiederholung erlangt. Was meinen Sie als angehende Pädagogin dazu?" Sarah lachte über sein komisches Talent. Auf jeden Fall war es möglich, mit Hendrik über Sex zu reden. Wie angenehm.

„Da bin ich ganz Ihrer Meinung, Herr Professor. Ich stehe gerne für Forschungszwecke zur Verfügung." Sie sah ihn lachend an. „Nichtsdestotrotz müsste ich jetzt unbedingt mal dein Traumbad aufsuchen."

„Du kennst den Weg."

Hendrik sah ihr lächelnd hinterher. Ihre Haare lagen wild durcheinander um ihren Kopf und die süßen Pobacken bewegten sich bei jedem Schritt sanft hin und her, als sie nach draußen ging. Es war eine Wonne gewesen, sie zu lieben, und er kam sich vor, als hätte er ihr eine neue Welt gezeigt. Viel Erfahrung schien sie nicht zu haben, so zögerlich, wie sie anfangs seinen Körper erkundet hatte. Mit was für einem Mann sie wohl zusammen gewesen war, dass das so war? Irgendwie seltsam. Aber es war noch zu früh, um darüber mit ihr zu reden.

Als Sarah aus dem Bad zurückkam, lag Hendrik auf der Seite und hatte die Augen geschlossen. Es war mittlerweile halb zwei in der Nacht. Kein Wunder, dass er eingeschlafen war. Sie zog die Decke über sie beide, schmiegte sich an seinen Rücken und genoss die Wärme seines Körpers, bevor auch sie wohlig erschöpft einschlief.

Knapp sechs Stunden später erwachte Hendrik, als er ein Rauschen aus dem Bad hörte. Sofort war die Erinnerung der letzten Nacht wieder da. Aber ein Blick auf die Uhr verriet auch, dass es bereits kurz nach sieben war und somit keine Zeit mehr war, länger zu träumen. Als er ins Badezimmer kam, stand sein wahrgewordener Tagtraum vom Vorabend mit dem Rücken zu ihm unter der Dusche. Sie hatte sich die Haare zu einem Knoten gebunden und hielt den Kopf so, dass der Wasserstrahl nur ihren Körper traf. Mit geschlossenen Augen genoss sie das warme Wasser. Er müsste unnormal sein, wenn er dieser Verlockung nicht nachgehen würde. Nachdem er seine Blase entleert hatte, stieg er zu ihr in die Kabine. Trockene

Haare hin oder her. Es war Zeit für eine neue Lektion in Sachen Liebe. Als er sie sanft in den Nacken biss, schrie sie leise auf.

„Hendrik!"

„Wer sonst? Ich dachte, du könntest ein bisschen Hilfe gebrauchen. Zu zweit zu duschen ist so viel effektiver."

Wieder ließ er ihr keine Zeit für Schamgefühle genauso wenig wie zum Nachdenken. Mit einem Kuss nahm er ihr die Gegenwehr, begann sie einzuseifen, und sorgte so dafür, dass sie sich an ihn klammerte und seufzend seinen Namen rief.

„Hendrik! Was machst du mit mir?"

„Schhh ... hör auf zu denken. Ich erklär's dir später."

Von dem Moment an, als er entdeckt hatte, was er für sie empfand, wollte er sie so sehen. Atemlos und leidenschaftlich. So, wie sie außer ihm niemand sehen sollte. Und jetzt, wo er ahnte, dass er anscheinend der erste Mann war, der ihr diese Gefühle bescherte, verspürte er eine ungeheure Genugtuung. Eine Befriedigung, die über das Körperliche weit hinausging. Doch wenn er geglaubt hatte, er müsste leer ausgehen, hatte er sich in ihr getäuscht. Sie lernte schnell und revanchierte sich.

Eine gute halbe Stunde später betrat Sarah das Kinderhaus. Hendrik war nur mitgekommen, um sich etwas zum Frühstück zu besorgen. Danach dampfte er, liebevoll von ihr verabschiedet, wieder ab. Sie traf Maritta und die Helferinnen in der Küche. Alles sei gutgegangen, erzählten sie, doch keine stellte Fragen, worüber Sarah sehr froh war. Nur Maritta schmunzelte, wenn sie sah, dass Sarah gähnte. Als die Mädchen außer Hörweite waren, kam sie auf sie zu.

„Na, weißt du jetzt, wie heiße Liebesnächte gehen?"

Sarah war klar, dass ihre Kollegin auf Luisa anspielte, die sie vor einigen Wochen um den Schlaf gebracht hatte.

„Ich denke schon", grinste sie breit und seufzte selig. „Dir kann ich das ja sagen" Sie machte eine Pause und schüttelte den Kopf. „Mir kommt es so vor, als wäre es das erste Mal gewesen, weil es so anders und soo schön war."

„Dann konnte er dich glücklich machen. Das freut mich."

Die beiden Frauen umarmten sich spontan.

19.

𝓔s war Nachmittag geworden und Hendrik betrat das Kinderhaus, um nach Sarah zu sehen. Im Flur standen zwei prall gefüllte Wäschesäcke und ein Hauch von Reinigungsmitteln hing noch in der Luft, als er durch den Aufenthaltsraum lief. Die Mädchen waren mittlerweile alle abgeholt worden, weshalb die Möglichkeit bestand, dass Sarah nun auch frei machen könnte. Die vergangenen drei Stunden waren ihm ohne sie entsetzlich lang vorgekommen. So wie jeden Samstag hatte er die Morgenstunden genutzt, um dringende Büroarbeiten zu erledigen, die keinen Aufschub duldeten. Maritta entdeckte ihn zuerst, als er in die Küche kam.

„Hi", begrüßte sie ihn, „du kannst sie mitnehmen, wir sind fertig."

„Super, ich nämlich auch."

Sarah, die aus der Speisekammer kam, strahlte sofort, als sie ihn sah. Wie zwei Magnete, die nicht anders konnten, als zusammenzukommen, umarmten sie sich spontan. Maritta, die das mit einem zufriedenen Grinsen quittierte, machte sich auf den Weg zur Tür.

„Tschüss, ihr zwei Turteltauben, ich lass euch jetzt alleine." Noch bevor Hendrik und Sarah etwas sagen konnten, war sie auch schon verschwunden.

„Und? Hat mit den Mädels alles geklappt?"

„Ja, ich hab's mir schlimmer vorgestellt. Aber dank Handy und Social Media war der Abschiedsschmerz dann doch nicht so groß. Und bei dir?"

„Ich hab noch ein bisschen Liegengebliebenes vom Tisch gekriegt und außerdem wichtige Vorbereitungen für eine Geschäftsreise getroffen, auf die ich Ende der Woche antreten muss." Er nahm sie wieder in den Arm. „Und jetzt bin ich hier, um dich abzuholen. Wollte hören, wie du dir den Nachmittag vorgestellt hast?", flüsterte er ihr ins Ohr, nachdem sie sich ausgiebig geküsst hatten. Zaghaft löste sie sich von ihm. Wie sollte sie bei klarem Verstand bleiben, wenn er ihr so nahe war.

„Hm, darüber habe ich mir noch keine Gedanken gemacht, nur insoweit, dass ich ihn gern mit dir verbringen würde."

Die Antwort brachte ihr einen Kuss ein.

„Da sind wir uns schon mal einig. Das hätte ich auch vorgeschlagen. Und weiter?"

Sarah warf einen Blick aus dem Fenster. „Das Wetter ist super. Wir könnten bummeln gehen, wandern, ins Museum, an den Edersee fahren ..."

Hendrik zeigte jedoch wenig Begeisterung, weshalb sie fortfuhr. „Oder wir legen uns einfach an den See, lassen uns die Sonne auf den Bauch scheinen und relaxen. Wie findest du das?"

Jetzt erhellten sich seine Züge und er nickte. „Da klingt gut."

Im Haupthaus, unterm Dach, hatte sich eine ordentliche Wärme angestaut, da Hendrik, genau wie Sarah, die Räume am Morgen fluchtartig verlassen und danach nicht mehr betreten hatte.

„Puh, darf ich die Fenster öffnen?"

„Fühl dich wie zu Hause."

Er ging voraus ins Schlafzimmer, um sich eine Badehose einzupacken. Als Sarah hereinkam, wanderte ihr Blick unweigerlich zum Bett, was sofort eine heiße Welle der Erregung in ihr auslöste. Die Bilder der vergangenen Nacht waren plötzlich wieder so präsent, dass sie wie ein Film vor ihrem geistigen Auge abliefen. Sie musste sich beherrschen, um nicht laut aufzuseufzen, so schön waren die Erinnerungen. Und natürlich sah auch die Stätte ihrer Leidenschaft noch genauso aus wie beim Verlassen am Morgen. Zerwühlte Decke, Kissen, die kreuz und quer lagen, und das Laken total zerknautscht. Bevor sie sich daran machte, die Unordnung zu beseitigen, öffnete sie das Fenster.

Während sie die Kopfkissen aufschüttelte und die Bettdecke richtete, schlich sich Hendrik wie eine Katze von hinten an.

„Du bist selbst schuld, wenn ich auf dumme Gedanken komme", raunte er ihr ins Ohr. Ehe sie sich versah, knabberte er an ihrem Hals, umfasste ihre Hüften und presste seine verräterischen Lenden gegen ihre Rückseite. „Soll ich dir vielleicht helfen? Du weißt doch, zu zweit geht alles viel schneller!" Er schubste sie aufs Bett. Eine Antwort schien er jedoch nicht zu erwarten, da seine Lippen auf ihren landeten und seine Hände an ihrem T-Shirt zerrten.

„Ich dachte, du wolltest mit mir baden gehen", keuchte sie, als er ihren Mund frei gab.

„Später, Schatz, später. Jetzt will ich erst mal was anderes. Ich möchte nur vermeiden, dass ich mich nachher die ganze Zeit im Wasser aufhalten muss, während du dich sonnst?"

Wieder musste sie ihm eine Antwort schuldig bleiben, weil er ihr dafür den Atem nahm. Seine Hände waren plötzlich überall. Gierig ergriff er von ihr Besitz und ließ ihr keine Chance, noch irgendetwas zu denken. Er konnte ja nicht ahnen, wie sehr ihr diese kompromisslos fordernde Art gefiel und wie sehr sie ihr bereits glimmendes Begehren anfeuerte. Er zog sie mit in einen Rausch aus Begierde und primitiver Lust, aus dem beide erst wieder auftauchten, als sie schwer atmend und verschwitzt in die Kissen sanken.

„Du machst mich fertig!", stöhnte er und grinste. „Jetzt brauche ich dringend eine Erholung am See."

Sarah stützte sich auf den Ellbogen und strich ihm unschuldig über Brust und Bauch. „Ich weiß gar nicht, was du hast?", lächelte sie harmlos. „Wenns nach mir gegangen wäre, würden wir da jetzt schon liegen. Du wolltest doch unbedingt mit mir Betten machen."

„Warts ab!", rief er, als sie sich erhob, um ihre Sachen vom Boden aufzulesen. „An diesen Satz werde ich dich erinnern, wenn du demnächst mal wieder Hilfe brauchst."

„Beim Betten machen?"

„Ja, warum denn nicht?" Es gelang ihm, ernst zu bleiben. „Oder beim Einseifen unter der Dusche. Ich bin übrigens auch im Regale festhalten ziemlich gut."

Prompt landete ein Kissen an seinem Kopf. „Das war für die Regale! Uwe hatte es nämlich längst repariert. Du hast meine Unsicherheit ganz schändlich ausgenutzt."

Hendrik stand auf, schnappte sich seine Badehose und schlüpfte hinein. Lässig zog er sich das T-Shirt über, kam näher und grinste sie unverschämt sexy an. „Ich hab nur getan, was ich tun musste, mein Fräulein. Du weißt doch … in der Liebe und im Krieg ist alles erlaubt."

Den Rest des Nachmittags verbrachten sie mit Rumalbern, Schwimmen, Lachen, ein bisschen Reden und … Lieben. Am Abend besuchten sie Eike und Dorit im Restaurant, um dort zu essen. Eike hielt den Daumen hoch, als Sarah sich mit Dorit über ihre Vorliebe fürs Backen unterhielt. Der Sonntagnachmittag und die neuen Ferienkinder kamen für die beiden Verliebten viel zu schnell und noch schneller der gefürchtete Sonntagabend.

„Ich hab eine Idee, wie du doch bei mir übernachten kannst." Hendrik empfing Sarah im Treppenhaus des

Kinderhauses, nachdem alle Mädchen in ihren Betten lagen.

„Und wie soll das gehen? Wir dürfen doch die Aufsichtspflicht nicht verletzen."

„Ich erinnere mich an eine Situation, von der Maritta erzählt hat, als irgendjemand, der Aufsicht hatte, krank geworden war. Sie haben sich dann mit einem Babyfone beholfen. Der Funkbereich sollte bis ins Haupthaus reichen. Das heißt, er reicht auf jeden Fall, ich hab's nämlich schon getestet", grinste er. „Also, wir könnten es so machen, dass wir gemeinsam bei dir im Zimmer bleiben, bis die Bande schläft und danach zu mir rüber gehen. Und morgens müsstest du nur ein bisschen früher aufstehen. Was hältst du davon?"

Sarah lächelte über seinen Einfallsreichtum. Der Gedanke, die nächsten Nächte nicht allein zu verbringen, war äußerst verlockend. „Hört sich gut an. Wenn mein Bett nicht so schmal wäre, könntest du ja auch bei mir übernachten, aber das ist wirklich zu unbequem."

„Ich wüsste ja, wie es nicht so eng ist", schmunzelte er. „Großzügig, wie ich bin, biete ich dir oben an."

„Du bist wirklich unmöglich", raunte sie gespielt empört.

„Heute Morgen hatte ich da aber einen anderen Eindruck", grinste er frech.

„Hendrik, du bringst mich ganz durcheinander, jetzt lass uns doch mal ernst bleiben. Ich möchte das gern mit Maritta absprechen."

Er zog sie mühelos an seine Brust, streichelte über ihren Rücken und ihre Arme, während er sie küsste. Sie konnte ihm eindeutig nichts vormachen. Mit jeder Faser ihres Körpers genoss sie, was zwischen ihnen passierte, und zwar alles.

„Es gefällt mir, wenn ich dich durcheinanderbringe. Warum soll es dir besser gehen als mir? Natürlich werden wir ihr davon erzählen. Es gibt keinen Grund für Geheimnisse. Ohne Uwe und Maritta hätten wir gar keine andere Wahl als dein unbequemes Bett. Deshalb bin ich auch sicher, dass sie Verständnis für unsere Situation hat."

***

Mit gemischten Gefühlen betrat Gesine am Donnerstagmorgen das Haupthaus. Seit dem schmählichen Abgang nach dem Turnier war der Kontakt zu den von Freyenhofs völlig abgebrochen. Bis dieser Anruf kam. Freundlich, aber distanziert hatte Hannelore ihr mitgeteilt, dass sie eine Halskette von ihr gefunden hätte. Für Gesine ein Glück, denn sie hatte die filigrane Goldkette, die ein Geschenk von Ingo war, bereits schmerzlich vermisst. Das Herz ging ihr auf, wenn sie an ihn dachte. Gleich am Tag nach dem Turnier waren sie gemeinsam zu ihrem Vater gegangen und hatten ihm alles geklärt. Mittlerweile verstanden sich Ingo und ihr Vater sogar richtig gut. Spätestens nachdem er ihm aus einigen sehr teuren sowie völlig unnötigen Versicherungen herausgeholfen und ihm bessere Anlagemöglichkeiten für sein Vermögen vorgestellt hatte, waren die beiden ein Herz und eine Seele. Mit Hendrik wäre sie nie so glücklich geworden, das war ihr jetzt klar. Sie strich sich über die Arme. Obwohl sie eine leichte Strickjacke trug, begann sie in der kühlen Halle zu frösteln. Sie drückte die Türklinke des Büros nach unten, nachdem von drinnen ein deutliches „Herein" zu hören gewesen war. Gesine blieb in der offenen Tür stehen. Sie ahnte, dass die Baronin nicht gut auf sie zu sprechen war, schließlich hatte sie ihre Erwartungen nicht erfüllt.

„Komm rein, ich habe dich schon erwartet", rief Hannelore. Elegant wie immer erhob sie sich von ihrem Bürostuhl, so als wäre es ein Thron.

Gesine trat näher und reichte ihr die Hand. Einmal mehr wurde ihr klar, dass sie nicht hierher gepasst hätte. Hannelore war der Typ Frau, der sich niemals gehen ließ. Das brünette, kinnlange Haar immer perfekt gekämmt, so wie die Kleidung, stets geschmackvoll, allenfalls sportlich, doch in jedem Fall exquisit. Die Baronin sah für ihr Alter sehr gut aus. Gab es überhaupt jemanden in dieser Familie, der nicht diesen Eigenschaften entsprach? Eike fiel ihr ein. Er wirkte nicht ganz so aristokratisch wie die anderen, aber attraktiv war auch er.

„Ich bin froh, dass diese Kette wieder da ist. Ich dachte, ich hätte sie verloren." Gesine blieb unschlüssig stehen.

„Setz dich doch."

„Nein, danke, aber ich habe nicht viel Zeit. Ich habe in einer Stunde noch einen Termin in Wildungen, da möchte ich nicht zu spät kommen."

„Natürlich." Die Freifrau reichte ihr die Kette. „Das ist verständlich, richte deinen Eltern bitte einen schönen Gruß von mir aus."

„Ja, gern."

Hannelore war aufgestanden. Sie drehte einen Kugelschreiber zwischen den Fingern und wirkte tatsächlich für einen Moment, als wäre sie unsicher.

„Stell dir vor, Cora Lichtenberg wollte zu Hendrik zurück, aber er will sie nicht mehr. Was sagst du dazu?"

Gesine zuckte mit den Achseln. „Nicht bei jedem klappt ein zweiter Anlauf." Sie dachte an Ingo. Sie war ihm so dankbar, dass er so beharrlich geblieben war. „Ich bin sicher, dass Hendrik mit einer anderen glücklich wird. Vielleicht braucht er nur etwas Zeit. Bestell ihm doch bitte schöne Grüße von mir."

„Das kannst du auch selbst machen, er ist noch im Haus, weil er heute auf Geschäftsreise nach Nordrhein-Westfalen muss."

„Nein, ich glaube, das ist keine gute Idee. Wir haben uns bereits auf dem Turnier voneinander verabschiedet."

Hannelore zeigte sich überrascht. Gesine begann zu verstehen. Verschwiegen, wie Hendrik war, hatte er seiner Mutter nichts von ihren Auseinandersetzungen gesagt.

„Willst du mir nicht erzählen, was zwischen euch vorgefallen ist? Von Hendrik erfahre ich so etwas nicht."

„Da gibts nichts zu erzählen. Bitte glaub mir, wenn ich dir sage, dass ich wirklich versucht habe, an ihn heranzukommen." Gesine senkte den Blick. „Er wird mich nicht sehen wollen, deshalb möchte ich jetzt auch gehen. Er will mich nicht. Es ist besser, wenn du das akzeptierst."

Entsetzt sah Hannelore sie an. „Was um Himmels willen hast du denn gemacht?"

„Ich hab ihm ..."

„... Sex angeboten! Grundgütiger! Das hätte ich dir vorher sagen können, dass du damit nicht bei ihm landen kannst. Ich kenne meinen Sohn." Hannelore schüttelte den Kopf. „Ich konnte ja nicht ahnen, dass du dich so dumm anstellst ..."

„Nun, es wird kein zweites Mal geben." Gesine musste schlucken. Sie war froh, dass sie gehen konnte. Ohne ein weiteres Wort drehte sie sich um und schloss die Tür leise hinter sich, bevor sie sich mit dem Rücken dagegen lehnte und die Hand vor den Mund presste. Als wenn sie sich nicht schon selbst genug Vorwürfe deswegen gemacht hätte. Niemals wieder wollte sie sich so schlecht fühlen wie in dieser Nacht auf dem Weingut. Doch dann ging ein Ruck durch ihren Körper. Sie holte tief Luft und stellte sich aufrecht hin. Schluss damit. Wozu noch einen einzigen Gedanken an diese Leute verschwenden. Ingos Familie war zwar nicht so elitär, aber dafür warmherzig und freundlich. In ihrer Nähe fühlte sie sich als etwas Besonderes und voll und ganz angenommen. Sie hob den Kopf und blickte unwillkürlich nach oben, weil sie plötzlich leise Schritte hörte. Um nicht gesehen zu werden, huschte sie schnell in die leicht vorstehende Garderobennische, in der man sie vom Treppenhaus aus nicht sehen konnte. Sarah Kunzmann kam leichtfüßig und mit einem Lächeln auf den Lippen heruntergelaufen. Aha, daher wehte der Wind! Hendrik war also längst nicht so abstinent, wie er seiner Mutter Glauben machen wollte. Gesine war schon auf dem Turnier aufgefallen, dass er eine Schwäche für die Lehrerin hatte. Es wäre ja interessant zu wissen, wie die Baronin diese Entwicklung aufnehmen würde. Hendrik war ihr Lieblingssohn. Diese Neuigkeiten waren ihr anscheinend bis jetzt verborgen geblieben. Es war zu bezweifeln, dass sie darüber in Freudentaumel ausbrechen würde. Wo sie doch so sehr auf eine gute Partie für ihn aus war. Mit so einer Mutter konnte einem Hendrik fast leidtun.

Aber was ging sie das alles an? Sie war glücklich mit Ingo, ihr Vater war versöhnt. Was wollte sie mehr? Nur noch so schnell wie möglich hier weg.

Als sie die Fahrertür ihres Wagens öffnete, tauchte Dennis plötzlich neben ihr auf.

„Mein Gott, hast du mich erschreckt! Lauerst du mir etwa auf?"

„Ja, ich muss unbedingt etwas mit Ihnen besprechen." Er sah an ihr vorbei zum Kinderhaus. Sie folgte seinem Blick, konnte aber nichts Auffälliges dort entdecken. Er trat näher und sah sie verschwörerisch an. Gesine, die so schnell wie möglich fortwollte, verstand die Welt nicht mehr.

„Ihnen liegt Hendrik doch auch am Herzen, oder?"

Was sollte sie darauf antworten, ohne missverstanden zu werden?

„Ich verstehe die Frage nicht? Um was gehts überhaupt?"

„Darum, dass er verarscht wird. Und das kann ich nicht zulassen. Und da Sie auch eine Freundin der Familie sind, dachte ich, Sie könnten mir vielleicht helfen, das aufzudecken."

„Was aufdecken?"

„Ich rede von Sarah. Sarah Kunzmann, das ist die, die den Kindern das Essen macht."

„Und was soll mit ihr sein?"

„Sie spielt ein falsches Spiel. Sie hat was mit Hendrik. So richtig. Sie schläft sogar in seiner Wohnung, wo sie doch eigentlich nachts bei den Kindern sein sollte. Aber das ist noch nicht alles."

„Und was hab ich damit zu tun? Die werden schon wissen, was sie tun."

„Das isses ja gerade. Er weiß eben nicht alles!"

Gesine war skeptisch. Sie wusste um den Ruf des Pferdewirts, wenn es um Frauen ging. „Kann es vielleicht sein, dass du bei ihr nicht landen konntest und ihr deshalb jetzt eins auswischen willst?"

Für einen Moment wirkte er verunsichert, doch dann wurden seine Augen schmal. Gesine schob es auf die Sonne, die durch die Eiche schien und ihn blendete.

„Nee, ich bin ja kein Schwein. Er weiß wirklich nicht alles über sie. Er ist mein Chef, ich mag ihn und möchte einfach nur nicht, dass er enttäuscht wird."

Dennis kam noch etwas näher, was sie dazu bewegte, einen Schritt rückwärtszugehen. Doch ihre Neugier war geweckt.

„Also raus mit der Sprache. Was weiß er nicht?"

20.

*K*urz vor Mittag waren die Tische im Kinderhaus eingedeckt und der Kuchen stand bereits im Ofen. Eigentlich alles bestens, doch Sarah, die gerade zwei Tassen aus dem Schrank holte und auf Maritta wartete, die jeden Moment hereinkommen musste, fühlte sich aus unerklärlichen Gründen seltsam unruhig und beklommen. Das fröhliche Stimmengewirr, das von draußen herein schallte und die Mädchenschar ankündigte, die vom ersten Tagesausritt zurückkamen, wollte so gar nicht zu ihrer Stimmung passen. Dabei war alles genauso wie jeden Tag, den sie bislang hier verbracht hatte.

„Puh, die erste Runde wäre geschafft." Maritta stürmte herein und ließ sich auf die Eckbank fallen. Sarah goss Kaffee und Milch in die Tassen und setzte sich zu ihr.

„Hey, ist alles okay? Du machst so ein trauriges Gesicht?"

„Ach, keine Ahnung, irgendwie ist mir heute so komisch zumute. Mir wird halt bewusst, dass es mein vorletzter Tag bei euch ist. Ihr werdet mir verdammt fehlen." Sarah schluckte. „Außerdem fährt Hendrik für zwei Tage weg ... er kommt erst morgen Abend zurück. Entschuldige, ich weiß, das klingt albern, aber ich vermisse ihn jetzt schon."

Maritta strich ihr verständnisvoll über den Arm.

„Ich verstehe dich sehr gut. Mir ging es damals genauso. Uwe kam immer nur am Wochenende. Die Tage dazwischen waren kaum auszuhalten. Sehnsucht kann richtig wehtun. Konntest du dich wenigstens noch ordentlich von ihm verabschieden?", grinste Maritta verschmitzt.

„Ja", lächelte Sarah verträumt, „ich hab mich heute Morgen wie irre beeilt und bin noch mal zu ihm rübergerannt. Er ist vor einer halben Stunde gefahren." Sie blickte gedankenverloren in die Luft. „Hach, er war so lieb ... er meldet sich, wenn er angekommen ist."

„Na also, nach meiner Rechnung sind es auch gar keine ganzen zwei Tage, die er weg ist. Schließlich kommt er morgen Abend schon wieder. Und er wird dich genauso vermissen wie du ihn."

„Meinst du?"

„Ja, unbedingt. Hendrik ist kein Draufgänger, eher vorsichtig und zurückhaltend. Und wenn er was macht, hat er sich's vorher überlegt. Also mach dir nicht so viele Gedanken. Und für nächste Woche, wenn du nicht mehr hier bist, wird es auch eine Lösung geben. Wissen seine Eltern eigentlich schon über euch Bescheid?"

Sarah zuckte mit den Schultern. „Keine Ahnung. Darüber haben wir nicht gesprochen."

„Wahrscheinlich habt ihr im Allgemeinen nicht sehr viel geredet, oder?"

Sarah schüttelte den Kopf und grinste bis über beide Ohren.

„Bei so viel Liebesglück kann man schon ein bisschen neidisch werden."

„Aber das hast du doch auch."

„Ja, keine Sorge, ich bin zufrieden. Nur vergiss nicht, dass wir schon ein paar Maimonate zusammen sind. Das, was du gerade erlebst, ist einzigartig und deshalb so schön. Ich hab die Zeit mit Uwe gehabt und möchte sie nicht missen. Genieß das, es kommt nicht wieder."

„Verstehe ... für mich ist es das erste Mal so intensiv. Es hat mir nie was ausgemacht, wenn Daniel ein paar Tage fort war. Aber jetzt – es ist, als müsste ich sterben, wenn Hendrik nicht da ist."

„So ist das mit der Liebe, völlig normal würde ich sagen ..." Maritta sah auf die Uhr. „Holla, jetzt wird es aber Zeit.

Vor lauter Romantik vergessen wir noch, den Mädchen ihr Mittagessen zu besorgen. Läufst du los?"

Sarah nickte und machte sich sofort auf den Weg zum Hotel. Doch nach nur zwei Schritten stoppte sie ab und sah Maritta ernst an.

„Danke für das gute Gespräch, auch das werde ich sehr vermissen. Du bist mir eine echte Freundin geworden. Es ist wie mit Rike, aber doch anders."

***

Um halb elf am Abend – Sarah lag bereits im Bett – klingelte ihr Handy. Ihr Herz schlug augenblicklich schneller, als sie Hendriks Namen im Display las.

„Hallo, schöne Fee."

Ein Schauer überlief sie, als sie seine warme Stimme hörte. Es fühlte sich an, als würde er nicht nur mit ihr sprechen, sondern sie körperlich berühren.

„Wie war dein Tag?"

„Anstrengend. Aber es hat sich gelohnt. Sieht so aus, als hätte ich heute einen potenziellen Neukunden gewonnen. Wenn alles gut läuft, kommt morgen noch einer in Paderborn dazu."

„Aha und wo warst du heute?"

„In einem kleinen Kaff in der Nähe von Paderborn, der Name wird dir nichts sagen. Ich war bei einem Büromöbelhersteller. Morgen fahre ich in ein anderes Nest, auch nicht weit von hier zu einem Küchenhersteller."

„Prima. Es freut mich, wenn du so erfolgreich bist. Dann bist du den Weg wenigstens nicht umsonst gefahren. Hier geht alles seinen Gang. Ich fange schon an, meine Sachen zu packen. Am Samstagmittag sind die sechs Wochen um."

Sarahs Stimme wurde leiser.

„Hey, deswegen musst du nicht traurig sein. Wir finden schon einen Weg, wie wir so oft wie möglich zusammen sein können. Hast du Zweifel daran?"

„Nein." Sie wollte ihm nicht sagen, dass sie eine unerklärliche Angst verspürte? „Es ist bestimmt nur, weil ich dich so schrecklich vermisse."

Für einen Moment blieb es still in der Leitung. Sofort bereute sie, dass sie sich ihm so offenbart hatte. Es lag ihr fern, ihn zu bedrängen.

„Ich vermisse dich auch, Sarah. Am liebsten wäre mir gewesen, du wärst mitgekommen, dann hätten wir ein bisschen Zeit für uns gehabt. Das holen wir nach, okay?"

„Ja, sehr gerne." Aus dem Obergeschoss drangen kreischende Mädchenstimmen. „Hendrik, es tut mir leid, aber ich muss Schluss machen. Irgendwas ist da oben passiert. Eins der Mädchen schreit wie am Spieß." Sie hielt das Handy in der Raum. „Hörst du das?"

„Oh Gott ja. Ich melde mich morgen früh vor dem Frühstück. Und jetzt sieh zu, dass du die Mädels in den Griff kriegst. Schlaf gut und träum von mir."

Ein Klicken in der Leitung beendete das Gespräch. Sarah lächelte über den letzten Satz, schlüpfte in eine Jogginghose, zog sich die Strickjacke an und rannte die Treppe hoch.

***

„Guten Morgen." Sarah schloss die Bürotür hinter sich und blickte in das kühle Antlitz der Baronin. „Sie wollten mich sprechen?"

„Ja, Setzen Sie sich." Hannelore von Freyenhof, die majestätisch hinter ihrem Schreibtisch thronte, verzog keine Miene.

Sarah, die nicht die geringste Ahnung hatte, warum sie hierher zitiert worden war, blieb stumm und nahm ihr gegenüber Platz. Aus irgendeinem Grund ahnte sie jedoch, dass dieses Gespräch kein Angenehmes werden würde.

„Wie ich hörte, haben Sie bei meinem Sohn übernachtet", kam Hannelore gleich zur Sache. „Ist Ihnen klar, dass Sie damit Ihre Aufsichtspflicht bei den Kindern verletzt haben?"

Aha! Das war es also, begriff Sarah, die wie versteinert dasaß. Sie hielt dem Blick der Baronin dennoch stand. „Ja, das ist mir klar."

Hannelore hielt einen Stift in den Händen, den sie unablässig hin und her drehte. „Und mehr haben Sie dazu nicht zu sagen?"

„Nein." Sarah zögerte einen Moment, bevor sie weitersprach. „Ich kann das Geschehene nicht rückgängig machen. Vielleicht hilft es, wenn Sie mir das Gehalt kürzen."

„Nein, das hilft nicht, aber ich nehme Ihr Angebot an." Hannelore sprang auf, kam um den Schreibtisch herum und stellte sich vor Sarah, die ebenfalls aufgestanden war. „Was mich vielmehr entrüstet, ist, dass Sie sich das Vertrauen meines Sohnes erschleichen. Was wollen Sie damit erreichen?"

Sarah, die mit diesem ungeheuerlichen Vorwurf nicht gerechnet hatte, blinzelte und wusste nicht, was sie auf so eine absurde Frage antworten sollte. „Nichts", erwiderte sie deshalb ruhig. „Gar nichts. Es hat sich so ergeben."

„Tss, es hat sich so ergeben." Hannelore ging wieder zurück und setzte sich, während Sarah stehen blieb. „Wir wissen doch beide, wie sich so etwas ergibt, nicht wahr? Ich habe gesehen, in welcher Montur sie vor ihm her getänzelt sind."

Sarah runzelte die Stirn.

„Jetzt tun Sie doch nicht so, als wüssten Sie nicht, wovon ich spreche."

Sarah, die tatsächlich keinen Schimmer hatte, was die Freifrau meinte, schüttelte nur mit versteinerter Miene den Kopf.

„Ich rede von dem Großeinkauf in Kassel, bei dem Ihnen mein Sohn behilflich war. Mein liebes Fräulein, ich habe gesehen, wie Sie sich da präsentiert haben. Da kann ein junger Mann schon mal den Verstand verlieren."

Sarah holte tief Luft, um etwas zu sagen, doch Hannelore ließ sie nicht zu Wort kommen.

„Und wie verhält sich das alles damit, dass Sie demnächst in die Staaten zu Ihrem Freund wollen, um dort eine Stelle an einer internationalen Schule anzutreten? Was haben Sie dazu zu sagen?"

Sarah schnappte empört nach Luft. „Wer erzählt denn so was? Das stimmt doch gar nicht. Ich trete in vierzehn Tagen mein Referendariat an einem Fritzlarer Gymnasium an. Ich hab keine Ahnung, wer so einen Blödsinn verbreitet."

„Wie dem auch sei, ich möchte, dass Sie sofort mein Haus verlassen. Sie haben für genug Unruhe gesorgt." Hannelore stand auf und blickte Sarah unerbittlich in die Augen. „Außerdem wünsche ich nicht, dass Sie meinen Sohn noch einmal kontaktieren, andernfalls werde ich mich an Ihren zukünftigen Chef wenden. Herr Kessler ist ein gern gesehener Gast im Restaurant. Wir kennen ihn gut. Noch haben Sie die Probezeit an der Schule nicht überstanden. Falls Sie überhaupt dort anfangen und nicht doch in die USA gehen."

Sarah wandte sich ohne ein Wort der Verteidigung ab. Sie fühlte sich wie betäubt und nicht mehr in der Lage, etwas zu sagen.

„Moment, wo wollen Sie hin? Ich bin noch nicht fertig. In einer halben Stunde wartet ein Taxi am Torausgang. Seien Sie pünktlich. Der Fahrer wird Sie zum Bahnhof bringen. Hier!" Die Baronin hielt ihr einen Umschlag entgegen. „Sie müssen sich schon noch einmal zu mir bemühen, um Ihre Papiere und das Restgeld mitzunehmen. Ach und noch etwas! Ich werde Frau Ritter selbst über die neue Situation informieren, das brauchen Sie nicht zu tun."

Sarah nahm das Kuvert stumm entgegen und ging. Als würde man sie verfolgen, rannte sie durch den leeren Aufenthaltsraum zu ihrem Zimmer. Mechanisch packte sie ihre Sachen zusammen und warf sie wahllos in Tasche und Rucksack. Es war schon seltsam, dass ausgerechnet in diesem Moment kein einziger Mensch weit und breit zu sehen war. Maritta und alle anderen waren beim Ausreiten. Von Willi, der sonst immer mal über den Hof schlenderte, keine Spur. Noch nicht mal Dennis lief herum. Sie würde also keine Möglichkeit mehr haben, sich von irgendjemanden zu verabschieden. So mussten sich Schwerverbrecher fühlen, dachte sie, als sie auf das Hoftor zuging. Tatsächlich wartete dort bereits ein Taxi auf sie. Sie warf noch einen letzten Blick zurück. Sah die stattliche Fassade des Haupthauses, des Kinderhauses und die dicke Eiche neben dem Brunnen. In Gedanken sagte sie *Tschüss*. Bestimmt würde Hannelore jetzt irgendwo hinter einem Fenster lauern und sich davon überzeugen, dass die verhasste Küchenhilfe auch wirklich das Gelände verließ.

„Keine Sorge, Frau von Freyenhof", murmelte sie. „Aufdrängen war noch nie meine Sache, weder bei einem Vater, der mich nicht wollte, noch bei einer eventuellen Schwiegermutter." Sie stieg ins Taxi. Der Fahrer wusste natürlich auch schon, wo er hinfahren musste. Die Baronin hatte wirklich nichts dem Zufall überlassen. Es war kaum zu glauben, wie glücklich Sarah noch am Morgen gewesen war, als Hendrik sie mit einem Anruf geweckt hatte. Jetzt kamen die Tränen, die sie die ganze Zeit unterdrückt hatte. Lautlos kullerten sie ihr über die Wangen. Ein schöner Traum ging zu Ende und verwandelte sich in einen Albtraum. Schluchzend nahm sie das Handy aus ihrer Tasche und schaltete es komplett aus. Sie wollte für niemanden erreichbar sein. Für absolut niemanden. Wem konnte sie noch glauben und wem noch vertrauen? Woher kannte Hendriks Mutter den Inhalt des Briefes? Von Maritta? Sollte sie sich wirklich so in ihr getäuscht haben? Eigentlich unvorstellbar, aber wer hatte sonst noch davon gewusst? Oder war es möglich, dass die Baronin den Brief aufgemacht und gelesen hatte, bevor sie ihn ihr übergeben hatte? Tausend Fragen und keine Antwort. Und warum kam sie erst jetzt mit dem Vorwurf, Sarah hätte ihre Aufsichtspflicht vernachlässigt, wo sie bereits vier Nächte bei Hendrik übernachtet hatte? Sarah zog ein Taschentuch aus dem Rucksack und schnäuzte sich. Sie sollte aufhören, sich über all das Gedanken zu machen. Zumal sie die Wahrheit wahrscheinlich nie erfahren würde. Viel entscheidender war doch, wie es nun weiterging. Zu aller erst brauchte sie dringend ein bisschen Ruhe. In ein paar Tagen würde für sie ein neues Leben als Referendarin beginnen. Dafür musste sie gewappnet sein. Und das war das Wichtigste überhaupt. Wie hatte sie das nur so verdrängen können? Hatte sie nicht früh genug gelernt, sich nur auf sich selbst zu verlassen?

21.

*A*m Freitagabend fuhr Hendrik nach einer langen zermürbenden Rückfahrt durch die Hofeinfahrt. Er hatte sich den ganzen Tag über wie verrückt beeilt, nur um schnell heimzukommen. Seit Stunden wählte er Sarahs Nummer, ohne sie zu erreichen. Dagegen ertönte nur die Bandansage: *Der Teilnehmer ist vorübergehend nicht erreichbar.* Vielleicht war ja nur der Akku leer, versuchte er, sich zu beruhigen. Doch die unheilvolle Vorahnung, die ihm nichts Gutes verhieß, ließ sich davon nicht vertreiben. Irgendetwas stimmte nicht, das spürte er ganz genau. Als der Jeep endlich auf seinem angestammten Platz zum Stehen kam, sprang er, kaum, dass die Tür offen war, wie gehetzt aus dem Wagen und lief direkt zum See. Dort war, wie jeden Freitag um diese Zeit, die Abschiedsparty der Mädchen im vollen Gange. Eine Woche war es nun schon her, dass er Sarah für sich hatte gewinnen können, und jeder Tag hatte ihm bestätigt, wie richtig seine Wahl war und wie glücklich es ihn machte, sie gefunden zu haben.

Das Lagerfeuer und die bunten Lichter rings um den See kamen in sein Blickfeld. Fast panisch suchte er den Platz nach ihren blonden Haaren ab. Doch egal in welche Richtung er blickte, Sarah war nirgends zu sehen. Er beschleunigte seine Schritte, als Maritta und Uwe auf ihn zukamen. Abrupt blieb er vor ihnen stehen und ließ seine Blicke erneut über das Gelände schweifen. Maritta schüttelte bedauernd den Kopf und auch Uwe wirkte betroffen.

„Wo ist sie?", brach es aus Hendrik heraus. „Seit Stunden versuche ich, sie anzurufen, aber sie geht nicht ans Telefon. Was ist denn um Himmels willen passiert?"

„Wir wissen es nicht", kam es von den beiden wie aus einem Munde. Uwe fasste Hendrik am Arm und Maritta stellte sich vor ihn. Sie sah Hendrik ernst an. „Es muss was vorgefallen sein, als wir auf unserer ersten Morgenrunde waren. Als wir zurückkamen, habe ich den verkohlten Kuchen aus dem Ofen geholt und festgestellt, dass sie mitsamt ihren Sachen fort war. Kurze Zeit später kam deine Mutter zu mir und bat mich um Verständnis, weil ich heute und morgen allein zurechtkommen müsste. Sie meinte nur, dass Sarah nicht mehr da wäre. Gründe hat sie keine genannt. Ich habe mich auch nicht gewagt zu fragen. Sie war in einer schlechten Stimmung."

Hendrik schüttelte fassungslos den Kopf. Seine böse Vorahnung wurde zur Gewissheit.

Uwe packte ihn am Arm. „Sie wussten nichts von dir und Sarah oder?"

„Mein Vater schon, ich hatte ihm erzählt, dass sie mir gefällt, aber meine Mutter nicht. Nein. Ich wollte warten, bis Sarah aus der Schusslinie ist. Scheiße. Und jetzt ist sie weg und ich kann sie nicht mal mehr erreichen. Verdammt, ich hab alles falsch gemacht."

„Nein!", rief Maritta und sah ihn beschwörend an. „Hast du nicht. Ihr geht es genauso wie dir. Das hat sie mir erst gestern gesagt."

Wieder schüttelte Hendrik verzweifelt den Kopf und rieb sich die müden Augen. „Entschuldigt mich, aber ich muss rüber. Das wird jetzt unangenehm, das kann ich euch versprechen. Wir reden später."

Kurz darauf spurtete er die Stufen zum Wohnbereich seiner Eltern hoch. Mit kraftvollen Schritten durchquerte er die nobel eingerichteten Privaträume und betrat das Wohnzimmer, wo die beiden einträchtig vor dem Fernseher saßen und Nachrichten schauten. Hans-Hermann sah ihn erfreut an, doch Hannelore blickte erschrocken zu ihrem Jüngsten auf. Hendrik fühlte sich in seinen schlimmsten Vermutungen bestätigt. Mit wutverzerrtem Gesicht baute er sich vor ihr auf.

„Was hast du gemacht, dass sie weg ist und noch nicht mal mehr ans Telefon geht?"

Hannelore sah Hilfe suchend zu ihrem Mann, der sofort den Fernseher ausschaltete. Hans-Hermanns Miene verdüsterte sich.

„Was ich gemacht habe?", entrüstete sie sich und erhob sich aus dem Sessel. „Ich habe dafür gesorgt, dass du nicht den größten Fehler deines Lebens begehst. Das habe ich gemacht. Du kennst dieses Mädchen doch gar nicht richtig, sonst wüsstest du, dass sie vorhat, zu ihrem Freund in die Staaten zu ziehen, um da eine Stellung an einer internationalen Schule anzutreten."

Hendrik sah seinen Vater fassungslos an, doch nur eine Sekunde später entlud sich seine Wut. „Das gibts doch jetzt nicht!", schrie er sie an. „Papa war dabei, als Sarah was ganz anderes erzählt hat. Ich finde es einfach ungeheuerlich, dass du es gewagt hast, dich da einzumischen, und jetzt willst du dich auch noch billig rauszureden. Ich wusste schon, warum ich dir nichts von uns erzählt habe. Es ist immer dasselbe!" Hendrik sah kurz zu seinem Vater und senkte seine Stimme, bevor er sie wieder anfunkelte. „Lass dir eins gesagt sein – ein für alle Mal", zischte er, „ich suche mir meine zukünftige Frau selber aus. Dazu brauche ich definitiv keine Unterstützung von dir. Nur dass das klar ist. Und falls du das nicht akzeptieren kannst, sind wir geschiedene Leute. Mit allen Konsequenzen, und das meine ich ernst." Er holte tief Luft und fuhr sich mit einer Hand durch die Haare. „Ich bin deine Machenschaften so leid", sprach er weiter, ohne darauf zu achten, dass seine Mutter einen Einwand hatte. Sie öffnete den Mund, presste dann aber resigniert die Lippen zusammen. „Glaubst du, ich hätte nicht gemerkt, was du damit bezwecken wolltest, als du Gesine gebeten hast, beim Turnier zu helfen? Und ich weiß auch, dass du es warst, die Cora zu mir nach oben geschickt hast." Er durchbohrte sie mit einem glühenden Blick „Ich will weder die eine noch die andere." Er holte Luft und betonte anschließend jedes einzelne Wort. „Ich will Sarah! Und wenn das für dich nicht passt, wirst du am Montag eine Stellenanzeige schalten müssen. Ich stehe dann nämlich als Verwalter nicht mehr zur Verfügung. Hast du das verstanden?"

Hannelore nickte und setzte sich langsam in den cremefarbenen Ledersessel. Sie war blass geworden. Mit einem solchen Gegenwind schien sie nicht gerechnet zu haben. Hendrik, der so aufgebracht war, dass er durch die Decke hätte gehen können, ignorierte das. Hans-Hermann, der das Geschehen ruhig beobachtete, stand nun wortlos auf, holte eine Flasche Rotwein, öffnete sie und befüllte zwei Gläser. Hendrik, der das merkwürdig fand, sah ihm stirnrunzelnd dabei zu, sagte aber nichts.

„Ich bin stolz auf dich mein Sohn." Hans-Hermann reichte ihm ein Glas, klopfte ihm auf die Schulter und stieß mit ihm an. „Du bist ein würdiger Nachfolger. Du hältst dagegen, das gefällt mir. Und was die Wahl deines Herzens betrifft … auch da hätte ich nicht anders reagiert." Er wandte sich seiner Frau zu. „Kann ich dir auch ein Glas anbieten, oder willst du weiter auf stur auf deinem aberwitzigen Standpunkt beharren?"

Hendrik, dem die Erschöpfung des Tages im Gesicht stand, setzte sich und trank einen Schluck. Hannelore nahm das Glas von ihrem Mann entgegen und lenkte damit wortlos ein. Hendrik stieß nach kurzem Zögern ebenfalls mit seiner Mutter an, die ihn reumütig ansah. Sie kapitulierte, was ihm ein Gefühl von Stärke gab. Er wusste, dass er jetzt vorausschauend handeln musste, egal wie schwer ihm das im auch Moment fiel. Wenn er mit Sarah zusammen sein wollte – und das wollte er jetzt mehr denn je – würde er nur mit Diplomatie weiterkommen.

„Willst du mir vielleicht mal verraten, wie du auf die Idee gekommen bist, dass Sarah in die USA gehen will?" Er sah seine Mutter unverwandt an. „Mir war bekannt, dass sie in einer Beziehung war, aber ich weiß auch, dass Sarah sie beendet hat – und zwar *bevor* sie bei uns angefangen hat." Hans-Hermann, der seine Frau kritisch betrachtete, schüttelte missbilligend den Kopf, als die sich pikiert räusperte.

„Gesine war gestern Morgen hier. Ich bat sie, herzukommen, weil sie ihre Halskette vergessen hatte."

Ihren Namen zu hören, reichte für Hendrik, um genervt aufzustöhnen. Wenn er für den Begriff *Unglück* eine neue Definition bräuchte, käme nur *Gesine* infrage. Daran gab es jetzt absolut keinen Zweifel mehr.

„Sie wollte die Kette nur abholen", sprach Hannelore weiter. „Sie hat mir erzählt, dass Frau Kunzmann bei dir übernachtet hat. Es war Zufall, dass sie gerade im Flur war, als sie die Treppe heruntergekommen ist. Aber den Ausschlag muss Dennis gegeben haben. Er hat Gesine draußen auf dem Parkplatz abgefangen und ihr von dem Brief erzählt, den er gelesen hatte, weil er offen auf dem Küchentisch im Kinderhaus lag. Darin stand, dass Sarah auf einer Schule in den USA anfangen könne. So ist es gewesen."

Hendriks Augen sprühten Funken. „So ein widerlicher ...", er verkniff sich das Wort, das er auf den Lippen hatte, „war ja klar, dass da noch was von ihm kommen würde. Er kann es einfach nicht verknusen, wenn ihn eine abblitzen lässt. Er hat sie vor einer Woche beim Grillfest derart aggressiv angebaggert, dass sie nicht mal mehr alleine in die Küche gehen wollte. Dabei hatte sie ihm mehrfach zu verstehen gegeben – und zwar unmissverständlich – dass sie kein Interesse an ihm hat. Das, was er hier abgezogen hat, ist die blanke Rache, sonst nichts."

Hannelore schlug sich die Hände vors Gesicht. „Es tut mir leid, das konnte ich ja nicht ahnen ..."

„Ach komm! Jetzt sei wenigstens ehrlich! Das hat dir doch ganz wunderbar in den Kram gepasst. Ich verstehe nur nicht, was du gegen Sarah hast? Außer dir kenne ich niemanden, der sie nicht mag. Hat sie dir was getan oder was ist los?"

Hannelore senkte ertappt die Lider und presste resigniert die Lippen zusammen. Eine Antwort blieb sie aber schuldig.

Hendrik hatte genug gehört. Er brauchte dringend frische Luft, um nachdenken zu können. Während er sich erhob, stellte er das leere Glas auf den Tisch. „Ich muss raus. Ich gehe zu Uwe und Maritta, vielleicht fällt denen noch was ein, wie ich Sarah erreichen kann."

Hans-Hermann, der ihn zur Wohnungstür begleitete, hielt ihn am Arm fest, als er hinausgehen wollte. „Das Mädchen mag dich, davon bin ich überzeugt. Es wird alles gut, glaub mir." Er klopfte seinem Sohn auf die Schulter. „Versprich mir nur, dass du heute nirgends mehr hinfährst. Egal, was jetzt noch kommt ... es hat Zeit bis morgen."

„Versprochen, ich gehe zu Fuß rüber."

Die Ritters erwarteten Hendrik bereits. Uwe, der Bier kaltgestellt hatte, nahm ihn mit ins Wohnzimmer. Derartige Verwicklungen konnten nicht trocken besprochen werden und auch nicht mit Wasser. Zusammen hatten sie schon viele gesellige Abende verbracht, bei denen es nie an Gesprächsstoff gemangelt hatte, doch solche Probleme wie heute waren dabei nie ein Thema gewesen. Hendrik war mehr als froh, dass er mit seinem Frust nicht allein sein musste. Während er aufgebracht von der Diskussion mit seiner Mutter berichtete, hörten Uwe und Maritta nur kopfschüttelnd zu.

„So ein Drecksack", donnerte Uwe, als er von Dennis' Machenschaften erfuhr und nahm einen kräftigen Schluck Bier aus seiner Flasche. „Nur weil er vor lauter Frust nicht mehr ein noch aus weiß, hat er seine Wut an Sarah ausgelassen. Sein Liebchen hat ihm nämlich den Laufpass gegeben. Der hat 'nen Samenkoller", schimpfte er weiter. „Da hat sich in den letzten Tagen ganz schön was aufgestaut."

„Stimmt. Ich weiß, wen du meinst", pflichtete ihm Maritta bei. „Das ist die Dunkelhaarige, die immer so extravagant rumgelaufen ist. Ich war mit Sarah auf dem Hof, als sie ihn abserviert hat. Ihr hättet mal sehen müssen, wie der in seiner Wut um sich getreten hat. Keine Tonne war mehr vor ihm sicher ... und dann auch noch die Abfuhr von Sarah, das war zu viel für sein Ego. Das kann er ja partout nicht ab, wenn ihm eine einen Korb gibt. Aber der Super-GAU war garantiert Jessicas Schwangerschaft. Das hat ihm den Rest gegeben."

Uwe und Hendrik nickten zustimmend.

„Der braucht mir nicht mehr zu kommen. So eine Sauerei kann ich nicht vergessen. Bis jetzt hab ich ihn geschützt. Ihr habt ja keine Ahnung, wie oft ich ihm schon eine von seinen verheirateten Schätzchen vom Hals gehalten habe, weil er's gleichzeitig noch mit einer anderen getrieben hat." Uwe setzte sich zurück und verschränkte die Arme vor der

Brust. Maritta strich ihm besänftigend über den Arm. Sie wusste, dass er das ernst meinte.

„Davon weiß ich nichts. Hat mich auch nie interessiert. Das langweilt mich eher. Nur wenn mein Vater das erfährt ... und ihr könnt euch sicher sein, dass er es von mir erfahren wird, dann hagelt es eine Ansprache. Das ist so sicher wie das Amen in der Kirche. Verdammt! Ich könnte Dennis umbringen, so wütend bin ich."

„O oh", schmunzelte Uwe. „Bei dem Gespräch mit deinem Vater wäre ich gern dabei."

„Ist aber doch richtig so", echauffierte sich Maritta. „Immerhin geht es um den Ruf des Gestüts. Da würde ich als Chef auch sauer werden."

„Tja." Hendrik lehnte sich zurück und gähnte. „Dann wird er ihn eben mal von einer anderen Seite kennenlernen. Das wirst du sehen. Da nützt es ihm auch nichts, dass er so ein guter Turnierreiter ist."

„Dein Vater wird ihn sicher nicht entlassen. Allein schon wegen der Alimente nicht, die er demnächst zahlen muss."

„Gut möglich. Aber den Status, den Dennis mal bei ihm hatte, hat er dann verspielt", nickte Hendrik. „Glaub mir, bei so was versteht er keinen Spaß."

„Ich weiß", lachte Uwe. „Das habe ich mal bei einem Ex-Kollegen im Sägewerk erlebt. Der dachte auch, er müsste die mahnenden Worte deines Vaters nicht ernst nehmen, weil er sie so höflich formuliert hat. Es dauert ja, bis er laut wird. Danach hatte er die Papiere."

„Da sollte man sich besser nicht in ihm täuschen", grinste Hendrik. „Aus Erfahrung weiß ich, dass er sehr konsequent sein kann, auch wenn er nicht rumkrakeelt."

Maritta öffnete verschiedene Tüten mit Salzgebäck. Sie ahnte, dass der Alkoholkonsum an diesem Abend höher als gewohnt werden würde, und ergriff stillschweigend Gegenmaßnahmen.

„Einfach Wahnsinn, wie Dennis die Tatsachen verdreht." Sie schüttelte missbilligend den Kopf und setzte sich wieder zu den Männern. „Ich habe den Brief gelesen, den Sarah von ihrem Ex bekommen hat. Sie bat mich um Rat, weil sie sich unsicher war." Maritta sah Hendrik an. „Er will sie zurück und hat in den USA bei einer internationalen Schule Erkundigungen eingeholt, ob sie dort eine Chance auf Anstellung hat. Mehr nicht. Er wollte sie locken, zu ihm in die Staaten zu kommen." Wieder schüttelte sie empört den Kopf. „Ich wusste ja, dass Dennis ein hormonelles Problem hat, aber dass er so link werden kann, wenn er abgewiesen wird, das hätte ich ihm nicht zugetraut. Ab sofort gibts auch von meiner Seite nur noch Dienst nach Vorschrift."

Hendrik fuhr sich mit der Hand über die Augen. Er war übermüdet und erschöpft, weshalb seine Konzentration rapide nachließ. „Wenn ich doch nur mit ihr sprechen könnte", seufzte er und gähnte erneut. „Garantiert hat sie ihr Handy abgeschaltet, weil sie total sauer ist. Ich werde noch verrückt, wenn ich nicht bald mit ihr reden kann."

Uwe zuckte ratlos mit den Schultern. „Du hast doch ihre Adresse. Da gibts nur eins, du musst zu ihr fahren."

Hendrik nickte. „Worauf du dich verlassen kannst. Ich gebe nicht eher Ruhe, bis ich sie gefunden habe. Ach verdammt, das dauert alles so lange", jammerte er. „Wieder ein Tag, an dem sie nicht bei mir ist."

Maritta lächelte und dachte an Sarahs Worte in der Küche. „Sei dir sicher, dass es ihr genauso geht wie dir."

Hendriks Augen wurden groß. „Meinst du wirklich?"

„Natürlich. Denkst du, ich würde das sonst sagen? Du warst noch keine Stunde aus dem Haus – am Donnerstagmorgen – da hat sie mir gesagt, dass sie das

Gefühl hat, sterben zu müssen, wenn du weg bist. Glaub mir. Es wird alles wieder gut." Sie schwieg plötzlich und strich Hendrik, der wie gebannt an ihren Lippen hing, tröstend über den Arm. Dann, als hätte sie eine Eingebung, sprang sie ruckartig auf, lief zu einem Schränkchen, auf dem das Telefon stand und holte ein kleines Notizbuch aus einer Schublade. Triumphierend schwenkte sie es hin und her. „Und ich weiß auch schon, wer uns weiterhilft. Hi, hi. Ich kenne da eine Frau, die genauso an Sarahs Glück interessiert ist wie wir." Maritta blickte in zwei verständnislos dreinblickende Gesichter. „Ich spreche von Rike. Sie ist ihre beste Freundin. Und hier drin steht ihre Festnetznummer. Die vom Handy habe ich leider nicht. Besser als nichts oder? Allerdings müssen wir bis morgen früh warten. Heute ist es schon zu spät, um anzurufen."

Zum ersten Mal an diesem Abend verspürte Hendrik wieder so etwas wie Zuversicht. Er zweifelte zwar nicht an Sarahs Gefühlen für ihn, wohl aber an ihrem Interesse, sich auf Menschen in seinem engeren Umfeld einzulassen, die sie so schlecht behandelten, wie es seine Mutter getan hatte.

Hendrik verbrachte die Nacht im Gästezimmer der Ritters.

***

Hans-Hermann kam zurück ins Wohnzimmer, wo seine Frau wie ein Häufchen Elend auf der cremefarbenen Ledercouch saß und ihm kleinlaut entgegensah. Es war bezeichnend für die Situation, dass sie es nicht kommentierte, dass er die Gläser erneut mit Rotwein füllte. Dass er enttäuscht von ihr war, konnte er nicht verbergen, als er sich ihr gegenübersetzte und ihr ein Glas reichte. „Ich denke, wir sollten reden."

Hannelore deutete nun doch auf den Rotwein und wollte etwas sagen, doch er bremste sie mit einer eindeutigen Handbewegung aus. „Lenk nicht ab, Rotwein ist gut für mein Herz. Im Gegensatz zu deinem unmöglichen Verhalten. Das enttäuscht mich maßlos, zumal wir das Thema hatten. Kannst du mir vielleicht mal erklären, was du dir dabei gedacht hast?"

Hannelore konnte ihm nicht länger in die Augen sehen und es dauerte einen Moment, bis sie anfing zu sprechen. „Ich weiß es nicht ... alles, was ich wollte, war ihn zu beschützen. Weißt du, Hendrik ist in vielem so wie du, ihr seid euch so ähnlich, nicht nur äußerlich. Er ist sensibel und gefühlvoll, und er hat so lange gebraucht, um über Cora hinwegzukommen, da hatte ich einfach Angst, dass diese Sarah ihn nur benutzen will."

Hans-Hermann schüttelte unwillig den Kopf, doch ihm fiel auf, wie konfus Hannelore mit einem Mal wirkte. Es war eine Mischung aus Schuldbewusstsein und Melancholie. Da war noch etwas anderes. Das spürte er genau, obwohl er es nicht benennen konnte. Doch das würde er herausfinden und wenn sie dafür die ganze Nacht reden müssten. Er ahnte, dass hinter ihrem übertriebenen Mutterinstinkt mehr steckte, als sie bereit war zuzugeben.

„Klingt für mich nicht schlüssig und schon gar nicht glaubhaft", reagierte er kühl. „Gerade weil er wegen dieser Cora so gelitten hat, verstehe ich umso weniger, dass du versucht hast, die beiden wieder zusammenzubringen. Glaubst du ernsthaft, das dieses verwöhnte Gör sich tatsächlich geändert hat? Sie ist die Letzte, die auf diesen Hof passt, und schon gar nicht zu Hendrik. Das hat er übrigens längst durchschaut, denn er lässt sich von ihrer

Fassade nicht mehr blenden … und noch weniger von ihrem Vermögen. Was man von dir nicht sagen kann."

„Das hört sich ja an, als wollte ich ihn meistbietend verschachern", schnappte sie.

„Richtig. Genau so kommt es bei mir an. Erst Gesine dann Cora. Habe ich was verpasst? Geht es uns wirtschaftlich so schlecht, dass wir auf die großzügige Mitgift einer wohlhabenden Heiratskandidatin für Hendrik angewiesen sind? Oder was treibt dich an, deinen Sohn derart unsensibel vorzuführen?"

Hannelore sprang auf, lief zum Fenster. Draußen war es inzwischen Nacht geworden. „Das wollte ich nicht", rief sie und knetete sichtlich verzweifelt ihre Hände. „Ich würde ihn nie absichtlich verletzen wollen."

Hans-Hermann folgte ihr, stellte sich vor sie und sah ihr in die Augen. „Interessant. Was glaubst du, wie er sich jetzt fühlt, wo du eine willkürliche Trennung mit der Frau herbeigeführt hast, in die er sich verliebt hat? Dachtest du, er wäre dir dafür dankbar?"

Sie zuckte mit den Schultern und seufzte. „Ich dachte halt, dass sie ihm nur ein bisschen den Kopf verdreht hat. Du hättest sehen müssen, in welcher Montur sie sich ihm präsentiert hat, als sie vom Großeinkauf zurückgekommen sind … er ist ja auch schon eine ganze Weile alleine …"

„Aber du weißt nicht, wie es zu dieser Montur, wie du es nennst, gekommen ist, richtig?"

Hannelore sah überrascht auf. „Ich verstehe nicht, was du meinst. Sie hatte ein dünnes Teil an, unter dem sie fast nackt war."

„Und hatte sie das am Morgen, vor dem Einkauf auch schon an?"

„Weiß ich nicht, darauf habe ich nicht …"

„Glaub mir, es wäre dir aufgefallen, wenn es tatsächlich so gewesen wäre. Doch es war nicht so, weil sie ganz normal angezogen war. Sarah ist beim Einladen im Großmarkt vom Regen völlig durchnässt worden. Hendrik war zu dem Zeitpunkt noch im Markt. Er hat ihr anschließend seine Sportsachen angeboten und hat damit verhindert, dass sie sich erkältet. Deshalb hatte sie nichts unter dem Shirt an. Ihre Sachen waren nass."

„Oh ... das ... mh ... und woher weißt du das?"

„Er hats mir erzählt. Genauso wie er mir erzählt hat, dass Sarah ihm gefällt und er nicht weiß, wie er sich ihr nähern soll. Sie war ihm gegenüber nämlich anfangs ziemlich reserviert ... noch Fragen?"

„Nein. Ich dachte halt, dass Frauen, die einen gewissen familiären Hintergrund haben, besser in unseren Betrieb passen als ein Mädchen, das so was alles nicht kennt."

„Blödsinn ... erstens: Das Mädchen wie du sie nennst, ist eine Frau, die, auch wenn sie viel jünger aussieht, als sie ist, demnächst als Lehrerin arbeiten wird. Gut, kommen wir zu Gesine, die du ja für eine passende Kandidatin gehalten hast. Verzeihung, aber da muss ich lachen. Alles, was sie zu bieten hat, ist das Vermögen ihrer Eltern. Gesine ist in gewisser Hinsicht genau so verwöhnt und egozentrisch wie Cora, nur nicht so ansehnlich. Noch dazu kommt, dass sie sich nicht benehmen kann und glaubt, die ganze Welt müsste sich um sie drehen. Hansmann hat mir von ihrem Auftritt bei den Turniervorbereitungen erzählt. Wortwörtlich hat er mich gefragt, wer den Ackergaul aufs Turnier geholt hätte. Ich wusste gar nicht, was ich sagen sollte. Und als er dann auch noch wissen wollte, ob das Hendriks neue Flamme wäre, konnte ich Gott sei Dank verneinen. Aber nur deshalb, weil ich meinen Sohn gut kenne und weiß, dass er sie nie zur Frau nehmen würde. Ist dir eigentlich klar, wie unmöglich du ihn mit solchen Aktionen machst?"

„Nein." Hannelore schüttelte beschämt den Kopf. „Offensichtlich nicht."

„Gut. Noch ein Wort zu Cora. Für dieses Mädchen – ja, sie ist wirklich irgendwo im Teenageralter stecken geblieben – käme als Ehemann nur ein Großindustrieller oder jemand vom Hochadel infrage. Ein normal Sterblicher kann sich nämlich die Bedürfnisse, die diese junge Dame hat, nicht leisten."

„Aber sie wollte doch wieder zurück zu Hendrik, das weiß ich genau."

„Ja, da hast du recht, Hannelore. Kannst du dir nicht denken warum?"

„Weil sie ihn liebt."

„Ach was ... Liebe! Ihr Verlobter liebt vor allem seine Reiterei, was bedeutet, dass er wenig Zeit für Cora hat. So und da läuft ihr Hendrik auf dem Turnier über den Weg und sie erinnert sich plötzlich wieder daran, wie romantisch die Studienzeit mit ihm war. Das ist nämlich ihre Wahrnehmung von Liebe. Das sein Arbeitspensum es jetzt aber nicht mehr zulässt, rund um die Uhr den Liebesgockel zu geben, wird sie kaum verstehen. Darauf können wir wetten."

„Hans-Hermann!" Hannelore sah ihn überrascht an. „Das kannst du doch nicht einfach so behaupten."

„Doch kann ich, weil sie genau dieser Typ Frau ist."

„Aber ..."

„Nichts aber! Anderes Thema. Du hast Sekretärin gelernt und hast dich trotzdem hier sehr gut eingefunden. Deine Eltern hatten zwar einen stattlichen Hof, aber dennoch kein Vergleich mit dem Gut. Warum sollte eine kluge Frau wie Sarah das dann nicht auch schaffen?"

„Aber das ist doch … sie hat Lehramt studiert und …"

„Und du hast eine Ausbildung zur Sekretärin gemacht. Ich sehe da keinen entscheidenden Unterschied. Sie ist lernfähig und anpassungsfähig, das hat sie in den letzten sechs Wochen bewiesen. Erzähl mir lieber, warum du diese reizende junge Frau so boykottierst. Was hat sie dir getan, außer dass sie sich in deinen Sohn verliebt hat?"

Hannelore schluckte und atmete schwer, dabei knetete sie abwechselnd ihre Hände und ihr Kinn. Dann marschierte sie zum Tisch und trank das Glas Rotwein auf einmal aus. Hans-Hermann, der darauf hoffte, dass der Alkohol ihren Schutzpanzer aufweichte, goss nach. Vielleicht kam dadurch endlich das ans Tageslicht, was sie wirklich bewegte.

„Ich habe doch gar nichts gegen sie." Hannelore war wieder zum Fenster gegangen, um hinaus in die Dunkelheit zu sehen. „Wie gesagt, ich wollte nur nicht, dass Hendrik verletzt wird."

Hans-Hermann trat so nahe an seine Frau, dass sie ihm nicht mehr ausweichen konnte, und schüttelte den Kopf. „Hör auf, mir was vorzumachen. Das gelingt dir nicht."

Sie presste die Lippen zusammen und schwieg, doch ihr Blick wirkte seltsam verzweifelt.

„Ich begreife dein Verhalten nicht", redete er weiter auf sie ein. „Du kennst sie doch gar nicht. Sie ist wirklich nett. Und sie ist klug und fleißig. Außerdem ist sie bildhübsch. Kannst du deinen Sohn denn gar nicht verstehen? Ich kann es. Wenn ich dreißig Jahre jünger wäre und an Hendriks Stelle, würde ich auch alle Hebel in Bewegung setzen, um sie für mich zu gewinnen. Sarah erwidert seine Liebe, warum gönnst du ihm dieses Glück nicht?"

Überrascht beobachtete Hans-Hermann, wie seiner Frau plötzlich die Tränen in die Augen schossen. Ihm war zwar noch nicht klar, welches seiner Worte das ausgelöst hatte, aber er würde es herausfinden.

„Es ist genau wieder wie damals ...", schluchzte sie und bedeckte ihr Gesicht mit beiden Händen.

Um ihm ihre Schwäche nicht zu zeigen, wollte sie an ihm vorbei, doch Hans-Hermann ließ das nicht zu und hielt sie fest. Endlich hatte er das Gefühl, zu ihrem Innersten vorzudringen. Er verstand nur noch nicht, was sie mit *genauso wie damals* meinte. Nicht gewillt, dieses Gespräch ohne Ergebnis zu beenden, nahm er sie behutsam in den Arm und drückte sie an sich. Nun brachen bei Hannelore alle Schleusen und sie weinte hemmungslos. Wann hatte er das erlebt, dass sie sich so ihren Gefühlen hingab? Jedenfalls nicht beim Weinen. Ohne sie loszulassen, führte er sie zur Couch, wo sie sich gemeinsam setzten. Er reichte ihr ein Taschentuch. Nachdem sie sich die Nase geputzt hatte, sah sie ihn traurig an. Sie wirkte so verletzlich wie selten zuvor. Vielleicht bei der Geburt der Jungs. Nein, das war es nicht. Hans-Hermann kannte Hannelore schon seit der Jugend. Viel länger als sie zusammen waren und noch bevor Christa in sein Leben getreten war. Vor Christa hatte es nur flüchtige Bekanntschaften gegeben, nichts Festes. Als er Christa dann kennengelernt hatte, war es um ihn geschehen gewesen. Die blonden Haare, die blauen Augen, ihre Anmut ... Hans-Hermann stutzte. Moment mal! Müsste man Sarah beschreiben, würde man das mit denselben Worten tun. Ihm dämmerte, dass hier die Ursache lag. Er verstand plötzlich. Frauen wie Christa und Sarah eroberten die Herzen ihrer Mitmenschen im Nu. Aber Hannelore ... natürlich war ihm bekannt, dass sie bei vielen als unnahbar und kühl galt. Manch einer meinte sogar, sie wäre arrogant. Ganz unschuldig war sie daran nicht. Und dennoch entsprach es nicht ihrem wahren Naturell. Wen sie liebte, für den kämpfte sie wie eine Löwin. Sehr zum Leidwesen ihrer Söhne, die sich deswegen so manche Einmischung gefallen lassen mussten.

Mit ernstem Blick betrachtete er ihre bedrückte Miene. „Lass uns von früher sprechen."

Sie zuckte hilflos mit den Schultern und nickte nur.

„Wenn ich dich mit irgendwas verletzt habe, sag's mir ..."

Hannelore schüttelte den Kopf und hielt sich wieder die Hände vors Gesicht. Erneut liefen ihr die Tränen über die Wangen. „Es ... es ist wegen Christa", presste sie hervor. „Du hast sie so geliebt. Nie hatte ich das Gefühl, dass du mich ... wenn sie nicht umgekommen wäre, dann ..."

Aha! So deutlich hatte sie das noch nie ausgesprochen. Doch geahnt hatte er es immer. Monate, nachdem Christa verunglückt war, hatte sich Hannelore intensiv um ihn bemüht. Es waren zwei Jahre ins Land gegangen, bis er ihre Liebe hatte annehmen können und sie nach und nach auch erwidern konnte. Doch er war in seinen Gefühlen nie wieder so überschwänglich geworden, wie er es mit Christa gewesen war. Er gehörte nun mal nicht zu den Menschen, die anderen etwas vorspielten.

„... dann wären wir beide nie zusammengekommen." Er umfasste sie fester. „Das kann und will ich nicht abstreiten. Das ist jetzt aber auch nicht der Punkt, um den's geht. Sondern vielmehr der, dass du an meiner Liebe zu dir zweifelst. Und das tust du, wenn du eifersüchtig wirst, nur weil ich sage, dass ich Hendrik verstehen kann, wenn er sich in ein Mädchen wie Sarah verliebt. Eine junge Frau, die rein äußerlich der gleiche Typ Frau wie Christa ist."

Hans-Hermann hob das Kinn seiner Frau und sah ihr in die Augen. „Ich liebe dich von ganzem Herzen. Du bist die Mutter meiner Söhne und mir immer eine treue Gefährtin gewesen. Du hast mir über einen schlimmen Verlust hinweggeholfen, das werde ich dir nie vergessen, allein dafür liebe ich dich schon. Aber ich liebe genauso die starke Frau, die du bist. Glaub mir, ich wäre nie bei dir geblieben, wenn ich dich nicht auch begehrt hätte. Ganz gewiss nicht. Die größte Trauer vergeht irgendwann. Spätestens dann wären alle deine Chancen verspielt gewesen. Ich hab dich gewollt und will dich immer noch. Mit Haut und Haaren, so wie du bist, auch wenn ich vorher in einen ganz anderen Typ Frau verliebt war. Ich kann nicht mehr tun, als dir das zu versichern."

Hannelore schluchzte auf. Wieder liefen ihr die Tränen.

„Hast du all die schönen Momente vergessen, die wir hatten, als wir jung waren?"

Hannelore sah ihn ungläubig an und schüttelte dann langsam den Kopf. Dann begann sie, unter Tränen zu lächeln, und umarmte ihn stürmisch. Wie ein Teenager übersäte sie sein Gesicht mit Küssen.

„Vor einer Stunde hätte ich mir nicht träumen lassen, dass ich heute Abend noch so eine wunderbare Liebeserklärung von dir kriege", schniefte sie. „Ich danke dir. Du weißt, wie sehr ich dich liebe, genauso wie unsere Söhne."

„Ja, ich weiß. Man muss dich nur manchmal zu deinem Glück zwingen, damit du es auch zeigen kannst. Jetzt wäre es mir vor allem wichtig, dass du es unserem Jüngsten zeigst. Er ist erwachsen und sehnt sich nach einer Frau, jetzt mehr denn je, wo er Sarah gefunden hat. Gib deinem Herzen einen Ruck und mach es den beiden nicht so schwer. Sarah passt ausgezeichnet zu unserem Sohn und sie liebt ihn."

„Wenn du dir da so sicher bist?"

„Bin ich. Und du weißt, dass ich eine gute Menschenkenntnis habe. Sonst würde ich das nicht sagen."

„Gut. Ja, das weiß ich. Einverstanden. Wenn er sie herholt, werde ich mich bei ihr entschuldigen und ich verspreche dir, mich nicht mehr einzumischen."

Hannelore putzte sich die Nase. Gedankenverloren sah sie sich um. „Weißt du, es hat ja auch was Gutes, wenn die Jungs mit ihren Frauen jetzt Entscheidungen treffen und die Verantwortung übernehmen, dann haben wir mehr Zeit für uns."

Hans-Hermann nahm die Hand seiner Frau und streichelte sie.

„Es gefällt mir, wenn du so redest. Es zeigt mir, dass du verstanden hast, auf was es ankommt."

„Auf uns", sagte sie leise. „Auf uns und dass wir uns jetzt gönnen, was wir uns in all den Jahren nicht gegönnt haben. Zeit für uns und machen können, was wir wollen."

„Genau, ich hätte auch schon eine Idee. Wie wär's mit einer Kreuzfahrt?"

22.

Sichtlich übernächtigt saß Hendrik am nächsten Morgen am Frühstückstisch seiner Freunde. Maritta reichte herzhaftes Bauernbrot zu Rühreiern mit Speck und sauren Gurken.

„Soll ich euch vielleicht auch noch Rollmöpse aus der Speisekammer holen?"

Als Antwort bekam sie nur heftiges Kopfschütteln.

„Wie lange ging denn die Besprechung?" Maritta setzte sich schmunzelnd zu den Männern und nahm sich Joghurt zum Müsli. „Nach den leeren Flaschen auf dem Wohnzimmertisch zu urteilen, ist es doch später geworden, was?"

„Ich hab nicht auf die Uhr geschaut", murmelte Uwe und schielte auf die Tageszeitung, die neben ihm lag. „Ich glaube, es war drei ... keine Ahnung."

„Nee", kam es nicht minder verkatert von Hendrik. „Es war kurz vor zwei. Weiß ich ziemlich genau, weil ich noch mal in der Küche war."

„Gehts dir ein bisschen besser heute Morgen?" Sie goss Kaffee in seine Tasse. „Ich meine seelisch?"

„Hm", brummte Hendrik nur, weil er den Mund voll hatte, und bewegte seinen Kopf unentschlossen hin und her. Ein klares Ja sah anders aus.

„Bin gespannt, was Rike sagt, wenn sie hört, was los ist."

Uwe reagierte gar nicht. Genüsslich kauend studierte er den Sportteil der Zeitung und Hendrik zuckte nur ratlos mit den Schultern.

„Ich sehe schon", Maritta warf einen Blick auf die Uhr, „ihr seid mir ja sehr gesprächig. Verstehe, ihr habt ja auch heute Nacht bereits alle wichtigen Themen des Lebens erörtert. Macht nix. Muss mich sowieso beeilen. Ich kann die Mädels nicht so lange allein lassen. Ich bin froh, dass sie mir überhaupt aus der Patsche geholfen haben."

„Tut mir echt leid." Hendrik zog eine bedauernde Grimasse. „Meine Mutter ist wirklich unmöglich."

„Alles gut. Du kannst ja nichts dafür und ich bin es so gewohnt. Ich krieg das hin." Maritta schob den Stuhl nach hinten und trank ihren Kaffee aus. „So Jungs, ich muss euch alleine lassen. Aber ...", sie warf einen demonstrativen Blick über Tisch, Herd und Spüle. „Ich verlass mich auf euch, okay?"

„Hab verstanden, Schatz, wir übernehmen die Küche und danke für das gute Frühstück", krächzte Uwe und Hendrik hob zustimmend die Hand, weil er den Mund wieder voll hatte.

„Gut. Ich melde mich, wenn ich Rike erreicht habe."

Um zwölf, drei Stunden später, tigerte Hendrik ruhelos über den Freisitz der Ritters. Noch immer keine Rückmeldung von Maritta. Uwe mahnte ihn zur Ruhe und bat ihn, sich zu setzen. Doch das hielt Hendrik nicht aus, er brauchte Bewegung, sonst würde er anfangen zu schreien. Seine Nerven waren zum Zerreißen angespannt. Uwe zuliebe hockte er sich kurz auf den Rand eines Terrassenstuhles und starrte dabei wie hypnotisiert auf sein Smartphone. Alle Versuche, Sarah auf ihrem Handy zu erreichen, waren gescheitert und er fühlte sich erbärmlich hilflos. Wann würde der Stillstand ein Ende haben und wann konnte er etwas tun, um sie zu finden? Die Warterei machte ihn schier wahnsinnig. Als drinnen endlich das Telefon schrillte, sprangen beide Männer gleichzeitig auf. Uwe nahm ab und hörte von Maritta, dass Rike bei ihrem Freund übernachtet hätte und erst vor fünf Minuten in der

WG angekommen sei. Selbstverständlich wolle sie bei der Suche helfen.

Erleichtert, endlich etwas tun zu können, rannte Hendrik zu seinem Jeep und fuhr sofort los.

Der Duft von frisch gekochtem Kaffee durchströmte die kleine Küche, während Hendrik Rike dabei zusah, wie die Sarahs Freundschaftsliste abtelefonierte. Die Zwei-Zimmer-Wohnung in der Kasseler Innenstadt, in der die beiden Frauen in einer Wohngemeinschaft lebten, war gemütlich. Und obwohl er nun abermals die Zeit mit warten verbrachte, war es erträglicher, da endlich etwas passierte. Rike war zuversichtlich, dass er seine Liebste heute wieder in die Arme schließen konnte, und er wollte ihr das nur zu gerne glauben. Während die quirlige Lehramtsstudentin hin und her lief und eine nach der anderen Nummer abtelefonierte, trank Hendrik Kaffee. Er konnte sich nicht entsinnen, wann er das letzte Mal so viel Koffein zu sich genommen hatte. Höchstens im Studium vor den Prüfungen.

Rike kam mit resignierter Miene auf ihn zu, drückte den roten Knopf am Telefon und schüttelte den Kopf.

„Wieder nichts!" Sie rutschte auf den Küchenstuhl, der seinem gegenüber stand. „Jetzt bleibt nur noch die Familie. Ich hoffe, dass sie dort ist. Ich wüsste sonst niemanden mehr." Ihr Blick wurde ernst. „Verstehst du? Ich möchte auf gar keinen Fall die Pferde scheu machen. Sarahs Mutter ist eine ganz Liebe, aber auch empfindlich, wenn es um ihre Kinder geht. Sie hat halt schon viel durchgemacht, vielleicht wird man dann so."

„Hm", nickte er. „Was schlägst du vor?"

„Ich rufe sie jetzt an. Was anderes bleibt nicht mehr."

Hendrik folgte Rike in Sarahs Zimmer und sah sich interessiert um. Der Raum war einfach, aber hübsch eingerichtet. Geschmack hatte sie, das sah man sofort, weshalb er an seine eigene Wohnung denken musste. Ob sie ihm bei der Einrichtung helfen würde? Gemeinsam mit ihr wäre er sogar bereit, freiwillig durch die Möbelhäuser zu ziehen.

„Hallo Dagmar, ich bin's Rike. Sag mal, ich versuche, Sarah zu erreichen … ist sie vielleicht bei dir?" Sie lauschte deren Worten und legte sich erleichtert die Hand auf die Brust. Für Hendrik hob sie den Daumen und lächelte. „Ja, verstehe. Meinst du, zwei Stunden reichen? Ja, ich weiß Bescheid. Hab es von ihm höchstpersönlich. Er ist hier, es geht ihm genauso schlecht. Glaub mir, er kann nichts dafür. Es sind nur Missverständnisse." Wieder lauschte sie. „Oh Mann, manchmal kommt aber auch wirklich alles zusammen. Sei versichert, dass wir dir keine weiteren Umstände machen. Ich möchte den beiden nur helfen. Sie haben es verdient. Das verstehst du doch?" Rike nickte und hörte zu. „Ich wusste, dass du Verständnis hast. Danke. Bis später."

Sie legte auf, warf einen Blick zur Uhr und schnappte sich einen extrem erleichterten Hendrik. „Komm, ich erklär dir gleich alles, aber vorher gehen wir irgendwo hin, wo es was zu futtern gibt. Ganz in der Nähe ist ein nettes Lokal mit Biergarten. Die haben schon geöffnet und das Essen ist superlecker. Ich sterbe vor Hunger. Außer Frühstück gabs bei mir heute noch nichts. Und wenn ich hungrig bin, kann ich nicht mehr denken und demzufolge auch nicht mehr reden. Verstehst du das?"

Hendrik verstand … und auch, warum diese junge Frau Sarahs beste Freundin war. Rike war so erfrischend natürlich und entwaffnend ehrlich. Aber so frech und unbekümmert war sie eigentlich schon immer gewesen, erinnerte er sich. Nur hatte ihn das früher nicht sonderlich interessiert, weil er einige Jahre älter war als sie und er kaum Schnittstellen mit ihr gehabt hatte.

„Okay, zeig mir, wo das ist, dann fahren wir hin. Ich lade dich ein."

Bei *Lohmanns* war es, entsprechend der Uhrzeit – es war inzwischen kurz nach fünf – noch relativ leer. Sie fanden einen Zweiertisch in einer Nische. Nachdem die Bestellung aufgegeben war, lehnte sich Rike mit einem ächzenden Ton in ihrem Stuhl zurück.

„Bin ich froh, dass ich sitze. Die letzten zwei Tage waren echt stressig", seufzte sie, während sie die Tür zur Küche im Auge behielt. „Wir waren am Edersee surfen. Basti liebt das."

„Ja, da kann man eine Menge Spaß haben. Wir waren erst kürzlich in dem Kletterwald, der direkt am See liegt." Hendrik sah sich um. „Sieht gemütlich aus hier."

„Ja, ich mag es urig. Und das Essen ist auch richtig lecker. Tut mir leid, wenn ich hungrig bin, rede ich gerne dummes Zeug."

Hendrik lachte. „Da habe ich schon Schlimmeres gehört." Er schob den Serviettenständer hin und her. „Hm, darf ich dich was über Sarah fragen?"

„Kommt darauf an." Rike sah ihn wachsam an. „Was willst du wissen?".

„Okay. Ich weiß, dass sie sich von ihrem Freund getrennt hat. Mehr hat sie nicht gesagt." Für diese Notlüge bat Hendrik alle guten Geister um Vergebung, wollte aber vor Rike nicht zugeben, dass Sarah es nicht ihm, sondern Christian erzählt hatte. Die Chance, sie selbst danach zu fragen, hatte er verpasst. Wer hätte auch ahnen können, dass Dennis so abdrehte und einen solchen Rachefeldzug gegen Sarah fahren würde. „Okay … zugegebenermaßen gab es noch nicht so viele Gelegenheiten zum Reden", räumte er ein. „Wir sind erst seit einer Woche zusammen und mussten beide viel arbeiten. Würdest du mir verraten, welcher Typ ihr Ex war?"

Die Kellnerin brachte die Getränke.

„Nun, so viel gibt es da nicht zu berichten. Die zwei waren schon ein Paar, als ich zu Sarah gezogen bin." Rike trank einen Schluck und starrte zur Decke, bevor sie Hendrik wieder anschaute. „Versprichst du mir, dass du das, was ich dir anvertraue, nicht weitererzählst, auch nicht Sarah?"

„Ich schwöre", nickte er und sah sie unverwandt. „Jetzt mal im Ernst, ich verstehe da ein paar Dinge nicht, vielleicht kapiere ich es ja, wenn du mir sagst, was er für ein Typ ist und warum sie sich von ihm getrennt hat."

Er hob die Hand, weil Rike gerade anfangen wollte zu sprechen. „Ich weiß nur, dass sie sich nicht ernst genommen gefühlt hat", grinste er entschuldigend. „So, jetzt bin ich fertig."

„Okay. Also … Daniel ist der typische Businessmensch. Er sieht nicht nur so aus, er benimmt sich auch so, immer, auch in seinem Privatleben. Er trägt zwar in seiner Freizeit keine Anzüge … aber ansonsten … na ja, er ist halt sehr erfolgreich und arbeitet für eine große Kasseler Firma, die weltweit vertreten ist. Das ist der Grund, warum er jetzt ziemlich unerwartet in die USA versetzt worden ist. Es muss für ihn ein heftiger Karriereschub gewesen sein, so hat es sich zumindest angehört. Wenn du mich fragst, ist dass das Beste, was Sarah passieren konnte. Versteh mich nicht falsch. Daniel ist immer nett und sehr höflich. Seine Familie ist angesehen, aber Sarah war nicht sehr oft dort. Sie hat sich da nicht wohlgefühlt. Das war okay für sie. Daniel hat ihr etwas gegeben, was sie vorher noch von keinem bekommen hat."

„Aha?" Jetzt wurde es spannend. „Und was war das?"

„Kann sein, dass das komisch klingt ... so viele Freunde hatte sie vor ihm nun auch wieder nicht. Nein, es geht um was anderes ... anfangs war sie einfach nur glücklich darüber, wie er sie behandelt hat. Er hat verstanden, dass sie viel lernen musste, und hat sie dabei unterstützt." Rike fixierte die Kellnerin, die gerade das Essen an den Nebentisch brachte, bevor sie sich wieder Hendrik zuwandte. „Das hört sich alles normal an, aber für Sarah war es das nicht. Dazu muss ich dir erklären ... oder auch nicht", rollte sie drollig mit den Augen, „dass Sarah bei den meisten Typen gut ankommt. Vor Daniel waren einige an ihr interessiert, die nur mit ihr angeben wollten, aber ansonsten ziemlich ignorant waren."

Rike hielt erneut nach der Bedienung Ausschau und schob dabei ungeduldig das Besteck hin und her. Hendrik, der sich im Stuhl zurücklehnte, genoss ihre lebhafte Art, zu erzählen. „Wenn Sarah etwas hasst", fuhr sie fort und sah ihm direkt in die Augen, „dann dass, das die Kerle sie wie eine Trophäe vorführen wollen. Das muss wohl häufiger vorgekommen sein, so wie sie erzählt hat. Mit Daniel war das kein Thema mehr und das hat ihr gefallen."

Hendrik, der wie gebannt an Rikes Lippen hing, konnte gar nicht genug über Sarah erfahren. Rike hingegen, brachte in diesem Moment mit einem herzzerreißenden Seufzer zum Ausdruck, wie sehr es sie nervte, dass die Kellnerin abermals an ihrem Tisch vorbeiging und stattdessen woanders Essen ablieferte.

„Mensch, ich hab echt Hunger", maulte sie und zog eine drollige Grimasse, weil er darüber lachen musste.

„Na ja, zaubern können die auch nicht, wir sind schließlich erst eine Viertelstunde hier", versuchte er sie zu beruhigen und beugte sich zu ihr vor. „Weißt du, was ich schön finde?"

„Nee."

„Du hast dich kein bisschen verändert. Ich mochte dich schon immer, obwohl wir gar nicht so viel miteinander zu tun hatten. Es ist nicht schwer, zu verstehen, warum ihr beiden Freundinnen seid." Erstaunt beobachtete Hendrik, dass Rike, die ansonsten so selbstbewusst auf ihn wirkte, über sein Kompliment ein wenig errötete und verschämt die Augen verdrehte. „Aber erzähl weiter, bis dahin war ja alles problemlos und wolkenfrei. Einen Grund für eine Trennung konnte ich bis jetzt noch nicht finden."

„Stimmt. Eigentlich haben die beiden nie gestritten – bis er den gemeinsamen Spanienurlaub von jetzt auf gleich gecancelt hat und zwei Tickets für die USA gebucht hat. Ohne sie vorher zu fragen, versteht sich. Da war Schluss mit lustig bei ihr."

„Tickets für die USA?"

„Ja. Er ist davon ausgegangen, dass sie ihn begleitet und alles hinschmeißt, wofür sie jahrelang gebüffelt hat. In dem Moment ist ihr klar geworden, dass immer nur seine Pläne zählen und er sie nicht mal fragt, welche Pläne sie für die Zukunft hat. Tja, das wars dann. Ich fands gut. Das hab ich ihr auch so gesagt. Ich glaube nämlich nicht, dass sie ihn sehr vermisst. Insgesamt war er nicht besonders anspruchsvoll, wenn es darum ging, gemeinsame Zeit mit ihr zu verbringen." Rike kräuselte missbilligend die Lippen. „Ich hatte noch nie einen Freund, der so selten da war wie Daniel bei Sarah." Sie schnappte nach Luft. „Und wenn er dann mal kam, ist er abends wieder heimgegangen", rief sie aufgebracht. „Kannst du dir so was vorstellen?"

Hendrik schüttelte den Kopf, blieb aber still, weil er noch mehr wissen wollte. Es tat so unglaublich gut, wenigstens von Sarah zu hören. Er hatte solche Sehnsucht nach ihr, dass es ihn körperlich schmerzte.

„Also mir – ganz ehrlich – mir würde das nicht gefallen und ich kenne auch sonst niemanden, dem das gefällt. Sarah fand sein Verhalten normal, zumindest hat sie sich nie beschwert. Aber wie soll man auch was vermissen, das man nicht kennt?" Rike verdrehte die Augen und schüttelte den Kopf. Dann, als wäre ihr schlagartig bewusst geworden, was sie preisgegeben hatte, schlug sie sich die Hand vor den Mund und stöhnte entsetzt. „Oh Gott. Das hast du nicht gehört. Das ist mir so rausgerutscht und war nicht für deine Ohren bestimmt."

Hendrik winkte ab und tat, als würde er sich einen Reißverschluss über den Lippen zuziehen. Sie ahnte nicht ansatzweise, wie sehr ihm ihre Worte halfen, besser zu verstehen.

Die Kellnerin brachte das Essen, was Rike ein zufriedenes Seufzen entlockte. Sie machte sich sofort über das deftige Schnitzelgericht her, während Hendrik, der für sich nur eine Vorspeise gewählt hatte, nur zögerlich zugriff. Er würde erst dann wieder Appetit haben, wenn er mit Sarah versöhnt war.

„Sobald wir die Missverständnisse aus der Welt haben – und sie mich hoffentlich noch will – wird sie keine einsamen Nächte mehr haben. Das kannst du mir glauben." Er sah ihr offen in die Augen und verzog dann den Mund zu einem frechen Lächeln. „Die hatte sie in der letzten Woche schon nicht. Du siehst, mit mir ist alles ganz normal."

Rike schmunzelte nur, bevor sie ihm mit dem Wasserglas zuprostete. „Das freut mich. Genau das wünsche ich mir für sie. Und das weiß sie auch. Da kannst du sie gerne fragen."

„Okay …" Hendrik wurde wieder ernst. „Jetzt erzähl erst mal, was ihre Mutter am Telefon zu dir gesagt hat."

Aus Rikes Gesicht verschwand das Lachen. „Sarah geht es nicht gut, sie schläft im Moment. Sie hat gestern Abend noch ein pflanzliches Beruhigungsmittel verabreicht bekommen, weil sie überhaupt nicht zur Ruhe kam. Sie war wohl völlig überdreht und hat viel geweint. Deshalb können wir jetzt auch nicht gleich zu ihr fahren und müssen die Zeit ein noch bisschen totschlagen."

Hendriks Miene zeigte seine ganze Betroffenheit und gleichzeitig war er wütend. „Das tut mir so leid, aber du kennst ja meine Mutter!? Ich hab keine Ahnung, was sie sich dabei gedacht hat."

„Lass gut sein. Das ist Family live. Ich bin seit drei Monaten mit Basti zusammen, habe ihn aber erst letztes Wochenende das erste Mal mit nach Hause genommen. Mein Vater ist auch gewöhnungsbedürftig."

„Wo ist dein Basti? Sag mir, wenn ich dich von was Wichtigem abhalte."

„Nein, nein." Rike legte ihm beruhigend die Hand auf den Arm. „Er ist Polizist und hat Spätschicht. Es ist alles okay." Sie schob den leeren Teller zur Seite und sah auf die Uhr. „Puh … jetzt gehts mir wieder gut. Ich denke, wir können dann auch langsam los."

Während Hendrik die Kellnerin rief und die Rechnung beglich, spürte er, wie ihn eine erwartungsfrohe Unruhe ergriff. Nun würde es nicht mehr lange dauern und er konnte Sarah endlich in die Arme schließen.

Nach einer gemütlichen Fahrt durch die Stadt erreichten sie ihr Ziel und parkten vor einem gepflegten Vorgarten.

Hendrik folgte Rike zur Haustür eines Einfamilienhauses, aus dem durch die gekippten Fenster fröhliches Stimmengewirr nach draußen drang. Ein hübscher blonder Kerl, noch keine zwanzig, öffnete ihnen die Tür.

„Rike! Hi. Mama ist in der Küche und Sarah schläft noch."

Bevor er sich wieder die Treppe hinauf trollte, die gleich neben der Haustür nach oben ging, nahm er Hendrik kurz, aber intensiv ins Visier.

„Das war Felix, Sarahs Halbbruder", erklärte Rike, die Hendrik in den Flur zog. „Er ist siebzehn."

„Aha. Dachte ich mir schon. Sie sehen sich ähnlich." Hendrik sah sich um. Das Haus war klein, aber sehr liebevoll eingerichtet. Rike, die sich offensichtlich auskannte, ging weiter durch den Flur in die Küche, wo eine blonde Frau um die fünfzig vor dampfenden Warmhaltegefäßen stand und Servietten faltete. Da die Abzugshaube dröhnte, hörte sie die beiden nicht hereinkommen.

„Hallo Dagmar, jetzt kommen wir doch ungelegen oder?"

Dagmar Schröder blickte überrascht auf.

Hendrik wusste sofort, wen er vor sich hatte. Sarahs Mutter. Die Ähnlichkeit der beiden war frappierend. Er streckte ihr die Hand entgegen. „Guten Abend Frau Schröder, ich bin Hendrik von Freyenhof. Vielen Dank, dass wir herkommen durften."

Dagmar nickte und schüttelte ihm die Hand, bevor sie ihn prüfend musterte. Sich räuspernd blickte sie mit ernster Miene abwechselnd zwischen Rike und ihm hin und her. „Sarah schläft immer noch. Eigentlich möchte ich sie nur ungern wecken. Sie braucht dringend Ruhe. Vielleicht ist es besser, wenn Sie noch mal wiederkommen."

Hendrik wurde blass. Sollte er jetzt, so kurz vor dem Ziel, wieder gehen müssen? Rike hob ratlos die Schultern.

Dagmar, die erkannte, wie sehr ihm ihre Absage zusetzte, fasste Hendrik am Arm. „Okay! Rike, guck du nach den Kartoffeln, die müssten jeden Moment gut sein. Schalt den Herd dann einfach aus. Ich bin gleich zurück."

Hendrik folgte Dagmar nach draußen in den Vorgarten.

„Hören Sie, ich weiß nicht wirklich, was passiert ist, aber ich habe meine Tochter noch nie in so einem jämmerlichen Zustand gesehen, wie gestern Abend. Ich möchte nicht, dass man sie noch mehr verletzt. Sie musste erst vor Kurzem die Enttäuschung mit Daniel verkraften. Es reicht jetzt. Bevor Sie mir nicht genau sagen, was Sie hierherführt, lasse ich Sie nicht zu ihr."

Hendrik atmete durch. Oh Gott, sie gab ihm noch eine Chance. „Ich bin hier, weil ich Sarah zu mir holen möchte, äh ... natürlich nur, wenn sie das will. Ansonsten wird es eine andere Lösung für uns geben, aber auf gar keinen Fall will ich sie wieder verlieren. Ich hab sie doch gerade erst gefunden", lächelte er Dagmar an. „Leider gab es Probleme, als ich auf Geschäftsreise war. Missverständnisse ... die ich aber in der Zwischenzeit klären konnte. Deswegen bin ich hier. Ich möchte ihr das sagen. Und außerdem", Hendrik räusperte sich, „ich ... ich habe sie wirklich sehr gern und werde verrückt, wenn sie nicht bei mir ist."

Dagmar betrachtete ihn und spürte, dass er es ehrlich meinte. „Also gut", lächelte sie verständnisvoll, „das klingt, als wäre es Ihnen tatsächlich ernst. Okay ich lasse Sie zu ihr gehen, möchte aber nicht, dass Sie sie aufwecken. Sie braucht wirklich dringend Ruhe."

„Natürlich, das verspreche ich ... wenn ich nur bei ihr sein kann."

Sie kehrten zurück in die Küche, wo Rike die Kartoffeln bereits abgestellt hatte.

„Schön, dann können wir jetzt essen. Wenn ihr wollt, nehmt euch, es ist genug für alle da", rief Dagmar, bevor sie ins Wohnzimmer eilte.

„Was ist denn hier los?" Hendrik sah Rike fragend an.

„Ach, das hab ich ganz vergessen zu erzählen. Die Schröders spielen regelmäßig mit ihren Freunden Rommé. Ehe es richtig losgeht, serviert der Gastgeber ein Essen. Heute sind sie dran."

Hendrik stöhnte auf. „Und ausgerechnet an so einem Tag platzen wir dazwischen. Meine Mutter wäre verrückt geworden."

„Da bin ich mir sicher, so wie ich sie kenne. Dagmar ist in solchen Dingen eher unkompliziert. Ich weiß das, weil ich schon oft zum Essen eingeladen war. Sie ist wirklich in Ordnung und sehr hilfsbereit und herzlich. Komm, ich zeige dir, wo Sarahs Zimmer ist, und dann mache ich mich auch los. Irgendwo gibt es bestimmt einen Busfahrplan."

„Kommt überhaupt nicht infrage, du bestellst dir ein Taxi. Das ist das Mindeste, was ich für dich tun kann. Los, erst rufst du da an! Und lass dir gleich den Preis sagen, damit ich dir das Geld geben kann. Danach bringst du mich zu Sarah."

Gesagt, getan. Aufgeregt und extrem glücklich stand Hendrik schließlich mit Rike vor Sarahs Zimmertür im Obergeschoss. Felix schien Besuch zu haben, denn aus seinem Zimmer drangen typische Geräusche von Dartpfeilen, die mit einem dumpfen Plopp auf eine Scheibe trafen. Dazu hörten die Jungs Musik und unterhielten sich. Sarahs ehemaliges Jugendzimmer war am anderen Ende des Flurs zu finden. Rike drückte leise die Klinke und öffnete die Tür. Es war inzwischen halb neun und der Himmel färbte sich im warmen Schein der Abendsonne allmählich rot, was den kleinen Raum in ein mildes Licht tauchte. An der Einrichtung war seit ihrem Auszug anscheinend nicht viel verändert worden. An den Wänden hingen noch alte Konzertplakate und Schulauszeichnungen. Gegenüber dem Bett, neben einem Schreibtisch, stand eine Zweiercouch, auf die er sich setzen konnte. Sarah lag eingekuschelt unter der Decke, sodass nur einzelne Haarsträhnen hervorlugten, und schlief tief und fest.

„Ich lege mich auf die Couch", flüsterte Hendrik, „und warte, bis sie von selbst wach wird." Er umarmte Rike kurz und heftig. „Danke für alles."

„Nicht dafür."

Mit einem Lächeln auf den Lippen schloss sie die Tür.

23.

Sarah erwachte von einem wiederkehrenden Geräusch, das sich wie ein leises Schnaufen anhörte und rieb sich die Augen. Es musste ein Traum sein, denn derartige Töne gab Hendrik von sich, wenn er sich im Schlaf bewegte. Jetzt halluzinierte sie also bereits. Noch ein wenig benommen gähnte sie, fühlte sich jedoch schon wesentlich besser als am Morgen. Mit halb geschlossenen Lidern suchte sie den Raum ab, um herauszufinden, wo sie sich befand, und erkannte die vertraute Umgebung ihres Jugendzimmers, die durch das diffuse Licht einer Straßenlaterne vage erhellt wurde. Ihre Erinnerung setzte ein. Bruchstückhaft fügten sich die Szenen des vergangenen Tages zusammen. Nach ihrer Ankunft am Kasseler Bahnhof hatte sie Ewigkeiten im Park gesessen, um nachzudenken. Sie hatte versucht, zu verstehen, was innerhalb der letzten vierundzwanzig Stunden geschehen war. Natürlich ohne Ergebnis. Danach war sie in einen Bus gestiegen und zum Haus ihrer Mutter gefahren. Dagmar, die entsetzt über ihren Anblick gewesen war, hatte sofort eine befreundete Heilpraktikerin um Rat gefragt, die ihr schließlich ein pflanzliches Beruhigungsmittel verabreicht hatte.

Das rote Licht der Digitalanzeige des Radioweckers leuchtete grell in die Dunkelheit und zeigte fünf nach zehn an. Welcher Tag war heute? Und wie lange hatte sie geschlafen? Doch nicht länger als … nein, so sehr sie sich auch anstrengte, es fiel ihr nicht ein.

Nach knapp sechs Wochen in einem winzigen Zimmer auf dem Gutshof und dem täglichen Trubel dort mit den Kindern erschien ihr alles so irreal. Aber eins wusste sie genau, nämlich dass sie so schnell wie möglich ins Bad musste. Ihre Blase war randvoll und verlangte dringend nach Entleerung. Wieder vernahm sie das leise Atmen und horchte auf. Da war doch jemand. Oder bildete sie sich das nur ein, weil sie sich in kürzester Zeit daran gewöhnt hatte, neben Hendrik zu schlafen? Als sie ein sanftes Ächzen hörte, das aus Richtung der Couch kam, hatte sie keinen Zweifel mehr. Irgendjemand war mit ihr im Zimmer. Ruckartig setzte sie sich auf, rieb sie sich die Augen und versuchte im Halbdunkeln, etwas zu erkennen. Unmöglich. Sarah wälzte sich aus dem warmen Bett und dann erkannte sie ihn.

Hendrik.

Ihr Herz machte einen Satz. Wie ein Embryo im Mutterleib lag er zusammengerollt auf dem für ihn viel zu kleinen Sofa. Sofort war sie bei ihm, kniete sich neben ihn und streichelte ihm zärtlich über die Stirn. Sie hauchte ihm einen Kuss auf die Wange, was ihm ein Brummen entlockte. Dann blinzelte er und wurde wach.

„Wie kommst du denn hierher?" Sanft fuhr sie durch sein Haar.

„Mit dem Auto", stöhnte er. „Oh Gott, ich glaube, mir tut alles weh."

Sarah zog seine Beine zum Boden. „Komm mit ins Bett. Du musst dich erst mal langmachen. Ich bin gleich zurück."

Hendrik hörte, dass eine Tür leise klappte, und danach die Toilettenspülung rauschte ... vernahm dann erneut ihre Schritte auf dem Fußboden und ... endlich krabbelte sie zu ihm unter die Decke, wo er sie sofort an sich zog und ganz innig an sich drückte. So hielt er sie einen Moment und küsste sie schließlich zärtlich.

„Gehts dir wieder besser?"

„Wenn du da bist, immer."

Er drückte sie erneut an sich und hielt sie eng umschlungen. „Du hast doch hoffentlich nicht geglaubt, dass ich dich einfach weggehen lasse. Absolut unmöglich." Er seufzte. „Es tut mir so leid, was passiert ist."

„Ehrlich gesagt, wusste ich nicht, was ich glauben sollte, aber, dass du nichts dafür konntest, das war mir schon klar."

„Ich hab ihr ein Ultimatum gestellt! Entweder sie akzeptiert uns oder ich such mir woanders einen Job."

„Das hast du gemacht?"

„Was denkst du denn? Ich gebe dich nicht mehr her, das weiß sie jetzt."

Sarah schmiegte sich an ihn und schnurrte wie ein Kätzchen. Ihr Herz quoll über. „Ich liebe dich."

„Ich dich noch viel mehr."

Sie küssten sich, bis er sich von ihr freimachte. „Vielleicht ist es besser, wenn wir jetzt aufstehen. Hier ist es mir zu …"

Sarah verstand. „Ich hab sowieso einen Bärenhunger. Keine Ahnung, wann ich das letzte Mal was gegessen habe. Lass uns runtergehen."

***

Dagmar, die von dem unaufhörlich schrillen Klingeln an der Haustür aufgeschreckt worden war, lief durch den Hausflur und schüttelte verwundert den Kopf. „Meine Güte. Wer will denn jetzt schon wieder was? Gibts denn noch nicht mal abends um halb elf Ruhe in diesem Haus?", grummelte sie und öffnete die Tür. „Daniel! Ist was passiert oder warum klingelst du Sturm?"

„Ist Sarah hier? In ihrer Wohnung ist niemand. Ich muss unbedingt mit ihr sprechen."

Auf einen mehr oder weniger kommt's nun auch nicht mehr an, dachte Dagmar, die ihn hereinließ. Allerdings konnte sie sich über Daniels Blauäugigkeit nur wundern. Er hätte besser daran getan, vorher anzurufen. Nun gut, bei dem, was jetzt auf ihn zukam, konnte ihm sowieso niemand helfen.

„Dir auch einen schönen Abend. Komm rein. Ich bringe dich zu ihr ... sie ist aber nicht alleine."

Sarah saß mit Hendrik am Küchentisch. Die beiden aßen und waren in ihrer Verliebtheit so selbstvergessen, dass es Dagmar warm ums Herz wurde. Das strahlende Lächeln ihrer Tochter sprach Bände. Während der Zeit mit Daniel hatte sie nie so überglücklich gewirkt wie jetzt mit dem jungen Baron. Und ihm schien es genauso zu gehen. Er machte wirklich einen sehr sympathischen Eindruck. Ein *Baron*. Liebe Güte! Dagmar schüttelte den Kopf. Sie würde mindestens eine Woche brauchen, um all die Neuigkeiten zu verarbeiten.

Daniel folgte ihr in die Küche, wo er mitansehen musste, dass Sarah Hendrik mit Kartoffelgratin fütterte und dabei unbekümmert lachte. Als sie sie jedoch ihren Ex erblickte, erlosch das Lächeln. Sie legte die Gabel beiseite. Jegliche Unbeschwertheit war wie weggewischt. Hendrik, der stumm kaute, gab ihr mit den Augen zu verstehen, dass er wusste, um wen es sich bei dem späten Gast handelte.

„Hi, Daniel, was führt dich zu uns?", fragte Sarah freundlich nach, als sie sich wieder berappelt hatte. „Darf ich vorstellen, Hendrik von Freyenhof." Sie wandte sich ihrem Liebsten zu. „Das ist Daniel Grass, mein ehemaliger Lebensgefährte."

Daniel nickte zur Begrüßung, ebenso wie Hendrik, der sich aber sofort erhob.

„Ich lass euch dann mal allein."

Dagmar, die immer noch wachsam im Türrahmen stand, winkte ihn zu sich. „Kommen Sie." Sie fasste ihn am Arm. „Unser Wohnzimmer ist riesig. Wir belagern mit unseren

Freunden nur das Esszimmer. Wenn Sie möchten, können Sie drüben Fernsehen schauen."

„Prima. Das klingt gut."

Nun standen sich Daniel und Sarah gegenüber. Nur der Tisch trennte sie.

„Wie kommt es, dass du hier bist? Hattest du nicht von mindestens einem halben Jahr gesprochen, bevor du wieder heimkommst?" Sie hielt die Arme vor der Brust verschränkt und sah ihn abwartend an.

„Ich komme direkt vom Flughafen und bin nur deinetwegen nach Deutschland gekommen. Ich war noch nicht mal daheim."

Sarah sah ihn überrascht an. Sie konnte nicht glauben, was sie da hörte. Seit wann konnte er so spontan sein? Normalerweise plante er alles wochenlang im Voraus. „Wegen mir? Wozu? Es ist doch alles klar zwischen uns."

„Was ist das denn für eine Frage?", entrüstete er sich. „Mag sein, dass das für dich so ist, aber für mich noch lange nicht. Nach meinem letzten Stand machen wir eine Pause. Das waren deine Worte."

Sarah zog die Stirn in Falten. „Das war ein Satz von vielen ... ja, aber das Wichtigste ist doch, dass ich nicht mit dir in die Staaten will. Ich will nicht und ich kann nicht. Außerdem habe ich dir gesagt, dass ich keinen Mann in meinem Leben möchte, der, obwohl er schon sehr weit oben ist, immer noch höher hinauswill. Du hast für nichts anderes einen Sinn als für deine Karriere. Denkst du nicht, dass unter diesen Umständen alles geklärt ist?"

„Nein, ich dachte, wir finden dafür gemeinsam eine Lösung. Und warum kannst du mir nicht wenigstens mal Antwort auf meinen Brief geben? Wenn du dort in der

Schule eine Anstellung annehmen würdest, könntest du arbeiten und wir wären wieder zusammen."

Was den Brief betraf, gab sie ihm insgeheim recht. Sie hätte ihm antworten müssen. Doch zu diesem Zeitpunkt hatten sich die Ereignisse für sie so überschlagen, dass das völlig untergegangen war.

„Ja okay, aber ..."

„Sarah, hör zu!", unterbrach er sie. „Ich bin zweiunddreißig und möchte endlich Zukunftspläne machen, das habe ich dir aber schon gesagt. Und ich will hier und heute von dir wissen, ob du vorhast, alles aufzugeben, und zwei Jahre Beziehung einfach so in die Tonne schmeißen willst?"

Sarah blieb einen Moment still. Wieso wurde ihr erst jetzt klar, dass er sie nie ausreden ließ und ihr obendrein auch nicht zuhörte? Und warum sprach er sie nicht auf Hendrik an? Aber das war mal wieder so typisch für ihn. Nüchtern und selbstzentriert, wie er war, hatte er nicht einmal bemerkt, wem er gerade begegnet war.

„Die Frage beantworte ich dir gerne, Daniel. Kann ich jetzt reden, oder hast du noch mehr zu sagen?" Da er schwieg, wertete sie es als Nein. „Gut ... genau wie du hatte ich sechs Wochen Zeit, mir Gedanken zu machen." Sie richtete sich auf und sah ihm in die Augen. „Und ich bin zu dem Entschluss gekommen, dass es besser ist, wenn wir es bei der Trennung belassen. Auch ich habe Zukunftspläne. Aber die werden von dir völlig ignoriert, weil nur deine zählen. Das Thema hatten wir schon, als wir telefoniert haben. Abgesehen davon, dass mein Studium noch nicht vollendet ist und ich nicht vorhabe, es aufzugeben, kommt von dir nicht mal die Frage, welche Pläne ich habe. Es interessiert dich nicht, wovon ich träume und was ich möchte. Und genau das bestärkt mich in meiner

Entscheidung", erklärte sie mit klarer Stimme. „Wir hatten eine gute Zeit, Daniel. Und du bist ein ganz liebenswerter Mensch, aber ich glaube, unsere Vorstellungen von einer Beziehung gehen zu weit auseinander. Mir reicht das so nicht mehr."

„Und warum nicht? Was ist jetzt anders als vorher?"

Allein für diese Frage müsste man ihn schon schütteln. Hatte sie das nicht gerade in Teilen erklärt?

„Warum? Weil ich jetzt weiß, was es heißt, jemanden zu lieben. Du und ich, wir waren nicht mehr als Freunde."

„Aber ..." Daniel sprach nicht weiter.

„Ja, sprich's ruhig aus, Daniel. Okay ja ... wir haben auch manchmal miteinander geschlafen. Das stimmt. Dabei hatte ich aber nie den Eindruck, dass du mich richtig willst und tief und innig begehrst. Begreifst du, was ich meine? Ich war für dich sehr praktisch, weil ich so genügsam war. Auch auf die Gefahr hin, dass du mich wahrscheinlich nicht verstehst ... mir reicht das so nicht mehr."

„Und warum hast du nie was gesagt? Ich dachte, es wäre alles in Ordnung für dich."

„War es auch – eine Zeit lang. Aber unter Partnerschaft stelle ich mir etwas anderes vor. Für dich könnte das immer so weitergehen. Noch nicht einmal in diesem Moment kommt dir der Gedanke, dass in einer Beziehung zwei Leute Bedürfnisse haben, und nicht nur einer darüber bestimmen kann, wie es zu laufen hat."

Sichtlich niedergeschmettert ging Daniel neben dem Küchentisch auf und ab. Er sah erst sie an und dann wanderte sein Blick zu dem Stuhl, auf dem Hendrik gesessen hatte. Allmählich schien er zu begreifen, was das für ihn bedeutete. „Und du glaubst, dass ein paar Wochen reichen, um zu wissen, was Liebe ist?"

„Eine, um genau zu sein." Das stimmte zwar nicht ganz, denn sie hatte ja schon eine unbestimmte Zeit vorher erkannt, wie sehr ihr Hendrik unter die Haut ging. Doch aus einem unerfindlichen Grund heraus, fand sie Spaß daran, Daniel zu provozieren.

„Bist du wahnsinnig? Dafür gibst du auf, was ich dir bieten kann?"

Na Bravo! Endlich sprach er mal das aus, was ihm bei einer Beziehung wirklich wichtig war. Fragte sich nur, was sie ihm bot. Eine gebildete und attraktive Frau ohne eigene Ansprüche? Herzlichen Dank. Ein Grund mehr, sich zu verabschieden.

„Möglicherweise bin ich wahnsinnig", antwortete sie ihm ruhig. „Für dich vielleicht, okay. Für andere bin ich dagegen völlig normal." Sie dachte an Hendrik und lächelte. „Ich liebe und werde geliebt, das ist alles, was zählt." Während sie das sagte, trat sie näher an ihn heran und sah ihm mit festem Blick in die Augen. „Mein Beruf gibt mir die Möglichkeit, unabhängig zu sein. Ich brauche keinen Mann, der mich versorgt, sondern einen, mit dem ich glücklich sein kann, seelisch wie körperlich. Verstehst du das?"

Daniel blinzelte irritiert und schnappte dann nach Luft. „Und das hat dir bei mir gefehlt?"

„Ich würde lügen, müsste ich Nein sagen. Unterschiede bemerkt man erst, wenn man sie kennenlernt."

Seine Miene wurde verächtlich. „Ach so! Dreht sich bei dir jetzt auch alles nur noch um Sex?"

„Nein, aber es gehört dazu."

Sie spürte, wie unangenehm ihm das Gespräch mit einem Mal wurde. Dass er zur Tür strebte und die Flucht ergriff, war so typisch für ihn. Sarah bezweifelte, dass er sich diesbezüglich je ändern würde.

„Alles klar. Ich hab verstanden", ätzte er. „Meine Assistentin in den USA wirds freuen. Sie findet mich nämlich gut, wie ich bin."

Autsch, dachte Sarah, lächelte jedoch. Wie kindisch er sein konnte. Für die Assistentin konnte man nur hoffen, dass sie sich mit wenig Romantik und Zärtlichkeit zufriedengeben konnte.

„Ich wünsche dir alles Gute, Daniel, vor allem, dass du glücklich wirst."

„Schönen Gruß noch an deine Eltern", antwortete er frostig und stürmte aus ihrem Leben.

24.

*H*annelore hielt nervös die Eingangstür im Auge. Es war kurz vor Mittag an diesem Sonntag auf Gut Freyenhof und sie stand auf dem Treppenabsatz der ersten Etage. Der Tisch im großen Esszimmer war mit bestem Geschirr eingedeckt, was höchsten an Weihnachten und bei Geburtstagen vorkam. Doch es galt, Grundlegendes in der Familie zu besprechen, weshalb ihr dieser Rahmen mehr als passend erschien. Allem voran die Übergabe der Geschäfte, jetzt wo sie und Hans-Hermann sich darüber einig waren. Die Dringlichkeit, mit der sie das Treffen im engsten Kreis anberaumt hatte, zeigte Wirkung. Selbst Eike und Dorit hatten es möglich gemacht, sich für zwei Stunden den Rücken im Restaurant freizuschaufeln. Nun fehlte nur noch Hendrik, der angekündigt hatte, Sarah mitzubringen. Hannelore wollte diese Gelegenheit nutzen, um ein klärendes Gespräch mit ihr zu führen. In den letzten beiden Tagen hatte sie Zeit gehabt, über vieles nachzudenken, und hoffte, dass sie ihren Fehler wieder gut machen konnte. Sie freute sich auf die kommenden Jahre mit Hans-Hermann und würde das nur genießen können, wenn eine friedliche Atmosphäre herrschte.

Schritte und Stimmen, die aus der Diele nach oben drangen, ließen sie aufhorchen, weshalb sie eilig die Treppe hinunterlief. Sarah, die Hendrik in die Halle gefolgt war, sah ebenfalls zu ihr hoch. Sie trug über dem dunkelblauen Minirock eine figurbetonte, hellblaue Bluse, die das blau ihrer Augen genauso zum Strahlen brachte, wie der sanft gebräunte Teint, den sie noch mit einem dezenten Make-up unterstützt hatte. Und dass sie sich die dicken blonden Haare zu einem Knoten gesteckt hatte, zeigte, dass diese bildhübsche junge Frau Stil besaß, dachte Hannelore und musste ihrem Mann recht geben. Hendrik, der noch immer die Kombination aus Sakko, Hemd und Jeans trug, die er bereits auf der Geschäftsreise getragen hatte, sah entsprechend zerknittert aus, doch dafür kam ihm das Glück aus allen Poren.

„Hallo! Wie schön, dass ihr da seid", rief Hannelore, während sie die Stufen hinab lief. „In einer Stunde gibts Essen."

Jetzt stand sie vor den beiden und wandte sich an Sarah. „Dürfte ich Sie wohl einen Moment entführen? Ich möchte Ihnen etwas sagen."

Sarah warf Hendrik einen fragenden Blick zu.

„Ist das wirklich so wichtig? Wir sehen uns doch gleich bei Tisch?"

„Ja mein Sohn, ich denke schon. Es ist für uns beide wichtig, aber das kann sie dir gleich erzählen, wenn sie zu dir hochkommt." Sie lächelte Sarah zu und berührte sie vorsichtig am Arm, um sie zum Büro zu führen.

„Setzen Sie sich bitte." Hannelore deutete auf die englische Ledergruppe am Fenster. „Vielleicht können Sie sich denken, um was es geht."

Sarah hatte keinen Schimmer. Außerdem war sie so überrascht, dass sie nicht wusste, was sie sagen sollte, weshalb sie nur mit dem Kopf schütteln konnte. Abwartend nahm sie Platz.

„Ich möchte mich bei Ihnen entschuldigen", erklärte Hannelore und faltete ihre Hände dabei im Schoß. „Das, was ich zu Ihnen gesagt habe und wie ich Sie behandelt habe, war ungerecht und falsch ... und es tut mir aufrichtig leid." Sie schlug die Lider nieder und sah dann wieder auf. „Leider kann ich das Gesagte nicht rückgängig machen ... glauben Sie mir, wenn ich es könnte, würde ich es tun. Ich habe mich auf die Aussagen von jemandem verlassen, der, wie ich im Nachhinein gehört habe, nicht vertrauenswürdig ist." Sie zuckte hilflos mit den Schultern und hob ratlos die Hände. „Ich hätte Sie anhören müssen ... ich weiß, doch alles was ich wollte, war, Hendrik vor einer weiteren Enttäuschung zu schützen. Er ist sensibel und alles andere als leichtfertig." Sie blickte Sarah in die Augen. „Es tut mir wirklich sehr leid, dass ich Ihnen unrecht getan habe und hoffe, Sie können mir verzeihen."

Sarah war sprachlos. Insgeheim hatte sie sich vor der Begegnung mit der Baronin gefürchtet, hatte sich aber Hendrik zuliebe, nichts anmerken lassen. Doch sie war nun mal seine Mutter. Dass sie sich jedoch so wandeln konnte, hätte sie ihr nicht zugetraut, gestand sie sich ein.

„Ist schon gut. Sie kennen mich nicht, das verstehe ich. Ich weiß, dass Dennis die Lügen verbreitet hat. Es wundert mich nicht, dass er zu solchen Mitteln greift. Für mich zählt nur, dass Hendrik nicht an mir zweifelt. Dann ist alles gut."

Hannelore zollte ihr Respekt. Sarah Kunzmann machte nicht viele Worte, aber das, was sie sagte, hatte Hand und Fuß. Sie beschloss, sich zukünftig mehr auf die Menschenkenntnis ihres Mannes zu verlassen. „Und für mich zählt nur, dass mein Sohn glücklich ist", erklärte sie und reichte Sarah zur Versöhnung die Hand. „Lassen Sie uns Frieden schließen, damit würden Sie mein Gewissen sehr beruhigen."

„Das soll das Problem nicht sein." Sarah schlug lächelnd ein.

„Und dass er glücklich ist", sprach die Baronin sichtlich erleichtert weiter, „sieht man ihm an. Genau das haben wir uns für ihn gewünscht", nickte sie. „Die Sympathie meines Mannes ist Ihnen schon gewiss. Fühlen Sie sich auch von mir herzlich in unsere Familie aufgenommen."

Während des Essens herrschte ausgelassene Stimmung im Familienkreis. Als das Dessert an der Reihe war – es gab Apfel im Schlafrock, den Dorit wie immer köstlich zubereitet hatte – servierte Hannelore Espresso und Eike klopfte an sein Wasserglas. Dass Dorit ihn dabei liebevoll-verschwörerisch ansah, ließ den Rest der Familie erahnen, was nun kam.

Er räusperte sich. „Ich hätte mir keine bessere Gelegenheit wünschen können, um euch diese Neuigkeiten zu verkünden", strahlte er und machte eine bedeutungsvolle Pause, worauf Hannelore ihren Mann an der Hand fasste und sich die andere vor den Mund hielt. „Dorit ist schwanger. Im Januar können wir ein neues Familienmitglied begrüßen."

Der zukünftigen Oma traten Tränen der Freude in die Augen und Hans-Hermann hob sein Glas. „Na endlich. Wie schön."

Hendrik erhob sich ebenfalls. Er umarmte seine Schwägerin und schlug seinem Bruder freundschaftlich auf die Schulter. „Wie sich das gehört, Großer. Gratulation." Er setzte sich wieder, überlegte kurz, stand erneut auf und klopfte dann mit dem Löffel an sein Glas. „Nachdem Eike seine Überraschung preisgegeben hat, möchte ich ihm nicht nachstehen." Er nahm Sarahs Hand, sah ihr in die Augen, bevor er in die Runde blickte. „Sarah ist nicht schwanger … jedenfalls ist mir nichts bekannt", grinste er, worauf die anderen lachen mussten, „aber sie wird bei mir einziehen. Ich will keinen Tag mehr ohne sie sein. Sie wird mir helfen, die Räume oben in eine Wohnung zu verwandeln. Ich hoffe, ihr freut euch mit mir."

Hans-Hermann tat das und Hannelores entspannte Gesichtszüge zeigten ebenfalls aufrichtiges Wohlwollen. Dass Eike und Dorit Sarah mochten, hatten sie lange vorher kundgetan. Als der Baron dann noch die Kreuzfahrt und den Rückzug aus den Geschäften ankündigte und seine Frau betonte, das gelte in jeder Konsequenz auch für sie, war die Überraschung bei ihren Söhnen groß, doch unzufrieden waren sie damit nicht.

Epilog

*E*s lag eine feine Schneeschicht auf den grauen Treppenstufen des Haupthauses, als Hans-Hermann an diesem knackig-kalten Dezembertag am späten Nachmittag von seinem Spaziergang mit Bounty zurückkam. Über dem Hof lag eine Ruhe, wie man sie nur selten erlebte. Selbst für diese Jahreszeit. Der Himmel hing voller Wolken und kündigte weitere Schneefälle an. Als er die hell erleuchtete Diele betrat, empfing ihn der Duft von Weihnachtsbäckerei. Seit Sarah im Hause wohnte, roch es häufiger nach frisch gebackenem Kuchen. Er sah die Treppe hinauf, die zu Hendriks Wohnung führte. Der Baron schmunzelte bei dem Gedanken, wie sehr sich das Leben in der Familie in den letzten Monaten verändert hatte. Nicht nur, dass Sarah die Räume unterm Dach in ein liebevolles Heim verwandelt hatte ... ein Kinderzimmer hatte ebenfalls nicht fehlen dürfen. Hans-Hermann durfte sich doch jetzt tatsächlich schon zweifacher Großvater nennen. Und das mit nur wenigen Wochen Unterschied. Hendrik hatte gegenüber seinem Bruder keine Zeit verloren. Kaum dass Sarah ihren Schuldienst angetreten hatte, wurde auch bei ihr eine Schwangerschaft festgestellt. Die Pille mochte keine Hitzschläge mit Brechattacken. Das sollten die beiden aber erst eine Weile später bemerken. Hendrik wusste seither vor lauter Vaterfreude nicht mehr wohin. Auch Sarah war nach den ersten Schockmomenten sehr glücklich darüber gewesen, denn ihre Laufbahn als Lehrerin kam durch ihre Mutterschaft nicht ins Wanken. Das zweite Staatsexamen hatte sie dennoch mit Bravour bestanden.

Hans-Hermann nahm die Stufen zu den eigenen Wohnräumen, wo Hannelore ihn bereits mit Tee und Sarahs selbst gebackenen Plätzchen erwartete.

Es war einfach nicht zu glauben, wie schnell die Zeit verging. Der kleine Johannes war nun schon neun Monate alt und Elisa, Eikes Tochter, wurde im Januar ein Jahr. Aus Hendrik war durch die Ehe mit Sarah ein gestandenes Familienoberhaupt geworden. Erst in diesem Sommer hatten die beiden auch kirchlich geheiratet. Hannelore hatte ebenfalls keinerlei Zweifel mehr an den Fähigkeiten ihres Jüngsten. Vor allem hielt sie sich an das Versprechen, sich nicht einzumischen. Hans-Hermann genoss die neue Unbeschwertheit seiner Frau. Auf schönen Reisen erkundeten sie gemeinsam die Welt. Dagmar Schröder, Sarahs Mutter, die die anfängliche Scheu vor der angeheirateten Adelsfamilie überwunden hatte, kam häufiger mit ihrem Mann Michael zu Besuch. Auch Sarahs Oma Inge, war ein gern gesehener Gast auf dem Gut. Doch die Überraschung für alle kam von Sarahs Halbbruder Felix, der von den Pferden und dem Gestüt sofort begeistert war. Ohne sich mit seinen Eltern zu beratschlagen, hatte er Hendrik um ein Praktikum gebeten. Hans-Hermann nahm den Jungen nur zu gern unter seine Fittiche und stellte erfreut fest, dass er nicht nur Interesse am Reiten zeigte, sondern auch noch Talent besaß. Seit August machte er nun eine Ausbildung zum Pferdewirt. Zusammen mit Saskia und Manuel nahm er Reitunterricht bei Hans-Hermann, der in Felix einen Hoffnungsschimmer für die Zukunft des Gestüts sah.

So verlief das Leben auf dem Hof in gewohnten Bahnen. Nur Dennis war und blieb ein hoffnungsloser Fall. Zwar verhielt er sich nach einer ernsten Unterredung mit seinem Seniorchef ruhig, doch seine Eskapaden gingen, wenn auch nicht mehr ganz so offensichtlich, weiter. Nachdem Jessica Wackernagel eine Tochter geboren hatte, zahlte er Alimente, wie es seine Pflicht war, wollte jedoch darüber hinaus nichts mit der Vaterschaft zu tun haben.

Aber auch bei dem jungen Landarzt war das Leben nicht stehen geblieben. Christian Schlüter praktizierte inzwischen voll. Dabei half ihm die liebenswerte Krankenschwester Simone, mit der er seit knapp einem Jahr in der Wohnung über der Praxis zusammenlebte. Nur die Hochzeit stand noch aus.

Opa Willi war zur großen Freude aller noch sehr rüstig. Wie eh und je ließ er es sich nicht nehmen mindestens einmal täglich das Gut zu besuchen. Und dass Hendrik und Sarah ihr Glück zusammen finden würden, das hatte der alte Mann schon beim Reiterball gewusst, erklärte er gerne. Dem Schicksal könne man nicht entfliehen, waren stets seine Worte dazu.

Matthias Pohlmann und Cora Lichtenberg waren bereits seit über einem Jahr getrennt. Angeblich, so wurde in Reiterkreisen erzählt, war er jetzt mit einer jungen Tierärztin zusammen, die seine Leidenschaft für die Reiterei teilte. Cora sah man in letzter Zeit immer häufiger mit einem erfolgreichen Düsseldorfer Anwalt. Doch eine ernsthafte Beziehung schien sie seit der Entlobung nicht mehr eingegangen zu sein.

Gesine Baumbach und Ingo Waßmann bewohnten eine gemeinsame Wohnung in Korbach, obwohl ihre Eltern sehr darauf spekulierten, dass die beiden auf den heimischen Hof zogen. Auf lange Sicht würde das wohl auch so kommen, doch bis dahin wollten sie ihre unbeschwerte Zweisamkeit genießen.

Rike teilte sich die Wohnung inzwischen mit ihrem Basti und schwebte im siebten Himmel. Zurzeit steckte sie jedoch bis über beide Ohren in Prüfungsvorbereitungen. Den Ferienjob auf dem Gut hatte sie ad acta gelegt. Sarahs Sommergastspiel auf dem Reiterhof war zum Dauergastspiel geworden. Außerdem stand auch Saskia schon in den Startlöchern, um sich in den Ferien ein Taschengeld zu verdienen.

Maritta und Uwe Ritter waren weiterhin viel mehr als nur Angestellte, da neben den Männern nun auch die beiden Frauen eine innige Freundschaft verband.

Und Daniel Grass? Seine ehemalige Assistentin, Janet, hatte sich nur zu gerne in die Rolle der liebenden Ehefrau an seiner Seite gefügt. Seinen Karriereplänen stand sie dabei nicht im Weg, sondern unterstützte ihn, wo es nur ging. So konnte er inzwischen die Karriereleiter noch höher klettern. Nur ein Baby ließ auf sich warten.

Hans-Hermann schmunzelte über die eigenen Gedanken, als er seinen Mantel an die Garderobe hängte. Was einem beim Spazierengehen so alles durch den Kopf ging, sinnierte er, während er der Hündin die Schneeflocken aus dem Fell strich.

„Komm Bounty, Frauchen wartet schon."

Ende

Mehr vom Gutshof:

Gutshof 2

Ein Gutshof zum Verlieben

Liebeschaos und Turbulenzen im Gutshof zum Glück

Von Männern will die 28-jährige Jessica nichts mehr wissen. Das schwört sie sich nach einer bitteren Enttäuschung. Mit der Arbeit auf dem familiengeführten Bauernhof und als alleinerziehende Mutter der süßen Greta hat sie sowieso allerhand zu tun. Doch als das Schicksal sie dazu zwingt, einen Betriebshelfer zu engagieren, wendet sich das Blatt. Ausgerechnet der Mann, bei dem die weibliche Dorfbevölkerung aus dem Häuschen gerät, sorgt auch bei Jessica für Herzrasen und Schlafstörungen. Ob sie nun will oder nicht. Aus Angst, ihren Prinzipien untreu zu werden, schmiedet sie einen Plan. Doch auf der Dorfkirmes kommt alles ganz anderes. Kann Alexander ihr Herz erobern?

Gutshof 3

Herzklopfen im Gutshof

Zwischen Heuduft, Liebeschaos und zweiten Chancen

Als Sophie erkennt, dass sie den Falschen geheiratet hat, ist es bereits zu spät. Nun liegt es an ihr, zu beweisen, dass sie mehr als nur eine Tochter aus reichem Hause ists und auf Luxus verzichten kann. Fest entschlossen, selbst für die Unterbringung ihrer geliebten Friesenstute aufzukommen, muss sie sich ausgerechnet mit dem unverschämt gut aussehenden Gutshofverwalter Felix herumschlagen. Erst als den beiden Dickköpfen nichts anderes übrig bleibt, als an der gleichen Front zu kämpfen, sieht Sophie ihn plötzlich in einem anderen Licht.

Feel-Good-Liebesromane zum Dahinschmelzen.

In eigener Sache:

Ich hoffe, ich konnte dir angenehme Lesestunden
bescheren!?
Das ist mir die größte Motivation beim Schreiben.

Wenn dir meine Romane gefallen haben,
Freue ich mich sehr über ein Feedback von dir.

Und wenn du weitere Informationen möchtest,
folge mir gerne bei Facebook, Instagram oder Tiktok.

Herzliche Grüße

Dolores Mey

Instagram:
https://www.instagram.com/@doloresmey_autorin
Facebook: facebook.com/Dolores Mey
Tik Tok: doloresmey